当代作家精品
散文卷

主　编　　凌　翔

馒头山纪事

胡旭
著

民主与建设出版社
·北京·

图书在版编目（CIP）数据

馒头山纪事 / 胡旭著 . —北京：民主与建设出版
社，2021.6
ISBN 978-7-5139-3513-5

Ⅰ . ①馒… Ⅱ . ①胡… Ⅲ . ①散文集—中国—当代
Ⅳ . ① I267

中国版本图书馆 CIP 数据核字（2021）第 077696 号

馒头山纪事
MANTOUSHAN JISHI

著　　者	胡　旭	
责任编辑	周佩芳	
封面设计	陈　姝	
出版发行	民主与建设出版社有限责任公司	
电　　话	（010）59417747　59419778	
社　　址	北京市海淀区西三环中路 10 号望海楼 E 座 7 层	
邮　　编	100142	
印　　刷	河北信德印刷有限公司	
版　　次	2021 年 7 月第 1 版	
印　　次	2021 年 7 月第 1 次印刷	
开　　本	710 毫米 ×1000 毫米　　1/16	
印　　张	21	
字　　数	290 千字	
书　　号	ISBN 978-7-5139-3513-5	
定　　价	79.80 元	

注：如有印、装质量问题，请与出版社联系。

序

    馒头山，是渭北高原上的子午岭凤凰山南麓，铜川矿区的最北端，耀州区与咸阳旬邑县的交汇处，一座名不见经传的山。

    她虽不为绝大多数世人所知，可在茫茫群山之中已耸立千百万年，在她脚下人们的眼里，她永恒，她神奇，她有生命，她伟岸。

    我人生的第一步，就是从馒头山下迈出的。

    那年，我19岁，穿上一身警服，成为一名监狱人民警察，满怀喜悦和豪情，走上工作岗位，把青春，乃至一生交给了这里，交给了这片热土上的监管教育改造罪犯事业。

    时间一晃，38年过去了。回眸走过的路，前行中有阳光、有风雨，奋斗中有喜悦、有挫折，坚守中有收获、有失意，却从没有丝毫退缩、沮丧和眼泪。

    细想起来，这坚强，与馒头山不无关系，与我从事的工作的历练不无关系，与我爱好文字不无关系。我热爱馒头山，喜欢陶醉在她的怀抱中，感受大自然，用文字排解和打发失意、苦闷、烦恼，填充空虚，调整情绪，忘却一切不愉快，砥砺前行。

    1991年的秋天，经历一次生死考验，完成追捕任务，使我更加成熟，感觉职责神圣、使命光荣，越发热爱所从事的事业，热爱馒头山。在寂寞的大山里，紧张忙碌的工作中，更加喜欢用文字抒发情怀，讴歌监狱工作的不平凡和我们所处时代的伟大。

    然而，进入21世纪，命运却给我开了个天大的玩笑，蛮横地将严重的眼疾摆在我的面前，拦住我的去路，考验我的人生。

    我无法抗拒病魔对眼睛的侵害，可我相信先哲说过的这么一句话，上苍给你关上一扇门，就会为你开启一个窗口。而且，我强烈地感觉到，写作就是上苍为我开启的一个窗口。

    于是，我奋力敲击键盘，要在眼睛还能看到日月星辰璀璨的光辉，欣赏到大地春夏秋冬轮回变换美好的景色时，用文字将它们尽收眼底，永远地深藏在心里。以备在将来的黑暗中，还能继续写作。

因此，便有了我近年来的写作和收获。在同事的帮助下，借助电脑读屏软件，近年不但完成单位上千篇的新闻宣传任务，连续多年被省局评为优秀通讯员，还写散文，弘善扬道，用文字记录生活，追忆往事，感慨人生，讴歌中华人民共和国监管改造罪犯伟大事业，呼唤人们关注、理解监狱工作，歌唱社会日新月异的变化，赞美新时代，抒发情怀。不想，笔耕不辍，竟然摸摸索索敲击键盘，写就100多篇散文随笔，且多数在省市作协报刊发表，连年都有作品获奖，使得我的生活充实快乐，不曾虚度。

望着融情用心写就的一篇篇文字，我心飞扬。在朋友的鼓励下，不由得萌发结集出版的念头。然而，真正动起手来，却又犯了难。翻开自己写的文字仔细阅读，竟发现有许多不足，产生怀疑，这些文字算是文学作品，能结集成书给人看吗？

再望馒头山，想起以往写作的经历，尤其是写作时的思绪飞扬，创作灵动，思想产生的火花，亢奋激扬的情绪状态，历历在目。感觉这些文字，饱含真情，用心写作，尽显我一名监狱人民警察成长的经历，以及在工作和生活中，对生命的热爱，对人性的思考，对人生的感悟，对事业的追求。想必拿出来给人阅读，也许多少或有启发。即便不能如此，供人消遣也是可以的。若不然，权当是对自己写作的总结，给亲朋好友和关心我的人们的一个交代。更何况，书中所选大多数文章，都在报刊杂志上发表过。

由此，信心大增，挑选出80多篇拙作，分监狱记忆、警营往事、梦回童年、亲情温暖、秀美山川、人生随笔等六个章节，装订成册，呈请出版社审定。试图以一位监狱警察的成长过程中的所见、所闻和所感，与读者沟通，让他们走进监狱警察的心灵……

此时此刻，我忘不了单位领导和家人、朋友们对我写作及出书的支持，忘不了那些在我艰难写作过程中，给予我很大帮助的每一个朋友，忘不了那些读到过我的文字的热心读者，更忘不了《当代监狱报》，及其 30 多年来的历任编辑老师，特别是主编梁健君老师始终如一的鼓励。可以说，没有他们的支持帮助，就没有这个集子，甚至没有我那么多文字的问世。在此，诚恳表示感谢。同时，也衷心期待朋友们读到，提出宝贵意见。

胡旭
2020 年 3 月 18 日

目　录

第三辑　梦回童年

第六辑　人生随笔

第一辑　监狱记忆

排矸道往事

30多年前，我一参加监狱工作，就来到渭北高原上的子午岭凤凰山南麓的山沟里，在当时还被称作陕西省第五劳动改造管教支队的崔家沟煤矿，当上了一名"劳改干部"。

那时，这里荒凉，周围的人都知道它是一座监狱煤矿，下井挖煤的是犯人，却少有人知，这里还有一群身份特殊的人，在从事辅助生产劳动和后勤工作。

我刚到矿上，被分配在排矸道工作。当时，矿上的下属单位设置都按部队编制编排。排矸道是一个中队，中队长、指导员一应俱全，还有专职管教干事，下设三个分队，组织一群身份特殊的人排矸。

我才来，自然就是个分队长，可这里的人还习惯用此前的部队连排编制的职务名称称呼干部，管我叫"排长"。这让我觉得带劲，像军人一样有威严，十分惬意。

一

在煤矿，排矸道是矿井出煤过程中，拉运井下没用的煤矸石，到山上倒掉的一条长长的运输线。它一头连着地层深处漆黑的巷道尽头，另一头通到矿区地面最远最高最风光的矸石山上。虽然看起来不重要，甚至多余，还严重破坏环境，可煤矿又离不开，离了它，煤就挖不出来。

初来乍到，我对中队生产人员的身份很感兴趣，觉得新鲜。按官方的界定，他们不是犯人，也不是临时工，更不能说是工人，而是那个年代，我们劳改、劳教单位独有的一种人——"留厂就业人员"。这也让我一走上工作岗位，就陷入一种尴尬的境地，整天望着面前或两鬓斑白、或正值青壮年，都称得上是父兄，且都是应受人尊敬的劳动者的一群人，不知如何打交道，甚至连个称呼也不会了。

其实，他们就是以前服刑或劳动教养，甚至还有不少是被收容的所谓的"盲流"，在刑满释放、解除劳教或遣散时，由于当时特定的社会环境下的种种原因，一出高墙，就被强制留下来，就地或就近在劳改、劳教单位就业的人员。

他们与犯人虽都在一个单位、一样的高墙电网下劳动，但一个在高墙电网外，一个在高墙电网内，身份和待遇上是有着本质区别的。还有，犯人的劳动是有期、无偿的，而他们的劳动是无限期、有偿的。

起初，我对他们不大了解，心存戒备。还把人家当作无产阶级专政对象，不是什么好人来看待，与其严肃，一本正经，不苟言笑。

刚报到，赶上全国"严厉打击刑事犯罪分子"运动，在国庆节前展开的"第二网"统一抓捕行动。我被抽调参加，一晚上，在矿上就抓了30多人。

我原以为抓的都是"就业人员"，没想到，其中还有两个是干警子弟。而且在办案时发现，这些人也不过只是一些小偷小摸，搞男女关系的鸡鸣狗盗之徒。

案子办完后，好几起交给检察院，都过不了关。好说歹说，检察院才马马虎虎起诉判了几个。无奈，我们给多数判不了刑的，就申请劳动教养，才算是结了案。

当时，单位认为，既然抓了，就非判不可，免得让他以为是单位给抓错了，留下后患，日后找组织上的麻烦。

二

那晚收网行动，我参与抓了一个涉嫌流氓犯罪的"就业人员"。过了两天，审讯翻阅案卷，我看材料说，他与单位一女工乱搞男女关系，影响恶劣。然而，审讯时，他不承认自己是乱搞，说是人家女的是主动来的，他赶都赶不走。

找来女人问话，我一见人就愣住了。这个女的，正是那天深更半夜，从床上抓走那个男人时，躺在热被窝里的那个女人。

讯问中，她说自己喜欢这男人，心甘情愿跟他好。我瞧她一副坦然无所谓的样子，就爆粗口地说她"不要脸"。她顿时脸色涨红，表情尴尬难堪，不知所措，继而脸色又变得煞白，眼里燃起怒火，充满憎恨直视着我，任凭再问什么话都不言语。

问话陷入僵局，主审的老同志草草结束了讯问。下来就对我说，办案审讯是要看对象的，找犯罪嫌疑人问话叫作提审，找一般证人取证叫作谈话，找与案件有关人员问话叫作讯问，问话的对象身份不同，问的态度方法也不同，男女也要区别对待。就这，还要根据具体情况随机应变。像你今天这样，没有区别，不分青红皂白，一律对待，是绝对不行的。

他还说，今天我们面对的不是犯罪分子，是叫来取证的，既是咱们单位的青工，又是干警子弟，还是个女的，就更要注意了。更何况，她父亲还是咱们的一位领导。

听了这话，我吃惊不小，看似普通的一件事，还这么复杂？！

很快，我弄明白了。早在两年多前，这个女青年就看上了那个30多岁，长相英俊，已结婚有了孩子，与她一起在车间工作的"就业人员"。她父亲受不了女儿跟这么个人要好，竭力反对。可是，无论怎么劝阻，甚至打骂、以死要挟也没用。反倒导致女儿没了面子，干脆跟人家公开同居了。

她父亲让组织上出面，人家是个"就业人员"，不敢不听组织的话，立马表示愿意断绝关系，可她不听，死心塌地就要跟人家，组织上也拿她没办法。

我们领导，也就是她父亲，认为是人家蒙蔽祸害了他女儿，一直在想办法要拆散这对鸳鸯。这次全国声势浩大的"严打"运动，给了他机会，让他给人家扣上了一顶流氓犯罪分子的帽子，想给人家判几年刑抓起来，与女儿隔离开，彻底断绝两人的关系。

可是，最终结局并不如意，无论我们费多大劲，也给人家定不了罪，最后还是只判了个劳动教养。

现在回想起来，这案子实在荒唐，这故事令人心酸、悲愤，感觉苦涩凄美动人，让我愧疚。

30 多年来，我一直惦记着这对男女，不停在打听着他们的情况。先是了解到那女的调走了，后听说男的劳教期满就回西安与老婆离婚了。再后来听说他们结婚了，又后来知道，那女的下岗去西安和男的在一起做生意。现如今，他们的女儿都长成大姑娘了。

当时，看这事对我震动不小，中队 50 多岁的管教干事老周不以为然，不屑一顾对我说，你个娃娃家才来，不知道，这样的事多着呢，今后时间长了，就不奇怪了。

他还说，还有"老就"把干部老婆给睡了，甚至拐带走了的事发生。看我不信，他又说，这帮子家伙很多是从城市来的，见多识广，能说会道，吹起来五马长枪的什么都知道、什么都会，本事大得要命。而且人长得也都排场，不像我们干部，绝大多数是农村来的"土八路"，一个个灰头土脸，没见过世面。老婆就更不用说，让人家一哄一个准。

我思量，夺人之爱这样的事，可不是一般人能做到的，看样子，对这些人还真不能小看！

三

那时，"就业人员"一说，是官方在正式场合公开对他们这群人的统称。相对这里干警、青工、家属的身份称呼，私下里他们还被称作"老就"，更甚者还叫他们为"就业犯"。至于这是什么时候、什么人给叫开来的，不得而知。但通过观察我发现，这名号在劳改劳教单位使用虽然普遍，但却不是什么人都能随便这么称他们的。一般情况下，除了一些无知无畏者不怕得罪人，当面这么称呼外，绝大多数人只是在背后才会这么称呼他们。而他们自己就不一样了，多数不论什么时候或场合，高兴还是不高兴的时候，经常这样自称。有些就干脆挂在嘴边，将"老就"作为自身和自己同样身份的人与人群的一个代名词。你千万不要觉得好笑，在我听来，他们这不是无所谓的随意调侃，也不是简单毫不介意的自嘲，更不是自贬或自损，而是在发泄，是无奈现实、心存不满怨恨的一种发泄。

据说，20 世纪 70 年代初，一次就为一个"老就"的称呼，差点闹出场大乱子。

那天，矿上商店购进一些当时紧缺的白糖销售，附近"梅七线"铁路建设工地民工闻讯，也来排队购买。有民工插队，引起不满受到指责。插队的民工脸上挂不住，就冲着几个指责的人说"你个烂屎老就还想咋"？一下子像捅了马蜂窝，几个"就业人员"顿时疯了似的歇斯底里咆哮起来，质问民工"老就怎么了""老就是你叫的吗"，不依不饶与二三十个民工大吵开了。

不知怎么给弄的，消息迅速扩散开来，传遍矿山每一个角落，一下子蜂拥而至，迅速赶来了四五百"就业人员"，密密麻麻把民工给围了起来。眼看还有人继续涌来，派出所劝说也没用，事情越闹越大，把民工吓得不轻。直至矿领导赶到做工作，当场宣布，矿上的商店是为矿上的人服务的，以后紧缺商品再不给民工供应了，才平息事态。

四

我来时，虽说"文革"早已结束六七年了，可对"就业人员"的学习依旧抓得很紧。他们每天除了上班外，还必须学习两个小时，隔三岔五动不动还要写思想汇报，遇到点风吹草动，必须人人过关，写检举揭发交代材料，接受审查。开会学习时间，有事说事，没事就读报纸，听干部训话，敲打他们"只能老老实实，不许乱说乱动"。

后来，我到监狱里面管犯人才搞明白，这一套原来是从监狱里原汁原味照搬来的。

我至今还清楚记得，当时的干部讲话中有两句话听起来特别难听，让人受不了。一句是"不要忘了你的小名叫什么"，提醒人家，记住自己当初被判刑或劳教时的罪名；另一句是"你别忘了自己是咋到这儿来的"，敲打人家要记住，自己是被绳子捆绑来的，警告"就业人员"必须老老实实。

每当干部此话出口，所有"就业人员"，无论什么情绪状态，立马就像被人给猛地扇了一记耳光似的一激灵，跟霜打了一样就给蔫了。

不过，我也发现，日久天长，通过学习，他们中的一些人也真给练出来了。发言引经据典、说起来一套一套的很有"水平"，总能把学习会场气氛弄得像那么回事。对于一些发起言来滔滔不绝有特点的，还被大家冠以"铁嘴"的名号。像什么"张铁嘴""刘铁嘴"，全矿少说也有七八个。

我们排矸道就有一个"寇铁嘴"，平时说话、开会发言，虽然话不多，却总是慢条斯理、拿腔拿调，常常在严肃的气氛里说一些让人忍俊不禁的大实话，逗人笑得不行，还没法说他不是。

当然，当时情况下，多数"就业人员"还是谨小慎微，所处境地尴尬，恓恓惶惶地让人同情。

正值"严打"期间，一个周末，中队有个"就业人员"在宿舍炖鸡吃，被人怀疑，不过年不过节的鸡吃得有问题，就给中队干部汇报了。指导员也觉得这鸡来路不正，便安排晚上开会批斗，让他交代是怎么回事。果然，架不住中队几十个"就业人员"的围攻，众口一词说他吃的鸡"味道不正，一闻就有一股子贼腥气"云云，他很快承认，鸡是赶集回来路过农民家房后，顺手偷来的。指导员骂他"屁嘴馋得竟置法律于不顾"，让我拿绳子当众捆了他，算作处理。

我还想，这惩罚太过分，他一定对我恨极了。可第二天，一上班就见他一脸堆笑，冲我热情问好。这让我感到很意外，莫名其妙，这人怎么会这样？

后来与他熟了，我提及这事，开玩笑问，怎么不说鸡是买来的？他说，挣那么点儿工资，说买来的根本就没人会信，承认了，大不了被捆一绳子就算是完了，不然可就被我们那帮子"老就"弟兄们给找到表现机会，没完没了天天开会损我，那可受不了。

五

时间长了，见指导员、队长和其他老同志一副无所谓的样子，常与"老就"说笑，尤其是老周，毫无顾忌，与"就业人员"什么话都说，开起玩笑更是没边没沿，我也就慢慢放松了警惕，渐渐不再顾忌和防范。

那时，在排矸道上班，大盖帽和一身上白下蓝警服根本用不上，三班倒，每天八小时，只能穿一身劳动布工作服，沿着道轨从矸石山下到山上转悠几趟，看人家挂大钩，"哕哕"地"一停二行三快提"给信号，绞车房里的绞车拉着一根钢丝绳飞转，牵引着四五节满载煤矸石的矿车，在两根铁轨上轰隆隆地从山下向山上飞奔，倒掉矸石，再由山上向山下"叮哩咣啷"地给放下来。

在山顶看倾倒煤矸石，我常想：人生苦短，不正像这煤矸石，绝大部分在顺着坡势向山下溜滑，很快就被后来者给淹没了，而少数像不甘心被淹没、比较硬的大块矸石，就在大量矸石堆积起的山坡上顺势向前飞滚，只见被撞得高一下飞起、低一下破碎四溅，终究还是都被撞得七零八落被淹没了。

望着长年累月堆积如山的煤矸石，我感叹，今天毫不顾忌这样把它们不当回事，肆无忌惮随意丢弃，任由风吹雨淋，迟早有一天我们要付出代价、自食其果。不想，这一天终于来了，看今日的雾霾，不正是昔日制造的？！这恶果实在是沉重，足够我们付出几代人的代价"受用"了。

六

在排矸道干了近一年，无论什么人也从未给我讲过，上班应做些什么。只是指导员常叮嘱，上班一定不要忘了到大队调度室去签个名。至今我还没想明白，在排矸道设分队长这个职位，到底有什么用？曾一度觉得自己这个警察当得名不副实、徒有虚表，没点儿意思。难怪这里的人都不把穿警服的称作"干警"，而包括干部自称，统统习惯管他们称为"劳改干部"。

上班也没值班室，夜班或遇到雨天和雪天、风大时，我就照着老同志的样儿，躲进巴掌大点的信号房内，与"老就"挤在一起，围着一个煤火炉子，躲避风霜雨雪的寒冷和夜晚的漆黑。这样，便与他们接触得多了，慢慢开始给聊上了。

起初不熟悉，他们与我仅聊一些崔矿的艰难创业历史和自己的经历。但我还听出了一层意思，他们在述说，崔矿的从无到有、从小到大，离不开他们的贡献和牺牲。

他们还给我讲，从前的干部，包括一些领导，对他们是如何如何的好，他们又是怎样义气，拼命干活、创高产，还以回报。像是在提醒我，不要看不起"老就"，干部的工作成绩是靠他们干出来的，今后要对他们这些"老就"尊重点儿。

后来，接触多了，谈天说地什么趣闻逸事和笑话也都聊开了。

他们来自五湖四海，哪的人都有。绝大多数是其他劳改劳教单位调来的"就业人员"。一般集中住"就业大楼"里的集体宿舍，只有个别带家的，住在矿区周围的山上，自己用荆笆和油毛毡搭建起来的笆子房里。

他们与人闲聊，有个共同特点，无论聊什么，都忌讳提及自己曾经犯的所谓罪错。赶上话题绕不开，也都敷衍说，自己当初是因贩卖粮票被当作投机倒把给弄来的。个别人即使不这么说，也搪塞说"档案里都有"，一句话略过，根本不愿提及那些往事。我纳闷，哪来的这么多投机倒把？！

这让我越发对他们的过去感兴趣，想从老周那里借来档案看个究竟。于是，请示指导员，便借出档案翻看起来。这一看，不仅看到了排矸道上的每一个"就业人员"的个人历史，还窥探到了一段特殊时期的社会历史。

看老宋的判决书，让我心惊肉跳，头皮直发麻，这个平常老实巴交不爱说话的人，当初才十四五岁，因继母与人通奸，就手持利刃凶残地把人给杀了，是个地地道道的杀人犯。

平日里说话笨嘴拙舌的检修工、富平人满喜，确实是因倒卖粮票被判刑的。

为人开朗正派，开绞车的东北"大老梁"，以前在社会企业也是开绞车的，只因生产安全事故，被认定是破坏生产，就给判了个反革命。为此，刑满释放还被强制留厂"就业"，不允许返回原来户口所在地。

会做木工活的河南人老石，到处流浪揽活干，被当作社会不稳定因素的——"盲流"，就被"收容"给抓起来，稀里糊涂"留场就业"了。

能写会画却谨言慎行的材料员，安徽的老刘，从前是个"一贯道"坛主，真正的反革命分子。

呵呵！油腔滑调能说会道的寇铁嘴，原来就是靠耍嘴皮子过活的，犯的是诈骗罪。刑满释放鉴定说他不老实接受改造，就不允许回西安，被强制留场了。

总喋喋不休，喜欢提醒大家注意用电安全的电工，重庆的老带，以前还是个大学生，工厂里的技术员。一个人的档案材料就装了三袋子，让我翻了一天才看完。其实，他本身的案子倒不复杂，档案中收存的大多是他在劳教期间，被扣下来的他妻子来的信。一封封读起来令人动容，不由得让我不惜花费精力，用了一个多月时间全部给抄了下来。当时盘算，今后有时间一定将他写成一部长篇小说。

说起他的案子，我觉得真冤枉。那天，他上班去得早，无意间碰到主任的老婆在车间办公室里洗澡，就骂了人家。结果，保卫科找他，说他耍流氓，要给处分。他情绪激动，就与保卫科的人大吵起来，闹得不可开交。厂里见无法收场，就报公安机关给他了个劳动教养处分，被发配到千里之外的陕北农场劳动改造去了。从他档案中的信里看到，他这一走，身为小学教师的妻子也不知他去了哪里，就整天泪水涟涟的，利用寒暑假时间，将幼小的孩子托付给别人，从宝鸡出发，一路北上，踏上了一条千里迢迢艰难的寻夫之路。而他由于劳教期间表现不好，一再被延期，最终还被强制留场继续接受改造。等到妻子找到时，他已成为"就业人员"。

我在档案材料里还看到，他们头上除了都戴有一顶"老就"的帽子外，还戴有什么"历史反革命""右派分子""坏分子"和什么"四类分子""五类分子"等大小不一、轻重不同五花八门奇形怪状的"帽子"。

请教老周方才得知，这正是他们当初被留场就业的原因。其中不乏戴有两三顶帽子的人，也都是后来历次政治运动留下的纪念。

按理说，他们在劳动上也同普通公民的待遇一样，每天劳动八小时，每周能休息一天，还享有探亲假和足够的劳动安全保护待遇，工资不论高低，能按月发放。在那个全民普遍艰难困苦的年代里，勉强能养活一家人，生活比个农民强多了。可是，给人感觉，他们尽管每天也活得有说有笑，却总是让人觉得说得缺少底气、不随意，笑得也都勉强、不自在，与我从小到大所见过的一般的国有企业职工不怎么一样。

偶尔，在杂志上看了从维熙的《大墙下的红玉兰》、张贤亮的《男人的一半是女人》两篇小说，方才帮助我读懂了他们。

在那个年代，他们头上的"帽子"过于沉重，把脊梁都给压得变了形，以至于挺不起腰，抬不起头，看不到前行的路。拼命睁大眼睛，也只看到自己洒在地上的汗水，无法看到远方。

就这样，整天还要压抑自己，拿出一副泰然自若的神态，装模作样，维护自己做人仅剩的那么点儿可怜的尊严。我渐渐地内心竟为他们涌起同情和悲哀，甚至不平。

七

望着整个矿区周围山上，散落许多用荆笆、油毛毡搭建低矮的笆子房，我常想，为什么他们不能与干部一样，住在矿上家属院里的楼房或平房里？

每次看到排矸道旁住着的几户人家，女人和孩子出来，我总忍不住好奇多看几眼，想象这女人的贤惠和对自家男人的依恋，那孩子未来的出息和他的父亲，以及笆子房里的温馨，甚至每一天的幸福快乐。见到院子里的花草、屋后种的一点儿蔬菜生机勃勃，听到孩子和女人的欢笑，内心竟有许多安慰。

就在我为他们感到惆怅的时候，忽如一夜春风来，一个好消息不胫而走，迅速传遍整座矿山，上面下来政策，要给"就业人员""摘帽"，转为国家正式职工了！

这在现在看来合理的事，当时却很不容易，简直就像冬天里炸响的雷声，令人感到奇怪。在"就业人员"看来，简直不得了，是做梦都不敢去想，也想象不来的天大的好事！可在许多干部看来，这些人怎么能一夜之间就成为国家正式职工呢？！

再加上当时社会就业问题突出，"待业青年"满街到处都是，许多干部的子女高中毕业都安置不了，干部对"就业人员"转为国家正式职工的政策意见很大，都认为，给他们转正，还不如把矿上的"待业青年"问题给解决了。

那段时间，抑制不住内心喜悦，他们精神焕发，走在路上都流露一股喜气洋洋的神情。不少按不住板的人，迫不及待，把爱人和孩子也给接到矿上来了，给矿上增添了许多人口，使得改革开放都四五年了，还沉寂的崔矿有了人气，热闹起来了。

此时，有个别人也不叫我"胡排长"了，管我叫起了"小胡"。

就在这时，又传出消息说，政策不是一刀切，只有表现好的，被摘掉帽子，才能转为国家正式职工。这下他们又给慌了，认为这就是说，干部一句话：说你表现好，就可以摘帽被转为国家正式职工，说你表现不好，帽子不能摘，那一切就都成了泡影，全完了。霎时，前一阵子的喜形于色成了忧心忡忡，他们言谈举止收敛许多，唯恐让干部看不顺眼，说一声表现不好，失去这次关乎自己名分，改变自己和孩子们的前途命运的千载难逢的机会。

就在全国劳改劳教单位的这群人，命运转折、即将告别昨天的历史节点上，我也离开了排矸道，进监狱管犯人去了，真正干起了一个监狱警察的本分工作。

好在青山遮不住，毕竟东流去，历史发展到了必然阶段，没人能阻挡。最终绝大部分的"就业人员"都被摘了"帽"，转为国家正式职工，成为工人阶级中的一员，儿女们的招工、招干等一系列问题也自然随之迎刃而解。

八

其实，在崔矿当时"就业人员"多达数千人，不仅只有排矸道这地方有"就业人员"，有他们的地方多了。像选煤楼、从事生产运输和地面基建的几个中队的生产人员也都是清一色的"就业人员"。还有中队大队的什么保管、材料员、收发报纸写写画画的宣传员，在井下开电机车的司机、带犯人劳动的"代班长"，地面后勤上干部职工食堂的炊事员，理发馆的理发员，机关办公楼和家属院的电工、水暖工、打扫卫生的清洁工，干什么的都有，甚至一些干部岗位，像学校里的教师也有他们中许多能人的身影。平心而论，这座矿山的建设发展，的确离不开他们的付出和牺牲。

那年"摘帽"转工后，"就业人员"一词，便从劳改劳教单位的文书和干部正式或非正式场合的讲话中消失了，"老就"一说也再没人提了。

前些年，有一次从矿部机关门前广场路过，看到三位老人闲聊，前面不知说些什么，只见一位老人指着地面比比画画说"哎呀！那时候在这里看个电影，干部家的三四岁大点儿的娃占地方、在地上画个圈，我们都不能碰"，擦几把眼里滚出的泪水又说"不敢越雷池一步"。旁边两位老人脸色难看，挥挥手示意让他别说了。

如今，30多年过去了，他们中的绝大多数人已离世，所剩也寥寥无几。排矸道以及他们所干过的其他所有岗位，也全由他们和干部的儿女们给接替了。他们中有些人的儿女还当上了干警，甚至走上了领导岗位。可我却还是总想起他们，想起他们及家人在那个年代的艰难和不易。

2017年元月

遭遇尴尬

参加工作那年，已是改革开放的第三个年头。那时，穿上身警服，在社会上是非常受人尊敬和羡慕的，再加上上岗前还在公安劳改学校培训近一年，就自以为科班出身骄傲。这时，突然遭遇一次尴尬，竟使我成熟了许多。

那天，监狱从外面拉进来一车苹果，我带领十几个犯人卸车。过秤时，果农热情地拿来几个苹果让我吃，推辞不过，看着又大又甜的苹果，我忍不住就接过一个吃了起来。和果农闲聊中，忽然发现他的目光不安地在卸车的犯人中扫来扫去。转身一看，几个犯人一边卸车一边在"偷"吃苹果，我立刻火冒三丈，大声呵斥："干啥你？人家的苹果还没有过秤，你们就吃开了！"那几个犯人慌忙把手里剩下的苹果一口塞进嘴里。我粗鲁地骂道："要脸不要脸？"他们不吭声，忙活卸车，而有一个犯人手里拿着半个苹果愣在了那里，我冲着他喊："你咋回事？"

他这才从车上接过一筐苹果扛起来小声嘟囔："我们吃人家的苹果不要脸，那你呢？"

顿时，我愣住了，说不出话来，脸憋得通红，尴尬极了。要知道，在那个无产阶级专政的年代，犯人说出这样的话，是不得了的。稍作镇静，我留意周围人，都装作什么也没听到，在忙活卸车，算是给我了点面子。我真想收拾他一顿，可转念一想，凭什么呢？就凭我是警察，他是犯人，他给我办难看了吗？感觉从逻辑上讲，他说的也没有错。冷静想，还是自己不该吃那个苹果，不该过分指责别人，更不该粗鲁骂人。也许，他们还是受我影响吃的苹果。于是，我克制自己，选择了放弃，默认了自己的错误，不了了之。

谁知，半年后，他在刑满前一天来找我。进门就鞠躬说了声对不起。我还没反应过来怎么回事，他又说："我一个40多岁的人，遇事还没有你一个20岁的年轻人冷静，实在惭愧。"话没说完就冲我又鞠了个躬。接着说："我以为你肯定要找我的碴，这段时间一直忐忑不安。"

我摆手打断他的话，起身让他坐下。撇开让我尴尬的那件事，询问他家里面的情况和刑满后的打算，彼此聊了起来。

那天，我感受到了冷静、理智和宽容的魅力，心情久久不能平静。反复琢磨掂量人与人之间彼此"尊重"的分量，牢牢记住了"冷静、理智、宽容、尊重"几个词。

2011 年 10 月 28 日

六个菜墩子

天刚亮，老太太就起床，忙泡碗方便面吃了，把六个沉重的菜墩子一个一个吃力地抱到楼下，汗也顾不上擦，又忙着一个一个再搬到家属院大门外，急忙拦了辆"蹦蹦车"，驶向县城汽车站。

候车室里，老太太一边焦急地排队买票，一边不时回头张望一旁堆放的菜墩子，拿到头班车车票，长长地舒了口气。脚跟还没站稳，喇叭就叫喊"进站了"，她又慌忙抱起菜墩子，一个一个搬到站内，当最后一个抱上车时，累得气喘吁吁，一屁股跌坐在座位上。

乘务员盯着一堆菜墩子嚷嚷："摞起来都一米多高，比一个人都重。"她连忙赔笑称是。乘务员说："那就补张票！"她忙堆起一脸笑容解释说："我不是贩这个的，是送人的。"

乘务员反唇相讥："看你这把年纪，也不像是个二道贩子，不然得补两张票！"她想说："你看我快70了……"话还没出口，乘务员不耐烦地呵斥道："不补票就下去！"老太太无奈地赶忙又给菜墩子买了一张车票。

汽车驶出县城，一轮红日冉冉升起，照耀着一望无际的八百里秦川大地，生机勃勃。田野里，刚刚收割过的麦田，沉睡了一夜，裸露的土地散发出清香的泥土味，浓郁扑鼻。老太太心情好了许多，想着去看儿子，心里充满希望。

车到咸阳，老太太抱起菜墩子，搬来搬去地一番折腾，才换乘上前往铜川的长途车。

汽车顶着烈日前行，车内像蒸笼似的，酷热难耐。只要车停靠路边上下人，车上的人便争先恐后抢购小商贩兜售的冷饮，还大声叫嚷"要冰镇的"。老太太却只顾盯着菜墩子，直到汽车重新上路才放下心来。

人们指天道地埋怨天气炎热，叫苦不迭。老太太置若罔闻，望着窗外，思绪飞扬。

那天，警察从家里把阳子带走，老太太如雷轰顶，一下子瘫坐在地上。阳子被判刑送到监狱半年多，她去探望了六次，每次见到儿子都哭哭啼啼。看她这个样子，监狱警察邀请她参加了一次家属入监帮教活动。看到监舍整齐卫生和军营一般整洁，院落草坪花园和城市小区一样漂亮，还有医院、学校、球场、澡堂、超市，老太太耳目一新，十分激动。听说表现积极还能得到减刑，更是兴奋，再三叮嘱阳子，一定要好好干，争取减刑。参观伙房时，见几个菜墩子有些年久了，便暗自拿定主意，要买几个送来，表示自己的一片心意。今天终于成行了，心情十分愉快。

正午时分到铜川，火辣辣的太阳地里，老太太又是一番艰难的折腾，把最后一个菜墩子抱到车上时，一下子瘫坐在了车门口，别人搀扶着才坐到了座位上，饭也顾不上吃，就换乘上了前往监狱的汽车。

行进在渭北高原崎岖的山路上，望着窗外景色，想到马上要见到儿子了，老太太兴奋不已，不停地自言自语，赞叹车过之处，松柏的苍翠和气候的凉爽，全然忘记了一路上的煎熬。

到了地方，老太太抬头望了眼不远处的一道山梁，吃力地抱起一个菜墩子到一个拐弯处放下，又去抱一个过来，还不时两头张望，直到全部集中在一处，然后继续又一个一个把菜墩子往前方下一个视力所及的地方抱。就这样一步一步艰难移动，微驼的脊背渐渐高过了头顶，感觉怀抱着的柳木树墩子比磨盘还沉，艰难地挪到了监狱门口。

带着六个菜墩子，见到儿子，老太太了却了一桩心愿，全然不见监狱警察的无奈，高兴极了。阳子望着菜墩子，心里像打翻了五味瓶似的不是滋味……

回到家后，老太太就病倒了，再也没能起来。姐姐来看阳子强忍悲伤、故作平淡撒谎说，妈妈身体不好，出不了远门了，今后不能来看你了。妈妈要你好好干，争取早点回家。

姐姐走后，阳子变得更加积极了，脏活累活抢着干，还学会了记日记、做笔记。获得减刑奖励时，等不急姐姐来探望告诉她，高兴地就把减刑裁定书寄了回去。姐姐捧着裁定书泪流满面，到妈妈墓前告诉了妈妈。

后来，监狱伙房杀猪，阳子不慎滑倒、跌入滚烫的开水锅里烫伤了下肢。当伤口结痂脱落时，他突然发现四肢关节处皮肤紧绷、疼痛难忍，不能动弹，顿时蒙了，一整天饭也不想吃，感到绝望。夜深人静的时候，阳子想起了妈妈，骄阳下妈妈抱着沉甸甸的菜墩子艰难挪动的身影总在脑海里浮现，难以入眠。第二天，阳子紧咬牙关开始锻炼。此后，他每天除了吃饭，觉都不想睡，忍受着钻心的疼痛，坚持锻炼。功夫不负有心人，一年多时间，阳子身体奇迹般地康复了，竟然恢复得和从前一样。

　　春来秋去，寒暑交替，阳子再次获得了减刑。当来接他回家的姐姐接过裁定书时，再也控制不住自己，失声痛哭，冲着远方呐喊："妈妈！阳子要回家了！"阳子愣住了。

　　姐姐伤心地告诉他，妈妈六年前已经走了。

2012 年 8 月 18 日

善诱

在街上匆匆行走，忽然有人挡住去路，驻足定睛，看这人有 50 多岁，留着修剪整齐的胡须，晃动着一头男人中少见的垂肩长发，望着我嘿嘿地笑着，似乎在用眼神问，还记得我吗？稍作迟疑，我想起来了……

时间一晃，快 30 年过去了。那年，我刚参加工作到监狱上班，晚上第一次点名，当点到他时，半天才听到"嗯"的一声。循声望去，一双充满挑战的眼睛盯着我。同时，院子里昏暗的灯光下，一百多双眼睛也正齐刷刷地望着我，鸦雀无声。我心想，来日方长，慢慢来吧，笑了笑继续点名。

看着犯人都休息了，我才出监。到了办公室，迫不及待打开档案柜，找到他的档案翻看。原来，他家在铜川矿区，16 岁那年，初中毕业下乡到了农村，由于和几个知青成立反动组织，被判反革命罪 18 年。入狱六七年了，一直拒不认罪。合上案卷，我就拿定主意，拿他"开刀"。

留意观察，他说话有点口吃，平时不苟言笑，不喜欢和人交往，高兴了就出工，不高兴就说自己有病不去了，谁也拿他没办法。看起来他还挺讲究卫生，可是整天却衣衫不整，趿拉着拖鞋，在院子里转悠，遇到干警也不避让，好像有意在示威似的。

我找他谈话，按监规犯人进入干警办公室是要打声"报告"的，可是他却径直进来，到我面前盯着我不吭声。我问他为什么进来不报告，他张嘴"我，我……"了半天说不成一句完整的话。我笑着摆摆手、让他别说了坐下，他坚持不坐。当谈到他的犯罪情况时，他出人预料地说："我拥护中国共产党，拥护社会主义，还不知道自己怎么反革命了？"

我惊讶，怎么一个反革命竟然不承认自己反革命？脑海里很快过了一遍他的判决书，对他说："你们成立具有明确反动纲领的组织，还有具体分工，不是反革命是什么？"

他说："那是我们一帮子知青闲得无聊，闹着玩呢。"

我说："公民啊，你以为什么都可以玩啊？"

他结结巴巴说："那我又没有具体行为，造成什么后果。"

我说："那样的话，就不是18年了，恐怕脑袋得搬家了。"

他沉默了一会儿才说："反正我是冤枉的。"

我说："冤枉不冤枉，也不能稀里糊涂。咱们都好好学学《刑法》，弄个明白。"接着话锋一转，直截了当指出："但是，你的改造态度必须端正。"

他急了，结结巴巴问："我改造态度怎么了？"

我说："你自己心里最清楚，还用我说嘛，我还想向你讨教呢？"我见他不言语又紧接着问："你整天那副样子，感觉大家看你的那种目光舒服吗？"

整个下午谈话，他说话结结巴巴很费劲，让人感到很累。

过了几天，从监狱院子里走过，恰好遇到他，我有意夸张地主动给他让道，弄得大家都看他。他愣了一下，脸红了，急忙转身回监舍了。从那以后，我再见到他，看他衣扣扣得整齐了，也不趿拉拖鞋了，老远看见干警过来就走开了。我暗自高兴。

有一天，我在值班室，忽然听到一声"报告"，让进来一看是他，我笑了。他挠挠头，结结巴巴说："你可能听说了吧？我下井干活不行。这不怪我，关键是我身体确实不行。"我询问了他身体情况，看他面黄肌瘦的样子，估计他身体可能确实不行，又考虑到他近来的变化，就想给他调整一个力所能及的活干。并且叮嘱，身体不舒服，要找卫生员看看。

我向中队领导汇报了情况，说明我的打算，得到了支持，随即高兴地通知他去作衣房报到。没想到他嫌作衣房工作太简单，认为那儿以前都是老弱病残待的地方，还不愿意去。我劝他先去试一试，他才勉强去了。

没几天，他来找我，开口就说："那里简直就不是人待的地方，作衣上薰人的汗臭味和刺鼻的煤尘味搅和在一起，真要命，我受不了。"我说："照你这么说，人家在井下干活，不但要闻这些味道，还要忍受衣服里面汗流浃背、外面冷风嗖嗖的煎熬，早都活不成了？"他愣了半天，没话可说，转身就走了。

过了一段时间，我去作衣房，看到衣架上衣服堆放乱七八糟就生气地对他说："这样管确实简单，可是你自己看，这像人干的活吗？"接着还说："你不怕丢人，我还嫌丢人呢！人家会说，怎么找这么个管作衣房的啊？还不如老弱病残管的呢。"看他脸红了又说："工作衣一定要摆放整齐，而且没事的时候还要翻一翻，看到潮湿的衣服和胶靴给烤一烤，最好见衣服有破烂的地方再给缝一缝。"见他愣神，又有意装作无奈地说："再试一试吧。"

又过了一段时间，我去作衣房，推开门里面静悄悄的没有一点响动，衣架上作衣摆放整整齐齐，地面干干净净，绕过两排衣架，只见火炉周围烤着许多潮湿的作衣，透过后面几排衣架，看到他正在埋头聚精会神地缝补衣服，直到我走到身边，才猛地抬头，连忙起身，挠着头不好意思地笑了。我拿过来他手里的衣服看了看，虽然针线功夫差得远，还是高兴地连声夸了几句，顺手也缝了两针，冲他笑了笑走了。

年终表彰大会刚结束，他就来找我，埋怨作衣房其他人不烘烤衣服，看到有破烂的衣服也不管，还把闲杂人员带到作衣房谝闲传，自己想一个人承包作衣房。我一听就明白了，这段时间犯人下井都穿上了干净暖和的工作衣，衣服破烂了还有人给缝补，很多人都改变了对他的看法，相处交往多了，他的情绪也平和多了，再加上会上受到表扬，尝到了甜头，一下子来了劲。考虑到不能急于求成，再说监狱也不允许犯人独处一室单独干活，我没同意他承包作衣房。他走后，同事说，这家伙怎么不结巴了？我这时才发现他的这一变化，会意地笑了。我趁热打铁，征得指导员同意，让他当了组长。他很认真，干得有模有样，跟换了个人一样。

这时，我把他叫到办公室，拿出一本《刑法》给他，他接过去看了看笑着又给了我，挠挠头："用不着了。"我笑着点了点头说："那就好。"他支支吾吾地说："你看我有希望减刑吗？"我高兴地说："当然有！只要你努力。"他诚恳地说了声"谢谢"。

忽然有一天，作衣房着火了，许多工作衣被烧掉了，损失惨重。经过调查，是他在上班时，一边缝补衣服，一边烤作衣，没注意引着了作衣。因此，他被关了禁闭。我担心他破罐子破摔，到禁闭室找他，果然他情绪低落，不论我说什么，都唉声叹气不言语。看他这副样子，我真头疼，他坐了半个月禁闭，我想了半个月，最后拿定主意，还让他到作衣房去当组长。解除禁闭那天，我去接他时告诉了他，看他感到意外的样子，我说："相信你会比以前干得更好。"还打气说："在哪摔倒的，就在哪爬起来，让人看看咱不是一个日把嬂。"

后来，他干得不错，减了两次刑，提前回家了。

那天路遇，他紧紧地握住我的手说："这么多年了，我经常想起你。"我高兴地说："我也常想起你。老想你在做什么呢？"说话间，见我老看他的头发，他不好意思地指指不远处堵在路上的几辆大拉煤车说："经常跟车走夜路，扎势唬人的。"我看他说完四处张望，就忙告别，他急忙拦住我说："别急！我找商店给你买两条烟。"我硬是推辞，匆忙道别，高兴地走了。

2013 年 6 月

一次狼狈的经历

1985年夏天，在监狱基层工作中的一次经历，令我狼狈不堪，至今难忘。

那天，我正在接见室里负责犯人会见家属，突然一个怀抱婴儿的女人冲着面前的男人大声问："你说！让我咋办？"男人一愣，看到满屋子的人都在看自己，脸一下子红了，气得对女人说："甭吱哇！"女人不依不饶，提高嗓门又问："那你说！让我咋办？"男人不耐烦地说："你爱咋办就咋办！"女人"呜呜"地哭了起来。男人说："你哭球哩。"女人气得发抖，一把将怀里的婴儿放在桌子上，甩下一句"娃给你，我管不了"，站起来转身就走。我急忙去拦，没拦住，也顾不上问怎么回事，抱起婴儿就追。

原以为她不会走远，没想到，出了监门看到她头也不回，已经走出了老远，我一下子给蒙了，慌忙追赶。那年我才20出头，不会抱小孩，追赶中，怀里抱着的婴儿"哇哇"大哭。不知道那女人叫什么名字，我只有在后面焦急地"哎！哎！"地喊。她理都不理，反倒跑了起来，弄得行人都在看我，让我尴尬极了。就这样，我狼狈地一直追了两里多路，到了车站，才追上。

我穿着一身警服抱着一个"哇哇"哭的婴儿，气喘吁吁，不断地对不停抹眼泪伤心的女人好言相劝，引得许多路人驻足观看，甚至还有一些熟人侧目而过，站在不远处回头观瞧。我的脸火辣辣地烧，感觉难堪极了。过了好一阵子，女人才平静下来，接过了孩子，道出了事情的原委。

原来，丈夫被判刑走后，女人带孩子，没办法下地干活，过了半年多，家里仅有的一点积蓄花光了，存储的粮食也快吃完了，婆婆不管，娘家又没法回，眼看生活陷入了困境，给丈夫写了几封信，也不见回音，今天来看望丈夫，指望丈夫想个办法，谁知丈夫不但没办法，反而净说她的不是，还在那么多人面前发脾气。

我问："你婆婆为什么不管？"她说："农村人，老脑筋，婆婆看儿子判了六年刑，认为儿媳妇年轻，守不住，迟早会找人家的，管也白管，所以不管。"

我安慰说，事情不难解决。她反问："还不难解决？你看我，男人管不了，婆家不管，娘家又没法回，咋办？"

我说："我们管。"见她一脸疑惑，又说："监狱不仅是关犯人的地方，还是改造犯人的地方，影响犯人改造的事都管。"接着对她说，我这两天和你丈夫谈谈，让他写信把他妈叫来，当面好好说说，商量个解决问题的办法。我们也开导开导老人，毕竟孙子是自己的。

这时车来了，我看着她抱着孩子走了，才长舒了一口气。

当天晚上谈话中，女人的丈夫说，自己现在成家立业，本来应该是照顾老人的时候，可是却进了监狱，反倒还要老人来养活自己的婆娘和娃，实在没法开口。我说他知道这个道理就好，现实摆在面前没法解决，开不了口也得开口。当务之急是先把妻子和孩子的生活问题安顿好，你好好改造，争取减刑，早点回家，加倍给老人尽孝心。不然，什么都是空的。

他听我的话，一连写了几封信，把老人给叫来了。在老人面前，提起无助的妻子和孩子，他流下了眼泪。我趁机劝导老人，结果可想而知。

半年多后，女人带着孩子和公公婆婆一起来了。望着他们祖孙三代在一起的情形，我又想起了那天的尴尬、狼狈，不由得笑了。

2013 年 10 月 10 日

追悔

在押解回监狱的路上，他满脑子里都是面容憔悴无助的妻子泪眼婆娑，虚弱的女儿躺在医院病床上可怜的样子，眼泪不时夺眶而出，眼睛哭得红肿。到了监狱大门外，竟然还不知已回到了自己从前逃离的地方。

一个警察从监狱的大铁门里出来，办交接手续叫他的名字。他应声答到，瞟了一眼警察，忽然发现眼熟，似曾相识。猛然间想起来了，急忙回头，望着不远处熟悉的山峦和满山郁郁葱葱的松柏，如梦方醒，回来了，到底还是被抓回来了。

进了监门，一切也都变了，变得十分陌生。从前依山而建的一排排灰色的监舍房屋不见了，取而代之的是几座雪白整洁的号舍楼房、平展宽敞的水泥道路、修剪整齐漂亮的花坛草坪。就连高墙电网也崭新，变得坚实、威武、漂亮，全没了当年的模样。

严管队的大楼里，禁闭室的走廊宽大明亮，雪白的地面上一尘不染干净卫生，安静得落下一枚针都能让人听到，没有丝毫阴森恐惧，却让他感觉紧张威严，空气中有股气息逼人。

这一夜，躺在铺上，透过禁闭室高处的窗口，望着夜空如钩的新月，他辗转难眠。

12年前，一念之差离开了这里。那时，他就想到了，迟早要被抓回来的。可是，怎么也没想到，被抓得这么突然，这么让人撕心裂肺。

那天，坐了一晚上火车，从宁夏黄河岸边荒凉的小村子里千里迢迢赶到陕西宝鸡给患病的女儿看病，才住上院，正在忙着楼上楼下地拍片化验检查，忽然被人扭住双臂摁在地上，还以为是遭到打劫了，刚想张大嘴巴呐喊，就被戴上了冰凉的手铐，他立刻明白了，12年前的账到清算的时候了。

他经历这场面不是第一次，心里一点也不胆怯，可猛地想起病弱的女儿还在等着爸爸给她看病，就"呜呜"放声哭了起来。

见此情形，警察没有让他在医院里和妻子女儿告别，到了看守所，才叫来他的妻子，说明情况。这时，他那从小生活在贫瘠偏僻的小山村、善良的妻子，无法相信，七八年来朝夕相处、同床共枕的人，竟然是个逃犯，如雷轰顶，一下子晕倒了。

他，后悔12年前的铤而走险，后悔隐姓埋名远走他乡，后悔当初爱上了这个女人并欺骗她生活在了一起，更后悔还生了两个无辜的女儿。心想，若没有那一次的一念之差，如今也早已刑满释放，光明正大回到在关中平原腹地的家里，孝敬上了一双年迈而又残疾的父母。

他思量，这12年里，哪怕听上一个亲人的一句话，也不至于落得这么个痛苦悲惨的下场，连累无辜的妻子女儿承受这样残酷的打击和伤害。

还有那天深夜，潜回家中，父亲见到他，没有惊讶，只有老泪纵横，给他讲的一件事。

那年冬天，追捕来了几个警察在家里住了好几天。快过年走的时候，一个警察看他们两个孤苦伶仃的残疾老人无心过年，什么年货也不准备，实在可怜，就悄悄地给他100元钱，安慰说不要想得太多，准备年货过年吧！再三叮嘱，如果见了儿子，好好劝劝，逃跑走的是一条没头的路，知错改了就行，回头越早越好。

听父亲哭诉，他的思想松动了，然而当老人的哭泣变成唾骂时，他脑子又乱了，鬼使神差般扭头就翻出了后院墙，逃进了漆黑冰冷的夜色，朝着西北荒凉无边的大漠去了。

当新的一天旭日照亮禁闭室时，他彻底醒悟了。他明白，世上是没有卖后悔药的，再不能干后悔的事了。他要说清楚12年来的经历，尽快把这荒唐而又揪心后悔痛苦的一页翻过去，埋头苦干，抓紧时间争取早日堂堂正正走出监门，回到家里，给女儿看病，孝敬年迈的父母，补偿对妻子的亏欠。

2014 年 5 月

在监狱里过年

这些年来，每当岁末年首，我总想起从前在监狱里和犯人一起过年的情形。

每到过年的时候，监狱一改往日沉重冰冷的气氛面貌，四处挂满了犯人自制的五颜六色、形状各异漂亮的灯笼和彩带，包括监狱大铁门在内的所有大小门上都贴上了大红的迎春对联，也是张灯结彩，喜气洋洋，呈现出一派喜迎新春欢乐的节日景象。

大年三十，监狱伙房会给犯人精心制作十几样可口的菜肴，再发放一些面粉和饺子馅，让他们自己包饺子，吃上一顿丰盛的年夜饭。可以说，这是监狱里最热闹、犯人最自在的一个晚上。尽管禁酒，也不允许饮用任何酒精类饮料，但却一点也不影响大家过年的兴头。置身装饰喜庆热闹的环境气氛里，让人无法不高兴。傍晚时分，犯人在号舍里三五成群凑在一块，边包饺子边吃菜，兴高采烈、海阔天空拉扯着一些喜庆的话题。这个时候，干警都会早早地吃了饭，放下往日里的"架子"，分头到各个号舍里与犯人同乐。其实，这其中还有一层意思，就是加强现场监管，防止有人高兴过头发生意外。

年夜饭毕，刚刚收拾完，监狱大院里的锣鼓家什就敲起来了。随着第一波鞭炮声起，大家都知道，这是监狱领导拜年来了。领导每到一个分监区院门口，都是一阵锣鼓鞭炮齐鸣，然后是主要带队领导一番热情洋溢的讲话，一片掌声雷动。等到领导走了，分监区还要在每个号舍摆上瓜子糖果，开一个茶话会。然而，从1938年我来监狱工作，过的第一个春节起，到后来我在监狱里过最后一个春节，这个茶话会，每次都由于赶着看央视的春晚而开得仓促，但是也暖人心，体现了国家和干警对犯人的关心。

大年初一和外面一样，一大早鞭炮声此起彼伏，监狱里各个分监区都在自家小院门口燃放"开门炮"，祈求新年吉祥如意。到了上午九十点，六七个分监区之间，还要来一场拔河比赛，后来增加了升国旗仪式，场面热闹极了，一下子就把节日的气氛推到了一个高潮。午饭后，各单位各自为政，搞一些有奖游戏活动，增加节日情趣。

这期间，从监区到分监区，都很重视一些家中无亲无友、长期没有通信来往、无人接见和患病的四无人员，专门为他们召开一个茶话会，送一份慰问品。甚至连正在坐禁闭被严管的犯人，干警也要找他们谈一次话，给改善三天伙食。晚上一般都有一台干警与犯人自编自演的文艺演出，丰富狱内节日文化生活。当然，从初一到初三，每个分监区的电视都是全天开放的。这所有的一切都是为了减少犯人对家人的思念，让他们安心改造。

回想起来，在监狱基层单位工作过20多年，绝大多数春节，我是在监狱里和犯人一起过的。虽然离开基层到机关工作都已10年了，可以前的那些个春节我还记着，难以忘怀，依然眷恋。想起来兴奋之余，不免也有许多愧疚，那么多个春节，没有在家里，或回到父母身边，陪伴他们度过。其实那些年里，父母和妻子，就连年幼的女儿也都习惯了，他们知道，作为监狱警察，越是到了节假日反倒越忙。

又是一个春节来临了，我真想再到狱内去，重温在里面过年的那种忙碌而充实的感觉。

2015 年 2 月

问心无愧

那天，我正在监狱值班，监门传话说，有法院的人带犯人妻子来办理离婚。我一听头就大了。因为在监狱，离婚是影响犯人情绪、出现思想波动的一个重要因素，可能导致行为后果难以预料，处理起来很棘手。

照往常，遇到犯人家属提出离婚，一般情况下，我都先和办案人员沟通，再跟犯人妻子好好谈谈，弄清问题的症结之所在，想方设法劝和。实在不行，适当设置一点合情合理的障碍，尽量拖延一些时间，做犯人的工作，让其慢慢转过弯来、想开点，离就离吧，尽力做到软着陆。

可这次的情况不对劲，在监门外，我了解到，这个女人铁了心似的没有一点回心转意的意思，法院的人也是一边倒，好像来就是判离婚的。

我在想，这女人已等了七八年了，男人再有半年多就刑满了，怎么剩下这几天不等了？我可不想让即将刑满的犯人满怀希望却等来一张离婚判决书，在这节骨眼出什么问题。然而，他妻子给我的感觉恰恰是想抓紧时间把婚离了。这可怎么办？我一时竟没了主意。

忽然，介绍信引起我的注意，上面怎么只填了一个人的名字？我向法院那人客气地要来工作证一看，感到又不对劲了，他的工作证上面的职务怎么是法院执行庭法官呢？我盯着他在想，离婚这样的民事案子，一般都由基层法庭管，怎么会让执行庭来办理呢？再说，法院怎么可能派一个人来办案呢？一个人做的笔录是没有法律效力的啊。

看我好一阵不言语，法院那人就催促我："你能不能快点儿啊！我还要赶路回去呢。"我不紧不慢地把一个个疑点提了出来，他无法回答，脑门上直冒汗，气呼呼地转身出去了。

透过窗子玻璃，我见他给那个女人说了两句话后，女人抹起眼泪来，我的心缩成了一团。干了一二十年监狱管教工作，我理解这些做犯人妻子的女人。他们背负着丈夫给带来的耻辱，一个人承担起家庭的重担，在世上所承受的压力远比常人大得多，实在是不容易啊。

这时，法院那人又来想要回介绍信，我告诉他，一是介绍信是开给我们单位的，单位要收存；二是这个介绍信有问题，我们下一步还要看有没有必要查一下。他一听脸涨得通红，一句话也说不上来。

我去叫女人会见她丈夫，她抹了一把泪水没好气地说："不见了！"我还想再劝一劝，可见她满脸愠色，觉得没法开口，就无奈地回监狱里面去了。

下班时，监门值班同事说，我走后，那个女人先是哭得不行，后来失控，站在大门口冲着里面连哭带喊地指名道姓骂了我好半天，谁也劝不住。直到骂累了才走。

我内心坦荡，问心无愧，在同事面前不觉得难看，没有尴尬、委屈，也没有生气。

2015 年 4 月初

老周的悲哀

一

我不是这几天才想起的老周，而是在一年多前，忽然有好多天在矿区巴掌大点儿的地方不见他的影子，就在心里嘀咕，他是不是病了？又过了一段时间，还不见他人影，我就在想，老周可能病得还不轻。不然，怎么这么长时间也不出来转一转？过了个把月，仍不见他人影，我猜测，他也许跟老伴去人家旬邑老家了，如果是这样，那就好了。老周毕竟老了，跟老伴还能沾点光，在人家儿女那里养老，得到一点照顾，安度晚年。

我与老周并无深交，之所以认识他，也只不过是工作原因。20多年前，我曾在监狱伙房中队工作过十年，他那时一直在监狱外面中队的猪圈上班，白天有犯人出来喂猪，就赶着几只羊上山放羊，晚上犯人收监，就住在猪圈旁看猪圈。怎么说呢？也算是监狱的一个职工吧。

思来想去，我之所以牵挂老周，不是与他有着什么过密或过多交往，也不是我们之间发生过什么让人能为之动容的故事，更不是老周有什么过人之处。而是他一生活得卑微，让我怜悯同情，想起来内心隐隐作痛。

二

老周家在陕南一个偏僻的农村，从小失去父母，没有兄弟姐妹，没有生活依靠，就到处流浪。后来不知什么原因被判刑，刑满释放后，由于无家可回，就被留场安置就业了。

千万不要以为那个年代里的"留场就业"是一件什么好事。假如那时在老家有老周一点立锥之地，即使生活再苦再艰难，也不会弄得他这辈子没了一点做人的尊严。

对于监狱和劳改单位及其周边厂矿企业、农村的人来说，妇孺皆知，在那个"无产阶级专政"的年代里，中国的监狱和劳改队，有一群刚走出高墙电网围着的大院，就被以所谓还没有改造好等理由，强制留在高墙电网下就地接受管制就业的人。他们虽然不再是犯人，但也绝不是普通的公民，而是一群有着特殊社会地位、国民待遇的另类公民。按照当时的阶级斗争标准划分，依旧属于"无产阶级专政"对象，究竟该划分为哪个阶级或者阶层，可能没人说得清，因此被创造性地单列为监狱、劳改单位"就业人员"，"只许老老实实劳动、不许乱说乱动"，被统称为"老就"。随之，就这么一个"老就"的称谓，居然沉重地压弯了他们中许多人的脊梁，给他们心灵上造成了终身难以愈合的伤痛。

老周虽然是照顾性留下来的，不是强制留下来接受管制就业的。可时间一长，就没人管这回事了，自然而然成为成千上万的"老就"中的一员了，只能老老实实劳动，不敢乱说乱动。

好在1984年以后，邓小平拨乱反正，给全国监狱、劳改单位的"就业人员"摘掉了"老就"帽子，确定为国有企业正式职工身份。于是乎，老周也正式成了一名名正言顺的国企工人。然而长期压制所形成的病态心理和人格，却永远无法痊愈。

也就在这时，有人给他张罗了一门亲事，给旬邑县一个40多岁、贫穷的农村妇女当了上门女婿。说是"上门女婿"，老周其实很少"上门"回旬邑老婆家去，平时还就一个人孤零零地住在臭气熏天的猪圈旁，一个用笆子糊上泥巴搭起来的简易油毛毡房子里。

三

1993年，我调到伙房队工作才认识老周，见他整天除了放羊、看猪圈，没事就一个人抱着个电视机看，就问他："咋不把老伴接来一起过呢？"

他无奈地唉声叹气说："人家在老家还要看孙子呢。"

我说："那好啊。没事的时候，你就多回去看看他们，也一样。"

后来，我听别人说，他也不经常回去，偶尔回去一趟，也是发工资了，给老婆送钱去的。

每天，没好电视看、无事可做时，他总是戴一顶破解放帽、踩着破鞋，衣衫不整，去菜市场溜达一圈，回来后就习惯地站在猪圈的坡上，观看路上行人过往。也没人正眼瞧他一眼，好像他根本就不存在。可他还是每天就站在那儿专注地观瞧，尤其是在上下班的时候，准时出现。特别是见女人过来，一双眼角黏糊糊，布满红血丝、混沌无光的眼睛，立刻有了光亮，目不转睛直勾勾地盯着不放，贪婪地一直望着人家远去。

偶尔有人朝着他站的方向望一眼，他便忙咧开嘴，露出一排从来不刷的黄牙，堆起一脸笑容，弄得人莫名其妙。

时间久了，每次我从这里经过，他总是老远就向前挪两步，冲我抬高嗓门大声招呼。我也总是微笑着回应。有时路过，还停下来上去和他聊上几句。

他对我讲，自己和这个老伴是半路夫妻。婚后，人家带来两个儿子，和他没有生育。此前，他没结过婚，没孩子。在他的帮助下，老婆的两个儿子相继都娶了媳妇成了家。

我感慨说："好家伙！你对老伴家里的贡献可大了啊！"

他叹了口气，用手在嘴角上抹了一下，又不吱声了。看得出来，他有一肚子的心事，却又不愿提起。

我对他说："以后再不要回去给老婆送钱去了，让她自己来拿。"

他说："回去不回去都一样。我不回去，每月一发工资，老婆就来了，准时得很。"

我发现，每次老婆来了，老周那张可怜巴巴的脸也舒展了许多，看起来心情好多了。

后来，老婆开始三五个月来一回。又后来，一年也来不了一回了。

四

时间长了，我发现单位的干部、工人、家属及小孩子，甚至与其同病相怜的"就业人员"都不把他当回事。从没人正眼瞧他，即使有人正眼瞧他时，也都是在无端斥责或骂他。每当这时，他红着的脸更红了，想说什么又不敢说，只是不停咽口水，用手在嘴角上抹一下。见人家往前进两步，就连忙向后退好几步。等人家走了，才嘟囔一阵快快离去。

看有人三五成群在一起说笑，他也会凑前，在三五米开外听一听。人家说到乐处，哈哈大笑，他也咧开嘴露出一排难看的黄牙跟着笑。若有人见他不顺眼，瞟他一眼，他便立刻止住笑容，红着脸忙走开。

有一次，连阴雨下了几天，没法出去放羊，他就用犯人喂猪的猪饲料给羊充饥。未料想几只羊贪吃又喝了过量的水给胀死了。他没法给中队交代，就谎称不知道羊怎么给死了。队长二话没说就扇了他两耳光，责问羊到底是怎么死的，他就老实道出了原委，被扣了两个月的工资，作为赔偿。

我去猪圈转时，顺便安慰他了几句。他嘟嘟囔囔委屈地对我说："打了不罚，罚了不打。"流露出一肚子的委屈。

我同情老周，就找队长说情，看能不能少扣他一点工资。随之队长说："罚的就是他狗日的这号人。"

我不计较自己的面子，只是莫名其妙，不明白老周是哪号人，只觉得老周悲哀。

说实话，老周这辈子活得实在是窝囊，没文化不说，也不勤快。本身就长得不高、瘦得要命，还是个癞痢头，看起来可怜巴巴脏兮兮的。弄得没人在意他叫什么名字，只管叫他"周秃子"，甚至一些人连姓也给他省去了，干脆就叫他"秃子"。这辈子，把自己的名字也给弄丢了。

五

我有一次说他"你能不能每天抽点儿时间，把脸洗干净"，"你身上的垢痂比别人的值钱，一年四季都舍不得洗掉一点啊"。他吃劝，过了几天还真干净多了。

他不论在什么地方，每当看到我，老远就打招呼。我也从不慢待，每次都热情与他招呼。

有一次，我下班被他拦住，以为他有事，就跟他到了猪圈。没想到，他从屋里拿出一个包装精美的盒子，一把塞给我。我定睛一看，好家伙！原来是一个价格不菲的东北老山参。他硬是要给我，我说什么也不要，就把盒子丢在门口的凳子上走了。在猪圈尽头，我回头看到他一脸沮丧，还站在那儿木然地望着我。

这件事让我感觉，人与人之间起码的尊重，对于老周来说，是不是来得太迟了。

又一次，老周给我说，一个来监狱探监的妇女借他二百块钱不还。我觉得蹊跷，就问他："打条子了吗？"

他红着脸说："没有。"

我又问："你向人家要钱，人家说什么？"

他用手在嘴角揩了一下说："连理都不理我。"

我明白是怎么回事了，生气地说他："你再别丢人了。你是偷鸡不成反蚀一把米。活该！"我数落他了好一阵，他一句话也不说，只是用手不停抹嘴角淌出的口水。看他那样子，我心生悲哀，怎么什么人都欺负老周啊！

数落完老周，我又多少有点儿后悔。这时的农村日子好过多了，老婆也看不上他那一点儿工资钱了，已经好几年没来看他了。

六

老周突然死了，死得悄无声息，也不知道死前老婆来看他没有？给他倒过一杯水、端过一碗饭、服侍过一天没有？更不知道老周的后事是怎么料理的？又安葬在了哪里？

带着这些挂念，我向人去打听，得到的消息很凄惨，在猪圈旁边那个臭气熏天凌乱的小房子里，老周一个人孤零零地死了多天后，才被人发现。没人知道他是什么时候、怎么死的，最终还是单位打发人给火化了。

此时此刻，我后悔，后悔老周在世时，没有再多与他拉一拉家常，没有聊一聊他陕南的老家，没有再耐心多听几回他的倾诉，没有给他一点关心。觉得对他还是有些敷衍，内心很是纠结。

2015 年 6 月

困惑老刘

在崔矿，年事已高，也到该走岁数了的老刘死了。两旁世人没人在意，然而他的儿女却伤心，把后事操办得隆重。

出殡那天，唢呐声碎，鞭炮声响震天，漆黑宽大厚重的棺椁后面，头裹孝布哭天号地的孝子贤孙呼啦啦地跟着一大群，跪在坟前一大片，场面动人。

一

30多年前，老刘还是崔矿的一个"老就"。可由于在20世纪80年代初的"严打"运动中被判了刑，让单位给开除了，刑满释放后就没了工作，成了个矿区居民，连个"老就"也算不上了。

在陕西，老早以前的人都知道崔矿，因为它不仅是一座规模不小的煤矿，当年还隶属于省公安厅，是一个那时被叫作劳改队的监狱。在这儿像老刘一样所谓的"老就"，指的就是当时刑满释放或解除劳教后，因种种原因被留在劳改、劳教单位就业的一些人。"老就"一说，就是当时官方给他们身份的正式称谓"就业人员"的一种简称。

现在这称呼，早已没人用了，甚至没人提起，但在我看来，由于这称谓当初过分敏感刺激，给人思想印象过于深刻，监狱劳改队从那个年代过来的人，无论如何一定不会忘记。

那时，他们虽然身处劳改队，可不是管理人员，也不是劳改犯，不能说是在劳改单位工作，只能说是"就业了"。他们被列为无产阶级专政对象，还需要继续接受改造。尽管劳动环境条件和工资福利待遇与普通煤矿的职工差别不大，但在政治上受到许多限制，学习上被抓得紧，给他们的思想压力很大。不过压得久了，他们也都麻木了，感觉生活上比当时的农民强得多，凑合着过倒也平静。

老刘一生被判过两次刑，头次判刑，刑满释放后被强制留在劳改单位就业，极不情愿地在崔矿当上了"老就"。等好不容易熬过20世纪六七十年代那段最艰难的岁月，到了80年代，终于习惯了"老就"的工作生活，第二次又被判刑了，让单位把他个"老就"也给开除了。弄得后来人家"老就"都被转成了国家正式职工，端上了"铁饭碗"，而他却连个"泥饭碗"也没了，还要顶着"老就"的名分活下去。

二

1988年秋天，我从省城脱产学习回来，先是在大队帮了两天忙，可总觉得自己不适应机关工作，就主动要求下基层，来到基建中队做了一名管教干事，在监狱里管起了犯人。老刘第二次被判刑，恰是这时，就在这个中队服刑。

初见他，人长得眉清目秀、中等个，收拾得干净，操一口河南乡音，开口不笑不说话。虽是一个犯人，可看起来正派、持重，见干部没有一点儿像其他犯人那样的猥琐样儿，给我印象不错。

单从档案看，他因盗窃被判八年刑期，捕前是单位的"老就"，家在矿上，就引起我的注意。到了中队接见日，更是让我对他感兴趣。

别人家里来接见，都是一个两个人，顶多来三四个，甚至还有许多人常年家里没人来过，可老刘家就在监狱大墙外不远处，家人来去方便，一来就是男女老幼一大家子八九个。我头一次遇到这阵势，不知所措。指导员看我神情给乐了，边笑边说，特殊情况，特殊对待，将手一挥，让人鱼贯而入，全都进了接见室。

在接见室里，老刘向我一一介绍，这是他的老伴，那是他的三个儿子、两个女儿，还有大女婿和抱着个孩子的大儿媳妇，大人腿间钻来钻去的一个孙子、一个外孙。我都晕了，心想这哪里是接见犯人啊，简直是家族全体成员前来拜见族长。我很不适应，却又无可奈何。

指导员对我讲，按规定每次接见人数不能超过三人，可你看，他家来的人都是直系亲属，我们让哪个见、哪个不见？如果变通一下，让他们三个三个分批进来见，给我们工作造成的麻烦，还不如让他们一下子见了省事。再说这老家伙进来前又是我们单位的人。

我听罢觉得指导员说得在理，可内心总感觉不对昧。老刘一个犯罪之人，为人之父，这把年纪都当爷爷了，面对一大群儿孙，怎么如此坦然，没有愧疚？他们家这些人怎么也没丝毫埋怨和不好意思？看起来竟还兴高采烈，见到老刘喜气洋洋像过节似的高兴。

又后来接见，我发现多是家人给老刘说些家事，他竟也是一副严肃家长模样听得仔细，满意就面带喜色点头，稍不如意就是一脸的不高兴，训斥儿子不是这不对，就是那不行，告诉女儿做什么事都要心里有数，处世为人和气。临别还安顿孙儿要听大人的话。我觉得新鲜，老刘身陷囹圄，何德之有，竟还如此这般理直气壮教训儿女？

我给指导员说起，他又乐了，给我讲了老刘的一些往事。

三

1983 年老刘刚进来那阵子，老婆头几次来看他，总是抹眼泪哭诉，日子没法过了。每回都让他给骂得哭着又回去了。有一次，老婆把几个儿女都给带来，对他说自己管不了，当面交给他就去寻死呀。

老刘看着几个儿女没有气恼，反而给笑了，冲着他们说，都这么大了，如今也改革开放了，为生活还让你妈操心。

大女儿还以为是让他们各奔前程去流浪，哇的一声大哭说她哪里也不去，就在这里等着爸出来回家。顿时几个儿女都哭开了。

他说大女儿，谁让你们要饭去了，我是说你们都大了，能干活了，为什么不干活，非得等着饿死呀？

儿女们面面相觑，老婆说，你说得倒好，本来矿上的活就轮不上"老就"家属干，现在人家什么活还会让我们被开除了的"老就"的家属干啊？

他没理老婆，对女儿和儿子说，服务公司不安排活干，难道你们都是死人，就不想办法了啊。不知道矿上井下常年需用笆子，大量在收笆子呀？一个笆子一毛二，卖了就是钱，还怕没钱买肉吃！明天你们姊妹几个就上山砍条子，编笆子。还给老婆说，谁不干就不要给饭吃。

这下不得了，老刘全家齐上阵，真的上山砍条子，编起笆子来了。

当时矿上有很多人家都在编笆子，可就属他家的多，谁要是去找他家，不用问路，只要到了铁路边上有人家的地方，光看哪家周围堆放的条子和笆子最多，就找到了。房前屋后到处都是，一摞一摞的堆得比房子都高，每到矿上收笆子的时候，能拉好几车。

时间不长，老婆来接见就不一样了，高兴给老刘说，有人给大女儿提亲。他对老婆说，孩子还小，不急。

接二连三再有人给大女儿提亲，老婆给他说了，也都被他回绝了。老婆弄不清他葫芦里卖的是什么药，气得没办法。

过了一年，他不慌不忙给老家写了封信，招来一位远房亲戚的孩子，做了自己的大女婿。还说，从小我就看中了这孩子。

见我诧异，指导员对我讲，你可不要看他人在监狱里，他家的事，无论大小，还都得由他做主。他这几年坐在监狱里，不但把大女儿和大儿子的婚事给办了，还张罗让几个儿女用编笆子挣的钱买了一辆农用车，合伙跑开了拉煤生意，发财了。

指导员的一席话，让我听呆了，不由得问道，老刘当初怎么会犯个盗窃罪？指导员说不了解。他是1982年邓小平宣布"百万大裁军"转业回来的，老刘那时被判刑时，他还没到单位来呢。

老刘从前是怎么到的劳改队？又是为什么留场就业的？怎么连家也给带来，安在了矿上？由于"就业人员"的历史实在是沉重，提起来复杂，说起来令人五味杂陈，都不愿提起，所以我也不好意思打问，到如今也弄不清。

这些年对写作感兴趣，经常想起往事和过去的许多人，才又想起了老刘。

四

老刘这次捕前，是在矿上清一色的"老就"组成的基建中队做木工。中队大部分人都是单身，只有他和少数几个人拖儿带女的家在矿上，住在矿区周边山上，自己用笆子油毛毡搭建起的窝棚里。

他在中队木工房上班，冬天不挨冻、夏天不用晒太阳，倒也不受苦。可家里孩子多，一个月工资才三四十块钱，又没奖金其他收入，一家人的生活却把他整得够呛。

为了减轻生活负担，他在自家的房前屋后都开了地，一年四季不让地闲着，赶着季节轮番种上苞谷、豆角、西红柿、白菜等粮食蔬菜，想方设法补贴家里生活，恨不能把一分钱掰作两半用，连斤肉也不敢买。尽管如此，一家人的生活还是成问题，让他作难，一天到晚总想着老婆孩子的生活，想着节俭，养成了仔细过日子的习惯。

下班路上看到地上散落几块煤，也要捡起来拿回去丢在自家的煤堆上。看见商店垃圾堆上倒掉的烂白菜和发了芽的洋芋，就催促老婆孩子去捡回来。

在队上，有许多尺把长的木料没法用，都被当作废料给烧了，他觉得可惜，就收集在一起，今儿下班掂上一节，明儿顺手捎带两根，拿回家做成小方凳和小饭桌用。有人来家看上了，开口也要他给做一套，他满口应承，做好后人家不白拿，还给点吃喝东西酬谢。上门要的人多了，看能得到点儿好处，他也乐于给人家做，时间一长干脆明码标价，把这当作生意做了起来。

从此，下班回来，不再是一节一根地顺手拿了，而是成捆地扛开了。其实别人也拿，甚至也往家扛，可拿的目的用途不一样，人家是拿回去当柴烧，而他拿回去是做家具卖钱的。他这生意越做越红火，竟供不应求，还搞起了定制，先付款后交货。

老刘以为反正拿的都是不用的废料，没人介意，不拿白不拿。慢慢贪婪起来，看不上做小件活了，做起了大饭桌和椅子。看没事，胆子越来越大，竟做起了大件家具。

这时，中队领导听说了，就警告他不能这么干。他听不进去，还辩解说，人家拿来的料，让他给帮忙做的，又没占用上班时间。

五

一次下班，在中队工地大门口，他扛着一捆所谓的废木料回家，碰到队长被拦住让把木料放下，他给愣住了。见状，看工地的劝他把木料送回木工房，他故作大不咧咧地说："烂柴火，我烧火用的。"转身还要走，队长呵斥他把木料拿走试试。这时围拢看热闹的人都盯着看他，他一把将木料扔在地上就走了。

连续两个晚上，中队开他的会，他不服气，任凭大家怎么说，就是一句话：这么大的矿上，你们说谁家烧的柴火是掏钱买的。

这话让他给说中了，矿上的人取暖烧火、引火做饭用的柴火，还真没人去买，也没地方能买得到，都是从矿上弄来的。

老刘看一时没人接他的话茬儿，又嘟嘟囔囔说，就这么点儿事，不行，今后我带头，大家都不拿了。见他说大话，大家哄地笑了起来。

老刘正得意，"咚"的一声，指导员拍案呵斥，你拿木料是当柴烧的吗？他反问，那你说我做什么用？指导员这下真给急了，粗口说，你是给脸不要脸，这才几天就忘了，我上次找你是为什么？

老刘挨了骂，脸色煞白，跳起来说，全矿谁家没几件家具，哪家的又是买木料做的！指导员问他，那你说，谁家是拿公家木料做的。这下把老刘给问住了。他以前给好多干部做过家具，也给矿领导做过，除了个别人看不上矿上的木料，是花钱从农村买的，可大部分人的木料是从哪弄来的，他咋知道。

指导员接着又问，你说！又有谁是用公家的木料做家具挣钱的？老刘让指导员结结实实地给问得噎住了，一下子蔫儿了。

指导员和队长交换了个眼色，立即宣布对老刘作出停工检查、待后处理决定。

一连好几天，老刘不用去工地，每天上班在会议室里写检查。头天就问指导员，停工期间给发工资不？指导员说，不干活给发什么工资。过了两天，他又问，那停我几天工？指导员说，那就看你认识错误的情况了。

老刘怕停工时间长了损失越闹越大，就在检查中给自己上纲上线，说自己没有改造好，资产阶级思想意识严重，自己的错误行为挖了社会主义墙脚，破坏安定团结的大好局面，动摇了无产阶级专政基础云云，把自己批得像个现行反革命不算，还把自家的小板凳、吃饭桌都拿来当作赃物交给了中队。看还过不了关，便叫了几个人把家中的写字桌和大衣柜也给抬来了。中队几个干部看也就这样了，商量了一下，报大队同意后，开了个大会让他做检查，宣布罚了一个月的工资，才让他过关。

老刘没有接受教训，反倒变本加厉，白天不能"拿"木料，就改在晚上"拿"。白天上班挑好木料，放在工地容易取的地方，晚上趁黑来偷回家。家具越做越多，生意越来越好，事却做得越来越过分、不像话了。

竟然有几次从工地偷拿木料的路上，被派出所给逮着了。可偷那么点儿木料够不上犯法，派出所也没治，只能交给单位处理。但对一个"老就"，单位又能怎么样？停工检查、扣点工资就算处理了。这样非但没有作用，反而刺激了老刘，觉得经济上受了损失，越发变本加厉起来。终于，他摊上了倒霉的那一天。

六

1983 年全国开展"严厉打击刑事犯罪分子"运动，声势浩大，号称"决不让一个坏人漏网"。在劳改队更是严厉，几网下来就抓了七八十个，那时崔矿一些平时稍有一点劣迹的"老就"都噤若寒蝉、惶惶不可终日，吓得要命。老刘头一网就被抓了起来。这下新账老账一起算，累计盗窃木料折合价值不得了，一算构成重大盗窃犯罪，就给判了八年。

他在看守所那段时间如何度过、想些什么，我不知道，也弄不清。只是听说，他判了后送回来，在监狱遇到矿上一个"老就"就感叹，"谁说大错不犯、小错不断，人家拿你没治？这不，国家有的是办法，让我给摊上了。挣的钱，也让这八年给顶了"。

一次接见，老刘的儿女们又都来了，我开玩笑说，开会啊。果不其然，大女婿要退出自家人合伙拉煤生意，想自个独立单干，买辆车，再开一个卖菜摊子，一边拉煤一边贩蔬菜，跑起车来不放空车，拉煤贩菜两不误。老刘不糊涂，听了大腿一拍就说"中"，到该分家的时候了。

没两天，矿区市场上就多了一家卖菜的河南人。一家人吃住在摊位上，女人泼辣能干，起早贪黑一边卖菜，一边还要给上学的小孩做饭，忙活得竟也不知害羞，得空就一把撩起衣襟，露出硕大的奶子给怀抱的婴儿喂养。男人则开着个车，没明没黑拉煤贩菜来回跑，稍一有空就躺倒在摊位后面脏兮兮的地上呼呼大睡。两三年后，他们就在矿上公路边盖起了一座三层楼房。这时，老刘也出狱了。

那阵儿楼房进入收尾阶段，四周堆放杂物乱七八糟，下午散步路过，我常见老刘背着双手围着楼转悠，逢人便乐呵呵说"这是大女子盖的"，"我不让盖，他们非要盖"，"看麻烦不麻烦"。

见我，他总是客气，拿出烟来给我，我说不抽，他硬劝，要我接上，说他有话给我说。其实，他要说的话我都听过很多遍了。接过他的烟，还要给我点上，然后说他的几个儿女。

三个儿子，老大现在有两辆车，老二、老三合伙也经营两个车，都跑拉煤，老大有两个孩子，老二老三也都有孩子了。两个女儿，大的有三个孩子，小的有一个。儿女中属大女婿勤快，又跑车拉煤，又贩菜。几个上学的孙子学习也都好。

我说儿女都争气，他乐得合不拢嘴。我夸他这个老掌柜的拽开了。他对我说，各过各的日子，我不管他们的事。我问他，还做木工活吗？他说，不缺吃穿，用不着下那苦了！

一晃20多年又过去了，这期间我们虽在一个矿上，但也不常见，可有意无意间也能听到他的一些情况。前几年听人说，他的几个儿子都盖起了楼房，光出租房屋挣钱就够花，他还闲不住，又做花圈卖开了。

我从没把老刘放在心上，可近几年不自觉地却总想起他，总在琢磨，他不是个称职的父亲，然而教导儿女却怎么都一个个孝顺、争气。这是什么逻辑？

2017 年 2 月

直面老油条

1995 年，我遇到一个多进宫的惯犯。他以为自己打小进少管所开始，在省内多个监狱服过刑，什么样的场面和警察都见过，见多识广很有一套，就不把监规纪律当回事，还自持大事不犯、小错不断，谁也拿他没办法。

他经常违反监规纪律，且屡教不改，弄得几个中队都头疼，不想要他。于是互相甩包袱，甩来甩去就把他甩给了我们中队。

我了解情况后，对他很感兴趣，想探个究竟，看他到底是怎么浑的？不相信治不了他的毛病。

没过几天，他就发作了。在我们伙房中队为犯人改善伙食，操作间切肉时，乘机偷了拳头大几疙瘩肉藏了起来。被查出后，我问他是怎么回事，他先是不承认，后看无法抵赖就毫不掩饰，恬不知耻地说"想炒个小炒吃"。

我问他这是什么行为。

他摆出一副死猪不怕开水烫的架势，不耐烦地说："你说是啥行为就啥行为。"

你别说，拿监规纪律制度说事，我还真拿他没办法，只能按照计分考核规定，扣他个最高分——五分作罢。

后来，隔三岔五，他不是泼个油泼辣子藏起来，就是偷个鸡蛋喝了，再不就在切豆腐时，给自己来个小葱拌豆腐吃了……

这还不算，有时得手还把鸡蛋、西红柿、黄瓜什么的，借外出洗澡、看电影、倒垃圾、去卫生所看病等机会，千方百计带出中队送人，换包香烟或打火机什么的。给他计分考核扣分、写检查、大小会批评、关禁闭，什么处罚也没用。

过了三四个月，他折腾得差不多了，我也想好了办法，开始治他的毛病。

这天，操作间切完菜倒垃圾，他在要倒掉的烂菜叶子里夹带了十几根黄瓜。我数落了他几句，他顶撞说我"侮辱他的人格"。

看他要起了无赖，我不与他理论，直接把他带到中队院门口，当着众人的面对监督哨说，从即刻起，不允许他离开中队，迈出大门一步。

没几天，轮到他们小组去洗澡，他被拦下来找我说："你不能剥夺我的洗澡权！"还说："《犯人守则》不是要求讲究卫生吗，你为什么不让我讲卫生？再说，身上捂出味来，也影响别人呀！"

我不与他废话，就将他带到伙房操作间后面，指着烧火的犯人临时洗澡的地方说："你今后就在这里洗澡。"

他看着脚下的大铁盆和地上扔着的两根黑胶皮管，无奈地失笑说："真绝了。"

又过了几天，监狱大院放电影，他被拦下来不能去，气急败坏地问我，为什么不让他去。我心平气和地说："电影是放给遵规守矩的人看的。"

他气得嘴唇哆嗦着说："那我就不需要接受教育了吗？"

我说："你还没过自觉遵守监规纪律教育这一关，看电影对你没意义。"引起周围一片哄笑，弄得他下不了台，脸红着问我："那我生病了，能不能出去看病？"

我说："那要看是啥病。如果头疼脑热，由中队卫生员看。如果是癌症的话，报上级批准，给你转到外面的大医院去治疗。"

他气得叫嚷："你这样做，限制我的人身自由，不公平！"

我说："没办法。你这人和别人不一样，自控能力太差，只能这样帮你自律。"气得他转身就走，嘟嘟囔囔的回号子去了。

晚点名时，我乘胜追击，又当众宣布，从明天起，让他专门打扫中队院落卫生，不得进入操作间。压缩他的活动空间，从源头上治他的毛病。

没出三天，他受不了啦，找到办公室提出抗议，说我迫害他，是法西斯，限制他人身自由，并且伸出手来让我看他的两根残缺的手指，威胁说："把我逼急了，我可是什么事都做得出来的。"

我知道，那是他以前抗拒改造自残的结果，故作不知问："怎么弄的？"

他先是不言语，在我的再三追问下才愤愤说："自己弄的。"

我说："那就碍不着别人的事了。你的身体，你不爱惜，别人有什么办法。"

他看一招不成，又冷笑说："我要向驻监检察院反映，控告你，执法不公，非法限制犯人人身自由，利用手中权力大搞法西斯，对我一个老年人实行残酷的非人道迫害，使我感受不到政府教育改造挽救人的真情温暖，感到失望，产生绝望轻生念头。"

我随手从桌边的书架上抽出新颁布的《监狱法》，找到相关章节给他读了一遍，并说："这是你的合法权利。你写，我连看都不看一眼，保证给你转到检察院。"

第二天，他将写好的控告信交给了我，我看也不看就找了个信封装进去给糊上，并且对他讲："我现在就去，一分钟也不会耽搁。"

在检察院，我把信交到检察官的手里转身就要离开，又被叫住了。检察官说："你别忙着走人，我看看是什么事。"边说边拆开信看了起来。看着看着他笑了，问我："你看了吗？"

我说："给你们的东西，我没看。"

他把信递给我说："你看看。"见我看完了又说："满纸胡说八道，什么剥夺他的人身自由，法西斯、惨无人道。这事我们不管，你们自己处理。"

其实，我不看也知道信上写了些什么，连忙说："这个人顽固，你得帮我们做一点儿工作。"给他介绍了这人的一些情况，并说准备开个批判会，邀请他参加讲个话，好好"烫"一"烫"这头死猪。

会上，我不上纲上线，只拿他的一系列表现说事，一一列举了他近来的所作所为，然后检察官拿出他写的控告信，逐条进行驳斥，并要求中队进一步加强对他的管教。

我事先安排了几个犯人的精彩发言，张说他是"茅屎坑的石头——又臭又硬"，李说他是"过街的老鼠——人人喊打"，王还说他是"吊死鬼搽胭脂——死不要脸"，说起话来"屎壳郎张嘴——满口喷粪"，等等。弄得会场别有一番气氛，使他哭笑不得，狼狈不堪。

会后没一会，他就来找我，脸上勉强挤出的笑容比哭都难看，说他走遍八百里秦川四五个监狱，还没出过这洋相，丢过这样的人，服了，绝对服了。

我说："这会还是没开好。你一直都是自己在出自己的洋相，自己在丢自己的人。你还没弄明白啊！"

他直摇头不言语。我语重心长对他说："我从来都认为，犯人也是人，也有自己的人格。尤其是像你这样年纪大了的人，就是犯人，也更应该注意一点，保持自己那么点做人的尊严。你倒好，根本就不管这些。"

往后有段时间，他不论在什么地方遇到我，便转身走开。有一次不及躲避，我冲他坦然地笑了笑，他也尴尬地笑了。我随口问了问他的身体情况，他突然问我："我打扫卫生，能减刑吗？"我一听很高兴，给了他一个肯定的答案。

从那天起，他不再躲避我。我每见他衣扣不整说他，他就不好意思立刻扣整齐。指出他的衣服脏了，他马上就去换。把中队的院子打扫得也干净。后来，我离开了这个中队，听说他被减去残余刑期释放，提前一年回家了。

2018 年 10 月

一身警服看变化

从 1982 年参加监狱工作，至今已近 40 年了。回眸亲身经历，历历在目，仿佛就像昨天，感慨万千。想写一些文字抒发情怀，却感到方方面面的变化太多太多，不知从何说起。

忽然，一阵清风拂面，一片蓝色由远及近，带动星光闪闪，一群身着漂亮警服的年轻人打眼前经过，使我脑洞大开，来了灵感。

那年，刚参加工作，在西安公安劳改干校受训，穿上一身"公安蓝"的警服，对着穿衣镜照来照去，望着头顶金光闪闪红亮的国徽，领口两边鲜艳的红领章，觉得神气，心里美滋滋的。

当时，正值对监狱工作产生重大历史影响，具有里程碑意义的全国第八次劳改工作会议召开不久，监狱机关处在深入贯彻十一届三中全会精神，全面落实"八劳"会议部署安排，进一步解放思想，开足马力，将工作重心转移到经济建设上，深化改革的关键历史转折阶段，再加上又赶上了"严打"，警力严重不足，于是本来安排一年的学习时间被压缩，让我们学了九个月就草草结束，提前走上工作岗位。

这时，中秋刚过，我和干校同学身着上白下蓝的夏装，精神抖擞前往单位报到。一见指导员就唰地立正，敬了个礼。谁知，竟弄得指导员一时不知所措，愣了下方才反应过来，慌忙热情表示欢迎。

我纳闷，教科书和老师不是说，这里是国家机关，专政机关，实行半军事化管理，我们是一支带枪的队伍嘛！怎么敬个礼就弄得如此尴尬，让人不自在？

后来我了解到，当时的监狱管教人员和公安局的民警，虽然同属公安部门管辖，可实际上在群众的眼里，甚至国家的待遇上是不一样的。就连人们习惯上，也只把公检法部门的干部统称为"干警"，而把监狱的管教人员区别叫作"劳改干部"，不叫"干警"。甚至以前，除了领导和直接从事管教工作的管教干事以外，绝大多数干部是不配发警服的。

在 1981 年召开的"八劳"会议上，老一辈革命家习仲勋同志代表当时的党和国家领导人胡耀邦讲话指出："劳改工作干部不是低人一等，而是高人一等，不是好党员，能派来做这个工作吗？我看能在这个战线上做这个工作，几十年如一日，那是党性很强的干部，是高人一等的干部。"他还赞誉劳改工作干警是攀登十八盘的勇士，改造人灵魂的工程师。

由此，劳改工作逐步得到重视，"劳改干部"待遇才开始得到改善，都配发了警服。可还是有许多人一时半会不习惯，不好意思佩戴领章帽徽，穿戴整齐。甚至有人爱惜，平时还舍不得穿。

那时候，新中国虽已成立 30 多年，监狱工作也经历 30 多年发展，可执行的还是 1954 年由当时的政务院颁布的《劳动改造条例》（以下简称《条例》）。

这部《条例》，虽然曾在一段历史时期，对稳定社会秩序、保卫社会主义建设发挥重大作用，创造了成功改造包括日伪、国民党战犯，末代皇帝在内的数以百万计的形形色色犯罪分子的奇迹，为社会主义初期建设做出巨大贡献。然而，虽经数次修改，当历史进入改革开放新阶段，也跟不上形势发展。

当时的监狱，表面看起来高墙电网、武装看押设施设备的什么都有，很多单位下属大队还配上了摩托车，可实质上管理粗放，许多方面沿袭"文革"前的"老套路"，甚至在一些管理上，说是"画地为牢"也不过分。

我们那里的地面基建中队，每天由两名头戴草帽的管教干部和两名持枪的武警战士，押解一二百犯人在监狱外面劳动，只需在工地周围用荆笆围挡一圈，告诉犯人，这就是警戒线，不可逾越，就开始干活。甚至有时候，有些地方的警戒线，只是管教人员用手比画着说一下，连道线也不画。

犯人家属接见室，在中央垒一个水泥台，两边摆上条凳，犯人和家属各坐一边就成了。后来把水泥台也给拆了，摆上一些小方桌和小板凳，一个个犯人和家属围坐在一起边喝水边说话，弄得接见室跟个茶馆似的热闹。

虽然监舍里按照被褥、床单、洗漱用具摆放必须达到"几条线"的要求，收拾得和军营一样整洁，可三四十个犯人住一个房间，睡上下两层大通铺，既是睡觉的寝室，又是分队小组开会学习的地方，条件十分简陋。

随着改革的不断深入，监狱系统划归司法厅管辖，罪犯的监管、教育和劳动改造工作逐步被理顺，走上正轨。对罪犯改造推行"一日行为准则"计分量化考核制度，管理日趋科学、精细、规范。这时，我们的警服也换成了八三式。

穿上崭新的橄榄色警服，望着警帽上的金色盾牌，耳畔传来我们这支队伍铿锵有力走向未来的脚步声，我感到肩上的担子重了许多。

没多久，警服上红艳艳的领章又被金色的松枝和盾牌构成的领花替代了，一时我还遗憾，把像两面小红旗似的一副领章放在手掌端详许久，依依不舍细心收存起来。

此时的监狱开始重视改造质量的提高，全面推进规范化建设，掀起创建省级、部级现代化文明监狱热潮，监管改造各项工作形势喜人。

身居改革开放的大潮之中，展望未来，我深感自身知识的不足，参加成人高考进入省电大深造，给自己充电加油，在学习中不断进步，在工作中锻炼成长，1987年光荣加入中国共产党，成为一名优秀的监狱工作者。

1991年9月，在一次追捕逃犯战斗中，我面对穷凶极恶携带两个炸药包负隅顽抗的罪犯，机智勇敢作斗争，把罪犯引出家属楼，配合武警战士将其击毙，出色完成任务，荣立个人一等功。

那夜，战斗结束，已是凌晨。凝视东方地平线上露出的晨光和随后喷薄而出火红的太阳，我越发感觉使命神圣、职责光荣，为身着一身警服而骄傲。

这个时候，我们对罪犯实行"分押、分管、分教"，针对他们犯罪性质的不同特点，有的放矢，施以不同管理和教育，使得监管教育改造罪犯工作更加科学合理有效。这时我们警服的肩上也扛起了硬质肩章，胸前佩戴上了警号，臂上有了绣着长城图案的臂章，制式更加协调大方美观，穿在身上威风，信心倍增，干劲更足。

1994年，凝结新中国几代监狱工作者心血和智慧的首部《监狱法》

的颁布，在我们心中犹如春雷炸响。新中国成立45年，一代代监狱警察终于有了"名分"，盼来了自己的法律，盼来了明确的行为准则，深受鼓舞。随即单位劳改队的名称也被取消，正式改为监狱，接着出台的《人民警察法》和此前发布的警衔条例，使监狱工作法制体系进一步完善，监狱警察队伍建设真正步入法制轨道，催人奋进。

我们自豪，我们瞄准更高目标，信心百倍，意气风发，踏上新的征程。

迈进21世纪那年，我顶风冒雪在千里之外的宁夏戈壁滩上追捕逃犯，从街道上走过，突然看到电视机里播放的人民警察换发新装的新闻，眼前一亮。瞅着屏幕上穿着九九式深蓝警服潇洒威武的警察，身上银光闪闪的警衔标志和配饰兴奋，觉得来劲，默默重新审视自己，给自己更高定位……

阔步走在新时代的阳光大道上，再看我们的监狱，先进的指纹识别自动化控制的监门，威武大方的高墙电网，宽敞明亮的监舍里整齐的架子床，灯火通明的教室，全方位覆盖智能化的视频监控系统，设备完善的语音通话接见室，清洁卫生的餐厅，整个监区监管生活、学习娱乐、体育运动、习艺车间等，井然有序，庄严肃穆。特别是穿梭其间值班巡逻，身着漂亮的深蓝警服、佩戴警用装备齐全的监狱人民警察，一个个目光炯炯，身姿矫健，帅气潇洒，精神饱满，充满朝气，更是一道亮丽的风景，让人赏心悦目。

40年改革开放，40年砥砺奋进，我们豪迈，我们不辱使命，身着一身警服，努力争创一流工作业绩。如今，实现监防设施科技化，监控手段远程化，监管措施现代化，教育改造方式触及灵魂、多样化，引进了心理辅导矫正、安全风险评估等系列科学方法改造罪犯，追赶超越，迈进信息化、智能化、数据化新时代，创建刑罚执行体系达到世界先进水平，罪犯改好率、重新犯罪率达世界最好，中国特色社会主义监管教育改造罪犯工作为世界所瞩目，令人骄傲。

整理一身警服，仰望蓝天白云，我感慨万千……

2018年10月

第二辑　警营往事

我的警校老师

30多年前，在警校短短九个月的学习经历，令我难忘。特别是当时的那些老师，给我留下深刻印象，回想起来，一个个历历在目。曾多次撰文提起，依旧无法释怀。

那时的警校，也就是现在的省警官学院，才从省公安干校分离出来，在西安的建工路上建成，刚挂上崭新的"陕西省公安劳改干部学校"的牌子，就迎来了我们这批学员。

我们这批学员，六七百人，都是全省各劳改、劳教单位新招录来的干警，面对将要踏上的陌生工作岗位，很感兴趣，渴望知识武装。

当时的警校老师，大多是从全省基层劳改、劳教单位，抽调来的"文革"前的大学生，一个个有丰富实践经验，讲起课来深入浅出，生动形象，实践性强，通俗易懂，深得学员喜爱。刚来到省城，走上崭新的工作岗位，他们每个人都兴致勃勃，热情很高。

主讲劳改业务的张宏轩老师，是一位由基层劳改单位领导岗位，走上三尺讲台的老同志，亲身经历、见证过中华人民共和国劳改、劳教工作创建发展历程和取得伟大成就。他虽在课堂上严肃，正襟危坐，不苟言笑，讲起课来却按捺不住内心的冲动，字字句句饱含深情，铿锵有力，激情饱满。给人留下深刻印象，他厚重、沉着、刚毅的外表，正是那个年代监狱警察的一种典型形象气质，令人尊敬。

主讲公安业务的张纪民老师，身材瘦高精神，是位老公安。长期从事预审工作，练就一双炯炯有神的火眼金睛，目光犀利而神秘，眼神中透射出智慧的光亮，穿透力强，摄人心魄。他讲课，从不赘述教材里的内容，总是给学员讲案例，引用自己经办过的一些典型案件解读教材，深入浅出，吸引学员津津有味听讲。让我们在不知不觉中进入角色，融会贯通，深得要领，深刻理解和掌握公安工作的路线方针政策和方法。

主讲刑法的王耿心老师，看起来身材不高、文质彬彬，却是满腹学问，讲课条理清晰，态度严谨、一丝不苟，不愧为全国劳改法学会理事、劳改专业教材编委会重要成员，深得学员尊重。后来担当起了警校校长的重任，还参与了我国第一部《监狱法》的起草工作，成为享誉国内外的监狱法学知名专家，享受国务院特殊津贴，是陕西劳改警校的一张"名片"。

主讲宪法的张辉老师，平日里说话爱开玩笑，讲起课来拿腔拿调，慢条斯理，经常穿插一些诙谐幽默话语，让人忍俊不禁，是警校的"名嘴"。给我们上第一课，他先是认真做一番自我介绍，然后开讲，在黑板上大大地写上"宪法"两个字，随即清清嗓子，提高声音，不紧不慢，一字一顿说："宪法！是国家的根本大法。"解读宪法与其他法律之间的关系，说是"他妈与他娃的关系"，惹人哄堂大笑。将一门枯燥无味的宪法课，讲得生动有趣、轻松愉快。以至于同学们给他起了个"张宪法"的雅号，广泛流传开了。

主讲狱内侦查学的张俊康老师，人长得精明干练，长期在监狱一线管教岗位工作，练就一副好口才，而且调门高、声音响亮，讲起课来紧扣实际，口若悬河，滔滔不绝，声情并茂，引人入胜。把课讲得是生动活跃、妙趣横生，让人喜欢。也是警校的一张"名嘴"。至今，我还记得，他给我们上的第一课，开场就幽默风趣，自我调侃说，他是"文革"前西北农学院毕业，学昆虫专业的，被分配到劳改农场，专门从事根治"害虫"工作，自嘲是"专业对口，驾驭工作轻车熟路"。他经历丰富，改造过曾在五六十年代轰动全国、名噪一时的"政治诈骗犯"李万明，积累教学资料广泛，把个狱内侦查学，讲成了高墙大院里的章回侦探小说，吸引学员爱听。他的故事三天三夜说不完。

主讲犯罪心理学的董应生老师，高个、大鼻子，谈吐不俗，很有气质，一看就像个学者。讲课严谨、逻辑性强，深入浅出，从不拖泥带水。将各类犯罪和罪犯心理特征和矫正对策，分析得是头头是道，透彻明了，让我这个将要投身劳改工作的新兵，听后茅塞顿开，对未来所要面对的形形色色罪犯有了深层次的了解，充分做好了上岗前的准备。

给我们主讲法学基础理论的周梦良老师，勤奋钻研业务，不但课讲得好，还积累经验，将我国十几部法律的内容、结构和之间的关系编制成图表，帮助学员学习、理解和记忆。而且得到司法部普法办的肯定，推荐作为全国"一五"普法学习材料，大量印刷发行。

还有政治经济学教员李仲谋、军体教员张东、哲学教员李群，以及王立邦、周天为、李日恒、崔进管、谷双奇、卢明泉、巩党荣、秦啸海，校领导候景华、陈继全、董俊杰和班主任候维新老师……

他们不但是我走上监狱警察工作岗位的导师，还是我人生的指路人。

细思量，他们给我印象如此深刻，不是我的记性好，而是改革开放之初，他们激情似火，身上所迸发出的热情实在炽人，对我一生影响深远。

2012 年 3 月

桃花洞抒怀

1938 年 10 月，连日时断时续的秋雨，把整个用煤矸石铺垫起的矿区弄得到处泥泞不堪，除了上班，待在宿舍里哪儿也去不成，人几乎被捂得快要发霉了。天一晴，就立刻冲出去，把巴掌大的杏树坪转悠了个遍，心中多日阴霾一扫而光，感觉还不过瘾，索性想去桃花洞再转一圈，看望分配在那儿工作的同学。

也许由于年轻的缘故，一口气爬上南坡，一点也不喘。回眸雨后的杏树坪，天高云淡，环抱在松柏苍翠寂静的群山之中，明净安详。

翻过山梁，站在瓷窑子上一眼望去，脚下两条山沟交汇的沟口处，一个不大的山峁上，纵横方正有几排瓦蓝色的平房，一座监狱大门和哨楼赫然入目，两道沟水环绕，在此汇成小河，顺着面前一道一望无际的川道流向远方，风水甚佳。我急切地向那儿奔去。

下山后，一汪清澈的水映入眼帘，水中鱼儿闪动，水面微波荡漾，几片青黄的落叶随波悠荡，增添了几分凉凉的秋意。

跳过坑洼的公路，踏上通往桃花洞的岔路，路见一辆拉面车后轮深陷泥潭不得动弹，车帮大开，几十个人卸下面扛起来艰难地往上走，心中不免唏嘘。踩着扛面人的脚印爬上坡，走进青灰色砖瓦平房围起的院落，向人打听同学住处，还没等应声，呼啦一下，就从几处房子里出来几个同学，把我迎进屋里。

脚跟还未站稳，又来了几个同学。本来只有一个奄奄一息的煤火炉和两个办公桌、两把椅子、两张硬板床，显得冷冷清清的屋里，一下变得暖融融的。其实，我们走出干校才分别不到一个月。

那时，矿上其他所属单位好歹都有栋楼房办公或居住，这儿却还是一抹的建于 20 世纪 60 年代初期的简易平房，也没有暖气，而且远离杏树坪，又不挨崔家沟市场，与其他单位相比，环境偏僻，生活和工作条件较为艰苦。住在这里的人们常常调侃，去一趟崔家沟市场是"赶会"，到了杏树坪矿部是"进城"了。自己住在"郊区"。

从前，这儿的一处崖畔下，确有一个神秘的山洞，据说住过一位桃花娘娘，流传有一些美好的传奇故事，崖上还有一座娘娘庙。每到春天，洞口的崖畔上和周围山野开满桃花，景色美艳。可惜，早在开发这里的时候，洞口就已被滑落的山体埋没了，只留下了个地名——桃花洞，不能不说是遗憾。然而，大自然依旧变换着季节，滋润着桃花洞人。

每当枝头悄悄泛起嫩绿，人们还在抱怨春寒料峭，这里漫山遍野的桃花仿佛一夜间绽放，到处都是，十分壮观。漫步桃花丛中，簇簇桃花怒放，朵朵婀娜粉艳照人，使人春心荡漾。一阵春风吹过，花瓣散落一地，撩人情怀，不由得放开歌喉，唱起《在那桃花盛开的地方》。

夏日，站在桃花洞大院外的路口，望着脚下"眼镜湖"里的两汪波光粼粼的水面，人都觉得凉爽。沿着小河逆流而上，步入韭菜沟口不一会，视野豁然开朗。眼前出现一块舒展的草地，弯弯小河绕过，四周青山松柏绿树成荫，湛蓝的天空中几朵白云悠悠，恬静优美。顺着小河继续前行，忽然两面山峰收紧，视野又变的狭窄。再前行，视野又变得开朗，又现一片草地，仿佛伊甸园般美妙而浪漫，是桃花洞人忙碌之余得天独厚的好去处，成全了许多有情人。

秋高时节，这里天高气爽。站在坡头遥望，左边车凹川道两旁松色墨绿，山野红叶烂漫，小河淙淙渐渐淡入天际，景色深远、恬静优美。在对面瓷窑子果园里，枝头沉甸甸地挂满红色的红玉、黄色的黄元帅和淡绿色的国光苹果，果香飘溢。那时，这儿的苹果以其味甜色美而闻名，被誉为"崔矿苹果"，享誉关中平原。每年国庆节后，全矿所有人都可以来这里领到一份苹果。那季节，通往果园的路上，整天都是提着菜篮子、背着口袋的人。那情景，想起来都让人感慨。这也是桃花洞一年最热闹的时候，一直要持续一个多月。

隆冬时节，遇到雪天，雪花漫天飞舞，四周山峦银装素裹，屋顶积雪覆盖，屋檐上挂满一排排一尺多长晶莹的冰溜子，就连窗户玻璃上也布满奇妙的冰花，院子里铺满厚厚的白雪，到处白皑皑的洁净，似乎整个世界都凝固了。眼镜湖面也完全封冻了，适逢学校寒假，每天从早到晚都有孩子们在冰面上溜冰，甚至大人们也忍不住，制作一双滑冰鞋，在上面玩耍。

后来，周围忽然出现了些腰包鼓鼓囊囊的人，在四处转悠，指指点点。随后就传来轰隆隆的开矿放炮声，接着瓷窑子坡上、韭菜沟里雨后春笋般地冒出许多小煤窑。机器轰鸣、拉煤车喧嚣，加上人声嘈杂，不绝于耳，打破了这里的宁静。从矿井里挖出的大量煤矸石肆意倾倒，铺天盖地到处都是，连生命力极强的小草和灌木叶子上也落满了厚厚的煤尘，奄奄一息。晴天煤灰满天飞，雨天黑水四处流。眼镜湖一边几近干枯，像打碎了一个"镜片"，另一边还有点水，可看起来"镜片"也脏兮兮的。很快韭菜沟里成片的松树枯萎了，瓷窑子果园里的果树也不见了，满目疮痍，风光荡然无存。

然而，这些还不够，最令人伤心的是，大自然终于露出了愠色，不分青红皂白，愤怒地错把这笔"恶账"算在了桃花洞人头上。无法抵御的10·19、11·1等矿难无情地发生了，大山在颤抖，人心在哭泣。当时曾有人说：撤了吧！想到了向大自然俯首，让一切都随着时光的流失淡出人们的记忆。

一时间，桃花洞人也沉默了。可他们不甘心命运的捉弄，痛定思痛，昂起首来，倔强地选择了留下来。

他们重整旗鼓，顽强坚守着这方热土，与大自然抗争，奋力拼搏，执着地继续追求他们的事业。

花开花落，冬去春来，无数日夜奋战，他们无怨无悔地默默奉献着青春年华。当人们的目光都落在瓷窑子山梁那边，杏树坪日新月异的巨大变化时，桃花洞也在悄悄地发生着变化。

弹指一挥间，快20年过去了，一直没再去过桃花洞，但每一次路过，总留意这儿的点滴变化。光阴荏苒，大片的煤矸石逐渐被植被覆盖，果园里种上了蔬菜，眼镜湖畔、垂杨柳下也渐渐地有了垂钓者的身影。

今年中秋，偶遇一事到了桃花洞，惊奇地发现，昔日破旧的青砖瓦房荡然无存，取而代之的是一幢幢洁白高耸的楼房，绿茵茵的草坪花园，开阔的广场和宽敞笔直的水泥道路。虽没了成堆同学热情的招呼，看到的都是生疏面孔，却个个睿智豁达、精明干练。他们高歌和谐梦想，砥砺奋进，用辛勤的汗水换来一方新天地，将一个崭新、美好的桃花洞展示在世人面前。

2000 年 3 月

那些年，崔矿的灯展

冬日，周末闲暇，出得门来，漫步矿区，在垃圾箱旁看到一个被人丢弃的破旧灯笼，思绪一晃，竟然想起了好多年前崔矿春节的灯展。

那时，崔矿交通很不方便，周围也没有城镇，再加上监狱工作封闭，人们平时的生活非常单调。因此，大家都很在意一年里的每一个节日，尤其是春节，更是在意。每到这个时候，矿上各单位都要扎彩门、挂灯笼，家家户户也都喜欢用漂亮的灯笼，装扮春节，营造喜庆吉祥的过年气氛。

一进入腊月，矿上各单位几乎同时开始动手，忙活着准备扎彩门、做灯笼。弄得年年的这个时候，商店里彩纸连连告罄，竟一时"洛阳纸贵"，买不到。整个腊月，每天从早到晚，矿区随处都可看到，提着刚做好的灯笼兴高采烈回家的人。常见有人灯笼好看，惹人拦住围观，甚至被抢去。

大年三十，矿区所有庭院门前、楼房阳台上，几乎都挂上了灯笼，凡是有大门的地方，门上都是彩旗飘飘、彩灯成串、红灯高照。尤为惹眼的是，监狱一改往日严肃冰冷的面孔，几个监区的大铁门也贴上了红艳艳的巨幅对联，挂起了红彤彤的大灯笼，装饰得喜气洋洋，全没了监门的样子。各个中队的彩门一家比一家扎得漂亮，院子里的所有号舍门上也都贴着对联、挂着灯笼，当空还并排或十字交叉拉着彩带、挂满了各式各样的彩灯，充满节日气氛。

天一黑，监狱里灯火齐明，远远望去，各中队依山呈阶梯状分布，错落有致，张灯结彩，非常好看。整个山坡上几个监区连成一大片，形成了灯的海洋，照亮周围几座大山，给夜晚寂静的山野披上节日的华彩，场景尤为壮观。

当犯人捧起热气腾腾的饺子的时候，监狱领导就来了。一时间锣鼓喧天，鞭炮齐鸣，震耳欲聋，热烈气氛一下子达到了高潮。

这还不算，正月十五，在监狱外面的矿部大院里还要办灯展。从第一盏灯拉到现场，布置场地开始，看不到狱内灯笼布置喜庆场面的大人小孩就急不可待来转悠了。随着一盏盏灯笼高高挂起，矿区和周围十里八乡的人们渐渐聚拢。当最后一盏灯笼高举，夜幕降临，已是人头攒动。忽然华灯齐放，元宵灯盏就正式开始了。

大门上两对巨大的灯笼，火一般红透夜空。偌大的机关大院内，凌空悬挂着的上千盏五颜六色、形态各异的灯笼，连同从各单位挑选来，摆放在地上的几十个各种造型的大型花灯，形成花的海洋，姹紫嫣红，火树银花，让人眼花缭乱，目不暇接。男女老少喜气洋洋观赏，摩肩接踵，形成人潮，欢歌笑语流动。还有灯谜游戏渲染，增添快乐，使这里成为一年里最热闹的地方。许多人拿出相机不停拍照，珍藏这一刻的美好幸福。

回想起那些年，这里的灯展，承载了几代人对美好生活的追求和梦想，一年比一年办得好。尤其是到了 20 世纪 90 年代中后期，不论是灯笼制作水平，还是灯展水准，都达到了空前的地步。然而，随着社会发展，交通发达了，这儿变得离城市越来越近，人们的生活也越来越好，灯展却没了。取而代之的是五光十色、异彩纷呈，高大上、漂亮的灯饰和焰火晚会。可我还是怀念从前的灯展。

2013 年 2 月 6 日

老乔

近来，不由得想起了老乔，屈指一数，他退休四年了。

在矿上，老乔整天笑呵呵的和弥勒佛一样，好像从来没有烦恼和忧愁，而且喜欢夸奖人，许多时候甚至夸得人有些受不了。遇到他，总能给人一个好心情，

记得，老乔退休那年，恰逢建矿50周年，矿上还要在9月份组织一次隆重的庆祝活动。遗憾的是，他在之前到了退休年龄，办了手续就回渭南老家了。那段时间，表面看起来老乔依然如故，整天还是笑呵呵的一副老模样，其实稍加留意就会发现，他眼里不时闪现出一种离别的神伤，精神也远不如从前了。

改革开放初期，全国兴起文化学习热潮，大家纷纷参加自学考试，老乔一口气读完14门功课，顺利过关，成为矿上第一批拿到法律专业大专文凭寥寥无几的几个人之一，其中数他年龄大，给人印象很深。我便是那时认识的他。

在崔矿，老乔的节俭是出了名的。一碗面里倒点酱油、放点盐，或两个馒头就大蒜，就是一顿饭。常年一身警服，穿得颜色发白，衬衣领口都磨烂了，十分扎眼。当行政保管时，把一本稿纸从中间劈开，当作两本来发；一支圆珠笔，也要把笔芯取出来，分开发。领导批的东西，从他手里一过，就少了一半，无论人家说什么，也无济于事。有许多人认为他太抠门，更有甚者当面说些风凉话，他也不介意，总是笑呵呵一笑了之。

老乔的节俭有个特点，舍得出力、舍不得花钱。在招待所当所长时，一点架子都没有，修理门锁、挂门帘、钉窗纱、绑拖把，甚至疏通下水道，都亲自动手干，可修的就修，能省的就省，指望买新的，或者花钱找人修，门都没有。他调到办公室负责单位各类证照办理工作，每次年审缴费时，好像要花他家钱似的，总要与人家软磨硬泡，想方设法尽量争取少交点。晚上，只要办公楼走廊黑灯瞎火，那一定是老乔在值班。他值

班，不但恪尽职守，而且操心楼上的水电，有人前脚打开走廊灯进了办公室，他后脚就跟上把灯关掉，再看看卫生间水管关好了没有，一晚上楼上楼下能跑几十趟。有一年冬天，一天深夜，看到一个办公室里一直灯亮着没动静，他以为里面没人，急得不行，就把走廊电闸拉了，结果弄得人家没法用电褥子，冻得够呛。

　　他还张口向同事讨要小孩穿过的旧衣服。开始让人琢磨不透，他的孩子都大了，要小孩子衣服干什么？尽管搞不明白，大家还是给了他许多。后来知道了，原来是老乔有一次回老家，看到农村人经济远不如城里人，便想到向同事要些不穿了的旧衣服，送给农村亲戚，尽所能地帮一帮。于是，大家就把不穿的衣服都给了他。他高兴极了。

　　老乔在矿上待了一辈子，同事家里婚丧嫁娶，都会热情前往"行礼"。行出去的"礼"无数，但是却从未见他家里有什么事，就连两个儿子的婚姻大事，也悄悄在孩子单位办了。退休时卖掉房子，一走了之。好像从来也不把回收"礼"的事放在心上。你说，他是抠门还是不抠门？我感觉老乔就像一坛醇厚的陈年老酒，耐人寻味。

2012 年 7 月 6 日

老人雪松

楼下一棵高大的雪松，在家属院洁白的楼群间撑起一片绿色，远远望去像座绿塔，格外醒目。从雪松下走过，我总想起一位老人。

老人个头不高，身板硬朗，操着一口浓重的陕北方言，说起话来高喉咙、大嗓门，掷地有声，透露出一股耿直、豪放气息。他便是20世纪60年代轰轰烈烈的"大练兵、大比武"运动中，荣获全国公安劳改系统"四知"标兵称号，受到当时西北局书记刘澜涛亲切接见，曾经名噪一时的高贵武。

我刚走上工作岗位时，有幸遇到老人，和他在一个大队从事罪犯管教工作。他那时穿着笔挺整洁，皮鞋擦得铮亮，给人一种为人严谨、一丝不苟、办事认真的感觉。平时肚里藏不住话，爱说实话、敢讲真话，个性棱角分明，因此也得罪了不少人。

每当有人提及当年监狱创业发展阶段历史，老人饱经沧桑的脸上立刻会泛起幸福的笑容，思绪回到了那个激情燃烧的岁月，侃侃而谈，讲述起许多鼓舞人心的往事。然而，当具体问起当年领导接见时的情形，他便戛然而止，微笑着摆摆手，扬长而去，大有一副好汉不提当年勇的风度。

临退休的前一年，单位进行规范化管理汇报表演，在主席台上就座的省局领导，虽然时隔近30年，竟从老远的人群里一眼就认出了他，指名道姓请他做"四知"和"背向点名"科目表演。只见老人身着崭新制服、腰间皮带闪亮、戴双雪白手套，精神抖擞，在嘹亮的口令声中，带队跑步进入场地，立刻引起掌声一片。接着，列队报告干净利落，科目演示娴熟流畅，整个过程规范、老练、精彩，掌声不断。领导激动地握着话筒感叹"宝刀不老！风采依旧啊！"走下台拉着老人的手给人介绍说："老高同志可不简单，是我省劳改战线当年的骄傲，大家学习的榜样。"

不久，老人退休了，也没有什么想法，只打算在工作了一辈子的山沟里度过一个平静的晚年。恰巧遇到所住房屋拆建，老人满怀欣喜，原以为住了一辈子简陋的平房，甚至在陕北农场工作时住窑洞，这次在有生之年能住上宽敞明亮的新楼房了。随之，事与愿违，老人遗憾地搬进了一栋陈旧的老楼里。老人沉默了，脸上少了许多笑容。

搬家后，老人看到家属院里以前种植的许多小雪松不知哪里去了，只孤零零地剩下楼下一棵，四周还被混凝土路面包围着，长得无精打采，就经常用小铲子给树松土，发现常常有小孩晃动玩耍，担心损害小树，就捡来石块、砖头，把小树围砌起来，从远处用袋子一点一点提来黄土倒在树下，弄些牛羊粪埋在土里，天天拎着两只盛满自家洗菜水和淘米水的小桶浇灌。常见他在树下忙活完，退后几步，上下仔细端详雪松，时而眉开眼笑，时而凝目，不知在想什么。

暑往寒来，在老人十几年的精心呵护下，小树长成了参天大树，树干笔直，枝杈展阔，枝叶繁茂，风姿绰绰。树下已成为炎热夏季里家属院一个纳凉的好地方。然而，老人这时却悄悄地走了……

思念老人，我就望一望那棵挺拔的雪松，欣赏他和风细雨中潇洒飘逸的神态，领略他冰天雪地里迎风傲雪的气质。

2012 年 7 月 20 日

难以忘怀的大礼堂

那年，远远地望着杏树坪广场上的大礼堂被拆掉，将永远成为记忆，我感慨万分。

1982 年冬，一踏上杏树坪，首先映入我视野的就是大礼堂。在满是苍松翠柏的青山环抱中，广场南面十几阶长长的台阶上，高高地耸立着一座门庭高大的建筑。它的通体上下是灰色水泥砖瓦本色，主楼水刷石的外墙上刻有一对满载原煤的矿车图案，加上巨大的拱形屋顶，让人一看就是一座礼堂。它与对面的灰砖结构办公楼遥相呼应，气派大方，是当时的杏树坪一座标志性建筑。

那阵子，好像人们并不喜欢在礼堂里搞活动。礼堂面前的广场冷冷清清，平时一起风，纸片随着被刮起的尘埃忽高忽低地在四处漫不经心地飘舞，只有在放电影时才有些热闹。

放映机在礼堂二楼的窗口里，银幕挂在对面的机关大门前，音响在空旷的广场上传得很远，电影画面在老远的地方都能看到。我经常在晚饭后，去监狱上班的路上，走在礼堂对面的山上也能看上几眼电影。

当时，电视还没有普及，一周能看到一部电影，对这里的人来说是件很不错的享受。每当晚上有新片子放映，晚饭后的广场上，巨大的银幕就早早地挂了起来，喇叭里不断地播放着歌曲，催促人们急急忙忙赶来抢占好位置。在这里，我跟着喇叭学会了《八十年代新一辈》《在希望的田野上》《再见吧妈妈》《血染的风采》《十五的月亮》等当时流行的许多歌曲。

夏天，在这里看电影，集休闲纳凉和娱乐为一体，十分惬意。春秋季节的绵绵细雨中，孩子躲在妈妈的雨伞下，情侣撑把小伞，快乐的单身汉干脆连雨伞也没有，随意站在那儿看电影，别有一番情趣。冬日，在猎猎寒风甚至雪花飞舞中，冻得人直跺脚，也要把电影看完。那执着，现在的人根本是无法想象的。

常常天黑了，片子还没到，让人等得急不可耐。一旦人们看到放映员手提着片子来了，顿时爆发一阵欢呼。像《自古英雄出少年》《汪洋中的一只船》《妈妈再爱我一次》等影片，我就是在这里看的。

记忆中，大礼堂最热闹时，当是 20 世纪 80 年代中后期。那时"承包"风靡全国，矿上的电影队也被承包了，看电影要买票在礼堂里看。那阵子，好片一下子多了，放映场次也多了，矿上遇上有大点的活动，也搬进了礼堂，一时间礼堂红火了起来。

年轻人的活动也特别多，团委经常组织文艺演出。妻子是矿上的文艺骨干，能歌善舞，尤其擅长舞蹈，我在这里看过她的许多表演。她与武警大队合作的舞蹈《血染的风采》，在铜川工人文化宫演出，得过铜川市群众文艺汇演二等奖。我还在这里欣赏过著名歌唱家员恩风的演出，并在走下台来的主持人的邀请下，向员老师夫妇两人献上了几句祝福的话。

后来，在风雨的冲刷下，礼堂成了一座危房，渐渐地失去了以往的辉煌和风采，完全成了摆设。

当时代的脚步跨入 21 世纪的门槛，这里煤矿经济以前所未有之势迅猛发展，翻开了杏树坪历史上崭新的一页。杏树坪雨后春笋般地耸立起一座座洁白漂亮的楼房，傍晚的礼堂前广场上又热闹了起来，铿锵有力的锣鼓声中人们扭起了欢快的秧歌，悦耳动听的旋律中大姑娘小媳妇跳起了优美的健身操，还有一帮人在时而曲调委婉、时而又明快的伴奏下，有板有眼的唱起了秦腔。你方舞罢、我来唱，一片热闹景象，几乎天天如此。偌大个广场竟然不够用了。早已破旧不堪的礼堂孤零零地在一旁，显得多余，很快被拆除了，取而代之的是一个多功能的综合文化娱乐休闲广场。

新落成的广场分两台，上面的以一座大舞台为主体，中央是一片塑胶铺砌平整的场地，两侧分列着数十件功能各异、老少皆宜的大众健身器材，两座古色古香的凉亭分列两角，通过十几阶长长的台阶，将下面的旧广场和塑胶灯光球场、开阔的市场，连为一体，形成一座崭新的大广场，与对面早已装饰一新的白色的机关大楼对峙，使得这里充满强烈的时代气息，整个杏树坪文明而时尚。

　　望着眼前的一切，我常想，人们每一天都在这里愉快地歌舞，享受生活，还记得记不得从前的那座礼堂了。

2006 年 11 月

再望馒头山

青山依旧，馒头山巍峨耸立，岁月随着山下小河水潺潺不息地流淌，一晃十多年又过去了。

每天，我依然会不自觉地凝目馒头山，翘望其南北两端酷像沉眠中的卧佛和睡梦里的少女似的山峦，揣度他们是否有灵性，可曾知晓脚下所发生的巨变。

50年风雨历程，50年奋力发展，50年巨大变化。在几代崔矿人的努力下，馒头山下，昔日荒凉的山沟里，赫然耸立起一座环境优美，充满时代活力的现代化监狱煤矿，令人感慨万千。

这里，虽在1958年就已建矿，可到了1979年，矿区周围还四处遍布用笆子、油毡搭建的窝棚，矿内只有医院、学校等几处成排的简易平房，以及一座家属楼、职工宿舍楼、机关办公楼等几座楼房和矿部门前一块巴掌大点儿的水泥广场。从井下排出的煤矸石随处堆放，弄得所有道路都是雨天泥泞不堪，晴天煤灰飞扬，无法行人。

1982年，我刚到这儿工作时，这里只有矿上办的一个二层楼的商店和一个职工家属在选运一楼窗口开的小卖部。商店里的商品虽然烟酒副食、办公文具、针织百货、日杂农副、蔬菜肉食、粮油等门类不少，但是货物不全，像白糖、大肉、粮油等都要凭票证限量供应，好点的烟酒还要走"后门"才能买到。周末去周边焦坪、瑶曲等地农贸集市赶会买东西，还是人们生活中的重要活动。偌大个矿，除了矿部机关和下属单位的几个定时开饭的职工灶外，仅有三招旁路边一家母子俩，开在破烂的油毡棚里的一个小饭馆。稍不注意，错过开饭时间就没饭吃了。

如今，矿区有30多栋住宅、办公楼，楼前院内和道路两旁绿草茵茵、花团锦簇；宽敞的文化娱乐广场、多功能的舞台、灯光塑胶球场和健身器械样样齐全，处处都是人们忙碌工作之余休闲娱乐锻炼的好地方。

矿区商铺饭馆林立，各类商品应有尽有；吃的种类名目繁多，四季都能买到新鲜的蔬菜。粮油就更不用说，样样都有、服务周到、送货上门。当年生意红火的二楼商店和粮店早已人散楼空，职工灶也已销声匿迹、不见踪影。

从关中平原任何地方到崔矿，20世纪六七十年代，无论是坐长途汽车还是火车，都要在铜川倒车，怎么说也得整整一天时间。赶不好点还要在铜川住一晚上，第二天才能到矿上。90年代初，铜川每天也只有屈指可数的几趟班车，去趟西安起码也得大半天时间。那时候出行是崔矿人的一个老大难问题。现在，铜川每半小时就有一趟班车，每天矿上还往西安发一趟通勤车，方便大家出行。就这！还有许多人嫌木囊，干脆打的或者租车自驾出行。每到周末矿区六七十辆出租车几乎全不见了，都被人租用走了。通信的便捷就更不用提了，连收破烂的都拿的是手机。

尤其是近年来，崔矿的煤炭生产稳步发展，经济建设突飞猛进，人们的腰包鼓了起来。大多数人都在山外关中平原腹地，西安、咸阳等城市买了房子，拥有私家车也不再是什么新鲜事了。人们的生活水平高了，需求也高了。购物都要进城去，许多人都把孩子转往铜川、西安等地教学条件好的学校去上学。漫步矿区优美的环境中，男人们显得年轻、潇洒，女人们变得更时尚、漂亮了。

回望馒头山，追寻崔矿开拓者们的身影，追思崔矿艰苦发展的历程，百感交集。抚今忆昔，多么希望沉睡千年的少女能与人们同享欢乐，脸上露出灿烂的笑容；沉睡万年的巨佛显灵，睁开双目，看一眼脚下翻天覆地的变化，祝福人们长久地幸福，生活得更加美好。

2009年10月

流金岁月

1987 年初夏，在省城脱产学习，看到学校高一届同学毕业论文答辩，想到来年也要过这一关，心里没底，便去旁听。这一听，可真开眼，不但使我第二年顺利通过毕业论文答辩，还对论文写作产生了浓厚兴趣。

此前总以为论文写作高不可攀，绝非我等一般凡夫俗子所能涉足，从不问鼎。然而通过这次旁听，我发现也并非如此。所谓论文，不过是所学理论与具体实践相结合，书于纸上的文字产物，也没什么高深莫测。

那次答辩，许多论文都很优秀，尤其是来自宝鸡监狱的一位干警写的一篇题为《试论美育在教育改造罪犯中的作用》，给我印象最为深刻。它选题新颖，直击实际工作，破天荒地大胆提出利用美学思想教育改造罪犯的新观念，刷新和丰富传统的教育改造罪犯理念，令人耳目一新。至今 30 多年过去了，我仍清晰记得。

从那天起我便想，自己不但要干好本职工作、当一名优秀的监狱人民警察，还要不懈努力，争取做一个监狱法学理论的探索者。

常言说：初生牛犊不畏虎。我也真够大胆的了，写作的第一篇论文口气很大，竟然雄心勃勃论述《监狱（劳改队）领导应具备的素质》。当时就连自己捧着稿子看来看去，也觉得浅薄，流露出一股年少轻狂之气，有些锋芒毕露，于是在标题前加了"浅议"两个字掩饰。现在回想起来，真觉得幼稚好笑。作为毕业论文拿出来，老师能给个良好就不错了。然而，这毕竟是一次尝试，让我了解了论文。

1988 年毕业回到单位后，兴趣盎然，便处处留心收集资料、发现选题。写了一篇《铜川青少年犯罪率高、建议"老公安"入校帮教》，自己也搞不清是属于什么体裁的文稿被《铜川日报》刊用，激动不已，捧着报纸放不下，就把报纸放在案头，一天看几眼。从此便笔耕不辍，一篇接一篇地写开了。

偶尔看到省局犯罪研究所发布的研究课题，不知天高地厚，就选了一个"我国重新犯罪问题研究"的课题啃了起来，洋洋洒洒整理出一篇一万多字的文稿，兴冲冲地跑到研究所去交稿，其结果可想而知。现在说起来还得感谢柳毓君同志，他翻了翻稿子，操着一口浓重的山东口音说："在基层工作，不论理论水平多高，站的高度毕竟有限，视野不够开阔，选题大了，肯定写不好。"还说"你要发挥基层工作实践经验丰富的长处，切合实际选些自己熟知的小题目写"，并讲了一些论文写作的方法要领和努力方向，鼓励我写作。

得到点拨，我认真整理思路，调整写作方向，通过大量问卷调查，归纳整理就写成了《浅析当前即将刑释服刑人员的择业观》，很快就在当时的省劳改法学会会刊《陕西劳改》上发表了。把工业企业管理科学"abc 重点管理理论"与实际工作相结合，写成《浅议 abc 管理法在罪犯监管工作中的应用》，发表在当时全国劳改学会会刊《劳改劳教理论实践》上。未料想，发表的论文被单位书记吉瑞田看到了，拿到大会上表扬了我。他用一口河南话告诫大家说，现在许多同志把业余时间和精力都放在了无聊的牌桌上了，我看还是像胡旭一样，拿出一点时间，多总结思考一下工作，积累起来，写一点文章，做一些有意义的事好。

本来我的写作无拘无束自由畅快，这一下感到有了压力，不敢再散漫松懈。可又总觉得自身功力不够、发力不足，写出的东西轻飘飘的力度不够。于是就想到了学习，便向书籍学、向他人学，拼命给自己充电。

每次去省局劳改法学会讨要有关书籍报刊，都能得到秘书长王水旺同志的热情欢迎。看得出，对我这个前来讨要堆在一旁少人问津的那些书刊的年轻人的到来，他目光情不自禁流露出一种感动。每回都客气地请我坐下，对我讲些近期参加学术研讨会的情况，介绍最近研究方向和重点，支持我写作。

有一次，遇到省劳改法学会领导刘宏恩，我要求加入学会，他二话不说，当场就让我填写申请表。王水旺开好会员证笑呵呵地调侃说："你这个会员是常务理事和秘书长共同介绍的，规格不低啊！"我明白，当时劳改法学会会员都是各单位推荐的领导和中层干部，像我一个基层单位的管教干事，是没资格加入的。对我来说，成为会员是对我孜孜不倦努力的褒奖和鼓励。至今30多年过去了，我还珍藏着那张会员证。

1991年夏日刚过，我在追捕过程中，成功处置逃犯携带炸药包暴力拒捕行为，荣立个人一等功，受到厅局表彰，奖励了两级工资。一时名噪全省监狱、劳教系统，更是受到省局劳改法学会和犯罪研究所的器重。

1992年，国家重视企业思想政治工作，给政工人员评定职称。当时的劳改单位承担改造罪犯和经营生产双重任务，具备执法机关和国有企业双重属性，所以干警也可以参加这个职称评定。这下，曾发表过的论文变成了学术成就，使我轻易获得一个中级职称。那年我还不到30岁，是单位里最年轻的"政工师"。

毛主席一百周年诞辰之际，我的一篇《毛泽东劳动改造罪犯思想初探》，在《陕西劳改》上发表，得到省局犯罪研究所领导赞赏，被推荐参加全国劳改法学会征文活动，又发表在全国劳改法学会会刊劳改劳教理论实践上，引起省局领导注意。恰在此时，省局组建监狱志编纂办，指名道姓要我去。然而，单位一位主要领导横竖不让去。我找他，他装聋作哑，推说没有这回事。省局领导催促，他找各种借口推挡，还是不放。后来，他推荐别人去了，也不让我去。一年多后，他让我临时借调去了两天，算是给省局了个台阶，交代了。就这，还说我去不算出差，不给补助，放出话来，不会让我留在那里。

尽管如此，我没有过多的委屈，更没有牢骚埋怨，很快就把所有精力投入到了工作中去了。相信，天生我材必有用，是金子总要发光的，便兢兢业业努力工作，再次期待组织挑选。然而一天又一天、一月又一月、一年又一年过去了，组织再也没垂青过我。

我当时也困惑，作为一线最基层单位的一个管教干事，不论工作学习，还是生活上，根本和单位上层就不搭界，没有任何来往，更扯不上一点瓜葛，怎么会把人给得罪下了？再三琢磨，难道是因为自己一个年不过30岁的年轻人，拥有的大专学历、党员资格、政工师资质、写作特长，以及金光闪亮的一等功奖章太惹眼，招人羡慕嫉妒恨，给领导进什么谗言了？我百思不得其解。

好在我热爱自己所从事的事业，心态还行。总认为也许是自己，觉得想来想去也没用，就不去想了。再说也没觉得这些有多么关键和重要，很快就给忘掉了，一心一意把精力投入到了忙碌的工作上去了。闲暇之余虽没心思写论文，但却经常写一点散文，抒发对生活和事业的热爱，了却偶尔的困惑和短暂的寂寥，亦感充实、其乐融融。

后来，劳改法学会和犯罪研究所，还一直定期给我邮发每年的研究课题，这让我感到很惭愧。他们合并为一个单位后，偶尔有人来单位调研，还邀我一道进餐叙旧。使我得到欣慰的同时，又有些诚惶诚恐，唯恐招引小人嫉妒使什么坏，或惹领导不高兴，产生反感。

2004 年国庆一过，上班后第二天，我冷不丁中枪。子弹不是来自单位内部，也非省局上级部门，而是国家一个特殊机关。他们说我涉嫌的问题，乍一听吓人一跳，简直不相信自己的耳朵，让我莫名其妙，丈二和尚摸不着头脑。旋即，迅速回想，自己从未做过任何出格的事，马上冷静下来。心想，随他们便，到哪里我也不怕，没有丝毫惧怕，就跟他们去了铜川新区的一家宾馆接受问话。

我自信，自己镇定自若坦然的神态，肯定一开始就让他们心里打鼓，怀疑会不会是找错人了。问来问去，找不到想要找的东西，抄家搜查，也一无所获。于是，他们就拿我电脑里的一篇文学稿说事，指责说我思想有问题。我吃惊，觉得荒唐，人类都进入 21 世纪了，"文革"那一套怎么又死灰复燃了？

我很无奈，明白这是他们为自己的误判、莽撞、尴尬，找的台阶。我不想把本来就没事的事弄成个什么事，就认了，认得干脆而不情愿。

未承想，他们为把责任推得一干二净，避免日后我找麻烦，还要我们单位给我了一个警告处分。此时，恰巧以前那位跟我过不去的领导，身居上级监察部门领导职位，不知为何，又拿我一个一般普通干部做文章，兴师问罪，指名道姓用极端词语为标题，通报全省行业系统，使我在荣立个人一等功闻名全系统十年后，再次扬名。

我尽管没有倒下，也没有受伤，还感觉良好。然而，由于来找我的那个机关的神秘，再加上单位给的不疼不痒的处分，上级机关发的骇人通报，以及一些好事者的传谣，却把事情给弄得神神兮兮、沸沸扬扬离谱了。我本不介意，也不去理会，更不想逢人便去解释。可是，个别领导难看的脸色，许多同事大惑不解惊恐怜悯的眼神，实在让我受不了。为此，我就敲响键盘，一气呵成，写了一篇论文，论述如何利用网络加强监狱警察思想政治工作，在省局犯罪研究所主办的《长安警苑》上发表，以示众人，证明我的智商、觉悟和夸夸其谈的能力水平。

回想起来，十多年一晃又过去了，往事悠悠，曾经的梦想与追求、荣光与快乐，清晰飘过；悠悠往事，昔日的遭遇与不平、郁闷与不解，如烟散去。感慨人生岁月，像小河流水，永不回头。

2015 年 11 月

警校的记忆

在监狱工作 30 多年了，已走过人生半程，总有许多往事难以忘怀。尤其在警校学习那段岁月，记忆最为深刻。

那年，意外被崔家沟煤矿录用，一时竟感到茫然。因为我和家人对劳改工作闻所未闻，再加上是个煤矿，想着在井下管犯人挖煤很危险，去与不去，不知所措。三心二意之间，打听到这是个省公安厅直属单位，上班前还要到公安干校培训一年，配发警服。我一下子来了精神，拿定主意去报到。谁知，这竟然成了我人生最重要的一次选择。

我清晰地记得，来单位报到没几天，刚过元旦，就兴高采烈地去省城学习了。

那时，坐落在建工路上的警校名称还是"陕西省公安劳改干部学校"，周围除了东面有两三个单位外，其他三面都是大片的农田，也没有公交车路过，十分冷清，冬天显得更是荒凉。校园里也只有教学楼、教务楼、教职工家属楼、食堂四个新建的楼房和一个不大的操场。然而，我却兴奋，感觉她很大、很神圣，是一座名副其实的象牙塔。

开学典礼，来了许多领导和媒体记者，非常隆重。听说这是"全国第八次劳改会议"后，陕西监狱率先全国较早建立的一所劳改、劳教工作专门院校，是陕西监狱发展进程中法制化、规范化建设的一个重要标志，在陕西监狱史上也将会留下浓墨重彩的一笔，我很激动。

我们第一批四五百学员喜气洋洋的到来，给校园增添了活力。每天早晨天不亮，嘹亮的军号响起，建工路上七八支队伍上操，整齐的步伐口令声划破寂静的天空，振奋人心。课堂上，不论老师讲授基础理论还是专业知识，大家都感觉新鲜有趣，听得津津有味，学习兴趣浓厚。校园里，人人都是一身公安蓝警服，佩戴红艳的领章和闪亮的帽徽，英俊潇洒。尤其是夏天，身着上白下蓝夏装，更是精神漂亮，整个学校场面催人奋进。

还有每天高音喇叭里传出的后来成为我妻子的一个好听的女声，令我深感自己选择的正确，对未来充满激情。

遗憾的是，九个月后，由于"严打"活动的深入，一线警力不足，学习提前结束了。可是，在这里学习生活的每一天却永远地留在了我的记忆里。特别是这里的老师，清一色的都是从劳改、劳教基层单位调来的干部。他们实践经验丰富，讲起课来口若悬河，所举案例几乎都是亲身经历，生动风趣，引人入胜。在他们的影响下，我怀揣理想，意气风发，迈步走上工作岗位。

三年后，我有幸"二返长安"，回来上电大。那天，远远望见学校，久别重逢之情油然而生，倍感亲切，思绪即刻回到了当年。再看校园里的学弟学妹朝气蓬勃的样子，少年意气萌发，激励我不甘落后，发奋努力学习，拼命给自己"充电"。在班上，担当起了班干部、团支部委员，积极组织大家开展活动，极力寻找年少的感觉，不仅学到了知识，还入了党。可时间飞一样快，意犹未尽，又毕业了。

回到单位不久，闻讯学校更名为"警官学校"，我很高兴。每当忙碌之余，就想起在警校那段火热的生活，回忆起老师的谆谆教导，每遇实习或毕业来的警校学员，思念越发强烈。忽然有一天，收到学校一封信，里面有一份《陕西电大》报，报上刊登有我在一次追捕逃犯中立功的消息及照片。捧着报纸，感觉母校寄语无限……

花开花又落，在单位眼瞅着一批批警校毕业生的到来，我也步入了不惑之年。一天，接到警校一个电话，让我去一趟。当从老师手里接过陕西省电大建校 20 周年校庆"优秀毕业生"荣誉证书时，我很意外。感慨这么多年了，母校竟然一直关注着学子点滴进步，唏嘘不已。

最后一次回校，是警校 20 周年校庆的前一天。那年冬天，我正在外地冒着凛冽的寒风追捕逃犯，得知校庆的消息，十分高兴。至于自己受到邀请，以为所有校友都在受邀之列，也不以为意。然而，当知晓并非所有人都收到了专门的邀请函时，浮想联翩……

光阴荏苒，20 多年来，母校培养学员成千上万，从黄土高原到秦巴汉水，人才遍布三秦大地，事业有成者比比皆是，高官厚禄者大有人在。而我却只是一个仅有"管教干事"称谓的平头百姓，实在惭愧，感觉无颜以会。可是，又很想前往庆贺，感受现场喜庆热闹的气氛。于是，选择前一天去了学校。独自漫步校园，竟引惆怅无限。

第二天，当隆重的庆典活动开始的时候，我已乘上返回渭北高原北部山区单位的班车……

2012 年 10 月 18 日

崔矿今昔五十年

提起崔家沟煤矿的变化，这里的人无不感慨、赞叹，用翻天覆地来形容一点也不过分。

听老一代崔矿人说，1958年，两名干警带领十几个劳教人员来到这儿时，四周荒山上到处都是齐人高的灌木丛，野兽踪迹随处可见，狭长的山沟里连块巴掌大的平地都没有。看到有人来，散落在周围山坡上的十来户农家男女老幼感到稀奇，像是过什么事似的全都出来看热闹。

就是这些人，当天在一处山坡上支起两口铁锅、搭起两顶帐篷，安营扎寨，第二天在对面的山崖下，用洋镐、铁锹开挖洞口，开启了崔家沟煤矿建设的序幕，成为崔矿的第一批开拓创业者。

当月，他们硬是用洋镐、铁锹开凿巷道，挖出了第一块煤。连夜将这一块一吨多重的煤拉到几十里外的马栏农场厂部，向党委报喜。当即被厂长高兴地誉为"跃进煤"。也因此，当时的陕西省公安厅劳改局就有了一个叫"跃进矿"的下属单位。

那时的井下生产，是用手电筒照一下看清情况就关掉，摸黑着用洋镐挖煤、开凿巷道，运输用柳条筐装煤，靠人拉肩扛运出矿井，日产量不过十几吨。但在当时，毕竟是陕西"劳改家"有了煤炭"工业"，是件大喜讯。当月省公安厅劳改处就向省委做了专题汇报，得到肯定和支持，不久就增加了劳力，井下作业人员戴上了柳条安全帽，学会了炮采，运输也用上了架子车，产量得到很大提升。

可是，接踵而来的三年自然灾害，加上本来就原始落后的生产方式、低下的劳动生产率，导致生活成了大问题。穷则思变，他们精简井下生产人员，组织富余人员上山开荒耕地、种果树、编笆子、烧石灰，还建起了炼油厂，因地制宜搞起了副业。最困难的时候还挖野菜充饥。想方设法解决了生活问题，顺利地渡过难关。像农场果园、蔬菜等副业甚至延续到了20世纪90年代初，为崔矿以后的发展发挥了不小作用。

阳光总在风雨后。经历初创阶段的艰苦磨砺，以煤炭生产为主、兼顾多项副业的生产经营形式被确定下来，国营陕西新川煤炭建筑石油联合厂正式成立。崔矿迎来了发展中的第一次腾飞。投资建起了轨道绞车运输线，生产人员也用上了安全明亮的矿灯、熟练地掌握了炮采技术，日产接近百吨。还修筑了一条连接省道的马路。前来拉煤的马车、汽车排起了长龙，一时间"跃进煤"享誉关中道，寂静的小矿区热闹了起来。至今，老人们还记得那热火朝天的拉煤场景。这场面一直延续到了70年代，崔矿有了连接梅七线的专用铁路。

1974年，随着生产经验的不断积累和经济的发展，煤炭生产规模逐步扩大，生产方式越来越先进。这一年，经省上同意更名，对外称作陕西省崔家沟煤矿，对内是陕西省第五劳动改造管教支队，开始收押服刑人员，肩负罪犯刑罚执行职责。干警热情高涨，每天除了组织服刑人员劳动、抓生产外，晚上还要组织他们学习改造。在他们的努力下，矿上随后建成了东、西区两个井口。井下巷道、工作面布局更加科学合理，管理趋于规范。紧接着还建起了一座当时比较先进的选煤楼，修筑了一条自备铁路专线，矿井生产安全基本有了保障，年产量已达五六十万吨。

十一届三中全会的召开，像春风般吹进了偏僻的矿山，又一次唤起了崔矿人的干劲。随后召开的全国第八次劳改工作会议，明确了劳改工作方针和改革方向，保障了建设发展需要。许多人们熟悉的身影又回到矿区。他们凭着坚定的信念、对党的忠诚和建设社会主义的热情，没有对"文革"中所受的委屈的丝毫怨言，立即走上所熟悉的工作岗位，投身改革开放的大潮中，迎来了崔矿发展史上的第二次飞跃。

崔矿人解放思想，积极引进先进科学管理经验和生产技术，进行矿井技术改造，逐步淘汰落后的峒式采煤方式，推广壁式采煤生产技术，大大地提高了生产效率，年产量一跃上了六七十万吨。

小平同志南巡讲话后，国家颁布了《监狱法》，这里又被更名为陕西省崔家沟监狱，对外经济往来继续沿用陕西省崔家沟煤矿名称，监狱企业的法律地位得到明确，经济有了保障。他们加快改革步伐，及时引进成套单体摩擦支柱支护技术和高档普采设备，矿区建设进入全面稳步发展时期，煤炭产量被锁定在百万吨以上。

当21世纪的钟声敲响，新一代崔矿人，审时度势，抢抓机遇，瞅准能源战略发展趋势，积极谋划提升煤炭产量，及时购置综合机械化采煤机，引进单体液压支架，综合放顶煤等先进的机械化采煤技术，从工作面到地面选煤楼形成了一条龙皮带运输线，真正实现了现代化生产。在第一个综放工作面形成后，总结成功经验，一口气又上马第二个综放工作面，原煤产量一跃上了二百万吨，一举跨入行业先进水平，掀开了崔矿发展历史辉煌一页。

2004年6月，监狱体制改革，实行监企分开、企业独立运行，使监狱企业自主权得到充分发挥，进一步激发了监狱企业活力。尤其是近年来，年轻的崔矿新一届领导班子，努力实践科学发展观，坚持以人为本思想理念，刷新思想观念，高瞻远瞩，不断创新，不断优化生产管理机制，关心干警职工，积极进行安全生产基础工程建设，建立起了本质安全型、资源节约型、环境友好型、管理人文科学型的监狱企业经营模式，实现企业可持续稳步健康发展。

回顾崔矿的发展，随着中华人民共和国社会主义建设前进的步伐，经历了艰苦创业、开拓进取、改革开放、创新发展的历程，令人感慨。

想当初，全矿仅有的家当只有两口铁锅、两顶帐篷和几十件洋镐、铁锹。后来虽然被列为国营单位，但是由于当时国家财力有限，投入不足，煤矿发展缓慢，干警职工生产生活基础条件一直较差，至20世纪70年代，绵延十几里的矿区，也只有矿部机关一座四层楼房。干警职工住的都是简易平房，还有许多人住在周围山上自己搭建的油毛毡笆子房里。接近80年代，矿上才建起一栋能供80户人家居住的家属楼。当时有人望着这幢家属楼感叹，这辈子能住上这样的房子就知足了。没料想，从80年代初开始，经济迅速发展，一幢幢楼房拔地而起，绝大多数的干警职工都住上了楼房，矿上下属的六个监区也有了办公大楼。

就这样，他们坚持以煤为主，抓住副业不放，多种经济形势发展方向，在生活条件极其困难的情况下，艰苦奋斗、顽强拼搏，逐步扩大煤炭生产，实现了一次又一次的飞跃。

尤其是 90 年代后，矿党委一方面牢牢抓住机遇发展经济，另一方面重视干警职工生活。按照老矿长吉瑞田的设想和规划，多方筹措资金，全力大干"水线"工程，仅用了半年多时间，就从 30 里外的马栏引来了清纯甘洌的地下河水。不但从根本上解决了吃水问题，还彻底摆脱了长期以来克山病等地方病对干警职工及其家属子女身体的危害。紧接着又相继建起了十几栋家属楼。干警职工居住办公生活条件得到彻底改善。

历经几代人的努力，尤其是改革开放三十年来的快速发展，如今的崔矿已成为拥有两千多干警职工，两个综放工作面、四个综掘工作面，十余栋办公楼、近 30 栋住宅楼，两个分别建在西安和三原关中平原腹地的干休所，固定资产达两亿多元，每年创造产值五亿多元的大型现代化煤矿，成为陕西监狱企业的龙头，西北地区乃至全国的大型监狱企业之一，跻身于全国 100 家大型选矿企业行列之中。

建矿 50 周年庆典时，许多归来者，看到眼前的一切，无不感慨。在展室内，人们抚今忆昔，流连忘返，仔细端详一张张记录着崔矿半个多世纪来发展历程的老照片，由衷地赞叹昔日的开拓创业建设者们"扎根矿山、艰苦奋斗、顽强拼搏、默默奉献"的精神感人，钦佩新一代继往开来的崔矿领导班子的远见卓识，坚信崔矿的明天更美好。

忆往昔岁月峥嵘，看今朝凯歌辉煌。这一切将深深地镌刻在守望这儿已千万年、高耸入云的馒头山上，像一座不朽的丰碑，成为中华人民共和国 60 年来沧桑变迁的永远的见证。

2009 年 8 月

想起老康

看到焕然一新、电脑排版精美的单位小报，眼前一亮，不由得想起从前那份铁笔蜡纸刻版、油印出来墨香扑鼻的小报，脑海里立刻浮现老康肩扛大捆报纸，满面笑容的样子。

其实，老康退休离开矿上后，平时我也经常想起他。20世纪80年代初，我刚参加工作时，他从部队转业才回来，我们就在一起工作。过了几年，他调到教育科去了，后来负责《育新报》工作，偏偏我爱好文字，便经常投稿支持。频繁来往期间，为他一个文化程度不高，当过农民，又当过兵，箱子底还压着本伤残军人证书的老同志，半路出家，倾心办报的劲头所感动，当时还写了一篇"康明其人"的短文，发表在《当代监狱报》上。

想当初，领导让他接管报纸，他是一百个不愿意，可实在没办法推辞，接过来后，便一发而不可收，全身心地投入。每天在分布方圆十余里地的六个监区之间奔波，收集组织稿件，回到办公室里又忙着伏案审稿，每月去监狱小报室排版印刷，最后去发送，忙得不得了。就这还忙里抽空学习，不断给自己"充电"加油。不但从书本上学，还从报纸上学，把省局《当代监狱报》当作良师益友，看到好的作品就剪贴收藏起来，经常拿出来学习欣赏。每期《当代监狱报》一到，就忙着扛起一捆一捆送往各单位。有时一次同时来了几期，上千份报纸，实在扛不动，山路又无法骑自行车，就戴顶草帽、拉上架子车送。暑往寒来十多年，从无怨言。人们经常见到的总是额头上淌着汗水、乐呵呵的一个老康。

随着岁月流逝，老康的步履变得蹒跚了，鼻梁上也架上了眼镜。然而，他依然肩扛报纸、乐呵呵地出没在矿区各单位之间的路上。出人意料的是，他竟然出了一本书——《明天更美好》，将自己辛勤笔耕的收获收录其中，成为崔矿出书第一人。而且此书还获得了司法部第四届"金剑文化工程"文学三等奖。

遗憾的是，老康退休后，有一次拿着一个移动硬盘找我说，写了一部《郭明侠传》，准备出书。我着实吃了一惊，赞叹不已。当他说想让我帮忙打印几份样稿时，我竟然没能办成，他失望地走了。不久，他就带着外孙到外地陪读去了。我再也没见过他，也不知道这本书到底出了没有。

2013 年 6 月

一叶小舟

30多年前，曾有一叶小舟，从我的心海里悠悠荡过。她承载过我一颗年少的心，还有一帮志同道合的年轻朋友们的文学梦想。每当想起，依旧感慨……

那时，我刚20岁，意气风发步入警队，对未来充满幻想，还不知天有多高地有多厚，人生的路会有多么漫长和艰难。在渭北高原最北面的崇山峻岭中，日复一日面对一群一律理着光头的犯人，押着他们在黑魆魆的井巷里挖煤，完了又看着他们回到号舍里学习、吃饭、睡觉，满脑子里是光荣与梦想，竟不觉得枯燥、乏味。

时间不长，了解了面前的这群形形色色的人，我瞧瞧他们的今天，又想想他们的未来，竟发现他们的身上都有故事。这不由得让我心动，萌生写作的欲望，想把一个个怎样由人变成鬼，再由鬼变成人，甚至变成了魔鬼的故事写出来。

那年月，改革开放之初，人们刚从"文革"荒芜的文化中走出来，不但喜欢看小说、读散文、谈论诗歌，还向往写作、当作家。我更是跃跃欲试，蠢蠢欲动。

然而，我是在"文革"中成长起来，十年动乱刚结束不久，通过考试招录加入监狱警队的。虽读过《艳阳天》《敌后武工队》《烈火金刚》《西沙儿女》等不少革命题材小说和一些伤痕文学作品，对中国古典和外国文学名著知道不少，但没完整读过一部，文化底子不行，没有一点文学基础。所以，仅凭中学课本里学到的一点语文基础知识和一时的狂热追求，想圆一个作家梦，谈何容易。现在想起来，简直就是精尻子撵狼——胆大不知羞。

尽管如此，我寻思着走条捷径，成立一个文学社，办一份文学小报，聚拢一些文友在一起交流学习，取长补短，快快成就自己的文学梦。

初生牛犊不畏虎，说干就干。招兵买马成立文学社，但又不知道周围都有谁爱好文学，找不来人。于是我便想以文会友，先出一期报，引人入社。给小报起名时，想到了自己力量的弱小和文学功底的浅薄，就谦虚地把她唤作"叶舟"，浪漫地幻想乘上她在文学的海洋里荡漾。

没有办报经验，我利用回家看父母的机会，慕名去了一趟百里之遥的铜川矿务局东坡煤矿小报社，找到一个叫窦冷伯的先生，请教许多办报问题。回来后就组织稿件，除了自己写了几篇，还找到单位几个同学，散文诗歌地索到了十多篇稿子。又找来刻字铁笔、钢板和蜡纸，按照小说《红岩》中描写地下党刻印《挺进报》的方法，动手刻制起了蜡版。

仅一个报头"叶舟"两个字，究竟用什么字体、多大，怎样制版才能保证以后每期报头一模一样、不走样？费尽心机。

白天不是值班，就是带犯人劳动，晚上还要进监狱组织犯人学习，只能利用每天睡觉前那点时间刻一阵儿。第一次刻蜡版，没有经验，还想刻得漂亮一点，一笔一画刻起来就特别费劲，好不容易半个多月后才将蜡版刻好。

捧起凝结梦想和希望的蜡版，不亦乐乎，马上找人就去誊印。当第一份《叶舟》随着墨滚轻轻滑动呈现眼前，无比激动。望着隶书报头"叶舟"两个红艳艳的大字，仔细端详一行行整齐排列黝黑的方块字，兴奋不已。不等墨迹干了就拿着飞快地奔向团委。

那阵儿，虽然一切工作的重心都转移到了经济建设上，但单位对青年工作却还十分重视，团组织活动很活跃。待我将四开两版，还散发着墨香的《叶舟》毕恭毕敬呈到北京知青出身的团委书记王朔英的手上时，她感到新鲜，迅速打开，好奇地上下左右浏览起来。我赶忙说明初衷，渴望得到支持。看完后，她高兴地给了一番热情夸赞。

没过几天，她找上门来，给我传达了领导的赞扬和团委今后的支持态度，并说已将我那日给她的所有小报，都分发给了全矿各个团支部，大家反映很好，许多人还询问是谁办的。就这样，一叶小舟晃晃悠悠满载我的希望和喜悦起航了。

不几日，按报上约定，招惹来一帮文友会集一堂……

那段日子，我觉得自己对文学的幻想仿佛马上就要变成现实了，人生第一次品尝到了成功的感觉。

尽管这叶小舟走出不远，就从人们的视野中消失了，而且这么多年又过去了，可我想，在崔矿年过半百的人里，一定还有人记得她。因为她毕竟搭载过他们年轻的梦想，也让当时的人们看到了寂静的大山中，新一代崔矿人绚丽多彩的文化思想和美好梦想。

2016 年初夏

我的指导员

不知何故，随着年龄的增长，大脑皮层记忆细胞竟越发活跃，许多往事不断涌现。近年，参加工作30多年来，给我当过指导员的同事，一个一个不断在脑海中清晰浮现，历历在目……

王指导，我的第一个指导员。20世纪60年代，他从师范学校毕业，被分配到省少管所工作。70年代，崔矿扩建，服从组织调动，二话不说就离开西安，来到了位于大山里的崔家沟，投身火热的监狱煤矿建设。1983年秋天，他看到我们两个前来报到的年轻人，好像正在基站的节骨眼上见到了援兵似的高兴得合不拢嘴。那些天，他整天给我们介绍业务、熟悉工作环境，逢人便乐呵呵地炫耀说："这是我们中队新来的年轻人！"一天，我要步行到七八里外的地方去办事，他叮嘱："山上蛇多，不要走山路。"还说："中午不忙着赶回来，在那儿吃顿饺子，一毛二分钱六个，六毛钱的够了。"对我们的关心爱护像师长、更像长辈。虽然相处仅八个多月，可他却让我终生难忘。

徐指导是我的第二个指导员，与我有着知遇之恩。想当初，他把我从王指导那儿一要去，就坦诚对我说："你才来，我也刚从部队回来，咱们都是新手。"还说他认为，人只要品行端正、努力上进，一心放在工作上，就不愁干不好。鼓励我大胆放手干，出了问题他顶着。正是跟着他干的那段时间的锻炼，才造就我日后扎实、果敢、干练的工作作风和积极主动良好的工作习惯。遗憾，他因心肌梗塞，50多岁就去世了。让我连句感恩的话都没来及说，就走了。

郭指导，是一位从秦巴山里走出来，在铁道兵部队锻炼成长，当过作训参谋的旬阳汉子。平日里腰板挺得笔直、举止利落，天气再热，领口的风纪扣都扣得严实，始终保持一副良好的军人姿态，让人看起来精神矍铄，气质很好。1982年转业刚来到崔矿，钻入井下掘进巷道一看就乐了，高兴地说："这活我熟悉，干了十几年了，和我在部队挖隧道一样。"在崔矿的井下，一干又是十几年。

操着一口"京腔"的杨指导，其实是土生土长的陕西柞水人。到底是在北京当过十多年兵，见识广，思想新潮，敢说敢干。1982年转业到崔矿，第二年，矿上改革，在生产上搞起了承包，他率先带领中队一帮子人承包了矿上唯一的岩巷掘进中队，干得风生水起很成功。真可谓是监狱企业改革的先行者，令人钦佩。遗憾的是，由于奖金挣得多了一点儿，引来一些非议，让他很伤心，赌气一跺脚，就把自己调到咸阳社会单位去了。屈指一数，20多年过去了，我再也没见过他，不知他现在过得怎么样？甚为想念。

时间一晃，贾指导辞世都十几年了。他是一位1947年从家乡河北省怀来县入伍的老同志。北京和平解放那年，进入北京市公安部门工作，后来又响应国家号召，支援大西北，携儿带女到了西安女监。又后来，服从组织调动，落脚到崔矿，终老在大西北的一条山沟里永远地安息了。他平时说起话来调门很高，跟喊一样，干起工作呼风带雨，个性鲜明，号召性和感染力极强。为中华人民共和国的监狱事业献了终生、献子孙，是老一辈监狱警察中的典型代表。

当过侦察兵的大个子曹指导，1959年参军，参加过西藏平叛和对印自卫反击战。1972年转业回乡，毫无怨言又当了农民。后来，落实政策才来到崔矿，先后干供应、销售、后勤工作，干一行、爱一行、钻一行，行行都行。当指导员那年都50多岁了，干起来还风风火火"按不住板"，流露出一股子不服老的架势，让人感动。

房指导，和曹指导是同年参军、一个部队的战友，经历有些相同。不过，房指导在部队就当指导员，一到崔矿还是指导员，直至退休，干了一辈子政工。再加上他性格耿直，为人处世认真负责、一丝不苟的作风，受人尊敬，最终在熟悉他的同事中落了个房"政委"的雅号。去世后，我还专门为他写过点文字，以表思念之情。

还有前线的转业军人杨指导、爱好书法的刘指导、汽车兵出身的张指导、给部队首长开过小车的赵指导、新疆转业回来的成指导、从农村复员军人中招来的王指导，以及警校毕业来的年轻指导员……

仔细盘点，在监狱工作 30 多年，从警走过的路上，我足足有 15 个指导员。细心品读，这 15 个指导员，就像 15 本谱写不同人生奋斗历程的书。尽管每一本书的纸页有些泛黄，可读起来启发人生，令人惆怅，让我感觉亲切而又珍贵，总也读不够，每每读起，感慨良多。

2014 年 3 月

钟情三十载

看到印制精美，充满喜庆色彩的《当代监狱报》创刊三十周年专刊，喜出望外。捧在手里翻来覆去地瞧，爱不释手，不由得浮想联翩。

遥想当年，刚走上监狱工作岗位，意气风发，豪情万丈，虽不怕特殊工作的环境险恶和大山里生活条件的艰苦，但还是为山区里的信息闭塞和单调的文化生活所困扰，每天一下班，还是觉得有些无聊，郁郁寡欢。正当此时，鸿雁从遥远的省城把一张散发着墨香的《新岸报》送到面前，让我为之一震。

这张报纸不大，内容却不少，上面不仅有省局机关发出的最新声音和号召，还有全省各个监狱的新近工作动态、经验介绍和一个"副刊"版面。一见到她，我就喜欢上了，从此便结下了不解之缘，难以割舍。

转眼一晃，30 年过去了。这期间，我搬过六七次家，不知整理过多少次屋子，舍弃书籍报刊资料无数，可是唯独舍不得丢弃手头存有的任何一张当初的《新岸报》，后来的《特殊战线报》和现在的《当代监狱报》。在外不敢吹，在崔矿我敢自信而骄傲地说"珍藏有最早、最多这份报纸，最喜欢她的人，非我莫属"。可以说，我对她的爱根深蒂固、源远流长，是她的一位铁杆粉丝。她指引我走过了 30 年的工作历程，伴随我在事业上日趋成熟。

至今，想起 20 世纪 80 年代，我给《新岸报》投稿第一次被刊用时的情形，依旧倍感温馨。从那时起，我忙里偷闲，笔耕不辍，便成为她的一位执着的投稿者和忠实的读者，她的发展史也就成了我文字的成长史。30 年来，尽管报社编辑换了一茬又一茬，但我一颗对她纯诚至爱的心一直没有变，不断得到她的厚爱和培养，时常被评为优秀通讯员、获得报纸各种奖项鼓励。一路走来，非常感谢她始终如一对我的不离不弃，对我的温存厚待，以及对我莫大的支持和帮助，没有她对我文字的肯定，就不会有我今天文字的层出不穷，不会有我今日在文字海洋里的快乐和幸福。

往事悠悠，悠悠往事，从警三十载，我从这份报纸上得到过太多启发，一生风风雨雨，酸甜苦辣，许多都在这份报上得以释放，今天，我想以最诚挚的谏言来回报她，献给她一颗赤诚热爱的心。

记得，曾有一位报人说过"好的稿件是用脚写出来的，不是闭门造车所能得到的"。我认为此言值得深思，希望咱们报社采编人员，再多走出去，再多深入基层，牢牢抓住监狱工作的亮点，聚焦警察、工人和服刑人员思想焦点，再多采编和撰写一些有分量的稿件，充分发挥好报纸的作用。

俗话说得好，一座城市有了水，才显得有灵气，"副刊"犹如报纸这座城市中的水，有了好的"副刊"，报纸才有灵气，所以报纸办好"副刊"，至关重要。要知道，不少读者是冲着"副刊"来的，绝不可将"副刊"看作可有可无，作为一种"作料"而慢待。综观所有报纸，哪家没有风格独异的"副刊"，从某种意义上讲，报纸最惹眼球的，非"副刊"莫属。报纸有了读者，也就有了人气，有了人气也就自然办得好。

《当代监狱报》作为全省监狱系统唯一的一份报纸，身负众望，任重道远。衷心地祝愿这份已步入而立之年的报纸，继往开来，再创新意，办得像创刊三十周年专刊上遒劲有力的通版大标题"让主旋律更响亮、让正能量更强劲"一样，越办越好，越办越红火。

2014 年 12 月

房"政委"

1993 年秋天，我调到松山大队报到时，认识的老房。他那时 50 多岁，正值壮年，身材结实硬朗，理着个光头，一脸表情严肃，言谈举止沉稳，不苟言笑，给人印象严谨，像个军人。

当时，他明明是一个中队的指导员，可别人介绍却称其为"房政委"，让我丈二和尚摸不着头脑，很纳闷。

后来打听才知道，由于平时工作原则性强，作风扎实，办事一贯认真，为人正统而有威严，有人就说他像个"政委"。加上他又是大队党总支委员，大家觉得称其为"政委"恰如其分，随即便都这么叫开了。

初来乍到，仅凭这个"政委"的雅号，就让我对他产生敬畏，工作不敢有丝毫马虎和任何懈怠。

又后来了解到，他 1959 年入伍进藏，参加过评判剿匪战斗和 1962 年的中印边境自卫反击战。20 世纪 70 年代初，碰上国家"从哪里来、到哪里去"的军转政策，二话没说，就回富平老家当了农民。

在家乡，他还担任大队干部，带领社员打井、修坝、平整土地，大搞农田改良基本建设，干得是热火朝天。过了几年，国家落实政策，才给分配工作，穿上警服成了警察，离开关中平原，来到渭北高原深山里的崔家沟，参加监狱工作。

他为人低调，不喜欢高谈阔论，抓工作身体力行，讲究方法，很有一套。有几天，晚上进监狱，看到个别人到了学习时间，还在值班室看电视，也不正面批评，只是在学习前，有意频繁抬腕看手表，觉得时间差不多了，就"噗噗"两声，使劲吹掉圆珠笔杆做成的烟嘴里的剩余烟头，拿起笔记本"啪啪"地故意用力拍打两下，起身就出了门。刻意放大每一个动作，提醒干警，时间到了，该进监舍去组织犯人学习了。大家明白他的意思，连忙关掉电视，都跟着去了。

一位同事说，自己有个亲戚在老房队上服刑，想让他照顾点儿，遇到春节就买了点东西去了他家里。没想到，一进门就见他黑着脸，从头到尾没有一点好脸色，弄得很尴尬。临走时，老房让把东西带走，他婉言要留下，老房立马给火了，厉声呵斥说"你不拿走，我就扔垃圾堆了"，让他不得不狼狈地提起东西灰溜溜地走了。

新来的政工股长见他面熟，说在西藏当兵时，1969 年回家探亲，路上下雪，困在灵芝地区的米林县的一个团部营地半个多月，见到一个人很像他。老房一听就来了劲。

政工股长说，那人理着个光头，一到吃饭时间，就拎着碗和筷子，从后勤连那边过来了。还说，我们聊过两句，那人在团里担任后勤助理，是个富平人。

老房听着听着，眼里闪动起光亮，有些激动地说，那年我们团就在那儿驻防，你说的十有八九是我。

随即，俩人打开话匣子就聊上了。言语间，老房情绪时而亢奋，谈笑风生；时而低沉，若有所思；时而感慨，长吁短叹，给我感觉，在雪域高原上，不仅有他青春美好的记忆，还有他难以忘怀、无法言状的伤痛。

有一次，我的打火机坏了，他从办公桌抽屉中拿出一个流行的"老板"打火机给我，看我不解，又拿出一个，还说"给你，你就只管用"。

后来，从他的一位富平乡党处才知道，他看不惯儿子刚参加工作，用这种打火机，听见"当"的一声清脆响亮的打火声，觉得别扭、刺耳不舒服，就给没收了。儿子喜欢，悄悄地再买一个，让他看到了，就再没收。

他自己坚持用那种打着火就冒黑烟，呛人的老式汽油打火机，不用燃气的新式打火机，也不让儿子用。

我们在一起工作近三年，无论遇到任何问题和烦恼，从不见他有过怨言和什么牢骚，总是一门心思干工作。

经常望着他宽厚的背影，我想，他在西藏经历过战火的洗礼，身上一定有许多故事。而且，肯定立过战功，是在那段时间被提的干。然而，对于这段经历，他却从不提及，反倒在我认为，是他不幸和平淡的那段转业回乡务农的经历，却时常提起，讲起来还来劲。

那几年，在他的影响下，中队工作样样井井有条，各方面搞得都出色，党支部还被评为全省监狱系统"十佳支部"。

虽然相处时间不长，也不知道他对我的印象如何，可在他退休后，每一次遇见，我觉得比在一起工作时还亲切。

如今，人都去世很多年了，我还总想起他……

2012 年 12 月

劳改家

劳改家，一个任何词典里都找不到，在一段时期、一个特殊行业中，曾被高频率广为使用过的词汇，却给我留下了深刻印象，终生难忘。

20世纪80年代初，我参加工作，在刚成立的省公安劳改学校，也就是现在的省警官学院培训。教师多数是才从劳改、劳教基层单位调来的文化程度较高、有经验的劳改干部。他们讲课说话有个共同的特点，习惯用"劳改家"一词作为自称，或是对同行的统称。而且讲课实践性强，所举案例几乎都是亲身经历，生动风趣，引人入胜，给人感觉亲切，称其为"劳改家"恰如其分，十分形象。

学习结束，来到渭北山区，一接触工作，所见同志也都这么自称，觉得有意思。我想模仿，可话到嘴边却说不出口，感到自己轻飘飘的配不上这个词。硬是说出来，也没了警校老师和老同志们说出的那么种味儿。

凝神身边的一个个老同志，有新中国一成立，脱下戎装投身劳改工作的老革命，有走出校门就参加劳改工作的老同志，也有从军队回来的转业军人……他们扎根山区，坚守高墙电网，为中华人民共和国的安宁倾注心血，把青春乃至一生美好年华奉献，创造和积累了丰富的监狱工作实践经验，一个个都是监管教育劳动改造罪犯的行家里手，当之无愧的"劳改家"。

我觉得"劳改家"一词沉甸甸的。他是资历的象征，他是经验的积累，他是光荣的使命，他是责任担当，他是一生坚守和奉献，他是一种无畏和自豪。

我的第一位直接领导——王指导，看到分配来了两个年轻人，非常高兴。热情指导我们开展工作，每天不管忙到几点，都要到宿舍看看我们。一次听到有人称呼他"王老师"，我才了解，他原来是20世纪60年代师范学校毕业，分配在省城少管所担任"少年犯"文化教员来着，后来由于工作需要，二话不说，服从组织调动，背起铺盖就到山区来了。给我印象，他除了吃饭睡觉回家，在办公室里待一会儿，几乎整日在监舍和劳动现场转悠。他说话办事态度严谨和蔼，工作细腻扎实、有条不紊，身行言谈对我一生工作影响很大。

当时，组织上还安排我跟一位安徽籍老同志熟悉业务。他虽然文化程度不高，平时不善言谈，可介绍起不同罪犯的改造特点和管教工作经验来，一套一套地滔滔不绝。看到他办公桌玻璃板下，一张年轻时身着解放战争年代戎装的照片，我才知道，他是一位参加过抗日战争的老八路。听人说，一个犯人因为长时间家里没有音讯，产生悲观厌世情绪自残，谁劝都没用。他赶到现场规劝说："你死都不怕，还能有什么大不了的问题难得要死？"自信地说："跟我走，回去我帮你。"他像长辈开导孩子般稳住犯人的情绪，让其放弃了轻生念头。凭着个人威信和一身豪气，制止了一起极端事件的发生。尽管我们相处时间不长，可他却影响了我一生。

还有一位刚从一线退下来的指导员。他操着一口浓重的山西口音，留着光头，有点驼背，整日里掂着个旱烟袋，在值班室里吧嗒吧嗒地抽着烟，值守电话。只要有人提起当年，他就来劲，一把将烟袋锅扔在桌子上，亢奋的高喉咙大嗓门，一口一个"劳改家"地给人讲述他们那段创业时的经历。还说，咱们"劳改家"是一支带枪的队伍，与军队一样，任何时候都要绝对服从命令、听指挥。

有幸的是，我在单位还接触到了曾经名噪一时，20 世纪 60 年代"大练兵、大比武"活动中，荣获全国公安劳改系统"四知"标兵称号，受到当时的西北局书记刘澜涛接见过的高贵武同志；享誉三秦劳改系统，被大家亲切地誉为"四大名旦"的马栏农场"四大管教"马文英、孙烈、司正、洪树林等老同志。给我感觉，他们搞改造、抓生产，都一套一套的，身上总有许多东西让人学不完。

还有，还有许多老前辈。他们是我们单位的创业建设者，他们是中华人民共和国监狱工作发展的亲历者和见证者，他们是响当当的"劳改家"。

如今，他们中的许多人虽已离世多年，可曾经发生在他们身上的故事却还在传颂。

想当初，在那激情燃烧的年代，中华人民共和国成立初期，为了解决监管场所严重超押、犯人坐吃闲饭问题，他们听从组织召唤，脱下军装，义无反顾开进荒漠和深山，因陋就简，披星戴月，风餐露宿，筑坝修路、开垦农场、建矿办厂。白天搞生产，晚上抓改造，不辞劳苦，轰轰烈烈开辟了中华人民共和国监狱工作。后来又有一些大中专院校毕业生，放弃城市优越的生活、工作条件，陆续也加入了进来，与老革命相得益彰，一道共同开创中华人民共和国的监狱事业。改造了数以百万包括大批日伪、国民党战犯和反动"会道门"组织头子在内的形形色色的犯罪分子，在没有硝烟的战场上，取得了"淮海战役"般的巨大胜利，创造了世界奇迹，为当时社会稳定和经济建设发展奠定了坚实基础。

听前辈说，直至1981年全国第八次劳改工作会议前，作为国家刑罚执行机关的劳改单位，在政法机关公检法中还没有一个明确的定位，执法人员不属于警察系列，被称作劳改干部，每个中队只发一身警服公用，连个警察的名号也轮不上。然而，他们没有抱怨，不气馁、不动摇，不辱使命，执着地将毕生奉献给了所从事的崇高事业。

曾有人感叹，犯人被判的是有期徒刑，他们这些"劳改家"被判的是"无期徒刑"；还有人感慨，他们守着的是"火山口""炸药包"；也有人赞誉他们是攀登十八盘的勇士、特殊园丁和改造人类灵魂的"工程师"。

光阴荏苒，岁月如歌。30多年过去了，如今的祖国强大了，人民的生活富裕了，监狱步入了智慧化建设发展新阶段，许多"劳改家"渐渐远去，可我却经常想起他们……

于是，我便写出这段文字，想告诉监狱事业的一代代传承人，在中华人民共和国的监狱史上，曾经有一代人，他们有一个共同而响亮的名字，叫劳改家。

2019 年 9 月

那些个满天星辰的夜晚

夏日的渭北山区，夜晚清凉，少有蛙鸣虫唱，宁静安详。偶有微风吹起，几只蛐蛐悦耳的轻弹，夜显得更静。遥望夜空，满天繁星，引人遐思……

20世纪八九十年代，我们监狱的服刑人员劳动改造，从事煤炭生产作业，24小时不间断生产，分三班下井劳动。干警每天亦同服刑人员一样分班，带班组织劳动，完成生产任务。同时，还要负责他们的监管、教育改造工作，天天忙碌都在十几个小时以上。

尤其到了晚上，组织服刑人员开会，雷打不动，集中对他们的一日学习、思想和劳动行为表现情况进行小结，该罚的罚，该奖的奖，一点不漏进行讲评。遇到有寻衅滋事、打架斗殴等不轨行为发生，那就麻烦大了，取证调查了解，做口供笔录，折腾大半夜。发现个别服刑人员情绪波动、行为异常、思想不稳定，还要谈话查明情况，搞清症结所在，予以解决。不然，按照"事不过夜"的要求，是下不了班的。

这样说吧，反正是狱内的任何一点风吹草动，服刑人员吃喝拉撒的什么事，事无巨细，干警都管，几乎每天晚上要忙到很晚才能下班。

从监狱回家的路不远，顺着高墙电网走一小段，然后上山、再下山，走一段山路就到了，可我一走就是二三十年，从无间断。

晴天还好，无论春夏秋冬，行走在路上，有明亮的星星做伴，山风相随，千万次走过不觉孤寂。遇到雨雪天气，没了星辰的左右，就不浪漫了。常常冒雨摸黑前行，不被淋成个落汤鸡，也是裤管鞋袜尽湿，或者在冰天雪地里被滑到，摔个人仰马翻，胳膊、腿、屁股生疼，也是常有的事。

于是，那些个夜晚，每当拖着一身疲惫出了监门，望见满天星星点点，一闪一闪亮晶晶，顿觉轻松，心情畅快，在清亮的星光下，不慌不忙欣赏着夜的宁静、安详，悠然行进。若是夜空漆黑，不见星星的影子，便会心慌，匆忙疾步朝家里赶。

有段时间，为走捷径，从煤场翻越，经常深夜下班归来，由于推土机来回地推煤，找不到路了。无奈，只有深一脚浅一脚地在煤海里蹚路，弄得鞋子里灌满煤渣。一天，从煤堆上经过，正沿着白天来时的路摸索前行，没承想，前方的路已被推断，一脚踏空，跌下了四五米高的煤堆，半天缓不过神来，狼狈不堪。

正当懊恼沮丧之际，忽然看到，夜空中有几颗明亮的星在窃窃私语，好像是在议论我，顿时觉得不好意思，赶忙拾身爬起来，寻找出路。

蹚出煤海再望星空，只见广袤的银河中，无数颗星星都在冲着我微笑。我停下脚步挥挥手，他们竟也都停下来，扑闪着眼睛争先恐后向我问好。

那一刻，想起面对服刑人员讲评时，责任担当使命的光荣神圣；想起查证不法行为时，手中挥起刺向丑恶灵魂的利剑；想起反复谈话教育，找准一些人出现异常的症结所在，化解隐患，内心涌起的喜悦，一切委屈和不愉快都灰飞烟灭。

回眸岁月峥嵘，尽染青春芳华。那些个满是星辰的夜晚啊！流淌的热情，让我一生难忘。

2019 年 7 月 6 日

躺着中的枪

1992年秋，在单位家属楼上得到一套单元房，尽管不大，还是别人调走留下的二手房，可我瞧着明亮的客厅和卧室，装有自来水的厨房、卫生间和视野开阔的阳台，还是喜滋滋的高兴。没领到钥匙，就盘算什么时候搬进去，开始我们一家三口新的生活。

此前，虽也搬过四五次家，可也不过只是从同一幢楼的四层搬到了三层、阴面搬到了阳面，再从办公楼宿舍搬到丁字楼上，结婚有了小孩后，又从丁字楼搬进了房间稍大点儿的青工楼里，搬来搬去住的都是筒子楼宿舍间。整整十年春夏秋冬，受尽了用水取暖、上卫生间不便的煎熬。

那期间，望着单位仅有的几幢家属楼，我常想，自己在上面有套房子该多好啊！

这次要到房子，实现夙愿，使得多年来的郁闷和烦恼也一扫而光，感觉生活一下子变得崭新，轻快许多。急着搬进去住，仅用不到两周时间，粉刷墙面、油漆门窗、盘炉灶，连粗糙不整的水泥地面也顾不上处理，就很快收拾好了房子。

搬家那天，从住在单位的武警部队叫来十几个战士帮忙，三下五除二就干净利落把家当给搬完了。他们烟不抽一支，水也不喝一口，搬完一溜烟全都走了，让我很是过意不去。

那时，人们住的都是公房，一般搬家都不兴办什么乔迁宴。我是个随大溜的人，自然也就没请人吃饭，连挂鞭炮也没放，高兴得只管搬进去住了。

然而，住了没两天，我就发现，这房子不足两平米的卫生间实在是太小，厨房的窗子设计的不大不说，还高了些，采光不好，没有重新收拾地面也是个大失误。而且阳台与邻居只隔着个花墙，彼此站在上面一览无余，感觉很别扭。

还有，我不喜欢这个邻居。他家男主人是我们单位里的一个股长，官虽不大，却爱在人面前扎势，说话口气大。平日里不管什么场合讲话，开口满嘴都是脏词，整天把工作都甩给别人，自己什么也不做，而将上级配给大队仅有的一辆机动车——长江 750 摩托，看得跟他家的似的形影不离。整天骑着上下班不算，还骑上跑到单位周边农村，给自己巴结的领导和亲朋好友买鸡蛋、核桃什么的，甚至去逛歌舞厅，到处乱转。上级一位领导看不顺眼，就嘲讽他是个"摩托股长"。

更为可憎的是，就连他老婆夜晚下楼上厕所，照明用的都是带警报器、强光电筒的多功能高压微型电击警棍。要知道，那时我们监狱经费得不到保障，没有钱，买的一点警用戒具根本不够用，干警有事出警，能拿根橡胶棒子就不错了。

和他做了邻居我才发现，他还在阳台上养了几只鸽子，而且养得和别人都不一样。他将鸽子圈在笼子里跟喂鸡似的养得肥胖，偶尔放出来也飞不动，只能在左邻右舍、上下邻居家的阳台或窗台上扑棱一阵，留下一些排泄物。人家生气，他却高兴，像是鸽子拉下了一坨金子似的乐开了花，哈哈大笑不去理会。

白天鸽子咕咕噜噜的吵叫，折磨我的听觉系统，夜晚，腥臭刺鼻的鸽粪味儿弥漫开来，随着夜风从门窗缝隙侵入我家，又来糟蹋折磨我的嗅觉器官，考验我的耐力。

好在他老婆嘟囔，看看小胡，年轻轻的都住上大房子了，我们的俩娃还睡架子床，看窝囊不窝囊！这话儿刺激他，整天向单位要房子。过了没几个月，同一单元二楼住着的一个领导调走腾出了一套大点的房子，被他要到很快就搬走了。

我们不是一路人，相互之间无话可讲，再加上我和爱人本来就没串门的习惯，除了上班还要带孩子，也没时间，所以我和他虽是邻居却无往来，相处这段时间倒也相安无事。然而遗憾，由于他搬得距离我不够远，我还是被他盯上给黑了一回。

他搬走后不长时间，有一天我到办公室去办事，说话间，他忽然把肥胖的圆脸拉长问我："你把我的鸽子给杀吃了？"

猛然间听他冒出这话，我莫名其妙，不明白他在说什么，随口疑惑地问："啥事？"

他说："有人看到我的鸽子飞到你家阳台上，让你给逮着了。"

他说得有模有样，我觉得他是在蒙我，就给笑了。可看他一脸严肃，我也认真起来，坚定说："不可能！"还说："我不是那样的人，不会做那种事。"

见我的语气和态度毫不含糊，他的目光变得晃荡起来，嘴里嘟嘟囔囔说："有人看见鸽子被你给逮进屋里去了。"

我想起来了，他搬走后，那些鸽子的确也飞回来过几回，不过我从没在阳台上抓过，倒是有一次鸽子像贼似的溜进了我家的卧室，让我顺手给逮住了。然而，当我望见鸽子圆睁血红的眼睛闪射出的诡异灵光，吃惊不小，内心升起一股莫名的恐惧，慌忙把鸽子送到阳台上，用力赶快抛了出去，希望它离我远远的。

这事虽冤枉，可由于纯属空穴来风，又是从那样的人口中说出来的话，我除了莫名奇妙外，只是感觉像正在吃饭，有人放了个屁，让人讨厌而又无奈。

20多年过去了，之所以又想起这件事，是因为前不久碰到了他。在街上，他怀里抱着孙子，没法弯腰拿起身旁的一把大葱，我搭手帮他拿了起来，他忙客气连连道谢。这让我吃惊，他怎么会客气？当年那股子横气和当了副处级领导后的霸气哪里去了啊？

看到他脸上的肥肉少了许多，多余的皮肤在额头和眼角上堆成的一道道褶儿，我才忽然想起来，他退休都五六年了。这才明白，原来他是手中没权啊！

他走远了，我才想起来，没看他抱着的孙子长得像不像他。

2017年8月

授业良师

那年，我刚参加监狱工作，虽在省公安劳改学校全面系统学习了近一年的法律、劳改理论和管教业务知识，但真正走上岗位，却还是个门外汉。头一次进监狱接触到犯人，就莽撞干了一件荒唐事。

那日，恰逢四点班犯人准备出工，换好作衣零散聚集在中队院门口，忽见我一个陌生的民警进来，连忙四下散去。这时，偏有一犯人虽也转身离去，但却不慌不忙瞅了我一眼，方才扭头吊儿郎当走开。

我感觉这小子对我不服气，就想给他来个下马威，随即厉声唱住他。见他帽子戴得不端，令其戴好，又看他大大咧咧地满脸不在乎的样子，便左右开弓给他了两记耳光，并让他站好。

没料到，他非但不站好，还手捂着脸怒气冲冲质问我，为什么打他。

虽然，在这样特定的环境里没人围观，但也让我觉得尴尬，不知如何是好，一时下不了台。

恰在此时，从值班室里出来一位50多岁的老同志。他呵斥犯人，你先给我站好喽！随即大声指责，有你这个样子跟干部说话的吗！

那犯人说，他凭什么打我？老同志没有应话，随即夸张地挥手朝犯人头上扇去。犯人忙躲开，见他的手掌只是在空中划了过去，根本没有落下来的意思，就给笑了。此时，老同志也笑了，并指着犯人说，就凭你这个样子，我也想给你两下子。旋即，强令犯人向我道歉。一场危机，就这样轻松地给解除啦。

进了值班室，我想说些什么，却又不知说什么好。他像是明白似的微笑着对我说，才开始，不要急，慢慢来。

随即，又将中队犯人花名册给我说，从这里入手，先了解每一个犯人的基本情况，挨个找来谈个话，掌握他们的性格、犯罪特点和家庭社会关系状况，以及行为表现，做到心中有数，什么事就都好办了。

当时，我被分配到这个中队，是来接替这位老同志的岗位，做专职管教干事的。没想到，一上岗就被犯人和他给上了一课。我对他的一番话很是佩服、感激，从他身上看到了老一辈监狱工作者的精神力量和人格魅力，也意识到未来工作的复杂和艰难。

他那天还给我一个小日记本说，将这个装在身上，把随时发生的事及处理情况、找人谈话内容及效果，以及犯人反映的情况和要办的事等都记下来，积累一些资料，对今后工作有好处。更是让我感激。

那时候的领导，通情达理，调我一个新兵接替老同志的工作，安排由老同志带我一段时间，送一程再走。这才使我有幸零距离接触到他，从他身上学到了许多宝贵经验，学到了许多用语言无法描述、说不清的东西。

我们在一起工作时间不长，但他认真负责、孜孜以求、耐心细致、扎实的工作态度和作风，令我敬仰。给我留下了难以磨灭的印象，对我此后工作影响很大。不要说良师，就是称其是我的恩师，也一点不过分。

这位老同志姓蒋，字焕清，安徽省蚌埠人，解放战争时期加入人民军队，参加过大别山剿匪和淮海战役，后又随军渡江解放大上海，留在军管会当了交警。20世纪50年代响应党的号召，支援大西北到西安公安局工作。紧接着组织调动，二话不说就携家带口去了陕北上畛子农场，参加了劳改工作。文革期间还受到冲击，全家被下放到陕北农村，直至文革后期落实政策，才重新归队。

听说了他的经历，我惊讶，感慨他命运多舛，为他叫屈。他没有怨言，平静地笑了笑说："从当兵那天起，我就成了一个有组织的人，组织上让去哪里，就得去哪里。更何况到大西北来，还是我写血书志愿来的。"还说，那时的人都这样！

他带我工作很有特点，与一般师傅带徒弟不一样，从不婆婆妈妈、唠唠叨叨什么都讲，而是一上班，不论到哪里，做什么，都要把我叫上，让我形影不离跟着，看他如何做工作。我不提问题，他也不说什么。

那时候，管教干事工作很辛苦，每天早晨八点上班以后，除了中午和下午回家吃饭，一天到晚十几个小时，都在监狱工作，到晚上十点左右才下班，周末离开单位还要请假，一忙不准假，连个休息日也没了。

每天清晨，他就从两里多路外的家属院来敲我的门，叫我一起去跑步。吃过早饭，八点一上班，给我交代一会儿文案上的工作，就一同进监狱，从检查内务卫生到巡查中队院落，开始一天的忙碌。

　　工作中，不论在队前训话、开展集体教育，还是找犯人进行个别谈话教育，或者解决纠纷、处理问题，他都很有一套。

　　他这人快人快语，说理讲话有根有据、有节有度，风趣生动，一针见血，口气逼人，不容置疑。口里说出的每一句话都有激情，充满军人味道。加上年龄大、资历老，语气和语调中，又自然而然地给人一种长辈训导晚辈似的气息，很有个性。

　　时间不长，他就开始看着让我做起了工作。无论我做得如何，总是鼓励，从不批评。还给我说，没什么，边干边总结，出不了什么乱子，有他呢。让我大胆放手去干工作。

　　很快，我熟悉了业务，他乐呵呵地给我移交了全部工作，离开了为之奋斗、坚守一辈子的工作岗位，去机关了。

　　说来奇怪，尽管相处时间不长，也没在一起喝过一杯酒、吃过一顿饭，但我总觉得我们之间的关系微妙，他好像是一块磁铁似的吸引我，深深地影响着、感染着我。每当我见到他，总觉得像见到了什么亲人似的，心里热乎乎的。

　　一晃，30多年过去了，我也到了初见他时那个岁数的年龄，他也早在20多年前离开了人世，可我却依旧心存感念，常常想起老人……

2019年2月

老梁的发票

发票，作为购物凭据，一种普通的再也不能普通的东西，可能没人没见过。然而说起崔矿老梁的发票，那就不简单了。这倒不是因为他的那些发票在形制上有什么特别，而在于他的坚持，40多年来每一次给家里购置物品都坚持索要发票，从不马虎。

他从小在崔矿长大，上过山下过乡，又在崔矿参加工作、干了一辈子。做过技术员，当过中队长，还看过几年监狱大门，干一行爱一行，直到退休，工作从没出过差错。

说起老梁的家庭，那可绝对算是个地地道道的监狱警察世家。他父亲是位老革命，解放后转业到汉中市公安局没几年，就服从组织调动，二话不说来到渭北高原深山里的崔矿，扎根干起了监狱工作，不仅把自己的一生献给了这里，献给了中华人民共和国的监狱事业，而且还奉献子孙，一大家子三个儿女三代人有七八个都是监狱警察。老梁爱人和他一样，也在崔矿干了一辈子，女儿考上大学在外上了几年学，又考公务员当上警察回来了。妹妹两口子也在这里干了一辈子，兄弟和侄儿也是警察。

我与老梁认识，还是在30多年前。每见他总是和几个人一道拎着什么仪器谈笑风生，不是去下井，就是刚从井下上来。他人本身就长得和善诚实，偏又见人热情主动，给人印象极好。尽管如此，我们还是由于工作业务互不搭界，接触少、没有过深交往。直到前几年，单位安排警力下沉，机关干警到一线去带班碰到了一起，才有机会深入了解。

那天我们一见如故，扯开话匣子就聊开了。先是感慨岁月无情，一晃几十年就过去了，后又聊起许多经历，还说到他的摄影爱好。他讲自己家里一件往事，令我难忘。

他父亲一辈子勤勤恳恳、忠厚老实，为人处世小心谨慎，然而没想到，在"文革"前的"四清"运动中，却因家里存有七尺平绒布、来源受到专案组的怀疑被审查。尽管父亲一五一十再三说明，这是他结婚时一位亲戚送给妻子的礼物，可人家非要证据证明。他父亲就赶快联系亲戚写信说明。专案组还说不行，非要他家的亲戚拿出发票来证明是他们买的。那时他父亲结婚都过去十多年了，根本就没法找到发票，整得不识字的父亲万般无奈，只得找人代笔再给亲戚写信，抱着一线希望，让他们再好好找一找。就这样，拿不出发票没法过关，他父亲被审查了一年多。

我诧异，那个年代类似荒唐整人的故事在媒体上见得多了，没想到身边就有人家发生过。问老梁最终结果，他说后来运动结束，把布料还给他们家就不了了之了。可这事给他的刺激却持续了一辈子。那段时间，老梁不知道专案组是怎样审查父亲的，但见性格开朗的父亲变得沉默寡语，也不说人家的不是，只一个劲地后悔自己的不慎，叮嘱家里所有人今后不论买什么大小东西，一定记住要一张发票，一辈子做个清清白白的人。

后来，从参加工作挣上工资，给家里买第一个暖水瓶得到的第一张发票开始，老梁无论买什么大小东西，都忘不了索要发票，没发票给个收据甚至便条也行。至今 40 多年过去了，积攒起的发票竟有厚厚的一沓。

我惊叹不容易，老梁情绪高涨，激动地说"老父亲的话没法忘记"，骄傲现在家里的东西无论大小、都能找到一张发票。还说，这些发票保存到今天的确没用了，可不论什么时候看到，总觉得亲切，一张张翻看，连当时家里的经济状况和购买东西的过程都能清晰回想起来，尤其是当初用圆珠笔填写的一些发票，随着时光流逝，字迹都模糊得看不清了，仅剩下个红色印章，仔细辨认，竟还能想起当初买的是什么东西，别有一番情趣滋味。

我感觉，40 多年来，老梁一次次执着索要保存的不仅仅是一张张普通的发票，更是在坚守，追求做人的清白。

2016 年 7 月中旬

咱们的四大名旦

这里说的不是全国闻名、人人皆知的京剧四大名旦，而是我们陕西监狱历史上，曾经名噪一时的"四大名旦"。

他们的人生不在戏剧舞台上，在苍穹下、雄浑壮美厚重的黄土高原上的高墙电网内。他们是20世纪六七十年代，马栏农场的四位普通的管教干事。

他们热爱自己所从事的事业，扎根山区，将工作当成生命的一部分，一个个把业务锤炼到了炉火纯青的地步。在队前给犯人讲起话来，侃侃而谈，幽默风趣，不露声色直入主题，入木三分，说服力强，很有感染力；对付犯人中形形色色的顽劣分子，更是能言善辩，得心应手，令人佩服，被誉为马栏农场的"四大管教干事"。在他们的身上，许多精力都成了故事，在行业系统内广为流传。

那时，每年的年度考核、业务竞赛，场里名列前茅的总是他们四个。久而久之，厅局领导知道了，来检查工作，指名道姓专门要见他们，欣赏他们的工作风采。于是，名气大了，同志们便开玩笑，把他们称作"四大名旦"，很快传遍全省监狱系统。

1982年，一到崔矿，走上工作岗位，我就听说了"四大名旦"的传说，深深地记住了马文英、孙烈、司正、洪树林四个响亮的名字。当得知他们中的三个人，已调到崔矿，我还有些激动，想着迟早要见一下他们，亲眼目睹他们的风采。

那阵子，正值改革开放初期，全国第八次劳改工作会议刚刚召开不久，监狱各项工作步入正轨。在管教业务上，要求干警对犯人必须做到"四知"，熟练"背向点名"。我觉得下功夫死记硬背，做到"四知"问题不大，可对"背向点名"天天练，总是不畅，很着急。

恰在这时，去严管队与关禁闭的犯人谈话，正好遇到马老值班。我心怀崇敬，观察他的言谈举止，欣赏其儒雅、沉稳、老练的工作风度，还请教了自己在"背向点名"中遇到的问题。不想，他一语道破天机，告诉我说，挨个和每个人谈话，把人给熟悉了，不用练，自然而然就过关了。

我照他的说法去做，果然灵验，遇到问题迎刃而解，顺利通过考核。而且，细心体会所言，对我以后工作启发很大，终身受益。

后来，我还认识了时任我们单位松山大队管教股长的孙烈。遗憾，没有机会认识司正和洪树林两位老同志，他们相继就去世了。

转眼，30多年过去了，他们和许多老前辈一道都走了。我们的监狱发生了巨大变化，马栏农场由子午岭偏僻的大山里，搬到了关中平原腹地，崔家沟监狱也迎来了发展史上的又一次新的腾飞，监狱事业后继有人，一代代新人茁壮成长……

今年，我们迎来了中华人民共和国七十周年华诞，望着眼前一个个身姿矫健、精神饱满的年轻人，不由得使我想起了当年文明全省监狱系统的"四大名旦"，想起了许多敬业爱岗，忠于职守，奉献一生的老前辈，想起陕西监狱的创业建设发展感人历史……

2019年9月

当教员

1982 年参加工作，成为一民警察，想到从此往后，身着一身漂亮威风的警装，行走于大墙内外，浑身都是力量，兴奋至极。

然而，理想很丰满，现实很骨感。走上工作岗位，现实却出乎意料，真实的监狱警察，与自己想象的落差巨大，

我所在的单位，当时是一个劳改煤矿。在那里，不要说我一个刚走上工作岗位的年轻人，就是参加工作十多年，甚至 20 多年的老同志，还有中队、大队和有些科室的领导，包括监狱长、政委在内，都要下井。

尤其是我们这些做分队长的小警察，直接管理罪犯，罪犯学习，我们要亲自参加主持，罪犯要下井劳动，我们必须跟随，一起下井，负责现场管理。这样一来，一身喜爱的警服就不能穿在身上，而要在下井时脱去，遵守煤矿安全规程要求，换上厚厚的劳动布的工作衣。

我记得，头一回下井，穿着一身工作服，瞅着眼前一群犯人，除了安全帽的颜色与自己的不一样，其他的什么矿灯、腰带、长筒胶靴、工作服都一模一样，感到很不舒服。

到了井下黑洞洞、阴冷潮湿的巷道里，顿时觉得压抑，一股莫名的担心和恐惧袭来，神经立马紧绷，时刻防备意外发生。感到八个小时的时间过得不是一般的慢，而是无比漫长。从井下上来重见天日，觉得好像跟过了几周似的。这时，看到面前的犯人，一张张满是黑煤灰的脸上，眼睛里的白眼仁和嘴里的牙齿雪白刺眼，再一闭一合和脑袋晃动起来，活灵活现跟群魔鬼似的龇牙咧嘴，我刚放松了的心情立刻又紧张起来。

我故作镇定，按照规定清点了人数，有序将所有犯人带回中队监舍交差。可内心却怎么也平静不下来，不停反复地在问自己，这就是监狱人民警察？这就是我未来人生的舞台？

然而，随后发生的一起罪犯脱逃事件，让我震惊，彻底转变了我的思想认识。

我们监狱的两个罪犯密谋越狱后，为筹集外逃钱财和衣物，在附近一单位家属楼上，凶残抢劫杀害一对新婚夫妇，给群众的生命财产造成无法挽回的巨大损失，一时引起周边居民恐慌，社会影响恶劣，极大地损害了监狱及监狱人民警察的形象，也深深地刺痛了我的自尊。虽然这两名罪犯不是我们中队的，不属于我管，很快被抓获受到应有惩处，但也让我蒙羞，感到耻辱。

这件事，让我深刻领教了监狱工作的重要，体会到了监狱人民警察责任的重大，肩上担子的沉重，使命的光荣，不再小看自己的身份和工作。

从那以后，我敬重自己的事业，在工作中，无论做什么都看得重要，看作一份沉甸甸的责任，看作光荣的使命，看得神圣，追求无可挑剔。

随着改革开放的不断深入，监狱工作法制化建设步伐不断加快，监管、教育、劳动改造罪犯机制日趋完善，不但对罪犯实行分类关押、分级管理、分别教育，计分量化考核制度，还开办了教育部门承认学历的思想政治、文化基础、劳动技术等正规的"三课"教育。在严格刑罚执行的基础上，坚持"惩罚与教育改造相结合"的原则，使得罪犯监管改造工作内容不断丰富，更加有效。

就在此时，我收到一份聘用书，被监狱，不！准确说，应该是由监狱长任校长的"陕西省育新学校"，颁发的"政治教员"聘用证书。

不知别人是怎么想的，反正在我的心中掀起了层层涟漪，觉得不寻常。实在是没想到，此生加入警队，也算行伍，却还有幸能当上教师，走上三尺讲台，过把老师瘾。

于是，我积极查阅资料，奋笔疾书准备教案，认真备课，正儿八经地当起了教师。

别以为我这是自作多情，记得那几年过教师节，单位还给发过纪念品，有段时间还按月给发过教师补贴，钱虽不多，也记不得是多少了，当时就花了，可纪念品至今我还保存着。你说，这怎么能让我不把自己当回事，不去认真对待！

然而，世事难料，社会的发展超出想象。当时代步入 21 世纪的门槛后，监狱工作发展迅速，特别是党的十八大以来，跨上全面发展的快车道，对罪犯的教育改造工作又有了质的提升。

不仅对他们开展更加规范成熟的"三课"教育，还高度重视对他们的思想熏陶和行为养成教育，弘扬中华民族优秀文化思想，在狱内开展国学思想、书画文化艺术讲座，循循善诱，从根本上触及其灵魂，培养良好习惯。对警察进行专业心理辅导培训，不但强化警察心理素质，还培养警察对罪犯做心理疏导，引用心理学原理根治罪犯的病态心理。对监狱警察的素质有了更高要求，狱内特殊学校警察教员队伍更加专业、现代化。

尤其是近年，我们这里的罪犯退出了煤矿生产，警察轻装上阵，全力以赴集中精力投入监管教育改造工作，实现了监管设施现代化，教育改造科学多样化，劳动技能培养社会化的新目标，一举跨进信息化、智能化、数据化新时代，创造世界先进刑罚执行体系，罪犯改好率、重新犯罪率达到世界最好水平，创建中国特色社会主义惩罚教育改造罪犯成就为世人所瞩目，使得监狱工作呈现前所未有良好发展局面，

转眼30多年过去了，找出聘书，望着已泛黄了的纸张上清晰的字迹和印章，不由得思绪飞扬，脑海中浮现自己当年意气风发、朝气蓬勃的身影，出现改革开放之初、一个个干劲十足的老同志满面春风的样子，展现改革开放以来监狱工作蓬勃发展的许多火热场面……

抚今忆昔，40年改革开放，我们坚定信念，砥砺奋进，取得辉煌、令人骄傲成就；40年风雨兼程，我们势不可当，追赶超越，实现了由赶上时代到引领时代的伟大跨越。走在新时代的康庄大道上，我们豪情万丈，斗志昂扬，更高站位，扬帆又起航！

2018 年 9 月

矿歌后记

那年，五十周年矿庆，创业阶段的老前辈们来了，建设发展时期的功勋们来了，许多老领导也来了，人们会聚广场，忆往昔、话今朝，心情无比喜悦，整个矿山沸腾了。

也许是为矿庆活动场面所感染，也许是为前辈们饱经沧桑的面孔所触动，也许是为和谐优美的矿山环境面貌所引发，那次矿庆后，新一代崔矿人意气风发、奋力吹响了文化号角，掀起了企业文化建设高潮。随之，一首总结过去艰难辉煌历程，坚定信念，奋发向上的《崔矿之歌》应运而生。

当时，在单位征集矿歌歌词的时候，一位在矿上长大的领导得知我一篇文章刚获全国行业征文一等奖，欣然鼓励我，你写一首！我没有言语，只是礼貌地点点头。说实在话，尽管从事文字工作，也时常写一些散文发表，可我从来没有写过歌词，心里对创作矿歌一点都没底，实在不敢贸然应承。

然而，崔矿人艰苦创业、开拓进取、奋力发展的一幕幕感人历史画面，总在我脑海中浮现，搅动思绪万千，心潮澎湃，不觉创作勇气和冲动油然而生。没有写作歌词经验，我就"百度"查找资料学习，翻看一些歌谱琢磨，寻找其中门道，很快便掌握了一点规律，全力投入到了创作之中。

举目沧桑，凤凰山见证艰难发展历程，沮河水昭示岁月年华流逝，几代崔矿人挥洒青春，驰骋煤海，搏击风流，用毕生心血浇灌十里矿山……想起这些心里来劲，心潮澎湃，感觉歌词呼之欲出。飞扬的思绪稍作整理，歌词便跃然纸上，"我们奉献、创新、进取、发展，捧出滚滚乌金、创造辉煌成就，放歌渭北高原、唱响和谐梦想，坚守信念、无怨无悔。我们是诚实奋进的崔矿人，不辱使命勇向前。"

初稿成型，我捧着四处征询意见，送交领导审阅，很快定稿。不久由作曲家黄志红谱曲的《崔矿之歌》诞生了。当节奏明快、铿锵有力、语调豪迈的歌声响起，让人感到歌曲气势雄壮，展示出了崔矿人矢志不渝、追求理想、光荣豪迈的时代风貌，听到的人都很满意，赞不绝口。随即又被配上画面，制作成光碟，分发给全矿所有单位。人们为之一振，感到"扎根山区、艰苦创业、奋力发展、无畏奉献"的精神力量催人奋进，唱出了崔矿人的心声，鼓舞人心。

我深感为矿歌作词的分量沉重，总以为歌词不能算作我写的，认为她是崔矿50多年历史的沉淀，是崔矿几代人的心血和汗水写成的。于是就用笔名署名。不想，竟然引得许多人四处打听，歌词作者是谁？

斗转星移，才过去两年多，转眼间，传闻单位就要告别赖以生存50多年的煤炭生产，心情无法平静，难以割舍。望着滚滚闪亮的乌金，耳畔又响起矿歌声。

回眸峥嵘岁月，历历在目，激荡人心；展望未来，画卷舒展，相信走出大山，走向城市，崔矿的明天更美好。

2010 年 3 月

十年快乐

阅读耀州籍作家安黎的一篇有关快乐话题的文章，触动我想起从事秘书工作十年来的许多往事，怦然心动，想写一点文字，也算是对自己那段时期从事工作的一个交代。

20多年前，看到一本《中华姓氏溯源》，急忙翻开查阅，"胡姓——文化名人之姓"的条目赫然入目，为之一振，暗自得意。旋即一想，眼前的自己，30多岁了，还是个平庸之辈，哑然失笑。阅读内容，看到列举古往今来此姓能人雅士层出不穷，风云人物比比皆是，觉得这个说法有道理，又沾沾自喜，为自己身体里有胡氏的文化基因而自豪。

那时，参加工作已十多年，由于天性感情丰富，仰慕文化，爱好文学，喜欢利用工作之余写点东西，偶有发表，甚是喜悦，侥幸还有获奖。尽管如此，也从没想过专门去从事文字工作。只是把这爱好当作闲情逸致，将偶尔的发表得到的一次次欣喜，当作不断刺激生活热情的动力补充。在字里行间寻求快乐、打发寂寥，充实和丰富生活，使得自己的人生多了一道风景。

没想到，2005年秋天，参加工作20多年后，已过不惑之年，突然被调到了单位行政秘书岗位。这个年龄，来这么个岗位工作，拿旁人的话来说，够惨的了。可我干上了喜欢的文字工作，却高兴。

我深知，文学爱好与公文写作差别甚大，不是一回事。但我也相信，爱好加勤奋，什么都不成问题。于是便不把那么点儿差距当回事，轻松愉快地走上了新的工作岗位。

未料想，刚一上岗，还是遇到了拦路虎。单位是在监狱深化体制改革、监企分家后，才独立出来的，秘书工作尚未开展不说，还赶上当年的年度工作总结和来年工作计划安排两份大材料。而此前，我一直在基层一线从事罪犯管教工作，不熟悉办公室业务，也不了解煤炭企业安全生产、经营管理。面对重重困难，猝不及防，但也没有惊慌失措，好在我天生好学，找来《实用秘书工作大全》《煤矿安全生产操作规程》等临时抱佛脚，很快胸有成竹，轻而易举上手工作。

当一个多月后，誊印整洁大方的两份红头文件交上，看到领导满意的神情时，我长长地舒了一口气，身心立马轻松许多。然而，也发现自己的不足，不敢懈怠，暗下决心抓紧学习，赶快弥补。

第二年，干起工作便轻车熟路、得心应手起来。也许是天生乐观向上、兴趣爱好和年龄的缘故，可能与长期一线工作养成的吃苦耐劳、做事扎实的习惯也有关系，此后，无论起草什么文件，从不觉得困难；突然领命，感觉平静，从无压力；加班赶稿，不知疲倦，只想一心一意拿出的材料，让领导称心满意。

这十年，经常没明没黑忙碌赶稿，却从不觉得辛苦。因为每当领导认可签字后，总有一股辛勤劳作之后收获的快感涌遍全身。

许多人都认为，公文写作千篇一律，满是套话、空话和大话，虽枯燥乏味，但也简单。作为有着十年秘书工作经历的老同志，我不仅不以为然，还要大声疾呼，此话差矣！

就拿我们单位来说，每年创造产值高达数亿，还承担着劳动改造罪犯的刑罚职责，创造经济效益和社会效益斐然，文件处理责任重大，文稿起草怎敢马虎，怎能容得套话、假话和大话草率敷衍。不要说报告、请示和工作安排意见之类重要文件，即使一个几行字的简单的通知，也得字字斟酌、句句推敲，不能马虎，免得贻笑大方，影响单位声誉。

我想，之所以有人感觉秘书工作枯燥乏味，还是因为与文字没感情，与事业缺少热情，与生活温度不够有关。他肯定对生命缺乏深层次的理解和认识，不曾审慎思考人生的意义和价值，生活态度多多少少有些问题。

寒来暑往，十年里，单位走马灯似的更换了四任行政领导、两位主管、三任办公室主任，我从不想入非非和过多议论。春夏秋冬，只管耕耘，孜孜不倦起草了单位十年的工作总结和计划安排，审核编发文件累计上千，拟就领导讲话等杂七杂八稿子不计其数，春华秋实，收获着自己的喜悦和快乐。

2012年春天，又承担起了企业文化宣传工作任务，不亦乐乎。整天忙完一摊子文书工作，就忙着发现新闻，搜索素材，起草修改稿件，忙忙碌碌给媒体发稿，兴趣盎然。至今四年来，爱我所爱，笔耕不辍，发表新闻宣传稿件累计达200多篇，连年被省局、集团公司评为优秀通讯员，甚是开心。

十年间，不知多少周末，在斗室里放飞思绪，激扬文字，赞美山川俊秀，感慨人生百味，成就散文60多篇。其中不乏得意之作，摘取司法部新华分会征文一等奖，荣得全省司法行政系统征文优秀奖、《当代监狱报》多次征文大奖赛一二三不等奖项，业余收获颇丰。

辛勤耕耘就有收获，收获总能给人带来喜悦，让人开心快乐。毫不夸张地说，这十年，拟就多少篇文稿，就有多少回快乐涌现，而持续的快乐不但催人奋进，还能化解许多烦恼和无奈。

十年中，每见自己一个秘书所得奖金，竟与同一单位打扫卫生的等同，很是郁闷，感到悲哀。但觉得悲哀的不是自己，而是制度的制定者。我不会为此而放弃追求，因为这不是我的错。

还有，最近几年自己所写稿件屡屡获奖，多次受到上级表彰奖励，并为单位赢得两块"全省监狱企业宣传工作先进单位"的荣誉奖牌，得到上级年度考核加分，部门主管也连年考核优秀，得到晋级加薪、记功嘉奖，而我却一直无缘任何奖励。其实，早在几年前，望着自己年轻时得到的一箱子的荣誉证书，就看淡了这些。在此提及，只是觉得许多时候的许多人和事滑稽可笑，说说而已。

这十年，收获快乐的同时，不觉人也渐渐衰老，尤其是患有的眼疾，每况愈下。

想当初，调到这个岗位时，因有眼疾，也觉得不合适，可又禁不住文字的诱惑，毅然决然地就来了。不想，两三年后，感到眼睛受不了了，去了趟北京。协和医院诊断病情严重，吓我一跳，归来便想忍痛割爱不干了。去找领导，大小领导虽都表示理解和同情，但一月又一月、一年又一年过去了，也不见来人接手工作。无奈，只好硬撑着，一如既往朝前走。

瞅不准键盘，学会了盲打，看不清屏幕上的字，就戴上耳机靠读屏软件帮助，拿出超出别人几倍的努力去干工作。时至今日，无论用眼睛看什么都成了雾里看花，连个马路也过不去了。我不觉悲哀，也没有埋怨，只觉得所患眼疾，既无良方医治，那就随它去吧。我还想抓紧时间，尽己力所能及，再多做点儿事，多写点东西，甚至出一本书，展示我生命的一点价值和意义。

时间长了，看我生活越来越多不方便，就连家人也劝我不要干了。我先是笑着问，你以为我工作非常吃力、艰难、痛苦吗？后又解释说，不论什么材料，我写起来跟喝凉水一样简单轻松，非但从没感觉辛苦，反而津津乐道，兴趣盎然，兴奋愉快。对我来说，若是无事可做，那才无聊透顶，让我痛苦不堪，生不如死。

无情的眼疾戏弄我，却不能阻挠我对生活的热爱。平日里，不忍心也不甘心，那么多的生活琐事，都落在妻子俊俏单薄的肩上，总想尽己所能，多干些力所能及的家务，基本上包了家里清洗衣服、窗帘被单和刷锅洗碗、擦车等活，抢着抹桌子、擦地。周末妻子去看老人和女儿，非但不让她操心我的吃喝，还蒸些包子，做一些吃面条的臊子，等她回来吃几顿，省去一些平时做饭的麻烦。

面对许多不解，我想说，文字里有我的梦想，能让我体会到努力奋斗的乐趣，饱尝追求的快乐，觉得内心充实、生活美好，使我不断坚定信心勇敢向前。

当然，这些年之所以坚持下来，也离不开单位领导的支持和众多同事的帮助。可以说，没了大家，就没有我十年里的快乐。所以，对于每个人的每一点帮助，我都心存感激，铭记于心。

2016 年 1 月 17 日

第三辑　梦回童年

我的童年没有梦

提起童年，我就想起反帝煤矿，然而说起它，即使在铜川，50岁以下的人可能连听都没听说过。其实，它就是现在的铜川矿务局的徐家沟矿。

那时，叫这样名称的单位很普遍，在矿务局所属煤矿中还有叫反修、东风、友谊、胜利、永红的。不过时间不长，这些名称就不用了，都改成了以前或后来的名称。

我之所以一直记得它，不是因为我留恋那个年代，而是因为我的童年在那里，在那段岁月里。

一

在我三岁，也就是1966年"文化革命"开始，徐家沟矿正式投产那年，我们家搬到的那里。仔细回想，我对徐家沟矿的记忆，是从庆祝党大九大胜利闭幕那天晚上开始的。

傍晚，爸妈说晚上矿上有事要开大会，赶忙做饭，和两个上学的姐姐吃了就去了。

天黑了，我在家里等他们等得都快睡着了，也不见一个人回来。突然听到外面的高音喇叭响了，马路上锣鼓喧天、人声嘈杂闹哄哄的，就好奇地起来爬上窗户去观瞧。

昏暗的路灯下，马路两边挤满了看热闹的人，正好一辆正面竖着领袖的巨幅画像，架有好几个高音喇叭的宣传车打眼前经过。后面的一辆卡车上还架着挺机关枪，车厢里站满了持枪的人，接着的一辆大卡车上拉着十几个人在使劲的敲锣打鼓，所有的车帮上都贴着大红的标语。往后看，还有一队队挥动着小红旗、喊着口号的人源源不断的走来。

我忘了家里的门是反锁着的，从窗台上跳下来一屁股溜下床，慌忙趿拉着鞋子就往外跑。一拉门才发现，我是被反锁在里面的，急得连忙又返回来爬上窗户，站在窗台上继续看热闹。

游行结束，爸妈和姐姐都回来了，我兴奋的拿起他们用过的小红旗，举在手上不断挥舞着高喊"毛主席万岁""党的九大路线胜利万岁"等口号，满屋子里不停转着玩耍。

第二天早晨一出门，看到马路两边墙上退了色的旧标语，全都被新刷上去红艳艳的标语给覆盖了，高兴极了，便趁浆糊未干，和小朋友们抢着撕下边角上没有墨迹的红纸，拿回家，浸入装满水的瓶子里，泡红水玩。大点的小女孩直接在撕下来的红纸上唾上一些唾沫，当场就往小点儿的女孩脸上擦，把小妹妹打扮的跟个小媒婆似的，还高兴、美的不得了。姐姐看我泡的红水红亮红亮的漂亮好看，忍不住就哄着在我的眉心上点上一个圆圆的红点。当然，1970年上学后，我无论如何都不让她们拿我这样开心了。

二

那个时候，生活物资短缺，我们整天虽不至于吃不饱肚子，或是吃糠咽菜，但一日三餐吃的饭菜里的油水也少得可怜，尽吃些难以下咽的苞谷、高粱面做的食物。可玩得开心，天气好的时候，在五号楼旁边的大沙子堆上溜滑、摔跤、翻跟头玩，稍大点后，就在楼前楼后的空地上和农民场上捉迷藏、打沙包、跳方格、滚铁环、用鞭子打"猴"、弹玻璃球、摔"啪叽"、赢烟盒、"骑驴"，抱起条腿金鸡独立玩"斗鸡"……。下雨了，就拿小铁铲在雨地里揽坝堵水，和泥巴摔泥炮、捏娃娃和小动物玩，甚至把许多游戏搬到走廊里继续快乐的玩耍。

玩累了就学大人们游行。在马路上，几十个小孩手挽手横着站成一排，踩着正步，高喊着革命口号，走过来走过去的霸占道路，逼着行人绕行，开心极了。直到嗓子喊哑了，小腿肚子踩的酸疼，有小朋友的家长呼唤回家，方才一哄而散。

大了点后，夏秋就上山捉蚰子，到河滩的灌木丛中或是铁路上的石子堆里逮蛐蛐，跑到小河里去捞泥鳅、捕蜻蜓，夜晚在矿区中间夹着的鸭口村里追捕萤火虫。冬天还自己动手拿铁丝和橡皮筋做发射"纸"弹的手枪弹弓，用自行车链条做个火柴枪，细钢管做炸药枪玩，找来两块竹片或木条做个简易的滑板滑冰，搞"大制作"，想方设法从矿上弄到两大一小三个轴承和几块木板，钉一个能控制方向的小滑板三轮车，在坡道上溜着玩。

现在想起来，那些玩耍花样里还是有门道的。多大的小孩玩什么，那是有讲究的，不然会招人耻笑的。什么时令季节玩什么也是有定数的，像一些肢体接触性的玩法，只能在天冷、衣服穿得厚实点的时候才能玩，否则皮肉遭受疼痛没法玩。而像一些耗时、人多的玩法，也只有在周末和寒暑假期间人多的时候才能玩得起来，不然人少了也没法玩。

当然，像弹球、摔三角赢烟盒、打弹弓、滚铁环、跳绳之类，一年四季不分季节，不论是在家还是在学校任何地方，只要有兴趣，随时随地都能玩。以至于我们那时的书包里除了装语文、数学、常识课本和文具盒外，还装有弹弓、玻璃弹球和烟盒叠的三角等。有一段时间去上学，男同学都推个铁环，不但没人管，一度推铁环还被学校列为比赛项目，简直玩疯了。

想起来那时玩得那个开心快乐和尽兴，幸福极了，看看现在的小孩子们，三岁就要上幼儿园，上小学一年级就背上了个沉甸甸的大书包，真可怜。

三

我上一年级时，语文第一课学的是"毛主席万岁"几个字，算数从认识12345……阿拉伯数字开始学起，读到三年级了才学加减乘除四则运算，学习内容简单，课后作业一半个小时就做完了，就这，三年级前每天还是半天到校上课。

三年级后，按照当时"开门办学"要求，学生除了学习文化还要"学工、学农、学军，兼学别样""德智体全面发展"，我们每学期都要在校办工厂里手工车螺丝帽和螺杆，给学校的农田里送肥料、翻地、拾麦子、收苞谷。

每当这时，一些平时学习不行的同学表现特别积极，总能得到老师的表扬。而我这个学习不好不坏，平时得不到老师的表扬和批评的学生，尽管每回劳动手上都磨出了水泡，拼命表现，还是听不到老师的表扬。以至于让我从那时起就对劳动失去了信心，以为自己天生就不是块劳动的料。

当时的学校有个惯例，每到矿上开大会，不论是什么政治运动的动员或批斗会，还是抓革命、促生产、创高产的庆功会、死了人开的追悼会，从小学三年级到高中二年级的所有学生都必须去参加。

我们小学生虽听不懂大人们在会上讲些什么，可看人多热闹，而且矿上开会一般都在晚饭后，太阳也晒不着，下午还少上一节课，也就喜欢去矿上开会。

每逢矿上开会，我们戴着红领巾，一人拿着一个小板凳排着队喊着口令，整齐的从学校到矿部大楼门前广场两三里长的马路上走过，感到很自豪。我边走边期盼，希望爸爸妈妈或邻家小朋友能看到自己神气的样子。

四

开大会时兴喊口号，大人们喊得都不怎么起劲，我总感觉他们也许是干了一天的活累了，或是没吃饱饭。而我们学生一个个就跟小公鸡似的伸直了脖子使劲喊，引得主席台上的领导总是望着我们高兴。

我喜欢开庆功或表彰之类喜庆点儿的大会，因为这种会上要敲锣打鼓、燃放鞭炮，气氛热烈，看起来热闹。

然而有两种会我不喜欢，一种是矿上的批判、批斗大会和公安局开的公捕、公判之类大会，另一种是矿上的追悼大会。

一个巴掌大的煤矿，职工不过两三千人，即使不全认识，也都面熟，所以每次看到大会上受到批判批斗或是逮捕判刑的人，不认识也脸熟。加上这类会还多，经常开会看到一个个熟人，忽然就成了个什么反革命、流氓之类的坏人，十分惊讶。不但形成坏人多的印象，还导致平日里见一些大人发脾气，情绪不好愁眉苦脸的样子，甚至相貌长相不端正，就想人家一定是个隐藏起来的什么坏人。

那时的煤矿采煤技术落后，矿上的原煤生产用的是打眼放炮峒式采煤技术，井下经常发生垮帮、冒顶、放炮、跑车等各类致人死亡事故，每年至少都要开三四次追悼会。

每当这时，我们小学生也跟大人一样心情沉重，默默站着参加追悼会。完了还眼里噙满泪水，在一片撕心裂肺的哀号声中，目送那位死去的叔叔的亲人悲痛的抱着他的遗像和骨灰盒，被几十个花圈簇拥着离开会场。追悼会结束，我们在回家的路上，都要把压抑的情绪发泄到工会的那个画遗像的人身上，数落他，也就是现在人们说的吐槽，把人家画得不像不说，还难看、都是一副哭丧脸，让人家家人看了肯定更难受。

追悼会开得多了，竟使我为爸爸担心起来，非常羡慕一些同学的爸爸在地面上班，做梦都在盼望爸爸能从井下调上来。终于有一天，爸爸被调到地面，我高兴极了。可没几年单位调资，因在地面工作要调低工资，并且还要减少粮食供应，他一听毫不犹豫就立即主动要求，又回井下去了。

我问爸爸这是为什么，爸爸笑着对我说："傻娃啊！老子不下井，挣那么点儿工资，你们吃什么呀？！"就这样，爸爸一直在井下干到了退休。

那时，隔三岔五就有大卡车上架个高音喇叭，拉着几个被捆绑起来、脖子上挂着一个写有罪名和名字的大牌子的人游街。我们小孩子既喜欢跟着车近距离盯着一个个被捆绑着的人看热闹，可看到他们惨白的脸色和脖子上挂的白色牌子上醒目的大红叉，身后站着的人手中拿着的枪又害怕。

每次看完了这样的热闹，妈妈就对我说，看到没有，这些人都是小的时候喜欢跟大人要钱花，惯下了好吃懒做花钱的毛病，长大了自己又挣不来钱，可毛病改不了，就偷钱、抢钱花，才落得这么个下场。我听后吓的小脸都变了颜色，连忙拿出自己平日里积攒的几毛钱，全部交给妈妈并保证说："今后我再也不要钱了。"

五

批林批孔那阵子，我不知这场政治运动的本意是什么，没想过，也不去想，反而对运动中讲述的法家人物与儒家思想作斗争，那些个历史故事产生浓厚兴趣，知道了历史上还有一个叫孔丘、孔老二的圣人，整天带领一帮子学生周游列国，宣扬"中庸之道""克己复礼""学而优则仕"等思想，觉得这人到处讲学不要钱，是个好人，说得也好。还知道了孟子、墨子、商鞅、秦始皇、韩非子、秦二世胡亥、吕不韦、李斯、赵高、董仲舒、司马迁、王安石、苏东坡等众多历史人物和他们的一些故事，吃惊地发现，在我们之前，竟然还有那么久远的年代，出现过那么多、那么聪明的人，发生过那么多有趣的事。以至于从那时起，我就喜欢上了历史。

毛主席讲"水浒这部书好就好在投降，宋江招安了，把聚义厅改成了忠义堂"，我听不懂是什么意思，感到困惑、莫名其妙，又觉得好奇，就对《水浒传》这部书产生浓厚兴趣。四处打听，这书是谁写的，记住了施耐庵这个名字，听说了一百单八将的一些故事，知道了我国历史上还有四大名著。

那时的电影过来过去只放映八个样板戏和《地道战》《地雷战》等影片，新华书店里除了毛主席和鲁迅先生的书，再就是雷锋、刘胡兰、刘文学之类英雄故事小人书和大量的批判学习资料。没得看，我竟拿起鲁迅先生的书翻看起来，似懂非懂地读了一些他的小说和杂文，结果在学习黄帅、张铁生等反潮流的运动中派上了用场，生搬硬套学着先生的腔调，写了几张大字报，骂起了人。害得我在成年后写出的东西让人读起来磕磕绊绊的跟口吃一样，还说不上来有什么毛病。让在中学教语文的丈母娘看到了我写的信，落下了个"语法习惯和鲁迅一样"的"好名声"。

那些岁月里，妈妈除了管我和两个姐姐，还要在副业队里上班挣钱补贴家用，爸爸忙上班，从来不管甚至连问都不问我们的吃、穿、用和学习。我就像一只鸟一样自由自在快乐飞翔。然而却始终从未飞出过矿区的那道狭长的山沟。

这些年妈妈常疑惑，看看现在的孩子，大人操心寸步不离，从上幼儿园开始，整天又是接又是送的，让人操不尽心。你们小时候，大人去上班丢在家里不管，也没见出什么事，一个个照样不也长大了嘛。

　　说来蹊跷，尽管我的童年就这样在尽情的玩耍和不正常的学校教育中度过，可上初中不到一年"文革"结束后，当人们再次重视教育，学校开始抓学习时，竟也能迎头赶上，凭考试一举进了重点班，再到后来通过考试被录用为监狱警察参加工作，找对象、结婚生子，一路走过，竟也没让爸妈为我操过一点心。

2018 年 4 月

童年的梦魇

　　1971 年的秋天，我在铜川东边矿区的一个煤矿子弟学校上小学二年级，一天上课，一位同学调皮，被老师扇了一记耳光哇哇大哭。吓得同学们大气都不敢出，下课后仍心有余悸，一窝蜂似的涌出教室，丢下那同学没人理会。我从厕所出来，恰巧碰到这位同学上高中的哥哥，随口就说"你弟弟不听话，老师打他了"，说完就蹦蹦跳跳到操场玩去了。

　　未料想，一上课，老师气哄哄进门走上讲台，咚的一声就把教案摔在讲桌上，迅速往一侧耳后理了下短发，冲着全班同学厉声问道："谁给王警线的哥哥说，我打他弟弟了？"同学们面面相觑，我愣了下迟疑着站起来，懦懦弱弱承认说是我说的。老师蹭蹭三两步就到了我面前，盯着我仔细瞧了瞧，又回到讲台上，环视全班同学，拉长语调问："同学们！老师打王警线了吗？"全班同学不约而同扯着嗓门齐声回答说没有。

　　我即刻就蒙了，怀疑自己的耳朵是不是听错了。望着讲台上留着齐耳短发，平日里漂亮大方和蔼，此刻凶神恶煞般瞪着我的女老师，以为自己是在梦里。可再看满满一教室端端正正坐着的同学，又觉得不像在做梦。我不停在心里问自己，这到底是怎么回事？不由得侧目去看王警线，见他眼睛红肿，分明一副刚哭过的样子儿，悄悄掐了下自己的腿，感到了疼，这才灵醒，眼前发生的一切是真的。

　　尽管老师也没再为难我，只是无端训斥我"不要胡说八道"，就开始了讲课。可我却怎么也平静不下来，对老师讲的什么一句也听不进去。

　　我疑惑，自己不会是个惹人讨厌的是非精吧？想来想去，觉得委屈。我没一点告状的意思，只不过是想给王警线的哥哥说，他弟弟不好好听讲，受到了老师最严厉的批评。我说的是实话啊。

　　放学路上，我好像是个坏孩子似的，同学们都不理我。王警线几次想要靠近，我虽生气加快脚步不理他，可心里还是得到一些安慰，觉得他还有良心。自然，对待这样乌龙、说不清的事，回到家里我也不敢给爸爸妈妈说。

从我懂事起，第一次听说"狼来了"的故事，就觉得精彩，留下深刻印象，经常纠缠爸爸妈妈或姐姐讲给我，百听不厌。以为说谎的孩子很不好，说谎的后果代价很可怕。平时玩耍，遇到不诚实的小朋友，就躲得远远的，不愿和他玩。

这次经历，目睹老师引导全班同学说谎，让我领教了说真话的尴尬和狼狈，把我给弄糊涂了，以为自己是不是笨。拿现在的话讲，就是怀疑自己的智商是不是有问题。

好在那时我还小，才七八岁大点儿，心智不成熟，忘性大，再加上这位老师是因当时 1963 年、1964 年生育高峰出生的孩子都到了上学年龄，学校学生剧增，教师不够用，从矿上的家属中临时雇来的，用了也就一两学期就给解聘了，所以事情过了没多久，不见了这位老师，我也自然把这事全给忘了。可当我长大成人后，不知怎么回事，却又想起来了。

起初想起这件事，还感到后怕，庆幸它没摧毁我那颗幼小的心房，扭曲我稚嫩的心灵，侥幸我的成长没受到它的一丝半点影响。时间长了，忽有一次恍然大悟，雾霾虽对人的健康有着严重影响，但因个体差异不同，影响的程度也不一样，对绝大多数人的影响微乎其微。同样，童年的这次遭遇给我印象虽深，但对我的影响却不大。当时年幼单纯，不谙世故，虽经历一阵晕头转向，却很快就给忘记了。

而今，看到一些有关幼儿心理教育、培养辅导方面芸芸说法，经常引起我的回忆和思考，对其中许多观点不以为然。幼儿教育固然重要，他们单纯、心理脆弱，可塑性强，值得重视，但绝没有大人们想象的那么弱不禁风，那么严重、不得了。完全没必要看到孩子遇到点儿什么不测都惊慌失措，危言耸听，鼓噪什么扭曲心灵、影响一生……

2017 年 8 月

小货郎

提起小货郎，不要说现在的小孩，就是年轻人，可能也都没见过，因为追溯到 40 年前，在我小的时候就已不多见了。

那时，正值"文化大革命"，经济发展迟缓，国力薄弱，物资贫乏，老百姓日用商品供应严重不足，再加上计划经济限制，流通渠道单一，只有国营商店可以经营商品买卖，无论买点什么，不是凭票按人口供应，就是缺货买不到，零碎小商品更是奇缺。生活在矿区，想吃个水果糖都没有卖的。回想起来，还多亏了矿子校旁边的邮电所门口，隔三岔五来的一个小货郎，使我困苦单调的童年有了些儿内容和色彩。

这个小货郎，是一个操着河南口音，皮肤白净、留有两撇小胡子的瘦小老头儿。他住在距离矿上七八里外的广阳镇，每隔一两天就推起木质的独轮车，早早的出门，边走边还不时地停下来，拿起个精巧的拨浪鼓，扑棱扑棱的晃儿几下，招揽着生意就来了。

他的小推车虽不大，可带的零碎却不少，车头的架子上挂满了五颜六色醒目的皮筋、塑料头绳和松紧带，横架着的木盒子里的一个个小方框中，琳琅满目，摆满了各式各样针头线脑的日用小零碎，林林总总什么都有，远比矿上国营商店日用百货柜台上的东西要齐的多。

至今，我依旧清晰记得小货郎的那只大玻璃瓶，里面装有好吃又好看的彩色糖豆，二分钱能买到六个，嘴里含上一粒甜丝丝的好吃极了。还有商店里根本就没有，男孩子们最喜爱的像水晶般透亮的玻璃弹球，以及用石块一砸就炸响的炸药片，当时稀缺的纸质好点的作业本，可画素描的中华铅笔和削铅笔的小刀、大块的橡皮等文具，样样小孩都喜欢。

每当课间休息、放学时，小学生蜂拥而至，叽叽喳喳买这买那，把个小货郎围得严严实实。一些小孩子没钱，也要挤进去瞧一瞧，看个热闹新鲜。

许多同学和我一样，若是哪天兜里有上一两毛钱，早晨到校一进教室就坐不住了，心里不住盘算，在小货郎的摊上该买些什么。

头节课一下，就立即奔向邮电所门口的小货郎，围着独轮车的前后左右团团转，挑来拣去不知买什么好。直到上课铃声响起，才慌忙选定，抓起买来的东西，随着铃声撒腿飞也似的跑回教室。上课还不时把手伸进裤兜里摸一摸，忍不住再偷偷地掏出来看看，心里幸福极了。

偶尔，我看到在小货郎那儿用牙膏皮能换到五分钱，就盯上了家里的牙膏，天天盼着快快用完，也好用牙膏皮换到五分钱。等不及，每次刷牙就多挤点儿，恨不能赶快用完。可笑的事，有小孩迫不及待，就干脆一下子挤掉家里正在用的牙膏，拿牙膏皮去换钱。

不过，家里的牙膏用起来也实在是太慢了，等得都让人快要急死了，也还是用不完。我忽然想起了矿上的单身职工，那么多的人用完牙膏的牙膏皮都去哪里了？于是便到职工宿舍儿的房前屋后去转悠。头一次就捡到了一个牙膏皮，高兴坏了。可我也发现，这招一早有小孩想到了，我到那里转了一圈，就看到有两个人在捡牙膏皮。

从那往后，我便隔三岔五、放学后去捡牙膏皮。有时除了牙膏皮，还高兴能捡到一点废铜烂铁。每当在小货郎那儿换到一两毛钱，开心极了。碰到运气好，捡得多，能换到三五毛钱的话，就像是发大财了，高兴得不得了。

当时捡牙膏皮的小孩虽不多，但也不少，尤其是家在职工宿舍区西面住的几个小孩，占尽了地理优势，不论上学还是放学路过，顺便绕道就能扫荡一遍，害得我经常去了没得捡，扫兴空手而归。因此，我常常放学回家撂下书包就去，甚至连家也顾不上回，赶在那些小孩的前面，背着书包径直就去了。

那时候在矿区，绝大多数家庭都是父亲一个人下井挖煤挣钱，每月挣四五十块钱，要养活一家子六七口甚至七八口或更多人，很不容易。几乎家家经济捉襟见肘、紧张困难，根本就没零花钱给孩子。所以，捡牙膏皮换到的几毛钱，对个小孩来说，可不是个小数目，诱惑大极了。

而且捡牙膏皮的同时，还有乐趣，

能捡到本地出产的延安、宝成、大雁塔、金丝猴，还有外地的大前门、墨菊、黄金叶、海河、三门峡、芒果等一些花花绿绿各种各样品牌的香烟盒，除了能叠三角板，在地上摔着玩，还开眼，让我长知识，从烟盒上见识天下还有那么多、那么美的东西和地方。

可以说，捡牙膏皮是我小时候生活的一部分，伴我整个童年，一直持续到我上初中才结束。

想起这些往事，我就想起那个年代人们生活的清苦，想起我的童年，想起为人和善而又不失精明的小货郎，想起他从不在紧俏货上加一分钱、短斤少两做生意的本分厚道。

然而，至今还有个问题让我疑惑，感觉奇怪。在那个无产阶级专政，一切都是公有或集体所有、统购统销，疯狂的"文化大革命"极端阶级斗争的年代里，光天化日之下，怎么会有这么一个属于小资产阶级范畴的小货郎，光明正大的存在？

2017 年 6 月

曾经的鸭口村

了解路遥《平凡的世界》创作背景的人都知道，在铜川有个鸭口矿，小说中的大亚湾煤矿，原型地就在那里。作品描述大亚湾煤矿的医院、子弟学校、矿部职工宿舍、井口、铁路、车站等地方之间的地理位置关系，都与现实中的几乎一模一样。然而，却很少有人知道，那里还有个鸭口村。

这个村子不大，虽叫个鸭口村，却与同名的鸭口矿不搭界，而是处在和鸭口矿比邻的徐家沟矿内，被矿区夹在当间，就跟现在的城中村一样，是一个典型的矿中村。

我是在徐家沟矿长大的，所以对这个矿中村比较熟悉。

那里，在我成长的过程中，连同两座矿山一起都给我留下了永远抹不去的记忆，影响我一生。

印象中，那时的鸭口村有三四十户人家，整座村子集中依山分两层而建，每个人家院落房屋都是由正对着大门的一两个窑洞和两侧用土坯建起的半边瓦房组成，一家院墙挨着一家排列，井然有序。

村里几乎家家户户院前都种有桐树，每当春天，淡紫色的花朵开满枝头，入夜芬芳扑鼻，一夜春雨过后，花落一地，让人爱怜。夏日蝉声不绝于耳，置身树下凉风习习，夜晚到处都是萤火虫，引得小孩成群呐喊追逐，阵雨来袭，豆儿大的雨点敲打在巴掌大厚厚的桐树叶上，发出"扑啦啦"的响声一片，十分有趣。入的秋来，习习凉风扫落树叶遍地都是，引人惆怅。冬日雪天，农家的房舍、院落、树木的枝干上到处落满白雪，使得没有落上雪的窑洞门面、房屋院墙和树干等构成的几何形状更加凸显，整个村落形成一幅黑白相间简洁淳朴明快优美的版画，煞是好看。

最让我难忘的是村西头，徐家沟矿的拐角楼旁，那棵四五个小孩合围才能抱住的老槐树。粗大的树干虽已被岁月掏空，能容进三四个小孩藏身其中，可依旧长得有三四层楼高，枝叶茂盛，引人注目。

那时，高高的树梢上还有两个喜鹊窝，我常抬头仰望在上面寻找小喜鹊，却从来没看到过一只。

每当雨过天晴或山雨欲来的傍晚时分，成百上千只的蝙蝠围着高大的树冠飞来飞去，很是壮观。

人民公社时期，老槐树的树枝上还吊着一截碗口般粗的钢管，每天上学从村中经过，常见有人捡起块石头在上面当当当地敲响，呼唤村里各家各户男女集中过来，再听一个人讲些什么，就扛着撅头、拿起铁锹不紧不慢地下地去了。

我困惑，从没见过这村里有人养过鸭子，却怎么就把这村子叫成了个鸭口村？我常想，应该将这村子叫个什么桐花村或槐树庄才合适。

要说老槐树让我看到了村庄的沧桑，那么村子里的水井上木质的辘轳缠绕着的湿漉漉、长长的井绳和磨得光溜溜的摇把，还有遍布村落栓牲口的石桩，切切实实让我感受到了它的古朴。

上小学时每次经过，一看到有人在摇水，总要驻足仔细观看。遇到没人打水，就忍不住上前趴在井口好奇观瞧一阵，末了还要用手抚摸一下光溜溜的摇把，偷偷在井里丢进一个石子，让神秘的水井产生一点儿动静，通过视觉和听觉传遍周身，方才欢喜雀跃离去。

村子从东到西不足一里路长，占据了矿区三分之一的道路，沿路两旁匀称分布着四座麦场。不！准确说应该是三座半，因为其中一个不常用，只有在丰收的好年景里才能派上用场，而且我们矿区的孩子和大人不把它叫麦场，都管它叫作农民场。

夏收和秋收的时候，我常坐在距离家中十来米远的土坡上，观看村子最西边老槐树旁的一个农民场上，农人忙碌喜悦收获的情形。望着阳光下大片晾晒小麦、玉米棒子放射出的金灿灿的光芒发呆。

农闲时，堆积高高麦秸垛的农民场，就成了矿区大人们悠闲散步、闲聊的好去处，小孩子们成堆而嬉戏玩耍的乐园。尤其是那几个碌碡，我们最喜欢，整天不厌其烦抢着骑在上面晃悠或推着玩耍。

至今，离开那里近30年了，我还清晰地记得那场上农人的挥汗如雨，阳光下小麦和玉米棒子散发出的金色耀眼光芒，饲养员在麦秸垛下铡麦草用的那口寒光闪闪的大铡刀，以及刀刃切割麦草所发出的蹭蹭声响和麦秆新鲜扑鼻的香气……

说来奇怪，鸭口村虽被夹在徐家沟矿的中间，矿区人来人往都从村中经过，而且一年四季都有职工家属来探亲没处住，租住在村子里，与矿上耳鬓厮磨，可村里的大人小孩却从不到矿区去转悠，不与矿上的职工家属来往，不受矿区人们的文化生活习惯影响，一直保持着自己淳朴的农耕文化生活习俗不变。

反倒是村中农家喂养的老母猪，随意放养无人看管，天天带着一群小猪娃在矿区家属院楼群的垃圾箱之间自由自在地觅食。除了偶尔有个别调皮的小孩追着骑猪外，没人去理会它们的悠闲自在。我也从未听说有过老母猪或猪娃子丢失的事发生。

矿上的职工来自五湖四海、天南海北，具有很强的适应性和聚合力，走到一块很快就能融合在一起，迅速形成矿区独有的文化氛围，但却无法影响夹在其间的村子里农人的生存习惯。他们相互之间你挖你的煤，我种我的庄稼，互不相干。现在回想起来，这种矿区与周边农村和谐相处独特的状态很有意思，耐人寻味。

在徐家沟矿生活了十多年，上学每天从鸭口村里走过，没事就在农民场上玩耍，可我却从没与村里的任何一个大人或小孩说过一句话。只是默默望着农人扛着犁铧、吆喝着黄牛，或者背负收割回来的庄稼负重前行；静静地从村里的小学旁走过，悄悄地聆听农家子弟掺和有苞谷面味儿的读书声；周末瞧着大点的孩子背着个馍口袋、提着个咸菜罐罐去十里路外的广阳镇上学……

然而，我还是熟知了农家一日三餐、婚丧嫁娶许多风俗，领略了他们的朴实、厚道和每天日出而作、日落而息的勤劳艰辛，熟悉了渭北山区一年四季粮食蔬菜瓜果作物的播种、生长、收获的规律和不易。使得矿区成长起来的我，有幸接受到了农村场院和田间地头农家肥料的熏陶，接触到了淳朴的乡村民风吹拂，多了一份农人生活的感受，以至于在我步入社会，乃至终身受益。

我读过好几遍《平凡的世界》，读过好多路遥的有关散文随笔杂记，严重的感觉到路遥在那些熟悉矿区生活的日子里，沿着鸭口矿至徐家沟矿的公路散步，一定走过鸭口村，看到过那棵老槐树，而且亲手抚摸过……

好多年没去那里了，甚至连路过也没有。常碰到鸭口和徐家沟矿的人说起矿上，总说两个矿无煤可采、都下马了，被划为社区了，变化有多么多么地大、多么多么地好，可就是不说如今的鸭口村变成什么样了。

我常想，村子里的那段公路上肯定没了优哉游哉慢行的牛羊，矿区的家属院里也一定看不到自由自在觅食的老母猪和成群的猪娃子了，当年那一张张淳厚朴实熟悉的面孔，现在也不知有多少还在。那棵饱经沧桑的老槐树，村子里家家户户庭院前的那些桐树，以及那些个拴牲口的石桩子，那几口老井、那几个农民场和那几座高高的麦秸垛，对了，还有那几个碾盘和碌碡，不知道还有没有了？

2018 年 3 月 5 日

白灰　花馍　过年

20世纪70年代，我在铜川矿区生活。那里的人们来自五湖四海，对过年没有乡村那样讲究，但也重视。每当进入腊月，过了腊八，整座矿山也有一股子年关将至的紧迫感，这时，常听有人乐呵呵地说起过年的民谣，尽管南腔北调口音不同，可内容却都大概一致。

什么过了腊八就是年，二十三过小年，二十四扫房子，等等。每当这时，我听得仔细，也喜欢，可遗憾，从小听到大，就那么几句，到现在也说不全。

矿区的人们都上班，没时间照这个办。可是，大家无论来自天南海北什么地方，却都在意过年，总要利用休班或倒班，甚至与他人调班，也要腾出空来，用白灰刷房子，拆洗被褥，彻底打扫一次卫生，准备过年。

当时物资匮乏，厂矿企业职工家属及子女吃的米面油，都是凭粮本、按人口供应，其中有三四成是杂粮；肉食蛋类东西紧张，限量用副食本才能买到一点；人们穿的衣服也是自己做的，很少有人买成衣，买布料和棉花，还需要布票；市场上也没新鲜蔬菜可买，谁家要是能买一把韭黄、两根莲菜过个年，就觉得奢侈得不得了。所以，没什么年货可办。家家都是靠平日里粮本上节省、积攒下来的一点儿米面油和供应的几斤肉，再买捆粉条、大葱、豆腐、豆芽、白菜和几个红白萝卜，就可以过年了。

尽管生活不富裕，过年简单，可我觉得还是年味浓厚，给人留下印象难以忘却。

我清晰地记得，刷房子前，父亲将块状的生石灰，倒进大铁盆，再浇上清水，即刻一块块冰冷的石灰开始发热，随即同时缓缓开裂。刚才还是不满的一盆子石灰，随着"噗噗"的响声慢慢的化作粉面，热气升腾，像大地造山一样剧烈膨胀，魔幻般地神奇堆积成了雪山，令我惊奇，产生浓厚兴趣，极力想象这个过程是怎么回事。直到父亲再倒入一些清水，和成白色的石灰水，准备动手刷房子驱赶我，方才离去。

下午回到家里，看到父亲收拾完毕，屋内墙壁雪白耀眼，几个房间洁净明亮、焕然一新，顿觉喜悦。浓烈的石灰味儿窜入鼻腔，觉得新鲜、舒服。再看姐姐在洁白的墙上贴上几张漂亮的年画，强烈地感觉新的一年就要开始了。

那年头没什么东西可做，除了炒些豆芽和粉条等熟食，就供应的那么点肉，母亲留下一点做饺子馅，用不了多少时间，一锅就做好了。

要说费功夫，还是蒸年馍。母亲前一天晚上就要和上几盆子的面，等到第二天一大早，面发好了，就开始蒸馍，一蒸就是大半天。而从她开始和面那一刻起，我就迫不及待，再三恳求母亲多蒸些花馍。

随着一锅锅的蒸馍出笼，还不见蒸花馍，我急得团团转，不断催促妈妈蒸花馍！

好不容易挨到了蒸花馍，我喜出望外，哪也不去，就站在母亲身边观看。

母亲心灵手巧，只见她将一块不大的面团在案板上揉搓几下，弄得两头细中间大，拿在手中把稍粗点儿的一头向上翘起，捏出个脑袋和脖子；再将另外一头稍微捏得扁、尖一点，瞬间一只鸟儿的雏形就出来了。我乐不可支，高兴得跳了起来。随即，她在鸟儿的头上捏出一个尖尖的小嘴，放在手上端详一下整整形，又拿起把木梳，在鸟身两侧巧妙地横按竖点几下，弄出两个翅膀来，再在尾部画出尾巴的样子，用剪刀剪一下分成两叉，顿时刚才的一只笨鸟就立刻变成一只灵巧的小燕子了。我惊喜的"小燕子！小燕子"地拍手叫了起来。

母亲神秘地说："不能喊！再喊，小燕子就飞了。"一边说，一边拿起两颗黑亮黑亮的花椒籽，给小燕子点上乌黑明亮的眼睛，再用剪刀在嘴巴上轻轻地剪一下，刹那，小燕子就给活了，张开小小的嘴巴，好像在唱歌。我手舞足蹈，高兴地不知如何是好。

母亲将可爱的小燕子送到我面前，示意我摸一下，我怕惊吓了小燕子，碰也不敢碰。

母亲做的小白兔简单生动、憨态可掬，更绝。她将一块面团揉搓好，用小擀杖擀成小拇指厚的扁平长条，在一端适当位置放一颗大红枣，看似随意的将面来回折三折，然后用剪刀剪开顶端一头，捏出两个长耳朵；在底部的前面剪出兔子的两只前爪，后面剪出两个后腿的样子，三下五除二，立刻就弄出个红眼睛、长耳朵的小白兔来。

再看母亲，又用剪刀在嘴巴的位置上"咔嚓咔嚓"的横竖各来一下，巧妙地剪出个兔子的豁豁嘴，在尾部又"咔嚓"的横着来一剪子，顺势往上挑一下，就弄出来个兔子的短尾巴，简单利索，一只活泼可爱、跃跃欲试的小白兔就呈现掌上。

她将小白兔在我的眼前晃了几下，我感觉小白兔跳起来了，高兴地也跟着蹦了起来。我认为母亲心灵手巧，是全矿最好、最聪明的妈妈。

母亲就这样，做出一只只小燕子、一个个小白兔，还有如意石榴等花馍，觉得够蒸一笼的了，任凭我再如何央告也不做了。还说："再做下去，把个娃给高兴傻了，不划算！"

整个年里，除了吃饺子，每顿饭我挑小燕子、小白兔和如意石榴玩着吃、吃着玩。结果不到正月十五，花馍就被吃完了。于是年还未过完，我就开始期盼下一个新年，盼望新年到了，妈妈好再给我蒸花馍。

四五十年过去了，回想起来，那时生活虽贫穷简单，一年又一年就这么过，可却让人总是感觉快乐幸福，年味儿浓厚。

我常常想起从前，想起从前过年的许多往事，觉得件件有趣。也想现在，想现在的人们富裕了，房子的墙壁，也不知是用什么东西鼓捣出来的涂料刷的，甚至用壁纸一贴，更是花里胡哨漂亮好看，过年不再需用白灰刷了；不要说花馍，就是连馍也不蒸了，无论什么都是买现成的，尽管街上到处张灯结彩、五光十色、灯火辉煌制造气氛，可总觉得有趣的事少了，年味儿淡了。

2019 年 1 月

儿时的矿山

儿时的眼里，徐家沟矿很大，大到从井下挖出的煤，整天用火车拉都拉不完，包容天下，接纳五湖四海、全国哪儿来的人都有。

它与鸭口矿衔接，占据一道长长的沟里的一侧几里路长的山体，远远望去像座山城。无论春夏秋冬，每当旭日冉冉升起，照耀整座矿山金灿灿的好看。

矿区的一头，是生产和办公区域，相距不远有主副两个高大的井架，顶端巨大的天轮日夜不知疲倦地在飞转，一个吊着个大罐笼用作拉人和矿车，一个专门从井下往地面提煤。拉人的副井黑洞洞敞开的井口，像怪兽吐着信子滋滋作响张开的大嘴，令人恐怖。从旁边经过，我的腿都发软，害怕掉进去。但见一群大人头戴安全帽，顶着明亮的矿灯从容踏进罐笼缓缓地落入井下，又一群从井下升上来，谈笑间走出罐笼，觉得有趣好玩，想坐上玩一会儿。

十几层楼高的选煤楼，是我见过的最高的建筑物，雄伟壮观，令我做梦都想上去看一看。井口周围的道轨上，有人整天推着装有木料、沙子、水泥和煤矸石的矿车，跑来跑去，让小孩子看得眼热，常在井口通往机修车间和木料厂，一段经常闲着的道轨上，偷空推起矿车呼隆隆的玩一阵。

紧挨生产区域，依山而建的矿部办公大楼、招待所、职工食堂和一座座二层楼房的单身工人宿舍错落有序，自上而下连成一大片，鳞次栉比，让人看起来排场好看。

矿区的另一头，紧连鸭口矿，有国营蔬菜门市部和粮站，为职工家属供应口粮和蔬菜、酱油醋。一座二层楼的综合商店，楼下开有肉食品门市部和国营食堂，楼上通透，设有副食品、文具、日用针织百货、纺织品柜台。商品不多，都是人们过日子的必需品，却也林林总总，让人眼花缭乱。就这，也不是什么都敞开卖的，许多东西是要凭票或凭证限量供应的。蔬菜不要票证，但是供给量小，没到开门时间，门外就挤满了人，开门不一会儿就卖完了，整个冬季和大半个春天除了大白菜、洋芋、萝卜和咸菜，基本没东西可卖。米面油和肉食品是按人口凭粮本、肉食本供应的，一个月买一回，想多买一点儿都不行。购买糕点类副食品和做衣服的布料是要粮票、布票的，不能随便买。至于到食堂吃饭，人都说不会过日子的人才去的，我们家没人去过。

商店楼前的马路另一边，是道七八米深的土崖，下面的平地上有一个红砖红瓦的超大瓦房，人都叫它俱乐部。里面能放电影，还有舞台，能演节目。舞台上挂有两道帷幕，一道是枣红色的灯芯绒做的，一道是淡蓝色的绵绸做的。早些时候，没有座椅，人们看电影、看戏买的票也不编号牌座，都要搬个小板凳，早早去占位置。没几年，有了用砖块水泥垒起的座位，大家带的小板凳就换成了棉布垫子。像《地雷战》《地道战》《奇袭》《打击侵略者》《小兵张嘎》《渡江侦察记》《南征北战》等老电影，还有矿宣传队表演的样板戏《智取威虎山》《红灯记》《煤城怒火》……我都是在这里看的。

有意思的是，俱乐部对面就是子弟学校，俱乐部不隔音，音响对学校干扰很大，惹得学生无法安心上课，尤其是晚自习，常有学生集体逃课去看电影。学校也没办法，经常主动宣布，不上晚自习，让学生去看电影。于是俱乐部前后左右紧闭的门上，就爬满了没五分钱买票，背着书包透过门缝看电影的小孩子。

学校围墙外的马路边的新华书店，吸引大小学生上学、放学时，都要去转一圈。尽管店里仅有的一个店员，长得像个农民，性格木讷，态度冰冷，我不喜欢，可一天不去书店看一看，我就心慌，唯恐来了新出的小人书，被抢购没了。

矿上的主家属区，在靠近矿部的十字路口，被马路分成高低两片。靠山一边，分两台有编号一号至五号、外带一个拐角楼，六栋三层的家属楼，马路另一边较低，从前可能有个大水坑，叫作鸭子坑，也有高低两片六七栋二层楼，虽不平整，但看起来错落有致还整齐。一号楼和四号楼头的十字路口旁，还有一个卖烟酒副食品的国营商店，大家叫它"小公司"。

矿区其他地方的人住的分散、凌乱，只要有相对平坦的一块地方，就横七竖八盖有许多平房，周边稍平坦的空地，也被人利用起来，搭起了高矮不一的房屋。整座矿山的铁道边、沟坎儿上、土坡下到处都是住人的笆子房和土窑洞。就这样，当间还夹着个农村生产队——鸭口村，猪牛羊满街地跑，乱七八糟，拥挤不堪。人们没法说清许多地方的位置，就用"选煤楼后面""铁道边""鸭子坑下面""老学校""医院下面""蔬菜公司上面"……，或者"什么什么旁边"来代称。

医务所紧挨鸭口村，根据地势高低，分医护人员宿舍、家属楼，药房、化验室、库房和办公室、门诊、住院部楼房三个区域，依山建在一面不大的坡上。太平间好像没地方了，就建在厕所旁，下面是一片家属区。

矿上经常发生事故死人，死人必须穿过整个医务所才能到太平间，医护人员和住院职工有意见，认为医务所是给人看病的地方，把个死人来回抬进抬出的不像话。矿上也觉得不妥，就将医务所的大门外，马路对面的土崖下的一个防空洞，用来陈放死难矿工的遗体。害得人来人往从这里经过，疾步如飞，尤其是上学的小孩子们，只要看到防空洞口的栅栏门开着就害怕，知道井下又出事故死人了，通过时提心吊胆紧张，一连几天打听，死的人多大岁数，家住哪里，有几个孩子，都上几年级。

提起井下事故和死人，就不能不说矸石山。它是煤矿最大、最醒目的一个地标，是由井下排出来的煤矸石堆积而成，尖尖的样子像极了金字塔，比矿区周围的任何一座山都高。矿上绝大多数的大人小孩都上去过，可上面危险，上去不是为了看风景，而是要在矸石中捡到一点儿烧饭取暖的煤，给家里省点买煤的钱。

我觉得它像一座巨大的坟堆，像一座所有在井底下死难者共同的墓冢。每当抬头望见，就心生悲哀，想起那些井下被冒顶砸死、矿车碰死、皮带挤死，甚至给哑炮炸得支离破碎、血肉模糊的死人的惨状，想起那些被人们称作是"死亡家属"的一个个六神无主的女人、一群群可怜的孩子，心里难过。

平日里，爸爸妈妈忙着上班，大点儿的姊妹们都上学去了，没人管我，矿上的办公大楼、区队办公室、单身职工宿舍区、机修车间、木料厂、供应库房、铁道上以及家属院里的角角落落，到处都成了我们的游乐场。尤其是底沟的小河边，农村的打麦场，矿区生产区域的矿车、木料堆、护坡墙、排水的涵洞，更是我们快乐的天堂。

上学后，周末和寒暑假期间，经常与小朋友结伴去周围的山上玩，还常去十几里路远的广阳、红土去买玻璃弹球和鞭炮。跟学校组织去"霸王窑"参观，接受阶级教育，到广阳的景家塬，听智取华山的老英雄路德亮作报告。

印象中，过年就是穿新衣服、放鞭炮，尽情地玩耍。在家里吃了大片儿的肉和饺子后，再打着饱嗝到职工食堂去排队吃一顿"忆苦思甜"饭，"不忘阶级苦、牢记血泪仇"，上一次"阶级教育"课。

大年初一，马路边的水泥电线杆上，高音喇叭里一遍又一遍地播放广播剧《一块银元》，剧中撕心裂肺的哭诉声，响彻整个矿山，惹人直掉眼泪。妈妈在家里听得泪流满面，旋即又抹去，甩把鼻涕说，大过年的，哭什么丧啊！让人连个年都过不好。

过了两年，喇叭里不放《一块银元》了，却又放起了秦腔《血泪仇》。狗娃爷爷苦大仇深地哭喊和咬牙切齿叫骂老蒋的声音，震得电线直发抖，大人们摇头皱眉。我想吃"忆苦思甜饭"，就问妈妈，食堂咋不做那些好吃的菜团子了？妈妈哭笑不得。

平时，矿上的会多，尤其是批斗会、逮捕会，隔三岔五就开。早上还见那个人好好的，晚上的会上就被五花大绑地捆起来，成了坏人，也没听大人们说为什么，觉得神秘、害怕。追悼会也多，井下经常出事故，一出事故就死人，死人就开追悼会。我觉得追悼会可怕，追悼会一开，矿上就多了一户死亡家属，就多了几个可怜的没有爸爸的小孩了。

矿上经常搞"运动"，"运动"就是搞阶级斗争，斗争就要整人，整人就要开会，大人们天天晚上开会学习。还要在矿部大楼门前贴大字报，马路两边刷大标语，全矿的职工家属和学生，在矿上仅有的一条马路上游行。一帮子大人叫我们小孩子喊"219的光葫芦、光葫芦，黑了睡觉摸牛牛、摸牛牛"。另一帮子大人们又叫我们把219改成212，冲着对方叫喊，热闹得很。

没见过"武斗",但见过造反派头戴柳条帽，手拿梭镖，坐上卡车准备去铜川参加武斗的情形。听大人说，这次"武斗"死人了。

我上一二年级的时候，还在胸口带上长方形的塑料红牌牌，当了两年的红小兵，感觉很光荣。

我喜欢高音喇叭里使劲喊"抓革命、促生产"的口号。这样，矿上就要抓生产，抓生产就创高产，创高产会给职工发餐券，我拿着爸爸的餐券，就能在职工食堂领到一份有几片大肥肉的烩菜，美美地咥上一顿油水大的饭了。

还有，那个每到进入冬天，就挑着担子赶来崩爆米花的安徽人老李；每周都推着个独轮车在邮电所门口摆摊，能用牙膏皮换东西的河南小老头；整天在马路上骂人，头发花白的老英英；对婆婆不好，受到批斗的秦安媳妇；在大楼门前画毛主席像的老赵；四号楼吹笛子的黄学贵；鸭口村头的那棵大槐树；平展的农民场；爱整跳楼自杀的小裙子的爸爸；脖子上挂双破鞋，站在十字路口示众，哭泣的一对男女……

三号楼前的马路边上，有一个没站牌的车站。听大点的小朋友说，从这里乘上车，向东可到白水、蒲城、大荔……，向西能到铜川，甚至我们陕北老家、西安、北京……全国各地。令我向往，幻想有朝一日，也从这里出发，走出矿山，到外面去看看。

2020 年元月初

广阳镇的水煎包

自从儿时在广阳镇上吃了那里的水煎包，再也忘不掉。至今快50年过去了，依然清晰地记得那诱人的色香味。

几十年来，天南海北，无论走到哪里，看到水煎包我就想吃，可吃了总觉得都不如广阳镇的好吃。

铜川东边的广阳镇，属于渭北丘陵地带，地处铜川与白水、蒲城、富平三县交界区域，盛产小麦、玉米、核桃、柿子等农作物，地下煤炭资源丰富，周边矿区林立。我就是在广阳镇附近的一个矿上长大的。

广阳镇距离我们矿不到十里路，记得小时候还属蒲城县管辖，每周都有集市，周边矿区的职工家属都喜欢到那里去赶会。

不知在记事前，爸妈带我在广阳吃过水煎包没有，我只记得头一次在那里吃水煎包，是妈妈带我去的。

1969年，我六岁的时候，一个星期天，早晨一起床，妈妈说要带我到广阳去赶会，我高兴坏了，饭没吃完就迫不及待催促妈妈赶快走。妈妈也不像平日那样哄我好好吃饭，收拾起碗筷洗了锅，八九点钟就带我出发啦。

虽值文化大革命时期，可广阳镇每周一次的集市还照旧热闹。我们走了将近两个小时，还没到广阳的街道里，在广阳中学门前的马路上，就看到前来赶集的人熙熙攘攘起来。

一到集市上，妈妈就紧紧地攥着我的小手，在人群中沿着街道一侧，瞧着一家家小摊上的东西停停走走，挨个儿慢慢转了起来。妈妈不时还饶有兴趣，拿起人家的东西看一看，问问价钱。不多时，我就不耐烦了，觉得广阳一点儿也不好玩，拖拉着撅起小屁股不好好走了。这时，妈妈对我说"给你买糖吃"，我一下来了精神，高兴地边走边瞅哪有卖糖的。在一个小摊前，妈妈一毛钱买了十几个水果糖，给了我两个，我连忙剥去一个的糖纸，将糖块儿塞进嘴里，腾出手来给她牵着，愉快地跟着继续前行。

到了集市尽头，沿着另一侧往回转时，我吃完了两个水果糖，又惦记起妈妈兜里的那些糖，便哼哼唧唧地又不好好走了。妈妈忽然停下，俯身笑眯眯地对我说："你闻，什么东西这么香？"我这才发现，空气中弥漫有一股诱人食欲、从没闻到过的香味，急忙侧脸寻去，瞧见路边的小摊后面、国营商店的门前不远处，有个卖什么东西的大摊子，旁边炉子上的大锅里正往外冒着热气，还围着一些人。

妈妈牵着我的小手到了跟前，我见面前有一个比床板都大的案板，很诧异。再看大案板上摆放的包好的东西，像饺子却比饺子大，像包子又比包子小，不知是什么吃食，感到非常新鲜。想问妈妈这儿卖的是什么东西，又不好意思，抬头冲着妈妈笑了。

妈妈拨拉了下我的头，俯下身来笑眯眯地对我说："这儿是羊肉水煎包。"我以为世上的包子都是蒸出来的，听都没听说过还有水煎的。于是就好奇地盯着看，见那大案板后面有两个人在擀皮，三四个人围着一个和洗衣盆一样大的盛馅的盆在包包子。两个擀皮的人都是双手并用，左右开弓，两手同时抓起一块面团飞快地揉两下，迅速将右手的面团丢开，抓起根小擀杖，在另一手压扁的面团上随便擀两下，一张包子皮就擀好了。那几个包包子的更神，一手拿这个不足一拃长、二指宽的薄片，麻利地在盆子里挖些包子馅，往另一只手上托着的包子皮上一放，迅速抹两下，顺手一把一抓合拢，再松手一撮，就像变魔术似的，眨眼间案板上就落下一个包好了的包子，让我看得目瞪口呆。

这时，一锅做好了的水煎包出锅啦，前面付过钱的人围了上去，看锅的一手拿着盘子，一手操起一个短把长脸的锅铲，从滋滋啦啦的锅里往外铲水煎包，没用几铲就把一锅的水煎包给分完了。妈妈和一些人急忙上前将手里捏着的钱递过去，卖水煎包的连看都不看一眼，不慌不忙的只管用锅铲清理锅底，完了拿起个细嘴大肚子的铁皮油壶，端在手里由外向里转着圈给锅里淋上些亮晶晶的油，再用一个铁簸箕从案上拾些生包子，整整齐齐地码放进锅里，然后盖上锅盖，取下肩头搭着的毛巾擦把汗，才开始收钱。

交了钱，妈妈便拉着我在一个坐着正吃水煎包的人身后站好候座。

这会儿，看锅的掀开锅盖，用锅铲在锅里的水煎包下轻轻地铲了一遍，又拎起一个比油壶的嘴还长，也大了许多的铁皮壶，由外往里向锅里滋滋啦啦地浇上了一些白乎乎的东西，锅里立刻热气腾腾咕嘟嘟的冒起泡来。这阵儿，我的肚子也咕噜咕噜的叫了起来，望着眼前桌子上人家碟子里焦黄油亮香喷喷的水煎包，直咽口水。

这功夫锅盖又被揭开，锅里的水煎包一个个都变得白胖白胖的，看锅的一铲子四五个把它们全翻了个个儿，满锅顿时焦黄油亮好看。看锅的又端起油壶转着圈地给水煎包上淋了些油，盖上锅盖捂了下又马上揭开，拿起那只长嘴的大铁皮壶往锅里浇了些白乎乎的东西，在滋啦啦和咕嘟嘟的响声中再次盖上了锅盖。

锅里溢出的热气香极了，我约莫这锅水煎包可能马上就要熟了，大大地咽了一口口水，抬头喜滋滋地冲着妈妈笑了。

妈妈心爱地在我的头上拨拉了下，低头对我说："马上就出锅了！"看到面前的人吃完有意起身，她就忙把我推前一步准备落座。人家刚站起来挪动了下，她一把将我摁到小板凳上坐下，伸手从筷子篓中抽出双筷子给我，转身忙去锅前等候。

等到六个金黄油亮、看起来都香喷喷的让人垂涎的水煎包出现在面前，我迫不及待用筷子夹起来就往嘴里送。妈妈忙说"别烫着"，我顾不上那么多，放在嘴边就咬了一口。现在忘记了，当时烫不烫，只记得那水煎包两面被油煎得焦黄焦黄的诱人，咬一口满嘴流油，立刻涌出一股扑鼻的浓香，好吃极了。

吃完起身，妈妈给我擦了油乎乎的嘴巴，喜滋滋地问我："香不香？"我这才想起，妈妈是一直在我身后站着的，便问妈妈："你咋不吃？"她说不爱吃，牵着我的小手就离开了。

后来，妈妈只要去广阳赶会带着我，就一定会给我买水煎包吃。我只要听说去赶会，就想起水煎包，忘了来回步行20多里路的累，欢喜雀跃跟着就跑。爸爸也一样，带我去了就给我买水煎包，自己从来不吃。我问爸爸"咋不吃呢"，他也说"不爱吃"。

爸爸和妈妈的回答让我不可思议，好多年都在想，他们是不是由于年龄大了，吃东西只想着填饱肚子，吃不出味道的好坏？

去广阳赶会的次数多了，常听人说起那里的水煎包，渐渐的我知道了，广阳镇唯一卖水煎包的这个摊子，是一个姓马的回民人家开的，他们包包子用的肉全部来自自己宰杀的牛羊，调制包子馅还有祖传秘方，烹制技艺是从河南带来的。摊子上那些个擀包子皮、包包子、看锅和洗刷碟子筷子碗打杂的，也都是他们什么堂兄弟和表姊妹的一家人。

再后来，我长大了点就明白了，那时我们家六口人，全靠爸爸下井每月挣的50多块钱生活，除去其他开销，每天全家只有不到一块钱的生活费，我一顿水煎包就吃掉了一家人的一顿饭。

尽管如此，有一个礼拜天，爸爸妈妈都不在家，我实在是想念广阳会上的水煎包，就拿着加起来才五分钱的几个硬币偷偷地去了。结果，咽了一路的口水，在摊子前手里捏着几个硬币转来转去，闻饱了水煎包的味道，又一路顶着烈日，口干舌燥地灰溜溜的回来了。

40多年来，我经常想起广阳镇的水煎包，想起被那水煎包浓郁的香气包裹着的爱，想起那个年代生活的艰难……

现在也不知那老马家的水煎包还卖不卖了，真想专门再去一趟，吃上一回。

2018 年 5 月

记忆里的青波

事情虽已过去 40 多年了，可我一直都清晰地记得，记得一个叫青波的小学同学，以及葬送他的童年，导致他生命短暂、灰暗潮湿，过早地离开人世的一件事。

我在矿区上小学时，一天下午，在我们住的楼前玩耍，忽听有人喊我，闻声望去，见是青波和建民骑着辆自行车叫我一同去玩。我本来就不喜欢骑自行车，又觉得三人骑一辆车子玩危险，便一口回绝。他们二人也没强求，一个用力一脚蹬起自行车，载着一个嘻嘻哈哈高兴而去。不大工夫，母亲唤我回家吃饭的当儿，从青波和健民去的方向就传来意外消息，青波与一个正在路边倒垃圾的同学打架，被人家抡起的扁担上的铁钩子给扎进了头顶，当场倒地不省人事，送进了医院。

回到家里，母亲也说起此事，惊讶事情发生的突然，担心青波的生命安危，痛惜那个伤人的孩子也完了，认为这是两个家庭的不幸。听我说，刚才他们路过的时候还叫我一道去玩，我没去，母亲一把捧起我的小脸亲了几口，不断夸我是个好孩子，不住庆幸念叨，老天保佑啊！

听大人说，当天矿上就从西安的大医院请来专家，连夜给青波做了手术，才保住他的一条命。

大约过了十来天，我和两个小同学在医院的病房里看到青波，跟换了个人似的，头上缠满纱布，脸面浮肿，双眼紧闭，喉咙上镶嵌着一个五分硬币大小开着小孔的不锈钢的铁片，他姐姐不时启动旁边的一台机器，用一根橡皮管子插进去吸出一些痰来，下身还插着一根管子通到一个瓶子里。我虽感觉严重，但想慢慢会好起来的。

回家告诉母亲，母亲悲哀地说，完了，青波这辈子废了。我不理解是什么意思，还想没事，青波慢慢会好起来的。

那学期开学，没见那个与青波打架的同学来上学。听同学说，小孩子打架够不上法办，青波他爸也不追究法律责任，只要求给看病，所以那个同学家赔了好多钱，欠了许多债，家庭生活一下子陷入绝境，他要去挣钱还债，没法继续上学了。

我的心里冰凉，为那个同学难过，觉得他这么小就干活挣起了钱，很可怜。

一年多后，当我再见青波时，他穿着一身棉衣，目光呆滞，嘴里不停淌着口水，一只手笨拙地抓着一根手杖，另一只手和手臂不听使唤地卷曲着，由家人搀扶着一步三晃，艰难地挪动着身体，在楼前的空地上僵硬地慢慢移动着前行。这时我才明白，母亲当初说的话是什么意思，望着他的身影难受极了。

开始的时候，他住在楼内的家里，出来还有家人的帮助。后来，见他不用家人陪伴，独自能转了，起初我还高兴，可每见他孤零零的一个人，吃力费劲地挪动着步子艰难行走的样子，就高兴不起来了。又后来，见他被移出家里，搬到了楼外自家盖的一间阴暗的小房子里独居，衣着也变得肮脏，人也消瘦了，常常摔倒被弄得鼻青脸肿，还遭受家人的斥责，我的心里很不是滋味。

原以为他傻了，我天天与他相遇不打招呼。他也旁若无人，只顾吃力地挪动步子走自己的路。偶然一次，他混沌的目光与我碰在一起，闪动了一下，我好奇地问："青波！你认识我吗？"他竟脸上露出了笑容，嘴里咕哝着报上了我的小名。我惊呆了，这才知道，他虽肢体动作不听使唤、不好用，话也说不清楚，可大脑其他方面是清醒的，感觉得到人生冷暖。

从此，我见到他就与他招呼，鼓励他加强锻炼，告诉他身体一定会好起来的。他听得懂，无论春夏秋冬，不停地围着我们居住的那栋楼坚强的一步一晃的转圈，坚持锻炼。

然而，有几次我发现没人的时候，他竟独自一人站住不动，眼里淌着泪水，悄悄地在哭泣。每当这时，我就在想，他要是傻了多好，不知人间冷暖，只管吃饱肚子。

后来我参加工作离开了矿上，不常回去，很少见到他。又后来，回去不见他，我就问母亲，母亲说死了。还听母亲说，他临死前的那几年，彻底没人管了，经常摔倒，一口牙都磕掉完了。

我没有惊讶，也没有遗憾，反倒觉得他解脱了，去了那个无病无痛无忧无虑的世界也好。

然而我却无法忘掉他，常常想起他笑的时候咧开的大嘴和憨厚的嘴唇，想起他的意外，想起他伤残后的痛苦和时常流淌的泪水，想起他家人逐渐的冷漠，想起给他造成巨大不幸的同学。感叹人生危机四伏，瞬间灾难给人造成的终身遗憾，感慨生命的脆弱和生活的不易。

2018 年 11 月

老家在陕北

六七岁时，随母亲头一次回老家，车一过黄陵，我即被黄土高原绵延起伏、沟壑纵横，光秃秃的荒山给震住了。心里纳闷，这么多的山，这么多的土，怎么不长草？越往北上，越是觉得荒凉。

忽然，看到山里有一群羊，我惊讶地对母亲说："原来这山上的草是被羊吃光的啊！"引得车上的人都笑了。

一

从铜川出发，一路北上，走了两天才到绥德。

平日里常听父母和一些老乡说起这里，原以为它比我所在的铜川大。可一看，这里非但没有一座高楼，就连像样点儿的楼房也没几座，周围满山都是七零八落的土窑洞，给人感觉好像来到了一座苍凉而遥远、远古的城镇，失望极了。

第二天，在汽车站买票乘车，连一路上坐的大轿车也没了。乘上一辆嘎斯车，一出绥德，别说楼房，竟连一座像样点儿的茅草屋也看不到了。

车子一路向东，一阵沟里、一阵山梁上行进，远远地看到山坳里散落一些窑洞，满目荒凉。经过四五个小时的颠簸，方才到了黄河岸上的外婆家。

我怯生生的走进窑院，看到三孔一线整齐排列的窑洞，觉得神秘。近前，瞅着占据整个窑面大小，由一个个小方格构成的宽大门窗，感到神奇。不由得伸手去摸那陈旧的和黄土一样颜色的门扇和窗棂，以及上面裱得泛黄的白纸。

进入宽敞、却不明亮的窑里，一股散发有土腥气的谷物的味道扑鼻而入，看到一个能容七八个人睡觉的大土炕，上面摆着一张小方桌，桌上还有一盏在电影里见过的笨拙的陶瓷油灯，我有些恍惚，瞅着从未见过面的外婆、舅舅和他们的孩子直愣神，觉得这些人都是从非常遥远的地方来的。

入夜，望着高深漆黑的窑洞里连根柱子也没有，我害怕，担心窑顶随时会塌下来，再加上没有睡过土炕，见上面铺的是毛烘烘的硬毡片片，也没有个棉褥子，我想睡在上面一定难受，就哼哼唧唧对母亲说，我不在这里睡。

母亲说："不在这里睡，去哪里睡啊？"我说在房子里睡，母亲问："这不是房子吗？"

我惊讶，这怎么能算是房子呢。想起白天看到窑院一侧有一个我认为的房子，就说："我要在外面的那个房子里去睡！"

"外面！外面哪来的房子？"母亲疑惑说。

我拉开窑门，指着窑院一侧用片石垒起的房子说，那不是。满窑里的大人小孩一看，全乐了。

一个表哥说："你是不是看那里面的石槽能睡人？"见我莫名，他笑得上气不接下气地又说："那是拴牲口的地方！"我脸臊得通红，觉得丢人极了。

一个多月里，白天望着浩浩荡荡的黄河，与表哥表姐们一起玩耍快乐，还觉得时间过得快，可每当夜幕降临，躺在炕上，看到昏暗的油灯在窑壁上映射出的人影晃来晃去的害怕，感觉像是窑洞在晃动，吓得不敢合眼，又想起白天吃的五谷杂粮的那个难吃，怎么也睡不着，觉得老家的夜晚漫长，十分难熬。

以至于第二年，母亲一说要带我回老家，我就哭了。

二

第二年回老家，路过延安，远远地望见宝塔山上巍峨耸立的古塔，我以为毛主席当年就住在那里，激动的目光盯着久久不愿移开。

这次从绥德往外婆家去，是在路过的卯上村，二姨家住了两天才步行去的。

那天，从二姨家出来，没走多远，远远地望见那条像游动着的黄色巨龙般的大河，我就兴奋地喊："快看！黄河。"隐约见岸上有一个小山村，惊喜地指着对母亲说："外婆家到了。"

母亲是黄河的女儿，看我见到黄河如此兴奋，满心欢喜。又看我还记得外婆家住的地方，一路奔跑，像一条小狗一样撒着欢直接就蹿进了外婆家的大门，高兴得合不拢嘴。

望着漫山刚刚收获过的枣林，母亲不无遗憾地对外婆和舅舅他们说，本来是想赶在打枣的时候回来，看一看全村男女老少上山打枣的热闹的。不想，和去年一样，耽搁了两天又给错过去了。

这次回老家，虽距上次仅差了一年，可这一年长了一岁，我觉得自己懂事多了。

这一个多月里，母亲除了跟外婆、婶婶、姨姨们拉话，还牵着我的小手串门，到山上的沟洼里、坡地上的田畔地头果林中去转一转，在村里的河神庙前、井子上、苍老的大槐树下停留许久，望着一泻千里的黄河水和对岸山西地界上居住的人家，凝视良久……

我想，母亲一定是在寻找童年，寻找自己年少的影子，寻找曾经的苦乐年华……

这里的黄河，距离外婆家不远，就在大门外几百米处。水面宽展，河流湍急，滩涂平整开阔，十分诱人。

我想下到河里去蹚水，在河滩松软的沙滩上翻猫跟头，可母亲说河水凶险，不让去，而且还看得紧，叮嘱所有人不要带我去。

从小在煤城长大的我，从没有见过船，甚至连一条像样点儿的小河也未见过。瞅着眼前滚滚的黄河不能近前，焦急又无奈，只能望河兴叹。

一天，我忽然发现，河滩上一个怪异的东西，像是只船。好奇心驱赶我，趁母亲忙做饭的当儿，一溜烟跑去看究竟。

我近前惊喜看到，那东西果然是一只大木船，只不过是倒扣过来用椽子支着。船身宽厚陈旧的木板上裂开的一道道裂缝，像饱经沧桑的老人脸上的皱纹一样多，看起来苍老陈腐，有好多年没用了。我想上前抚摸它，可空旷没有一个人影的河道，使我产生一种莫名的恐惧，不敢上前，害怕船忽然倒下，砸到我。

匆忙回到岸上，转身再看那船，却见河滩里有许多人，有往停靠在滩里的船上装红枣小米的，还有往下卸货的，你来他去地忙碌，都不说话。那只船依旧在那里，没人理会。

我还看到，不远处的河面上，一只船扬帆归来，舅舅伫立船头向我招手，老迈的外公在激流中的另一只船上，正紧盯着水流掌舵顺河而下。

第二天早晨，一起床，我给母亲讲了这些。她先是摸一摸我的脑门，后又望一眼河滩上的那只倒扣着的船愣神，继而弯腰小声对我说，不敢胡说。还神秘兮兮地叮嘱我，千万不要给人讲。到如今，我也弄不清那是怎么回事。

一天中午，母亲与外婆话拉得正酣，我见几个小表哥牵着一只山羊往河里去，便悄悄跟随下了河滩。正当我满怀欣喜双脚蹚入河水时，岸上就传来母亲急切的喊声。她飞快地穿过河滩，慌忙拉起我就往岸上去。我极不情愿，咧嘴大哭。

母亲边走边讲，河水猛涨起来可不得了，会把人给冲走的。我透过泪水，望着被阳光洒在地上的影子说："这么好的天，怎么会涨水？"

母亲说："前面的百里路上下大雨了，雨虽没过来，这里看起来还是晴天，可山洪下来了，这儿的水就会涨起来的。"我顶嘴说，看到水涨了，我不会跑？

她使劲晃了下牵着我小手的胳膊，站住斥责说："你能跑过水啊？等看见大水来了，来不及跑，水就到跟前了。"

我冲着河滩里还在玩耍的表哥，反问母亲，他们怎么不怕？母亲生气说："他们从小在河边长大，会水。你会吗？"

由此，黄河便在我的心目中留下了一个神圣而伟大、凶险的印象。

去已过世的爷爷奶奶住过的地方——清涧县店则沟，路过崔家湾，乘船渡河时，看到一条大河，我惊喜叫喊黄河。母亲说是无定河。我看河水的颜色和黄河的一样，像黄泥汤，就问："无定河流到哪里去了？"母亲说流到黄河里去了。我高兴说："那我就说对了，无定河是黄河的儿子，和黄河是一家的，也是黄河。"逗得船上的人都笑了，夸我这个猴娃娃真聪明。

在众人的笑声里，我深深地记住了无定河，记住了无定河上的这个古老的渡口。

三

这次与前次一样，每到吃饭时，我就泪水涟涟嫌饭不好吃。一个多月，只在二姨家吃到过一次白面馍馍。

我认为，陕北人不会过日子，吃饭也不分个主副食，不是熬一锅稀饭喝了就算顿饭，就是蒸一锅洋芋或南瓜吃完了事。而且调饭用的是黑乎乎臭烘烘的面酱，连个酱油也没有。吃的盐是大块的青盐，灰黑灰黑的难看，让人不忍目睹。

有一次吃饭，舅舅特意拿出平日里舍不得吃的一把珍贵的青谷打下的小米，熬了一锅稀饭招待我们。我看盛在碗里的稀饭灰不溜秋的，一口咬定是落进了煤灰，任凭母亲和众人怎么劝说，哭闹着坚决不吃。把几个捧着饭碗吃得香甜的表哥和表姐妹惹得笑个不停。

一天，舅舅家煮了一大锅的梨，看起来汤汁光亮诱人，吃起来甜滋滋的好吃，我吃了一大碗。吃罢，我以为才正式开饭，于是要吃饭。母亲问："刚才吃的是什么？"我说："是梨。"看众人笑我，觉得回答得不好，又补充说："是煮梨。"她说："你的肚子怎么不知饱？那不是饭啊！"我这才明白，这也算是一顿饭。

尽管这样，我还是觉得陕北饭也有值得夸耀的地方。比如，那蒸出来的洋芋会开花，剥去皮用腌出来的生葱一拌，看起来一清二白，吃起来砂面、味冲好吃。到了收获的季节，地里收下什么就吃什么，随意煮一锅红枣或梨什么的就能当饭，让人放开肚子吃个饱。给人感觉，陕北人随意大方，无拘无束豪爽，就连饮食中也有股子信天游的味道。

尤其是"钱钱饭"。制作时，燃着干柴，噼里啪啦的将锅烧开，然后把各种各样的豆子倒进锅里煮上几滚，再将高粱米和用黑豆捶扁加工呈钱币状的"钱钱"倒进去，不大工夫，整个锅里便红亮红亮，金黄的"钱钱"和各种各样的豆子上下翻滚，煞是好看。这时，锅台上热气升腾，豆香从锅里爬出来，满窑里飘荡，把人的味蕾挑逗得差不多了，也就熟了。这样的"钱钱饭"喝起来油乎乎的喷香，大人小孩都喜欢，一碗接一碗，直喝的肚子里撑不下了才肯作罢。

四

外婆家村子盛产红枣，家家户户的窑院里都有一个专门用来盛放红枣的枣笆。那年红枣丰收，枣笆盛不下，就把红枣用麻线穿成串串，拿高粱秸秆穿成各种形状漂亮的枣盘，一串串、一盘盘地挂在窑面上，在秋日的高原明净的阳光映照下，红光四射，使得整座窑院红亮喜气好看。

我望着离地一人多高的枣笆感兴趣，费了九牛二虎之力爬上去想看个究竟。没想到，几千斤的大红枣，盛在一个十几平方米的枣笆里，不但散发出浓郁的枣香独特扑鼻，而且千万颗大红枣铺开来，闪烁出的光芒像红玛瑙一样夺目，让我目眩。

也许是这一次感官上刺激的结果，从那以后，吃遍天南地北的红枣，我总认为老家的最香、最甜、最好吃，哪儿产的也比不上。

说起红枣，我又想起一件事。记不清是头次，还是第二次回老家，反正是有一天，大表哥带我去菜园子里摘黄瓜、西红柿吃，路上遇到一位长者，老远就打招呼喊"老革命"。吓我一跳，这么个看起来不入眼的农村老汉，怎会是一个老革命呢？

表哥说，他是一位老红军，打过许多仗，全国解放那年，革命胜利了，才回来的。看我将信将疑，表哥又说，你看他的腿还瘸着呢。

回到家里，我问母亲，母亲说是真的，老革命叫三蛋，在他还小的时候，才开始"闹红"那阵儿就参加了红军队伍。还告诉我，咱们老家，每一个村上都有这样的老革命。

从老家回来不到一年时间，外婆就去世了。母亲闻讯放声痛哭。这时，从她的哭诉中我才知道，母亲连着两年千里迢迢赶回老家，是想为外婆尽最后一份孝心去的。

五

此次一别，28 年后，为参加一个外甥的婚礼，我和母亲才又回了一次老家。

这时，母亲年事已高，我也过了而立之年，可我们母子二人这趟老家回的，是谁领着谁，却说不清。

母亲喜滋滋地说，你没见过老家结婚场面的热闹，这次回去看看，也不枉为陕北人。我还能带你串一串，认认亲戚们的家门，免得以后回去，连个亲人也找不到。说不定赶上打枣的日子，还能看到那红火的场面。

然而，参加完外甥的婚礼，到了外婆家，看到黄河的水流小了，舅舅等村上的多数老人都走了，打枣的日子又一次错过了，而河岸上的小山村依然如故，母亲满脸沮丧，惆怅说："没意思。"

我更是荒唐，除了认识仍住在老家的几个表哥表姐外，其他人都不认识。就连拉起话来，听到地道的家乡方言，有一半都听不懂。好在看到乡亲们热情，非但不再为吃喝发愁，招待我们的还有酒肉和正宗的洋芋擦擦、碗陀、羊肉疙陀、钱钱饭，安慰不小。

在定仙墕的九州疙瘩下，给从未见过面的爷爷奶奶上坟，比前两次强多了，我有了感觉。长长地跪在墓前，给他们诉说了父亲的终老，我们众多后人的情况，告慰祖上在天之灵。

一晃又 20 年过去了。其间，老家也有表哥表姐妹来往，听说老家的山不再是光秃秃的，变绿了，表哥表姐妹们的日子都过得好，有的孩子们在绥德、榆林甚至西安居住，离开了那片贫瘠的土地，比我们过得还好，我和母亲非常高兴。

比起我 50 多岁的年龄，几次回老家待的时间满打满算不超过三个月，实在是少得可怜，而且头两次回去时又年幼无知，可老家给我的印象却像刀子一样刻在了脑海里，任凭岁月时光的磨蚀，依然清晰。每每想起总觉亲切温存，回味悠长。

这些年，还想带女儿回去，让她亲眼见识见识黄土高原的古朴雄浑，看一看黄河奔腾的气势、无定河的坦荡，山洼里古老的窑洞历史的悠久，真正的陕北人是什么样儿，尝一尝地道的家乡饭是个什么味儿。告诉她，这里的过去是个什么样，我们的根在这里有多么深……

如今，母亲已年逾九旬，回不去了。然而，老人家想起那条黄泥汤般滚滚流淌的黄河，想起河边的那个小山村，想起她的妈妈，还要流泪。经常念叨："啊呀！改革开放要是早几年开始该有多好啊！"

2018 年 12 月

有趣的猫道

　　小时候，跟母亲头一次回老家，一踏上黄土高原，我即被绵延不绝、沟壑纵横、光秃秃的大山，以及山洼洼里、阳坡坡上散落的一孔孔窑洞的苍凉给震住了。到了外婆家，走进窑院，窑洞宽大的花格子门窗扑面而来，又让我吃惊，远远望见的那些个不入眼的窑洞，竟漂亮好看。

　　住下来后，我常瞅着好看的花格子门窗愣神，爬上炕抚摸那些横曲竖折的窗棂。有一天，忽然发现，窗台一角的窗子上的一个小方格，有一个能里外开启、自动闭合的小木板，好奇地问妈妈是做什么用的。

　　妈妈说是猫道。我没明白是什么意思，她又说，是猫走的门。

　　我一听就乐了，觉得陕北人好玩，还在人住的窑里正儿八经专门为小猫咪修个轻巧的小门。随即又担心小猫咪随便出入会跑丢的，就问妈妈，小猫咪跑出去丢了怎么办？

　　妈妈说，丢不了。还说，不留个门，猫晚上出去回来，人睡着了，屋门被关上进不来，才会跑丢了。

　　我自以为聪明说，咱不在老家住，猫道没用。妈妈却说有用，咱们走了，附近的老鼠没有走。不是这个猫道，家里的这么点家私，早被老鼠侵害完了。

　　我感慨，猫道真厉害，老鼠看见就不敢来了。

　　妈妈笑说，不是猫道把老鼠给吓跑了，是猫进来把老鼠给撵跑了。

　　我困惑说，咱们家里常年没人，哪来的猫啊？

　　妈妈对我讲，一个小村子里，只要有两三个人家养猫，放开在村里转，通过猫道自由出入人家，老鼠无处躲藏，吓得不敢来，整个村子里就没老鼠了。

　　我说，在矿上，猫跑出去被人逮住就回不来了。

　　妈妈说，农村人没那毛病，也没那闲工夫。家家养猫，弄得村子里到处是猫，把老鼠给逮完了，没吃的，人还得给喂。再说，人都没吃的，拿什么来喂那么多猫。

我惊奇，所有人家都有猫道啊。妈妈说，那当然！猫什么地方都能去，才能追的老鼠没处躲，吃得饱饱的，不打架，不闹腾。

我觉得老家的人太聪明了，又好奇出门挨家去查看，果不其然，所有人家的窑洞的门窗上都有猫道。恰遇一只猫咪从一个人家的猫道钻出，我连忙高兴追逐，还想赶它再钻进去。一连几天，我都在满村子里追赶猫咪。

时间一晃，半个世纪过去了。进入 21 世纪，我住进了几十层高的楼房，"幸福"地吃着用化肥催生、农药残留量超标的蔬果和米面油，"快活"地喝着加工出来的纯净水砌泡的香茶，看着电视里濒临灭绝的动物孤独凄凉的惨状，透过雾霾，瞅着街道上、小区里的一只只可怜兮兮的小猫小狗，常常想起老家窑洞门窗下的那个小小的猫道。

我觉得，它是劳动人民智慧的结晶，其中道理值得人们思考，在生态环境建设等许多方面借鉴。

2018 年 3 月

一抽屉苹果

如今，生活发生了天翻地覆的变化，苹果早已成为普通得再也不能普通的水果，即便是在白雪皑皑的冬天，随便街头巷尾什么地方都可以买得到。可每到冬天，我总还时不时地想起儿时母亲锁在抽屉里的苹果，想起那苹果的香甜……

20 世纪 70 年代初，我童年的时候，国家经济还落后，人们生活困难，城镇居民无论买什么日用和副食品，都要按户口本上登记人口发票供应，粮食紧张，农副产品奇缺。矿区的小孩子基本没有什么玩具可玩，生活单调，平日里的零嘴小吃，除了周围山上摘到的野果，小河里摸到的螃蟹和泥鳅用火烤了可吃外，再没什么小吃解馋。特别是到了冬天，生活就愈加的寡淡。

好在我有一个勤俭持家、会过日子，疼爱儿女的好母亲。无论生活多么艰难，她总能一分钱掰成两半花，精打细算，想方设法让我们吃饱肚子，吃到一些稀罕的东西解个馋。每到深秋，就托邻居叔叔在回老家时，从农村捎带买回十来斤苹果，给我们姊妹几个慢慢吃到春节。要知道，这在当时，绝大多数人的家里可是没有的。

我至今还清楚地记得，那苹果个儿大，品种有色泽鲜亮香甜的"秦冠""红元帅""黄元帅"和红亮如玉酸甜的"红玉"，还有个儿虽不大，却吃起来甜蜜好吃，绿如翡翠的"国光"。说起这些品名的苹果，如今四五十岁往下的人，别说是吃，可能听都没听过。那些苹果的品种不一样，品相也明显不同，吃起来的口感和味道差别大，各有千秋。不像现在的苹果，吃到嘴里都是一个味儿。

苹果买回来，母亲总是腾出桌子上的一个抽屉，铺上两层报纸，再一个个仔细查看挑选，整整齐齐放进去。将剩下有软伤的，或是小一点的、品相不好的，当场分给我们吃。

然而，就在我们喜滋滋地吃苹果的时候，她拿起一把小挂锁"咔吧"

的一声，便将装满苹果的抽屉给锁上了。随即，我的心绪也跟了进去，整天一门心思地惦记上了这些苹果。

头些天，还只是望着抽屉上的小锁，盘算离过年还有多长时间。可没过两周，闻到从抽屉缝隙散发出的阵阵果香，就受不了了，趁家里没人时，不是趴在缝隙上，使劲儿嗅一嗅苹果浓郁扑鼻的香气，就是从抽屉下面的柜子里将手伸进去，用手指探摸苹果的圆溜光滑，来一次亲密接触，咽下些口水解解馋。

不出一个月，苹果的香气弥漫开来，满屋子里飘荡，诱惑我一点儿耐性也没了，开始哼哼唧唧的纠缠母亲，天天闹着要吃苹果。

母亲也不生气，只笑着翻看一阵日历，然后指着某一天说，这期间听话，到时候就给你奖一个苹果。

于是，我将那一页日历折起来做个记号，天天数着，盼啊盼，盼望赶快掀到那一页，吃到又香又甜的大苹果。有几次，在把手从抽屉下面的柜子里伸进去摸苹果时，实在忍不住那果香的刺激，竟用指甲抠下一点儿果皮，放在嘴里咂巴几下解解馋。

其实，十来斤苹果，也就 30 来个，经我这么一闹腾，平时吃掉一些，临到过年的时候，剩下也没几个了。

现在给孩子们讲这些，他们竟然不相信。

2019 年 11 月

七十多斤的大西瓜

不用化肥和任何果实催长素之类，仅靠农家肥，也就是人畜粪便发酵肥料，以及为增加果实的甜味，上的一些油渣，一个西瓜就能长到70多斤。你见过吗？别不相信，这是真的，我不仅见过，还吃过。

20世纪70年代初，我在铜川东边的徐家沟矿上小学，每到夏天西瓜开园，矿区周边的白水、蒲城、富平，乃至较远一点儿的西瓜之乡大荔的瓜农，都来矿上卖西瓜。

随着第一车西瓜的到来，瓜农在马路边的空地上卸下西瓜，再用几根椽子支起架子、苫上席子搭起第一个卖西瓜的三角棚，拿两个长条凳支起一块床板作案子，取出秤放在上面，用一把约有四指宽、一尺多长的大弯刀，切开两个大西瓜摆上，高兴地像吼秦腔般吆喝声"大西瓜！红沙瓤，不甜不要钱"，一家家的瓜农就赶着装满西瓜的马车陆陆续续地赶来了。很快，马路两边卖西瓜的棚子就一个挨着一个地冒出来，矿区一年四季最热闹的时候也就开始了。

那个时候的夏天，没有现在这么多的冷饮，房间里也没空调，西瓜凉甜爽口，是人们用来消暑解渴最好的东西。然而家家户户的日子都过得紧紧张张，生活不宽裕，几分钱一斤的西瓜也都舍不得吃，即使买一回，一般人家也不会买一个囫囵的回来吃。瓜农的西瓜是可以切开零卖的，就像现在的卖豆腐一样，你要多少给你切多少。

尽管如此，每天从上午开始，直到晚上十一二点，瓜摊上吃瓜的人还是络绎不绝。记忆中，吃瓜的人大多数是矿上的单身职工，常听大人们看不惯说他们，年轻人不会过日子，月初一发工资，胡吃乱花就把钱给花完了，后半月连吃饭钱也没了，到处乱借。

他们很少有人单独买瓜吃，一般都是三五个人结伴来到瓜摊，看好一大块或半个西瓜，让瓜农给过秤，再切成一牙一牙的，然后坐下来推让一番后才开吃。吃到最后剩下一两牙时，又是一番互相推让，硬是强迫一人好像是极不情愿似的给吃了，几个人方才抹嘴，用瓜摊上备的清水洗了手走人。

人家一块接一块地捧起西瓜，大口地咬进嘴里吸吸溜溜惬意的吃相，馋得我直咽口水，恨不能快快长大，挣上钱也吃他个美。

上下班时间行人多，瓜农就扯开嗓子吆喝"大西瓜！红沙瓤，不甜不要钱"，一家的吆喝声还未落地，一家又起，尽管词调相同，可他们吆喝的音调的高低长短不一样，你方唱罢我开场，各有特色，像亮开嗓子比赛吼秦腔似的，马路上热闹得很。

大中午的路上没人，偶尔有个卖瓜的愣娃忽然大声吆喝那么一嗓子，也会惹得马路两边的家属楼上飞出一句"驴叫哩"的骂声。

每当瓜农家里新送来一车西瓜，他们就挑出几个瓜相好看的大西瓜放在瓜摊前显摆。这还不算，还要挑两个切开来，摆在案子上引人注意，不停大声吆喝一阵儿招揽吃客。

瓜农高亢、洪亮、沙甜的吆喝声十分诱人，惹得小孩子们一听到就忍不住一窝蜂似的跑去看热闹。忽有一天，一家的瓜摊前整整齐齐地立着一排巨大的西瓜，一个个足有平日里见到的三四个合起来那么大，让人吃惊。

那卖瓜的对小孩子们的好奇和兴奋不感兴趣，只顾眉飞色舞向围观的大人们炫耀"不上化肥，不用农药，愣尿地给上油渣，瓤口嫽扎咧，吃起来美的太太"，不时还骄傲地用四根手指在大西瓜上"嘣嘣"地拍几下，让人听一听那熟透了的西瓜悦耳的声响。有小孩伸手摸一下，他忙厉声制止"别碰倒了"，连摸都不让摸。

在众人地哄抬下，卖瓜的兴高采烈借来一杆大秤，几个人帮忙用绳子套好西瓜，抬起来一秤，好家伙！72斤还高高的，众人一片喝彩。那卖瓜的自豪，立马用指甲将这斤两刻在大西瓜上，那几个大西瓜显得更加荣光，威风地站在那里和主人一起骄傲。

矿上的人听说都来看稀罕，这家的瓜摊前围满了人，瓜农手起刀落"嘣"的一声切开了大西瓜，瓜案上刹那黄灿灿的晃眼，顿时引起一阵叫好。至今我仍清晰地记得，那是一个白皮、瓤口黄沙黄沙的闪亮的红籽大西瓜。

记不得从哪年开始，矿上卖西瓜的棚子逐年少了，到后来什么时候全都不见了。至于那样 70 多斤的大西瓜，从那往后也永远的成了记忆，我再也没见过。

很多年了，不要说吃西瓜，就是吃到任何一种瓜果梨桃或者什么可以生吃的蔬菜，我就想起那些个 70 多斤的大西瓜，回味那沙甜爽口清香的味道，总在想那时的西瓜怎么就那么好吃，觉得现在的什么味道都不对，都不是那么个味儿。

2017 年 8 月

消失的童趣

儿时，在渭北山区玩过一种游戏，至今，半个世纪过去了，还经常想起。

那时，每到夏秋交替季节，我们居住的屋后和路边稀疏的草地上，就会有许多新鲜松软的小土堆悄悄地冒起来。大人们看到熟视无睹、不屑一顾，可小孩子们见了却都欢喜、高兴地不得了。

每天早晨，都有还不到上学年龄的小孩子，三三两两结伴抱着个灌满水的瓶子，四处转悠，寻找那些个令人欣喜的小土堆。

小土堆不大，只有一捧土大小，每发现一个，小朋友们欢喜雀跃，但又不敢大声说话，害怕里面的屎壳郎听到，给躲起来弄不出来了。

这时，小朋友连大气也不敢出，急忙悄悄地蹲下来，平心静气，用破瓦片或砖块连铲带拨地清除小土堆，将一个大拇指般粗的孔穴给暴露出来。那铲拨的动作要轻快、连续、果断，绝不能拖泥带水，让松软的虚土落入孔中，导致没法继续下一步操作。等到做完这些，就立刻缓缓地往孔穴里灌水，如果带来的水给用完了，屎壳郎还不出来，小朋友就急了。此刻，还不能离开去取水，不然，屎壳郎出来就成别人的了。情急之下，小朋友都会毫不犹豫地掏出"牛牛"朝里面尿尿，不一会儿，孔中便有动静。"家"被淹透了的屎壳郎，很快就在孔穴里出现了。

越是这个时候，小朋友越是紧张，不敢弄出一点声响，耐着性子，目不转睛地盯着小孔，观察里面的动静。等看到屎壳郎探头探脑刚伸出头来张望时，就迅速用拇指和食指捏住，抠出来抓在手里，一跃而起，兴奋地招呼四下的小伙伴们都来看。

一群小伙伴们盯着拇指大小、头上长有犄角，通体都是乌黑发亮的硬壳，还在神气，像是戴着头盔、身披铠甲的将军似的屎壳郎，七嘴八舌，品头论足争论一番，评论它厉害不厉害。

捉到一只不行，还要继续。等每个人都如愿以偿得到两三只或更多，才能聚集在房前屋后开始游戏。

游戏一对一进行，实行淘汰制，"车轮"战，不需要裁判。

比赛开始前，双方都精心挑选一个得意的屎壳郎，把这家伙的屁股在地上轻轻的蹭几下，逗毛了，待宣布"开始"，就立即撒手将它们放在一起。两只屎壳郎像两个勇敢的斗士一样，立刻向对方发起攻击，勇敢地冲在一起，六只脚牢牢地扒住地面，用犄角拼命抵住对方，奋力顶撞。双方不时还都抓住战机，灵活调整角度发力，不断向对方发起新的攻击。那紧张激烈鏖战，扣人心弦争斗的场面，引得小朋友们群情激昂。直到一方力不可支，落荒而逃，便决出了一局的胜负。

就这样，败者下，胜者继续，斗完一个又一个，也不管规则合理不合理，只管继续进行。

有时，参战的小朋友聚集多达十几个，直斗的屎壳郎晕头转向，筋疲力尽。最终的胜者，就被大家赞誉为"大官"，连同它的主人一道，成了小朋友们羡慕拥戴的对象，神气得不得了。

这时的败者也不气馁，一般都将手里不争气的屎壳郎放掉，鼓足心劲，第二天一大早起来，继续抱个灌满水的瓶子，四处寻找屎壳郎栖身的孔穴，重新获得几只再战。也有个别小朋友凶猛，干脆将自己的残兵败将狠心用火烤了吃掉，第二天带上两大瓶子水，去捉更大、更厉害的。

这种游戏玩法简单，又不花钱，资源取之不尽，屎壳郎不咬人，也不需要喂养，没有血腥暴力，对抗性又强，玩起来带劲、有趣，深得幼小的孩童喜爱。

近50年过去了，我一直清晰地记得那情形，以及那陶醉其间的幸福快乐。

回想起那屎壳郎决斗的勇猛、顽强，觉得比起现在一些地方的斗鸡、斗蛐蛐，甚至斗牛，更是好玩。

近些年来，年龄大了，越发觉得这种童趣有意思。于是，不论走到哪里的乡村田园，所到之处，我都留意观察孩童们的玩耍，极力寻找捉屎壳郎玩的情形。

遗憾！再也没有看到，即便是向人打听，也没人见过，甚至连听都没听说过。

估计，这种童趣已消失了吧。

2018 年 8 月

爆米花香腊月天

小时候，总觉得吃了冬至的饺子没几天，就进入腊月。天变得特别的冷。冻得行人的脚步迟缓，麻雀也不喜欢飞，三五成堆缩着脖子在电线或房檐上叽叽喳喳地叫冷。

教室里没火炉，平日里活蹦乱跳的小学生也乖了，没心思上课，都盼着早点放寒假。然而，寒假在家里也冷。厨房里暖和，可妈妈忙着要做饭，嫌碍手碍脚的不让待，便出门去找小朋友玩。

人聚拢多了，玩"斗鸡"、攻城、"骑驴"一些弹跳运动量大的游戏；人少就打沙包、跳方格，蹦蹦跳跳暖和。没人玩，两三个小朋友就四处寻找柴草、废纸一切能燃着的东西，从家里偷出火柴，在背风处点燃，生起堆火，三两个围在一起取暖瞎吹。

有人喊，崩爆米花的来啦！所有的小孩都停下来朝远处的路口张望，一旦瞧见，担着个挑子崩爆米花的人真的来了，一哄而散，全都赶快往家里跑。在家中翻箱倒柜，找出些苞谷、大米、黄豆之类，甚至粮站供应的红薯干，端起个脸盆追到崩爆米花的人支起小火炉的地方排队。炉火还没生着，排队等候崩爆米花的脸盆就摆成了长龙。

崩爆米花的姓李，个子不高，有三四十岁，是个安徽人，住在十几里路外的镇子上。来的时候，担个挑子，一头是爆米花的铁葫芦和小炉子，一头是个小风箱和用作盛爆米花的铁网兜。

这个老李不天天来。因为方圆十几里地，就他一个崩爆米花的，周围还有三个煤矿、一个工厂和农村都要去。他好像还有什么主业要做，天暖的时候不来。

进入腊月天，小孩子们就自然而然的想起了爆米花，想起了爆米花砰的巨大的响声，想起了老李和空气中弥漫开来的香甜……

随着"砰"的一声巨响，第一锅爆米花的出锅，矿区家属院里就热闹开了。

小孩子们聚集在周围玩耍，随着铁葫芦"砰"的一声声有规律持续的炸响，不时从地上抢拾到一把散落的爆米花，心里乐开了花。

楼前房后，不断有小朋友喜滋滋的端着一盆子爆米花往回走，还有端盆子才去的。香喷喷的爆米花味儿随风流淌，飘散四处。

我看自家的苞谷豆装进铁葫芦，架在小火炉上转动起来，高兴得跟什么似的。目不转睛地盯着炉中呼呼上蹿的火苗，觉得时间过得特别的慢，恨不能上前使劲拉风箱、转动铁葫芦，让时间快一点。老李停止了铁葫芦的转动，我的心都提到了嗓子眼上。在见他把铁网兜罩在铁葫芦的口上，抬起脚来踩住铁葫芦，用管子准备打开盖子那一瞬间，吓得将耳朵捂得紧紧的，躲出老远。

"砰"的一声巨响，声音还未落地，我连忙端起脸盆，迎着浓烈扑鼻的爆米花香，顺从老李提起的铁网兜，高兴的支在口上。看到刚刚的一茶缸苞谷豆，神奇般地变成了一大盆子雪白的爆米花，心花怒放。

随后几天里，一边吃着香甜酥脆的爆米花，一边又在期待，期待老李的到来，再崩一锅爆米花。

当家家开始清扫房屋，爸爸妈妈置办年货割回肉来，矿区四处响起零星的爆竹声时，老李就不来了。

现在想起那爆米花的香甜，都觉得幸福，感觉那是腊月的味道。

2020 年 1 月 20 日

远去的火车站

儿时，在铜川东区的矿上，每当听到火车汽笛声响，总要跑过去数数看，这列飞快驶过的火车拉了多少节车皮。等看不到火车了，还要趴在长长的铁轨上听一听，火车远去传回的响动，感觉火车力大无比，太神奇了。

六七岁那年跟妈妈回老家，头一次坐火车，却怎么也高兴不起来，原因是在矿上乘坐的火车和电影里看到的一点也不一样，整列车拉的都是一车皮一车皮的煤，只是捎带着挂了两节箱式车皮用来拉人。车门又高又大，有一个简易木梯子供人上下，非常艰难，我是被抱着才上去的。车上没座位，挤的人只能把行李放在双腿间的地上，一个挨着一个立着，连个扶的地方也没有，我还好，就坐在妈妈脚边的行李上。车内的几个不大的窗口，高处的让人够不着、低处的在人腰下，不是拉不开、就是关不上。火车一启动，大铁门关上后，车厢里顿时一片昏暗。

我盯着脚边污秽不堪的地面发呆，原本想一路透过车窗观赏风光的好事顷刻化为乌有，情绪一落千丈。不一会儿，车厢里弥漫起难闻的汗臭和呛人的旱烟味儿，渐渐人声嘈杂起来，我真想哭。猛然间车厢里变作一片漆黑，我还没反应过来是怎么回事，妈妈就急忙用手轻轻的捂在我的口鼻上。我还是觉得有一股浓烈的煤烟味儿窜进了鼻孔，呛得受不了，妈妈说是火车进山洞了，好在没几分钟就出来了。充满在车厢的浓烟散去后，妈妈在我的头和肩上用手扑打了几下，立刻落下许多煤尘。我诧异，平日里看到的火车头上冒出的雪白好看的长烟，竟然这么难闻啊！

火车本来从矿上出发，过两个隧道、三四个小站，走七八十里就到铜川了，可是一路上见站就停，一停下来木木矖矖的时间就没个准头和长短，经常是上午十点左右坐上的车，下午四五点钟才到。这次我们还算幸运，中午一两点钟就到了。

我有生以来懂事后第一次到铜川，就是坐这样的闷罐子车一路煎熬去的。到了铜川火车站，由于激动，顷刻便把一路郁闷和不快忘得一干二净。妈妈拉着我随下车的人流从站台上匆匆而过，我忙着四下张望，看到宽敞平展笔直的站台和一道道铁轨、闪烁的信号灯、兴奋不已，就连出站的检票口也觉得好玩。

在车站广场上，妈妈放下行李，我好奇地瞪大眼睛东瞧西望，感到一切都很新鲜。她买来一个冰棍给我，我不知是什么东西，抓在手里冰凉，吓了一跳。妈妈微笑着去掉包裹着的蜡纸让我吃，还指着广场上的候车室、邮电大楼，以及延安饭店和楼前的公交站，一一对我讲那都是些做什么的地方。我觉得铜川真好。

去汽车站换乘车前，在宽敞明亮的延安饭店吃饭，透过明净宽大的玻璃窗，望着火车站上的候车室，觉得像童话书里的大房子一样，真漂亮。

从老家回来又到火车站，我才把候车室里里外外和广场四处转了个遍。当看到站台上停有一列漂亮的绿色客车，又是一阵兴奋。此前我还以为所有火车都是黑色的，没想到世上竟然还有这么颜色好看漂亮的火车，就目不转睛地盯着向妈妈问这问那。听说坐这列车还能到省城西安，我忽然想起了矿上拉煤的火车，就问妈妈，那些火车都把煤拉到哪儿去了？得知都被拉到全国各地的发电厂和千家万户了，我惊叹不已。

那时的火车站，虽然每天只有早晚发往东面矿区和西安的两趟车，可对铜川这座小城市来说，人来人往的也够热闹了，是当时铜川最繁华的一块地方。随着年龄增长，后来出门的次数多了，久而久之感觉，无论去哪里回来到这里，总有一股亲切感油然而生，觉得这个火车站不大不小有特色，给人感觉舒服得很。

有意思的是，在这儿不论是过往乘客，还是列车乘务员、站内工作人员和闲逛的人，说起话来绝大多数都操一口被改造了的河南话，语调亲切热情，节奏不紧不慢，极富亲和力，让人感觉亲切。置身这里，极易使人感染、产生错位，恍惚到了中原大地。偶尔有人冒出一句陕西话，倒让众人意外，侧目相看。这种方言被人称作铜川河南话，我想也可能正因为此，铜川才落下"小河南"的名声吧。

改革开放后，随着社会经济发展，公路交通发达了，乘火车的人越来越少，火车站渐渐地变得安静了。后来去矿区的闷罐子车和西安的客车停发了，我也再没有去过那里。以前常乘坐的闷罐子车、幽深漆黑的火车隧道、沿途安详的小站，绿色的售票窗口、候车室一排排的长椅、进出站口的铁栅栏、平展的站台、光线幽幽的信号灯，却永远地留在了我的记忆里。还有邮电大楼前的书摊，延安饭店楼前的一路公交车站，早晨卖豆腐脑、胡辣汤的吆喝声，尤其是从站内不时传出的汽笛声响，划破长空，让我魂牵梦绕，难以忘怀。

那些年，看到城市建设迅猛发展，心生不安和担忧，唯恐有朝一日，火车站完成历史使命后消亡，候车室会被拆掉，广场也被另作他用。所以每次乘车从站前路过，总想多看几眼像童话世界里的大房子一样的候车室。2008 年 5 月去北京，我还特意到火车站买了一张从西安乘车前往的车票。

在火车站广场一落脚，一股久别重逢的亲切感油然而生，忍不住心潮澎湃。那熟悉的售票窗口买到的虽然不是去矿区的车票，但捏在手里依旧温存。在锁着的候车室门前抚摸锈迹斑斑的把手，凑近布满灰尘的门窗玻璃往里瞅了半天，许多往事涌上心头。从检票口敞开的大门进了站台，看到行人寥寥，满怀惆怅。忽见一列火车满载原煤缓缓进站，不由得又想起了矿区黑洞洞的井口，想起了父亲和阴暗潮湿的巷道里的煤矿工人，潸然泪下。火车站曾经辉煌的过去，承载了铜川的一个时代，实在厚重。

忽闻一阵汽笛长鸣，清风扑面，仿佛隔世一觉醒来，看如今，铜川南北市区面貌焕然一新，休闲养生旅游初具规模，产业结构发生喜人变化，高速公路飞跃而过，感慨连连，一切都变成新的了，变得更好更美了，然而感觉火车站却变得更加遥远了。

转眼七八年又过去了，我经常想起火车站，忽有一日心生一念，若能再把那些出过力的蒸汽机车请回来，在宜古村车站建一座蒸汽机车博物馆，利用火车站至东区徐家沟、或鸭口矿现有铁路，开辟乘坐老火车，领略渭北山地风光、沿线老车站风貌和矿区文化环境旅游专线，为铜川增添一个老矿区怀旧特色旅游文化项目，使火车站和老矿区重返我们生活，吸引八方朋友来游玩，那该有多好啊！

2015 年 8 月

175

第四辑　亲情温暖

买碗

小时候，在铜川东边的徐家沟矿，一进入腊月，家家户户就开始忙碌张罗着准备过年了。大人们忙着打扫卫生、收拾屋子，在经济极其有限的条件下，想方设法置办年货。小孩子们则凑在一起儿掰着指头盘算春节的到来，过年穿新衣服、挣压岁钱、吃好东西、放鞭炮，年还没到，四处就不时响起零星的爆竹声，家家厨房香气飘溢，整座矿山已弥漫起浓浓的年味了。

上初中那年的大年三十和往年一样，妈妈一大早就唠叨开了过年的讲究和忌讳，并说年头开好了吉祥，这一年全家人一定万事如意。还喜滋滋地讲述一些过年的往事，印证自己刚刚讲过的话。吃过午饭，按规矩倒掉象征过去一年所有不愉快和艰难往事的垃圾，在妈妈的催促下贴上喜迎新年的大红春联，我们就兴高采烈地开始过年了。

大年初一，天还没亮，妈妈就喊我赶快起床去放"开门炮"。我穿上新衣服，脸也顾不上洗，开门就燃放一挂吉庆的鞭炮，还问响亮不响亮。妈妈和姐姐高兴地连连说响，然后忙到厨房和面包饺子去了。

包饺子时，妈妈有意在几个饺子里包上枚硬币，吃的时候细心辨认出来，悄悄地拨到我面前，看我吃到高兴地手舞足蹈，夸我有福气，逗得全家人都乐了。

妈妈瞧着一家人其乐融融的样子，高兴得合不拢嘴，吃罢饺子，没有忙去洗碗，而是在桌子上摆上几个好看的瓷碟子，取出一些儿糖果点心盛上，并叮嘱我们姐弟慢点儿吃，一次少拿点儿。还说，正月里家中摆放些吃食，看起来喜庆、好看。

二姐进厨房帮妈妈洗碗，被赶了出来，三姐出门玩去了，爸爸握着大烟斗也走了。我钻进里屋，趴在床边拿出一挂鞭炮拆散了，在床上来回逐个数着玩。忽然，听到厨房传出噼里啪啦的瓷器破碎声，吓我一跳，急忙过去看，见妈妈愣在灶台旁，望着地上被打碎的一堆瓷碗碎片惊慌失措。二姐赶来清扫，我不知该做什么，就转身回了里屋，从床上一个一个捡起被拆散了的鞭炮，装进衣兜准备出去玩。

妈妈好像丢了魂似的从厨房出来，神态沮丧不安地不停自责"都怪我不小心，抹碗时一个碗滑落，忙用手去接，却又碰到了旁边的一摞碗"。我不知如何安慰妈妈，就出门玩去了。

外面冷嗖嗖的，寒风裹带着雪花漫天飞舞，可街上照旧跟往年过年时一样热闹。四下里的鞭炮声此起彼伏，男女老幼三五成群喜气洋洋结伴而行，吉祥的"新年好"的问候声不绝于耳。女孩子们穿着新衣服，头上戴着色彩艳丽的发卡，脖子上再系条流行的彩色尼龙丝巾，一个个开心漂亮好看。淘气的男孩子趁人不备，燃着一个大红炮丢进人群，吓得女孩子们大惊失色，慌不择路"妈呀"的叫喊着捂起耳朵逃窜。还有许多小孩，口中叼着个像箫一样的竹"咪咪"，或是套着个彩色小气球的竹哨、彩绘各种动物状的泥哨，吹得呜里哇啦作响，到处欢歌笑语，呈现一派新春幸福景象。

那时，文革刚结束，电视机还是奢侈品，偌大个煤矿也没有几台。工会特意把全矿最大的一台24英寸的彩电搬到了路边的院子里，吸引二三百人驻足观看。矿部办公楼前广场上，还举办一些游戏活动供人玩耍。一堆堆的人群中，不时传出加油叫好和开心的笑声，爆发雷鸣般的掌声，加上高音喇叭里高亢的歌声，热闹极了。

突然，喇叭戛然而止，广场一角锣鼓家什陡然响起。只见扭秧歌的、打腰鼓的、跑旱船的、踩高跷的一队队浓妆艳抹的人马集结在一起。一时间，看电视的、玩游戏的，还有早就等着看这热闹闲聊的人们即刻围拢了过去。领头的给了一个手势，锣鼓家什顿时停了下来，再随着一声哨响，又响起来了，各支队伍踏着喜庆的鼓点出发了。围观的人们兴高采烈，也跟出了广场，随着涌向街上。

打腰鼓的走在最前面，紧随其后的是欢快的秧歌队，接着的就是十几个让人佩服又担心的踩高跷的人，跑旱船和骑竹马的跟在最后，配合几个装扮滑稽、在其间乱窜的小丑滴溜溜得转。尾随其后的小孩子们吹着各式各样的响器，开心地跟在前后左右来回跑，不时还从兜里掏出一挂"小鞭"或一个大红"雷子"燃放，烘托气愤更加热烈。

这时"咚咚锵咚咚锵"的锣鼓声和"咚吧咚吧咚"的腰鼓声，还有夕阳锣鼓队的大队鼓、小阳鼓和小号声前后连成了片，喧嚣震天，全矿的人几乎都涌到了街上。

下午三四点，热闹的人群散去后，在漫天飘落的雪花中，我感觉冻得要命，急忙往家跑，和二姐不约而同地回到了家里。

厨房封了火的炉子火苗已蹿了上来，锅里的水都快要熬干了，屋里热气腾腾，窗子玻璃上结满了水蒸气，家里其他人还都没回来。

过了好一会儿，楼道里传来熟悉的脚步声，我高兴地迎过去开门，只见妈妈站在门口，脸色冻得发青，头巾和肩上满是雪花，怀里还抱着什么东西。我吃惊、忙去接，妈妈连忙避开。到了屋里，她轻轻把怀里抱着的东西放在桌子上，又用冻得僵硬的双手颤微微地解开上面捆绑的草绳，小心翼翼地扒开雪水打湿的稻草，看到里面露出几个雪白耀眼的小瓷碗，才抬头望了望我和二姐，会心地笑了，我和二姐这才明白，妈妈这大半天是买碗去了。

我摸着妈妈的衣袖吃惊地发现，原来她衣袖和胸襟上亮晶晶的东西，是一层薄冰。二姐解下妈妈的头巾，抖落雪花，又拍掉妈妈肩上的雪花，端来杯开水给妈妈，捧起妈妈冰冷的双手说"冻死了"，埋怨妈妈为几个破碗不值得。妈妈忙阻拦"别胡说"，还说"碗买回来补上就没事了"。

她给我们说："早上收拾完厨房，我心里乱极了，总想着那几个被打碎的小碗。在街上看人家一个个喜气洋洋的样子，心情更糟糕，一点儿看热闹的心思都没有。回到家里心慌地前后屋里来回转，静不下来。忽然想起来，买几个碗，把打碎的碗给补上，不就没事了吗！"

我不由得问："大过年的，哪儿的商店还开门啊？"

妈妈得意地说："老天保佑咱们啊！我想着金华山矿的商店开门，就去了那里，果然那里的商店门就开着，让我高兴坏了。"还说："在去的路上，我也怕人家放假不开门。一路都在想，如果不开门，也应该会有个值班的，无论怎么央告人家，也非买回几个碗不可。"

二姐赌气说："人家如果就是不卖给你，看你咋办？"

妈妈自信说："我给人家说实话，大过年的，我不小心把家里的几个碗给打了，心里难受极了，为了祈求全家人的安康，尤其我的几个儿女平安，想买几个一样的小碗给补上。他要是有儿女，一定能体谅我；如果碰到的是个年轻人，那他也有父母，也能理解我，会卖给我几个碗的。"

妈妈水还没喝一口，又捧起六个小瓷碗到厨房洗得干干净净，一个个摆在案板上，然后双手合十，口中念念有词，像是念叨着什么祈祷起来。

我心想，去金华山，翻山越岭走十几里路，天又下着雪，寒风刺骨，山路湿滑难走，更何况又是大过年的，人家都在街上看热闹，而妈妈却要为儿女祈求平安，去那么远的地方买回几个碗，不由得热泪夺眶。

那一刻，透过泪水，寒风呼啸的山野里，妈妈满怀希望，坚定地顶着风雪，在冰天雪地里艰难行进的情景，不停在我的眼前浮现。

时间过得飞快，转眼 30 多年过去了，如今人们的生活好了，天天像过年一样，感觉年味越来越淡了。然而，我却喜欢回味，沉浸在过去过年的气氛中。尤其那年过年妈妈买碗的情形，深深地镌刻在了我的脑海里，总在眼前浮现，她老人家对儿女无微不至的关爱，执着追求美好生活，祈求儿女平安、吉祥、幸福的深情厚爱，一直深深地感动、鼓舞着我。

时光流逝，父亲和二姐相继离开了我们，大姐和三姐也老了，我女儿都大学毕业工作了，已步入耄耋之年的妈妈再也走不动那么远的路了。越是这样，我就越发强烈地渴望过好年。

每到过年的时候，我就竭力寻找一些过年的讲究，一定要彻底打扫一次卫生，置办丰盛的年货，在家里营造出浓浓的新年气氛。尤其是要在门口贴上喜迎新春的大红对联，拿出一摞摞雪白的小瓷碗和好看的碟子，整齐码放在桌子上，让妈妈看到放心、满意。

每当这时，看到妈妈脸上绽放幸福的微笑，我的心里充满阳光，打心眼儿感激妈妈给儿孙们带来的福气。

2012 年 3 月

母亲的饺子

记得小时候，母亲把饺子叫作扁食，用浓重的陕北口音说出来很土气，让我觉得怪怪的，难听极了。

那年头，家家户户生活都不宽裕，只有逢年过节或家里来稀客的时候，才能吃上一顿饺子。而每当这时，我的高兴，总被母亲唤我"吃扁食"的喊声，引起左邻右舍的小孩甚至大人的嬉笑模仿给搅和了。

实在受不了，我就对母亲说："为什么放着好好的饺子不叫，偏要叫个难听的扁食？"

母亲总说："咱陕北人祖祖辈辈就这么叫。"

我说："那咱家能不能改一改？"

母亲不理我，照旧把饺子叫扁食，使得我经常为饺子的这个叫法而纠结、郁闷。

尽管如此，可当热气腾腾的饺子一出锅，香喷喷的味道扑鼻而入，我便喜上眉梢，顷刻间就把一切不愉快给忘得一干二净。

长大了点儿后，偶然在一本书上看到扁食二字，我诧异，奇怪书上竟也有这个古怪别扭，让我极其反感讨厌的词！又后来，看到有关饺子的典故，说是早在战国时期，神医扁鹊发现北方寒冷的冬天里，老百姓普遍易患冻疮，很多人耳朵都被冻烂了，就开出一剂治疗良方，将羊肉、红白萝卜、白菜、大葱、生姜等剁碎，加进各种香料拌在一起，用面包起来煮熟了让人食用，治愈了人们的冻疮。于是老百姓感激扁鹊，遂将其称作扁食，并形成习惯，在每年农历的冬至这天，都要吃上一顿，以防耳朵被冻坏了。

从此，我不再为母亲把饺子称作扁食而纠结郁闷，倒还觉得扁食里有故事。遇到有人学母亲说扁食，也不觉得难堪，反说人家没文化。然而，不知从什么时候开始，母亲改口称扁食为饺子了，渐渐地我也把扁食给忘了。

这些年生活好了，经常包饺子吃，我又想起从前的扁食，想起母亲那浓重的陕北口音说出的扁食，想起母亲包扁食的与众不同。

母亲那时包饺子，从不用擀杖，拿陕北话来讲，一张张饺子皮都是用手"套"出来的。她先将揉好的面团搓成拇指般粗细的条状，然后用手揪成一个个均匀的面疙瘩，洒上一些面粉压扁，拿一个放在左手的四指上，拇指在中间用力摁一下，再用右手的拇指和食指沿着四周均匀转动挤压，转眼间双手十指相互轻巧配合，就将一张中间厚、边沿薄，凹状的饺子皮"套"好了。最后放上馅，在双手的十指间轻轻拢起将馅包住，用两手的拇指和食指夹住边沿同时发力使劲一捏，再十指并用向中间稍挤一下整形，一个酷似元宝、漂亮的饺子就立马成了。

这一过程，我描述得复杂了，其实一个小面疙瘩，在母亲手里，十指飞快舞动，瞬间就能变成一个饺子。我们全家五六口人吃一顿，包一二百个，对她来说全不费工夫，非常简单。

细想起来，母亲用手指揉搓碾压"套"出来的饺子皮有韧性，包成的饺子吃起来劲道、口感好，是地地道道纯正的手工饺子，远比擀皮饺子好吃得多。

我想，今年过年，一定动员全家人和耄耋之年的老母亲一道吃一顿"套"壳壳包出来的扁食，重温曾经的感觉，吃出个真正的饺子的味道，让陕北人这种古老的包饺子的方法传承下去。

只怕乡音淡了，母亲当年那浓厚的陕北口音说出的扁食土气的味道，是听不到了。

2006 年 11 月初

爸爸　咱们拉会儿话

　　爸爸！您离开我们十多年了，多么想在您身边这样亲切叫您一声啊。这些年来，我常想起您，想起您曾讲过的许多往事、说过的许多话，无论家里什么事，都想跟您拉一拉。

　　您走的那天，中午，我们悲痛地穿上几位麻利的老乡阿姨迅速缝制起来的白布孝衣，全都心碎了，整个家里本来悲哀的气氛更加悲伤。忽然，旁边屋里传来您唯一，也是您最疼爱的孙女的哭声。我原以为她在为失去爷爷而哭闹，仔细一听，她闹着不愿戴孝帽。一位奶奶哄说："你是听爷爷话的乖孩子，爷爷走了，爷爷去了，带上这个帽帽送爷爷。"可能屋里的气氛太压抑，孩子又看着孝衣孝帽古怪别扭不顺眼，再听这话儿不对劲，还是闹着不戴。

　　另一位奶奶焦急哄说："今后再也见不上爷爷了，快戴上，好送爷爷走！"硬把"孝帽"给她戴在了头上。孩子小脸一转，看见外屋安详地睡在床上、还未入棺的爷爷，一把将孝帽扯下来，冲着自己奶奶哭喊说："爷爷病了，睡着了，你们非说爷爷走了，再也见不到爷爷了！"哭闹着坚决不戴，大人们只好作罢。

　　当天傍晚时分，在咱们居住的楼外，您生前所在单位搭建起了一座大大的灵棚。我们就把您送进了那里，设起了灵堂，供上了灵位，开始迎接来人吊唁，守起孝来。我明白，您再没时间在这个世上停留了，咱们永别的时刻真正到了。此时，您一生的艰难和困苦不停在我脑海里翻现，让我伤心肠断，稀里糊涂迎来送往不知何人，也不知道请来的乐器班子在唱些什么。

　　第三天出殡诀别，见您老人家面容坦然自若，神情依旧和蔼慈祥善良，忍不住轻轻抚摸您的脸庞。忽然想起，这竟是我平生第一次抚摸您老人家，也是最后一次，急忙紧紧抓住您粗糙而有力、此刻已冰凉无力的大手，悲痛欲绝，失控放声号啕，被人强拉开。随后传来钉棺材"咚咚"的响声，觉得震天，好像是您离去的脚步声，把我的心都给震碎了。

您的小孙女被抱着和您告别，实在不明白，爷爷累了、睡着了，这些大人怎么就把爷爷给放进大木箱子里了？声嘶力竭哭喊"让爷爷回来"。

阴沉沉的腊月天，天寒地冻，在您辛苦了一生的矿山的墓地上，披麻戴孝的后人们呼啦啦跪了一大片。烈烈长风把哭声传得很远，引来周围村庄的农民也赶来围观。看到遗像，竟有村民认出"是老胡啊"，悲伤感叹"这矿上又一个好人走了"。

我们哀号，您的小孙女也哭得伤心。抱她的阿姨看她哭得不行，说："爷爷没白疼你啊，看把娃伤心的。"顺手给她擦着泪水问："是不是想爷爷啊？"

谁知，她竟哭着说："不是，我的脚冻得很。"

阿姨低头一看，孩子脚上穿的是双单鞋，扑哧一声笑了，怕把孩子给冻坏了，不管三七二十一，连忙抱着孩子就下山回家了。

回到家里，孩子看到奶奶，就怪罪捶打，哭喊说："都怪你！我爷爷睡着了，你让人家把爷爷给装进木箱子里抬走了。我再也见不上爷爷了！"

爸爸！您笑了。不要说您的小孙女不懂事，不信爷爷就这样走了，永远离开了我们。您连一句告别的话也顾不上说，就连我们也不相信，您怎么会就这样匆忙地走了啊。

您离开我们的那年清明节，一整天我妈妈都在反复念叨，一辈子，我竟没给你爸倒过一杯水、喂过一口饭，伺候他一回。你爸常说，他老了，绝不麻烦儿女们。这还真让他说中了，果不其然，一辈子没去医院看过病，就去了这一回，才住了几天院，半夜三更悄悄地就走了，走得真利洒啊！

我妈妈遗憾，您走得太突然，也不说多住几天院，好歹让她也伺候上两天。她可怜您连这点福气都没有。

那天，我们去您的坟上扫墓，没有让母亲去。傍晚，她把孙女和外孙女叫到身边，给稍大点的外孙女一张十块钱、稍小的孙女一张五块钱，然后取出一张百元面额的铺在展平了的一沓烧纸上，用手掌在上面使劲拍了下，说："这样这些纸就印成你爷爷那个世界可以用的钱了。"还给孩子讲:"今天清明节,是专门纪念走了的亲人的日子,等会儿纸钱烧着了,再给爷爷说些心里想说的话,爷爷听到就把钱收走了。"两个孩子一边听,一边照着奶奶的样子认真在香火纸上印钱。完了,就跟着奶奶出门,找了个路口,面朝爷爷长眠的地方画了个圈,在里面烧着纸念叨,爷爷!我们想念您,给您送钱来了……

厚厚的几沓香火纸烧完回来后,外孙女从兜里摸出那张十块钱,很快就忘记了刚才的悲伤,高兴地来回折叠玩了起来。奶奶见状,又看孙女两手空空,就问:"你那五块钱呢?"

孙女两手一摊,天真地说:"烧了啊!"

奶奶笑说:"唉!要烧的是纸钱,真钱是不用烧的!"

孙女愣愣地说:"啊!我把真钱也给烧了,怎么办?"外孙女听明白后和外婆都笑得不行。孙女有些不好意思地说:"哎呀!爷爷又笑我了,一定说我是笨蛋!"

爸爸!您又笑了。你走的那年,孩子才五岁,您一定带着没能看到孩子长大的遗憾而去的?如今孩子长大,今年考上大学了。送孩子报到那天,在校园里我想起了您,遗憾您没等到这一天。

这十几年,您孙女的成长,可没让她的三个姑姑少操心,就连老家姑姑也常惦念她。尤其是我妈妈,70多岁的人了,先跟着她在北关陪读一年,又在家带她上了三年学,每天起早贪黑为她做饭,还要担心她的冷暖、学习和安全,真不容易。好在她不负众望,长大成人上大学了。相信有您在天之灵保佑,她一定会努力学习,健康成长,您就放心吧!

爸爸!我感觉您一直都未走远,时刻在关注着我们。所以,我从不敢有丝毫马虎和松懈,处世为人始终牢记您的勤劳、善良、耿直、忠厚和对儿女们无私的爱,努力工作,踏实生活。

2006 年 11 月

大姐

大姐长我许多岁。在我记事前，她就离家到市区的中学去上学了。我懂事时，她已参加工作。对于她的童年和少年，我知之甚少。

从母亲那里听说，我很小的时候，整天由大姐照看，背着我在房前屋后玩耍。

刚懂事时，她在铜川渭北煤炭公司子弟中学，也就是后来的铜川矿务局第一中学上学。听说她加入红卫兵去"串联"，在北京天安门广场见到了毛主席，就对小朋友们夸耀说："我大姐见过毛主席！"弄得一群狗屁不通的小朋友们瞠目结舌，羡慕不已。

大姐从北京一回来，就和当时全国所有的红卫兵一样，响应毛主席"知识青年应该到农村去锻炼，接受贫下中农再教育""广阔天地、大有作为"的号召，上山下乡插队到农村去了。

她的运气还算好，下乡没多久就返城参加了工作，被安排进了市供销社陈炉镇的商店。我对大姐的真正印象也就是从这时开始的。

最初，大姐在商店肉食品门市部上班，头一个春节回家过年，走"后门"给家里买了一些大肉和带鱼。母亲看含辛茹苦拉扯大的女儿挣上工资，开始能接济家里的生活了，高兴地合不拢嘴。

而我冲着带鱼里夹带的一个貌似螃蟹的怪物好奇，仔细观察，那东西和螃蟹一样也长着两只眼睛、八条腿，不过硬壳比我的巴掌还大，四周还长有一些锐齿，两只大钳子有我大拇指粗，看起来很吓人。

我奇怪问大姐："这是什么东西？"

大姐说："大海里的螃蟹。"

我就问："能吃吗？"

大姐笑说："咱们旱鸭子不会吃，拿去玩吧。"

我高兴地抓起就到外面玩去了。不一会，就引来一群小朋友围观，我冲着他们骄傲地说："没见过吧！"

小朋友们非常好奇，一个个的满脸疑惑和惊讶，七嘴八舌，谁也说不清这是什么东西。我开心地告诉他们："这是从大海里捞出来的海螃蟹！"话音还未落地，收起就往家里跑，吸引许多小朋友们跟到家里还要看。

记忆中，这是大姐给我的第一个玩具。在那个经济困难、物资匮乏，人们普遍贫穷的年代里，小孩子根本没有什么玩具可玩，能有这么件稀罕物玩耍，感觉幸福得不得了。这一年的春节，我开心极了。

上学后，每年春节，大姐都要提前准备一些崭新的连号一两分钱或一两角钱面额的纸币，回来给我发压岁钱。每次，接过这一叠整齐的压岁钱，我高兴地数了又数，不知要数多少遍，舍不得花出去一张。

平时大姐回来，每次都给我买一个小礼物。像小篮球、乒乓球拍、大象钻笔刀、12色的铅笔和电视机形状的存钱盒，还有印有解放军战士紧握钢枪、俯卧在雪地里，守卫珍宝岛画面的文具盒，以及一些小人书，件件在当时都很潮，让小朋友们羡慕不已，使我开心，爱不释手。

我上小学时，有几个暑期爸妈忙于上班，没人照管，就跟大姐去了陈炉镇。尽管每次去住的时间不长，可那里却给我留下了深刻的印象。

第一次进入那里的街道，着实让我感到新鲜有趣。一条几百米长、宽敞的街上，两侧针织日用百货、副食品、药店、废品回收、农资、食堂、肉食品门市部和粮站，还有税务所等，依次排开，井然有序。一座座临街房屋，建筑大小不一，但一律是传统高大青砖瓦房式样，门窗上装的都是一块块的长长的枣红色的木板，整体布局给人印象古朴、端庄、安详，别有风情。

傍晚，少了行人，在斜阳余晖的映照下，街道更显传统老旧，整座小镇像是被太阳拉着慢慢走似的，给人一种渐行渐远的感觉，妙极了。

白天，沿着街道尽头往山下去，更是令我惊讶，每一条小路都是用碎瓷片铺成的，走在上面疙里疙瘩十分好玩。每一户人家的院墙，竟然都是一个个黄褐色的瓷罐罐垒起来的，奇思妙想，令我惊奇。

大姐还抽空带我去了陶瓷厂里，观看瓷器从制坯到装窑、烧制的生产过程，参观了当时还设在窑洞里的陶瓷展览室，使我眼界大开，惊叹不已。

那个夏天，我还结识了几个小朋友，快乐极了。

不过，也有让我郁闷的事。有一次在街上，遇到熟人取出苹果给我，大姐忙推辞说："不要给他，他不会吃。"

我明白这是大姐的客气推让，但心里很不舒服。我认为太过分了，她不论怎么客气都行，为什么偏要说我不会吃苹果。让人家还以为我是一个傻瓜，连苹果也不会吃。

直到20多年后，女儿长到四五岁时，我见她吃苹果，咬一口在嘴里嚼几下，咽了果汁就把渣吐掉了。我不由得笑了，想起自己从前一定也是这么吃的，不怪大姐当时说我不会吃苹果。

大姐是一个标准的"老三届"，小小年纪就下乡干起了重体力的农活，把人生最美好的年华留在了农田里，最美好的岁月给了"文化大革命。"可她无怨无悔，朴实的一生就像她的属相一样，勤勤恳恳，让人放心。

大姐结婚时，我作为娘家弟弟，送亲人员里的重要成员，全家人的代表，从头到尾参加了婚礼。

20世纪70年代末，有了孩子，她才调到了铜川市区。这时，我们姊妹们也都长大了。她一边上班、带孩子，一边还要操心父母和姊妹们，先是为二姐找对象操劳，后又为三姐的婚姻大事伤神。为让我读好书，把我从矿区子弟学校转到了矿务局一中上了两年学。等到姊妹们都成家立业了，又为了方便照顾年迈的父母亲，在市区想方设法找到房子，把老人从矿上接到市里照顾，为我们这个家从不清闲。

1993年，不幸降临，那天在老人那儿吃过饭，大姐和姐夫骑自行车回家的路上出了车祸，大姐受重伤，姐夫永远地走了，我们一大家子人顿时傻了。那年大姐才40多岁，儿子在西安美院上学，女儿还在读初中。躺在病床上的大姐没有被击垮，横下心来让女儿进厂上了班，让儿子坚持上完了学，硬是坚强地挺了过来。

阳光总在风雨后。而今的大姐，已经当上了奶奶和外婆，整天帮儿女照看孩子，又要去80多岁的老母亲那里照顾老人，忙得不可开交。周末，一家人老少团圆，日子过得红红火火。末了，隔三岔五，他们那帮子"老三届"同学还要聚会，共述当年艰难困苦、战天斗地的激情。不尽兴，一群奶奶爷爷辈的人还要拎着肉、提着酒，回当年下乡的村子里去感慨一番。每年都出去旅游，瞧瞧外面世界的精彩，生活得忙碌自在而充实。

每当我看到还在奔忙的大姐，步履已变得迟缓、渐渐蹒跚，不禁感叹，岁月不饶人啊，大姐老了！

我不由得又想起从前，暑假去陈炉住几天，大姐还担心在大灶上吃不好，从每月30多块钱的工资里省下钱来，带我去外面食堂改善一顿。在铜川上学，我没有吃早饭的习惯，大姐怕我学习负担重、身体受影响，坚持从紧巴巴的一点收入里拿出钱来给我吃早点。

至今，三四十年过去了，陈炉镇食堂里蜂蜜粽子的诱人色泽和香甜，铜川十里铺曾经的红旗食堂，刚出锅的金灿灿黄亮的油条和香喷喷的豆浆，我还记得一清二楚，回味无穷。

回首往事，思绪犹如珍藏在心底里的陈年老酒被打开，酒香扑面醉人，抿一口越品越觉甘醇、厚重，感觉大姐与我之间，怎一个姐弟深情可以了得！

2018 年 3 月

干妈

我的干妈，是铜川矿区一个普普通通的矿工家属，一生精明能干，辛勤养育七个儿女，待人善良诚实，尤其是在我未成年前的成长过程中给我的关爱，让我终身难忘。

听母亲说，我出生前，由于都是陕北绥德人，互认老乡，来往间都有帮助，两家关系就很好。1963年秋天，我出生时，因为前面家里夭折过一个男孩儿，所以就对我是百般呵护，怕我再有什么闪失，爱得小心翼翼，看得十分主贵。我一满月，干妈就热情找上门来，主动要认我做干儿子。母亲说，那时候的人迷信，认为小孩子找个人丁兴旺的人家做干亲，能沾上人家的福气，都要给家里看的贵气一点儿的孩子认一门干亲。可是人们认为不到30岁是不能做干亲的，干妈那年才28岁，她那么热情，一片好心好意，让人没法谢绝，再加上看她有三男二女，也是人丁兴旺，就让她给我戴上了长命锁，认下了这门干亲。

从那以后，干妈的心里就装下了我这个儿子，每年在我生日那天，都要来给我戴长命锁，把我的命牢牢锁住，祈求老天爷让我健康成长，快快长大成人。

在我三岁的时候，由于我们所在的煤矿下马了，我父亲和干爸被分配到了相隔七八十里路的两个不同的矿上，我们两家分开了。然而每到我生日那天，干妈依然如故，坚持来给我戴长命锁。

如今，40多年过去了，我依旧清晰地记得，干妈生日给我戴长命锁的讲究，一直持续到我满12岁那年，一次也没拉下过。不论这12年在别人眼里是长是短，在我心里都很长很长。

干妈认我做了干儿子后，先后又生了两个儿子，家里的人丁是更兴旺了，可是本来紧紧巴巴的日子就更紧张了，她不得不拉起架子车，加入矿上的副业队，干起了繁重的体力活，在风里雨里拼命地去挣钱，来养活一群儿女。就这样，依然还忘不了，每年在我生日那天给我戴长命锁。

有一回干妈是抱着正在吃奶的老七弟弟来的，后来她上班走不开，就让干爸和别人调班抽出时间来了。大哥长大后，也来过几回，又后来大哥上班没时间，遇到星期天，就打发正在上学的二哥代表她来。

在那个普天下人们经济困难的岁月里，干妈养活七个儿女，所面对的生活困难和艰辛忙碌是可想而知的，但却还把我的生日记得很清楚，总在我生日的前一天晚上，如约而至，给我戴上祈福的长命锁。每当这时，母亲望着我脖子上挂着的长命锁，看我又长大了一岁，非常高兴，在我睡觉时，就轻轻地从我脖子上取下来压在枕头下面，第二天起床后，又喜滋滋地给我戴上，仿佛看见了明年的这一天，内心充满希望，眼里流露出喜悦的光芒。

其实，给我戴的长命锁，不是金的，也不是银的，而是一绺红线上挽着一张崭新的一块钱做的一个象征意义上的长命锁。虽然简单，却饱含真情，保佑我长大成人。

从 12 岁至今，40 多年过去了，我再没有过过生日，却经常梦见瘦弱单薄的干妈，手里捧着长命锁，慈祥地望着我微笑……

2015 年 2 月

母亲的日历

多年来，无论日历千变万化、设计成什么样，印刷花里胡哨多么精美好看，母亲都不喜欢，只对那种挂在墙上，传统的一天揭起一张翻看的小本日历情有独钟。

每到年底，日历还未用完，就早早地催促我们给她买新的，期待新年新的开始，掀起崭新的一页。

日历挂在墙上看不清，母亲向来都是取下来捧在怀里看。别人说公历，她总要对照查看是农历的几月几日，习惯将农历称作"古历"或"阴历"。一般人看过一张撕一张，而她总是把看过的翻过去，用夹子夹起来，留作以后查看。一年到头365天，一小本日历一张不少，保存完好。

你可别以为，老人家有文化，这样讲究。恰恰相反，正是由于没文化，她才这么做。她之所以对小本日历情有独钟，也正是由于不识字，只认识从一到十几个汉字和阿拉伯数字，加上小本日历上标注的公历和农历的日期字体大小不一、位置相对固定，明显好认。否则，换其他日历，老人家就看不懂了。

日历翻看久了，母亲认识了24节气中的一些字，知道端午节与屈原有关，屈原是个爱国诗人；中秋节不但吃月饼，还要喜滋滋的看一看天上又圆又大的月亮；重阳节走出家门，去看社区组织的老年活动。

约莫清明和农历的十月一快到了，就提前早早翻看日历，查看这两天是星期几，儿女们方便不方便回来，去给父亲上坟、烧些纸钱，了却她一年来心中积淀起来的思念。

国庆、春节，这样的长假不用说，她还关注元旦、五一之类的小长假，甚至每一个周末。整天捧着日历翻看，殷切期待这些个日子的到来，盼望着儿孙们回来欢聚一堂。

母亲固执地认为，大肉是天下最好吃的东西，每次我们回来的前几天，不顾自己80多岁高龄的不便，总要跌跌撞撞高兴地去农贸市场买些肉，亲自烧好或者包饺子，看着自己的亲人美美地吃上几顿。

看到日历上有个什么特殊标识符号，看不懂文字，母亲断定这天一定是个什么特别的日子，就问我们。当听说这是什么情人节、万圣节、复活节、感恩节、圣诞节……听都没听过的洋节名词，她一脸茫然奇怪，哪来的这么多节日！

如今，母亲近90岁的人了，听力衰退，听不清电视声音，连个电视剧也看不大懂，更是离不开这一小本厚厚的日历。一天到晚，不时戴上老花镜，捧着翻看，看着想起农忙或家里过去的什么事，就给人不厌其烦地讲起来。许多事都听她讲过无数回了，但每次我们还都有耐心听她讲完。

有时，一家人正在拉话儿，不知她又想起了什么，突然起身去翻看日历。老花镜不好用，就换上一个大号的放大镜来看，常常翻来翻去瞅了半天，一言不发陷入沉思。

一本小小的日历，已成母亲生活的一部分，在她的眼里就是一本厚厚的书，记载着她的历史和美好梦想，她把自己以为应该记住的许多事，都用心写在了上面。每天翻看，都是在回味，在整理自己的思绪，在寻找……

每到年底，就催促赶快买日历，唯恐错过年末岁首，买不到她习惯用的小本日历了。新日历一到手，就迫不及待翻看起来……

2018 年 3 月 5 日

思念父亲

我的父亲是一个普通的矿工。他和矿区成千上万来自天南海北的许多老工人一样，当初为养家糊口，撂下贫瘠的土地来到矿区，钻入井下，在险恶的井巷里一干就是几十年，直到干不动了，才拖着疲惫的身躯上来。还没有来及好好休息，享受生活，就静静地离开这个由他们创造财富，逐步建设起来的美好世界。朴实得像一块煤，无论命运把他送到哪里，都能发出光和热。

他出生在陕北一个偏僻的小镇，十一二岁死了爹娘，无法度日，就背起三四岁的小妹妹送了人家，自己到处流浪，靠打短工扛长工糊口度日。好不容易积攒下了一点钱，买了一点薄地，还娶妻生了子，有了一个家。没料想，刚凑合着过上了像样点的日子，却又赶上了合作化运动，一年到头不论怎么辛苦，也吃不饱个肚子。无奈，1958年，在他三十四岁那年的腊月里，日子实在过不下去，就背井离乡去了千里之外的铜川矿区。

让他始料未及的是，这一走，不但度过了这一年的年关饥荒，还找到了一家人未来的生活出路和希望。索性，第二年全家人也都跟着他到了铜川。

从我记事起，就整天见父亲上班下井从不休息。偶尔看他伤风感冒发烧咳嗽得厉害，也不去医院打针吃药，还照常上班。母亲经常唠叨："啊呀！没见过你这号人，有病死活不去医院，可给国家把钱省下了。"

这话对现在的年轻人来讲，可能只能听懂一半。要知道，那时的矿工享受公费医疗，看病拿个医疗本就行，根本不用自己掏钱。

我奇怪，自己稍微有点头疼脑热的就难受得受不了，而病在父亲身上，怎么就不难受呢？我稍大一点后才明白，父亲是怕请假去医院耽误上班被扣工资。

为了能给家里多省点钱，他隔三岔五就利用倒班时间去矸石山上捡煤，供家里做饭和取暖用。越是天气恶劣，越要去，他说这时人少，能多捡到点儿煤。在矿上生活了30多年，我们家竟然从没买过一块煤。

他平生认准了只要劳动就能创造财富，过上好日子。所以就勤快，不停的劳动，而且非常节俭，舍不得多花一分钱、多吃一口。家里买回一点儿糕点、水果之类好吃的东西，他总在一旁喜滋滋地看着我们吃，从不动一口。我们推让他吃，他舍不得吃，还总笑着用不屑一顾地口吻推说不爱吃。

父亲是一个标准的劳动者，但有时也朴实地让人不可思议。他幼年时上过陕甘宁边区政府办的小学，读书看报没一点问题。平时喜欢读报、了解时事政治，剪贴收集一些有趣的文章。经常看长篇小说，谈天说地，给我津津乐道讲述许多古今中外的趣闻故事，拿起笔来还能写信，然而却总对人称自己没文化，填写个人履历表，总让人代笔写上"文盲"两个字。要知道，在那个文盲比比皆是的年代里，稍有点文化，不说能如何了不得，起码不用辛苦下井了。

我曾纳闷问父亲："你能看书读报，还能写信，明白那么多的事理，为什么总说自己没文化，是文盲呢？"他望着我"哼"了声说："认识这么几个字，怎敢就给人说自己有文化！"

常言，巧者劳矣智者忧，无能者无所求。父亲既不是巧者，也非智者，更不是无能者。他追求无是无非，祈求世事不乱，有安稳的日子能把儿女养大成人就好。所以他勤劳厚道，与人无争，终将四个儿女养大成人，生活充实，一生无憾。

1994年，他71岁的那个腊月天里，突然病倒了。在家人的强迫下，平生第一次被送进了医院。不知他是有什么预感，还是随意调侃，在去医院的路上，还笑着自嘲说："这医院，可是包文拯的衙门，好进难出啊。"

我赶到病房，看到父亲鼻孔插着氧气管、手臂上扎着吊瓶针头，虚弱地躺在病床上的情形，心里很难过。但见他一副无畏平静淡定的样子，又想他一生的坚强，此前也从未有过任何大病，就坚信父亲住几天院就会好起来的。谁知，仅仅过了11天，父亲在深夜里像睡着了一样悄然走了。我根本无法相信父亲会就这样走了，拼命不停地在他耳边呼唤，却再怎也叫不醒他了。

铜川矿区人情浓厚，父亲的遗体一回到生前所在矿上，单位领导和许多人就前来吊唁他这个一辈子默默无闻普普通通的老工人，当场安排搭灵堂、做棺材，第二天就掘好了墓穴。第三天出殡，天气阴沉，随着高亢的唢呐骤然间撕心裂肺地响起，我的心也随摔在地上粉碎了的瓦盆一样彻底碎了，抑制不住悲伤号啕大哭，在他魂灵的牵引下跟随灵柩呼喊着父亲，不停哭诉他一生的艰辛上了山。寒风中跪在冰冷的黄土地上，透过泪水伤心地望着他入土，永远地去了。

我曾经在想，矿区从那个年代过来的老工人能活七八十岁的实在不多，不是老人们不想活，也决非儿女们不孝顺，实在是因为他们付出的太多，生活太差，生命透支太严重。父亲一世辛劳，活了70余岁，已是不易。

现在的生活条件好了，不由得使人经常想起从前生活的艰辛，思念失去的亲人，以至于许多人把哀思寄托在了亲人后事的操办上，将太多的财富和精力用到了修建陵墓和祭祀上。我很不以为然，总感觉哭也徒然、哀也无助，大肆铺张操办后事更是没用。

逝者长已矣，生者当勉励。真正的孝道和思念应当是薄葬厚养，遵从亲人的勤劳朴实和坚强，踏踏实实做好自己做的事，端端正正走好自己的路。

2016 年春分

我的二姐

二姐，对生活充满幻想，一生勤奋，总在追求一个接一个的梦想。

不是亲眼所见，看着二姐走完人生最后一程，我真不相信，她怎么会就这么早、这样匆匆忙忙地走了。

童年，在铜川东区矿上，比我大得多的大姐到市区上学去了，长我不了几岁的三姐只顾自己玩，绝大多数时间是比我大八岁的二姐带我一起玩。跟着她玩些跳绳、踢毽子、丢沙包、抓羊嘎拉、翻绞绞、跳方格、剪纸之类女孩子们玩的乖巧东西。不过还好，我竟然没有染上丝毫女孩子气儿。

1970 年，到了上学年龄，第一天上学还是二姐带我去的。我上小学三年级那年，即将高中毕业的二姐为躲避"上山下乡"，放弃学业，去陕南工作了。

二姐走的那天晚饭后，在家里，爸爸不停地抽烟，妈妈抹着眼泪反复整理行李，三姐嫌不让她跟二姐一起去，赌气蒙头睡觉。我明白，爸爸妈妈在为二姐即将的远行而心焦，就在一旁玩耍，也不睡觉。到了十点多，爸爸和二姐动身时，我闹着也去送行。

白天下了一天雪，这时雪停了，积雪很厚，天很冷，路上行人寥寥，矿山一片沉寂。爸爸妈妈和二姐都不说话，行走在雪地里，踩踏积雪发出的声响杂乱刺耳，让人心烦。

到了矿上巴掌大小、简陋的火车站，没有几个人候车，爸爸放下行李买了车票，脚跟没站稳，满载原煤、后面顺便挂了两节用来拉人的闷罐子的火车就来了。车没停稳，爸爸抢起行李扛在肩上就跟着车跑，妈妈也忙拉着我和二姐跟在后面跑。火车刚停稳，爸爸一把把行李丢上去，连忙爬上一米多高的车门，伸出满是老茧粗壮有力的大手抓住二姐的小手往上拉，妈妈丢开我，在瘦弱单薄的二姐身后使劲往上推，二姐才吃力地爬了上去。人还没立稳，火车就启动了。借着车厢里马灯微弱的灯光，我看见二姐在抹眼泪，妈妈望着二姐也哭了。

雪夜里，我和妈妈一直望着火车在远处白茫茫的山影里消失得无影无息了，才离开车站。回家的路上，妈妈一直在哭，还不时回头朝火车远去的方向张望。那年，二姐才 17 岁。

很快，爸爸回来了。他讲述了旅途中火车穿越秦岭时的惊险，换乘汽车行进在川陕交界秦巴山里的艰难，以及所见陕南不同的风俗人情。当听说二姐工作单位还在离安康二三百里外的大巴山中，旬阳县的大山沟里，妈妈哭了，眼看马上要过年了，哭得更厉害了，直后悔让二姐去了。

二姐想家的时候，总要给家里写信，寄托对家人的思念。每当爸爸读信，妈妈都泪眼涟涟不时打断问这问那。二姐每次信里都要问，弟弟是不是又长高了？我当时很纳闷，感觉姐姐是不是把我当成小树苗了，天天在长。年底得知二姐调进安康市里的柴油机械厂，全家人高兴极了。

妈妈惦念二姐，第二年开春就去看二姐了。我虽然上学不能去，但是也很高兴，感到妈妈可以见到姐姐了，远在他乡的二姐身边有妈妈了。到了六一儿童节，学校组织活动，要求统一服装，爸爸给我买了双蓝色的网球鞋，这是我长这么大头一次买鞋穿，于是就高兴地给二姐和妈妈写了一封信，并在信上画上新买的鞋子，让她们分享我的喜悦。二姐惊喜地发现我会写信了，回信中就鼓励我要好好学习。看到我画的鞋子，夸我有画画的天赋，希望我像旭日一样蒸蒸日上。这虽是书信中的几句话，却对我影响很大，以至于上初中时就改名为旭，后来一生喜爱书画。

又过了一年，夏天，二姐探亲回来了。那天中午放学一进家门，看到二姐我非常高兴，惊奇地发现她变得漂亮了，以前梳着的两根小辫已长成齐腰长的大辫子，额头上还留有一缕弯弯的刘海，白净的瓜子脸在淡水红色的短袖上衣映衬下显得很洋气。她高兴地拉着我直夸我长高了，问我想不想她。见我满头大汗，连忙给我擦汗，还扑了我一身爽身粉，叮嘱我，天热了，放学路上别乱跑。

我上初中那年，二姐调回来了。现在回想起来，其实二姐离家去安康工作也没几年，可不知为什么，那时却感觉时间很长很长。

二姐回来报到时，想起在安康厂子里工作生活的经历，舍不得放弃习惯了的工厂车间环境和熟练的钳工技术，就放弃机关工作机会，选择煤矿上机电车间钳工岗位，又干起了老本行。

每当看到我在摆弄她收藏的那些大小不一的扳手、什锦锉、钳子等家什时，她就津津乐道给我炫耀自己所掌握的一些钳工技艺。我学几何时，就给我讲一些几何在机械绘图中的应用知识，调动我的学习兴趣。我还没学到解析几何，她就给我讲学习解析几何的重要性，引导我重视学习。还对我讲了许多车、钳、铣、铆、焊等行当常识，制作一些精美的小物件送给我。久而久之，致使我对机械产生浓厚兴趣，竟然想在长大后当一个技术员。

每当提起"批林批孔"那会儿，在安康厂子里做广播员的经历，二姐兴奋不已，立马就声情并茂来上几段曾广播过的历史人物故事，赶上打倒四人帮，举国欢庆，她又参加了矿上的宣传队，在铜川矿区巡回演出，快乐极了。

二姐手工做得好，绣出的花和工艺品一样精美，织出的毛衣花色漂亮大方、样式美观时尚，惹人喜爱。我们全家每个人都有几件她织的毛衣，不论老少穿在身上都好看，走在街上让人羡慕，常被人拦住仔细观瞧，赞不绝口。拿去参加矿务局女工手工制作大赛，还获过奖。每逢春节市上举办灯展，矿上都抽调她去设计制作花灯和踩车，为单位夺取大奖，赢得荣誉。

对待工作，她也毫不马虎，向来是巾帼不让须眉，积极担当，参加车间重大机修加工劳动，参与技术革新攻关，甚至挑大梁搞一些技术设计，样样在行，是车间出类拔萃的技术骨干。记得她刚坐完月子，歇了产假一上班，就投入到矿上新建俱乐部钢架结构屋顶的设计建造中去了。经常忙的顾不上回家吃饭、给孩子喂奶，就由我妈妈抱着孩子去工地，把她从高高的脚手架上叫下来吃饭，给孩子喂奶。

后来，在改革大潮无情地冲刷中，二姐和千千万万煤矿职工一样，被减员下岗了。她很伤心，在家里哭够了，不服气就去找领导理论、申辩，争取上岗。滑稽的是，一个优秀、经验丰富的技工，此时却进了职工食堂蒸起了馒头。就这，她也不嫌，直到两年后，到了退休年龄，才平静地离开奉献一生最美好年华的矿山，去铜川市区与爱人和女儿团聚了。

这时，她女儿在离家较远的北关市一中上高中，我女儿也在那儿的五中上初中，她便到附近租房子带两个孩子上学，过起了陪读生活。每天一日三餐总想着怎么能让孩子吃好，雨天总忘不了去给孩子送把雨伞，遇到天气突变总要去学校送上件衣服。偶尔看到孩子不好好吃饭就心急，想方设法翻新饭菜花样，或者就在街头买些好吃的东西，出人意料地拿出来，给孩子一个惊喜。一直操劳到两个孩子，一个考上大学、一个考上高中离开了那里，才彻底休息下来，真正退休了。

没几天，她又融进了广场上晨练的人潮中，看见什么学什么，时间不长，就把广场上健身的"十八般武艺"学了个遍。一年下来，竟然收起了弟子，拉起了自己的队伍，忙得不亦乐乎。练完后还要绕道去菜市场买菜、看望年迈的母亲，生活安排得井井有条，过得其乐融融。

2006年春节，我们一大家子老少十几口在母亲那儿欢聚，看她背着宝剑、拎着舞扇一副晨练打扮的样子来了，全都乐了。饭后，她兴致勃勃给大家表演扇子舞，我拿出摄像机把这场景录了下来。没料想，不久二姐就被查出得了癌症，这竟成了一段珍贵的录影。

2007年的12月13日，在她去世半年多后，入了婆家的祖坟，去了远在塞外的神木县，离我们更远了，给人留下了无尽的思念和哀伤。

这些年，80多岁的老妈妈思念她，经常忍不住泪流满面，情不自禁呼唤她的名字；大姐什么也不说，闻讯二姐远在他乡的女儿结婚，就买回漂亮的大花布和上好的棉花做了两床被子寄去，还没生育孩子，就早早地一针一线精心做了两套婴儿衣服和被褥邮去了；舍不下姊妹情深的三姐，为二姐专门制作了一个网页，常在夜深人静的时候，默默地流着眼泪用心向二姐诉说自己的心里话……

每当想念二姐，我就想拿出那段珍贵的录影看一看，却又不敢看，因为当二姐的音容笑貌活灵活现，我实在受不了，受不了那种情感所造成的强烈刺激。

都说这些年的冬天不冷，可我总觉得每年的寒流早早地就从心里穿过，冷透了。听说今年塞外的雪下得很大，我想她周围一定雪白雪白的一眼望不到边，景色美极了……

2015 年 12 月

岳父大人

丙申八月二十五，上午十时，电话里传来岳父大人撒手人寰的噩耗，不由得心头一怔，泪流满面。赶往耀州水泥厂的殡仪馆，在庄严肃穆的灵堂前，看到身着中式立领上衣，英气潇洒栩栩如生的老人遗像，百感交集。

一

岳父大人生在药王山下，就读毕业于耀中，又在此地工作一辈子，从事40余年文化教育事业，教书育人，书香华原，是一个地地道道的耀州文化人。如今故去，又要长眠在风景秀丽的锦阳川，令人感慨。

说句不孝的话，我这个女婿不但对岳父的孝敬不够，了解也不多。不是我不孝敬，实在是老人不给我机会，我不在城里工作，没和老人在一起生活，老人不愿麻烦，有事从不叫我。也不是我不想知道太多，而是老人一生严谨务实，从不夸夸其谈。正因为这些，老人家的辞世，更是加剧了我对他的思念。

这些天来，千头万绪涌上心头，令人惋惜遗憾，挥之不去。回眸过去零散的一些往事记忆，再想老人的一生，颇为感慨，内心一股激情涌动，想为老人写点东西，追思感念他一些无声的教诲，酣畅抒发一番情怀，报答他老人家对儿女的养育之恩，以作纪念。

我把这个想法告诉妻子，不想妻子诧异问我："你了解爸爸多少，能写些什么？"

岳父一生与人和善，对待儿女宽厚仁爱，教导极有耐心，从不光火，但也从不和儿女谈及自己工作上的事。

妻子姊妹几个，从小只见父亲今天在文化馆吹拉弹唱书画、写作忙碌，明天又到学校工作去了，回到家里不知疲倦，还要为六七口人的生活操劳，却从来不见父亲抱怨工作辛苦、生活艰难。只知道父亲在文化站做过站长，学校从教、当过教务主任，却对父亲具体做些什么，一生中取得多少骄人成绩，一概不知。以至于最后给老人写份悼词，许多情况说不清。

二

30多年前，我和妻子刚参加工作，在单位一见如故，产生好感初恋。一次与人闲聊，一位耀州籍同事对我说，你未来的老丈人可不简单，年轻时多才多艺，在耀县城里是数一数二的人物。我惊喜地问妻子，她骄傲地说，那当然，爸爸个子高、人又长得帅，思想开朗，工作积极活跃，为人还勤奋，处事谦和，打篮球、书画、吹拉弹唱样样在行，在那时的耀县城里受年轻人追崇，很是拉风。

那一刻，增添了我对妻子的爱意，感觉这样的父亲养育的女儿一定优秀。

后来，从第一次没有讲究，随意的登门拜见，到省去聘礼的订婚和结婚，看到老人对我们选择的尊重和不俗态度，以及对我无声地嘱托和期望，让我感动，深深感觉到了他思想的不俗和人格的高尚。

又后来，我从一个新女婿混成了老女婿，看着老人的另外两个女儿出嫁、儿子娶媳妇，也未曾见老人有过什么聘礼的凡俗讲究，看到的只有老人对儿女们更多的深情厚爱，更是令我对老人尊敬。

在妻子姊妹几个的心目中，父亲完美无缺，是天下最好的爸爸。她们总是喜欢给爸爸汇报自己取得的成绩，期待得到夸奖。可爸爸在肯定成绩的同时，从不推波助澜，助长骄傲，总要指出缺点，告诫他们继续努力。其超凡脱俗的做派，回忆起来令人敬仰。

三

进入21世纪，我在市区买了新房，装点新居，向老人讨要几幅字画，正式入住那天，不常出门的老人带着精心装裱好的三幅字画给送来了。乔迁宴罢，送走老人，我就瞅好地方，将字画挂在墙上，顿时新居平添一股高雅不俗之风，令我不亦乐乎。老人如今乘鹤而去，再看字画更觉珍惜，多了感觉。仔细赏读，内心惊呼，字画内容寓意，不但勉励我们，也不正是老人一生处事荣辱不惊、淡泊明志恪守的信条嘛！

四

回想起来，40岁前，每逢传统节日或周末闲暇，还常回家看看，可遗憾后来回去的次数就少得可怜了，这么多年竟然给老人什么事也没做过，反倒让老人还要为我的眼疾担忧，实在惭愧。

如今思念老人，我扳着指头算了算，头一次上门见面，老人才刚刚50岁，竟比现在的我还年轻三岁，令我惆怅，一切仿佛就像昨天，那时的老人家多么年轻啊！他超乎寻常端正的腰板、儒雅的举止言谈、和蔼的音容笑貌，不停在脑海里翻现。思来想去，总以为老人家还应该多活些时日。

按理说，老人家是地地道道的耀州人，在城里有祖产，房子对他来说根本不是个问题。可我总觉得，偏偏就是房子成了问题，纠结、困扰老人一生。

我头次上门，老人住在学校的平房里。妻子对我说，她们家老房子在东街，年久失修需要翻新，只有两个妹妹住在那儿，爸妈和小弟暂时住在这里。还带我去看了老房子。

我生在铜川矿区，又在矿上长大，老家还在陕北农村，从小没见过县城里居民的住所是个什么样儿，看到她们家的老宅，着实开眼。

进入大门，通过四五米长的过廊，是一个不大的小院。院子里中有一棵碗口粗细的合欢树，此时叶子已落尽，使得院落显得狭小清静。院内一座青砖蓝瓦砖木结构二层小楼，地基用青石铺砌，看起来结实；木制门窗和楼上回廊栏杆，虽已油漆斑驳，但却坦露年代久远、古色古香，风韵犹存。举目观望高处，房沿宽展，不由得让人思绪飘荡，仿佛来到古代一户家境殷实人家。

我惊呼，不用收拾，就能用来拍电影啊。妻子笑说，现在房子老了，以前才漂亮呢。还指给我看，这房子与旁边跨院里的房屋是一整座楼房，前院已被几个本家给分割、乱搭乱建弄得不成样子，祠堂也倒塌了，不然加上后面的房屋和院子，整座院落房屋一大片，大着哩。

从跨院穿过，出得后门，恍惚感觉隔世归来，我不由得感慨，赶快翻新呀！却见妻子惆怅，郁闷说："好多年了，几个本家房屋交错在一起，根本就没法翻新。"

后来从妻子口中得知，她们家早有翻新重建打算，可由于祖上在建整院房屋时，限制后人随意卖掉自个的房子，就有意将弟兄几家房屋交织套在一起，让后人无法分割单独轻易卖掉，致使现在划分起来错综复杂、实在难办，再加上还有自私狭隘的一个本家胡搅蛮缠，想借机多占点儿地方，搅和地怎么弄都不成。我说让他一点儿又何妨，妻子说这根本就不是一家人的事。几户人家绞缠在一起，爸爸劝了东家劝西家，不管什么方案，你让他不让，还有一家说什么也不行，甚至还经政府有关部门和法院给判过，也都弄不成。爸爸心力交瘁，实在受不了传统守旧愚腐顽固者们的木乱，不想再听那个刁蛮者的叫嚣，于是就搁置起了建房的打算，搬到学校去住，让他们去斗吧。

五

我们结婚不久，老人的房子问题就有了转机。20世纪80年代后期，全民大兴土木建房，政府也给一批老教师划分了宅基地，老人在县城靠近210国道处得到了一块宅地。

多年愿望成为现实，老人欣喜，把长久以来心里积攒起来的一大堆设想搬了出来，愉快地设计蓝图，动手规划起了建房。

老人千方百计筹措资金，东奔西走想方设法搞来当时非常紧俏难得的钢筋水泥材料，心劲十足，守在工地，看着楼房一砖一瓦如愿以偿盖了起来。

这院房屋与众不同，前面是一座二层小楼，楼梯设在楼内客厅，上下房屋制作都是大幅仿古门窗，所有房间宽敞明亮。后面不惜宅地一半的面积，留出一个后花园，种上花花草草，老人十分满意。

然而没几年，老人得到的清净悠闲自在，又被搅乱了。

世事变化太快，人们望见东门外流淌的漆水河，感觉河水好像流得也快了。东街巷子里的老宅几户人家，那股子寸土必争的锐气，也被时光消磨光了，终于对老宅的分割都松口了。

想起养育自己长大成人的一双老人，还有儿时东街上一间间熟悉的店铺，东营大门口小摊贩的叫卖声，耸立在巷口高大雕刻精美的左家"御史"牌楼，以及巷子对面卖开水人家的大风箱呼啦呼啦煽动风板呱嗒呱嗒的响声，火红的炉子上坐着的一排冒着热气的大水壶……，使老人陷入沉思。最终，在复杂的情感纠结中，还是卖掉了塔坡上的房子，在老宅上建起了新房，搬回去住了。

这一院房子，不！不能说是院房子，应该称其为一座二层小楼。包括在塔坡上建的房子在内，老人家的想法和当时绝大多数人家的都不一样。楼内设计是单元结构，厨房卫生间、卧室客厅集中在室内。这次建在老宅上的房子，更是不落俗套，整个宅地不留平院，盖的是一座二层楼房。进得楼门，看到走廊、楼梯，就像走进了一座居民楼内。推门进入一楼房间，是一套两室一厅结构单元房，踏步上得二楼，左边出门有一个宽敞的露天平台，站在上面居高临下，视野开阔，赏心悦目；进入右边门内，是一个四五十平方的大厅，四壁挂满书画，靠门口有套沙发和几件陈年古旧的老式座椅，最里面明亮的窗前摆着一张画案，一看就是一处文人雅士的清闲居所，一个会友挥毫泼墨作画、小聚轻谈的绝佳处所。

此时，老人已退休，却不知又怎么当起了耀州老年书画协会副会长和秘书长，与一位叫作穆长捷的离职老县长一道，整天热心组织一帮子擅长爱好书画的老者，搞起了书画展等交流活动，忙得不亦乐乎。

六

谁知,社会发展飞快,日新月异,北门外好像一夜之间一座座楼房拔地而起,西原上旷野雨后春笋般崛起一片片楼群,转眼奇迹般诞生一座现代化新城,让人猝不及防,致使耀州城,乃至整个铜川地区的人也都为之怦然心动。

这时,老人家的确老了,住在东街小巷里情感上得到的一些安慰,渐渐被煤火做饭的不便以及冬天寒冷的困扰给冲淡了。北门外的耀州新城和西原上的铜川新区,四通八达平展宽敞的街道,幽雅清静整洁的居住小区和居民使用的天然气灶、集中取暖设施,令人羡慕,使老人再度陷入沉思。

审视现实、想想未来,为摆脱诸多不便和困扰,追求更好的晚年生活,让儿女放心,老人家思谋再三,卖了老宅上建的新房,在新区买了一套带有地下室的两室两厅单元房,亲手设计,看着装修好。在跨进21世纪后的第三个年头搬了进去,真真正正开始了自己的晚年生活。

当然,老人的生活情调是不会改变的,他将偌大的地下室装修成了一间不错的画室,把祖上留下的一些古董家什,连同自己的字画文房宝贝和几件乐器也都搬了进去。每当清静下来,就去画室,在七彩斑斓的颜料和流动的墨海中畅游开来。来了兴致,还拿起我送他的那把二胡随意拉上几曲。

写到这里,妻子听我说了文稿里的一些章节内容,不由得想起曾经许多往事。说到昔日父亲拉起手风琴,姊妹三人围在身旁,连蹦带跳唱起《我爱北京天安门》《火车朝着韶山跑》《北京的金山上》《扎红头绳》……潸然泪下,泣不成声。

文稿一气呵成,收笔之际,我要妻子看看,给把把关。她断然拒绝,说你爱怎么写就怎么写吧,她想起爸爸就难受,不敢看。

头七那天,我在老人墓前,眼望脚下川道河水流失,一去不返,越发感到悲伤。

回来数日无法释怀,想起老人一生建房"两座半"、四次搬家,竟然埋怨起房子，耗费老人此生太多精力。然而思来想去，又觉不对。仔细回想，老人每次建房、搬家，都是心劲十足，满怀喜悦。忽然觉得，人的一生不过如此，总在梦想过上更好的日子，总在追求，总是迎来一次次幸福，老人家亦如此。

我突然感悟，对待亲人的离世，悲也罢，痛也罢，思念也罢，一切都无法从头再来，无济于事。我们唯有牢记亲人的教导、优良品质和希望，踏踏实实走好自己的路，才是寄托哀思、报答亲人最好的办法，正确的孝道。

安息吧！一生热爱生活，钟爱自己的事业，辛勤努力工作，无私仁爱儿女，追求美好生活的岳父大人。我会铭记您的教导和期望的。

2017 年 12 月

高原上飘起的梦

母亲80多岁了，总喜欢喋喋不休唠叨一些往事，高兴起来不管什么时候、什么场合，还喜欢唱上几句陕北民歌，而且越是人多越唱得来劲。老人家满口没牙，操起浓重的乡音唱起歌来十分可爱，总能引起一片欢笑。真是家有一老如有一宝。

一个周末，全家人四世同堂正在说笑，突然母亲一改往日陕北民歌，唱起"在那遥远的小山村，小呀小山村，我那可爱的妈妈已白发鬓鬓……"。刚开头大家还给鼓掌，可母亲唱着唱着眼里热泪滚动，声音哽咽地唱不下去了。过了好一会她才擦去泪水，定睛望着大家说："啊呀！从前的生活跟今天简直没法比，想起来跟做了场梦一样！"

老人家的感慨，使我想起平日里她唠叨的许多往事。

黄河岸边的小山村

1903 年 5 月的一天深夜，在陕北绥德县东面的黄河边一个古老的山村，一户农民家里生下一个娃娃，给这个本来日子就过得紧紧巴巴的家里，又添了一张嘴。外爷和外婆看着又生了个女子，愁得怎么也高兴不起来。外婆望着襁褓中的婴儿，安慰自己"这娃娃来到这个家，兴许能带来一点福气，让咱这穷家翻个身"。外爷听了失笑说，那就叫个"翻身"吧。于是母亲便有了个名字。

我问后来的日子过得怎么样，母亲呵呵笑着说，你外婆又不是神仙，我也不是个什么宝，随口说的一句话，能怎么样？母亲来到这个世上，不仅没带来什么福气，使这个家翻个身，反倒小小年纪就遭了殃。她六七岁那年，出麻疹眼睛受风出了点毛病，老是好不了，就请来村里一个神婆给治。这神婆装神弄鬼，口里念念有词，胆大用缝被子的大针狠心在她眼睛上扎了一针，就算是给治了。结果随着母亲一阵撕心裂肺地惨叫和哭号，这只眼睛从此再就什么也都看不见了。这下可急坏了我外婆，整天泪眼涟涟心疼，一个女娃娃家，眼睛给扎坏了，将来连个婆家也说不下，那可咋办呀？

母亲娘家住在黄河岸上，祖祖辈辈守望这滚滚滔滔、一泻千里的黄河，却因河流湍急，种的是山地，水引不上去，一点也指望不上，还得靠老天吃饭。而这里十年九旱，多数年景不好，可怜受苦人辛苦一年也打不下多少粮食，经常上顿不接下顿吃不饱肚子，还要挨饿。天旱一点儿，山坳坳里背阴处的地里，还能长出一些耐旱的荞麦、洋芋、红萝卜之类的东西，人们隔三岔五的能吃上一些高粱面窝窝头、洋芋擦擦，喝上一种叫作"钱钱饭"的稀饭，甚至蒸一大锅洋芋、红萝卜，煮一锅南瓜填饱肚子充饥，凑活着过日子。

我们家的八零后和九零后听说这些，竟还羡慕得不得了，赞叹有营养，太好吃了。老人家听了哭笑不得，冲着他们嚷嚷："你们这帮整天爱吃汉堡包、冰淇淋的孙子，知道个狗屁！让你们没有白面馍馍、大米饭，整天光吃这些东西试试看，就知道那是个什么滋味了。"

遇上大旱，那就麻烦大了，地里庄稼种不进去，山坳坳里、阴坡坡上也长不出东西了。粮食颗粒无收，什么吃的都没有，饿得人前胸贴后背，就连山里能吃的树叶和野菜也给吃光了，甚至把榆树皮剥下来用石碾子碾碎，也吃掉充饥。若是谁家有上一把谷糠，让人都稀罕，羡慕得不得了。

天旱的没办法，人们就向龙王求雨。男人们纠集在一起，向天摆上供案、点上香火，磕头捣蒜地祈祷一阵。然后领头的人端起碗，拿一根柳枝，带着众人唱着祈雨调奔向山沟，把碗放在山涧崖下静静守候，如有几滴水连续滴进碗中，就说明求到雨了，众人齐声欢呼，喜得不得了。

我们都不信，说那是电影里演的。老人家辩解说电影里演的是真的。我说，那遇到大旱就求雨，不就年年风调雨顺，没灾年了吗？她老人家哈哈大笑，调侃说，你当龙王爷那么好说话，不求上几次就能给你顺顺当当下场雨啊？我女儿问，年年天旱打不下粮，那歌里唱的热腾腾的油糕和滚滚的米酒是从哪儿来的？老人家不理会，唱起了《山丹丹开花红艳艳》，唱完才说："说你是个傻瓜蛋，你就是个傻瓜蛋。十年九旱，那还不许有一年风调雨顺啊。"

她兴致勃勃讲，遇上好年景，地里五谷杂粮，种什么成什么，不论谷子还是糜子、黑豆和高粱，庄稼长得实在是惹人喜爱。树上结的苹果、梨、桃子一筐筐地收回来，不好存放，就当饭吃。只可惜，这样的好年景太少了。她常说，那时的陕北人不喜欢种白萝卜，都说"家有粮食千万石，不拿白萝卜就饭"，人们都嫌吃了白萝卜帮助消化，饿得快，费粮食。

我四姨来家里串门说我母亲小时候可怜，天冷了没被子盖，晚上睡觉只盖一件我外爷白天穿的老山羊皮袄。母亲还笑说："两条腿穿进两个袖筒里，再连铺带盖地一裹，暖和得很。"我不可思议，就问："那硬茬茬的山羊毛扎的人能睡着吗？"她想了想，疑惑说："是啊！那阵儿怎么不觉得呢？"

我女儿说："怪不得你上不起学，不识字。"老人家忙说："不光是没钱啊，那时，女娃娃不兴上学，谁家女娃娃上学，众人还笑话，羞先人哩。"

她羡慕人家上学，就常坐在学校的窑洞脑畔上，跟着教室里的学生一起念书，念到她都背过了，许多学生还背不过，气得先生常训斥学生："人家在脑畔上听都听会了，你们坐在这里学都学不会，脑瓜里装的都是浆糊！"

母亲讲，她没上过学，可从十一二岁学着纺线线开始，在家里做饭、织布、养蚕，地里种瓜点豆的务庄稼，用老麻籽、菜籽榨油的什么活都学会了。如今看到农民田园里种的庄稼、蔬菜瓜果，场院里忙活收获的情景，还是羡慕，忍不住给我详细讲一些庄稼蔬菜的播种、收获过程，骄傲地说地里的活儿没她不会干的。

每当提起好年月里丰收的好日月，母亲总情不自禁唱起"提起那个家来，家有名，家住在绥德三十里铺村……"，绘声绘色地描述，荞面做的碗陀、疙陀，玉稻黍做的抿节儿和豌豆做的杂面是怎样做出来的，又是如何的好吃。甚至想办法弄来一些食材，做些给大家吃。头回吃，大家还觉得稀罕好吃，可吃第二回就觉得不怎么样了，第三回就连她自己也不想吃了。老人家疑惑"那时我怎么觉得就那么好吃，总也吃不够，做梦都想吃呢"。

山坳坳窑洞里的困苦

母亲说，十七八岁那年，经媒人说和，约定好日子，她就被一顶花轿抬着，嫁到七八十里路外的山上，一个13户人家的小村子里去了。

原以为以前娘家人多，日子过得才艰难，这下自己成家了，生活应该比以前要好点。没想到，这儿都是陡坡地，吃口水还得用牲口从沟里往回驮，过的日子还不如从前。就这，不久男人还害病给死了。

她说那年月在陕北农村，缺医少药不说，人们还迷信得厉害，得了病以为是妖魔鬼怪缠在身上了，不去医院治病，而是请来神汉神婆装神弄鬼，在病人身上乱抽乱打驱赶妖魔，灌香灰面面吃。结果，有点小病给弄成了大病，稍微大点的病也折腾死了。尤其是妇女，生个娃娃动不动就把命给要了，死人的现象太普遍了，村子里常有发生。

两年后，遇到同村的我父亲，父亲因为前妻生娃给死了，经人撮合，两人就组成了一个新家。结婚那天，请来几个人吃了一顿饸饹面，就算是把婚事办了。

两个家凑合在一起，除了一孔窑洞、一个土炕、一条旧羊毛毡和一点儿破铺盖，所谓家具就是一把老镢头、两张铁锨和一口铁锅，穷得连一点积蓄存粮都没有。而这时又过了春播季节，夏秋的地里种什么也跟不上了，只能种一些晚秋作物。好在他们勤快，一点儿也没敢耽搁，忙在伏天地里饿着肚子种下了一点荞麦。

母亲讲，陕北人日子过得清苦，讲究还不少，过年时非要吃上一顿饺子不可。这一年，全靠打下的那些荞麦和借来的一点高粱度日。过年没白面包饺子，就用荞面包，饺子馅里肉少，没有油水，散的结不成个团，包不到一块，只好把皮擀大点儿，擀得厚一点儿，才能包在一起捏成个饺子。结果下进锅里一煮，一锅的灰黑色的蛋蛋乱滚，捞出来黑不溜秋的饺子难吃不说，还难看得要命。这年就这样，凑合吃了一顿饺子，算是过了个年。不过，第二年赶上了个好年景，五谷杂粮的收下了不少，就不挨饿了。

每讲到这里，母亲就愉快地放开嗓门唱起了《高楼万丈平地起》或《翻身道情》。还说，那时全国已经大解放了，镇子上放起了电影。头一回看电影，看到电影里的人说话，还以为后面藏着人哩，见银幕上的人打火抽烟，蒸的馍热气腾腾，满场子里的人惊讶，觉得神奇。

集市上，广播里整天播放宣传国家民主、土地和婚姻政策，以及社会主义建设的美好前景的歌谣，许多内容她至今都记得。尤其那首梦想未来美好生活的"楼上楼下电灯电话"，记得最清。她说，那时住在土窑洞里穷苦的农民，见都没见过楼房是个什么样儿，听都没听说过电灯电话是个什么东西，实在是想象不来，广播里整天宣传的未来美好生活是个啥样子，就背地里反说"楼上楼下等着吧，电灯电话黑摸里，大米干饭没吃的，购买棉花赤肚子，买盐站队——毛主席万岁"，根本就不相信政府宣传的那一套。

其实，这也怪不得农民落后，当时的现实与理想的差距也实在是太大了，所谓的生活好了点，也不过是不像过去那样上顿不接下顿、饥肠辘辘挨饿了。可惜，就这样，也好景不长。

没几年，全国各行各业掀起了社会主义运动，农村走上了合作化道路，吃起了"大锅饭"。为了吃饱肚子，穷苦的人们也折腾美了。在社长的带领下，农闲人不闲，整天修梯田、挖旱井、打旱坝，忙活得不得了。结果，修梯田把不长庄稼的生土翻起来，厚厚地压在熟土上面，使本来就产量不高的土地庄稼长得更差了；旱井里存下的一点水不顶用不说，还害的过路的羊甚至毛驴经常掉进去给摔坏了。旱坝遇到暴雨，就被冲的什么也没了，等于白修。就这，还要把红旗插在山上、标语写在地头，喊得劳动号子震天响。

村里实行合作化，土地归了集体，许多人认为干得多、吃得多，就不愿吃自家的饭，出力给集体干活。父亲老实厚道，还一如既往一天到晚守在地里，听社里的话，把土地当作自己的来伺候。母亲也一样，劳动一点不马虎，依旧勤快，给地里挑茅粪，唱着歌跑得飞快，别人挑完两趟时，她已经开始挑第四趟了。秋天收黑豆更麻利，人家两个妇女才收五六分地，她一个人就收完一亩多地了。社长表扬她，批评人家，气得人家埋怨说她眼睛不好，干活也不说慢点，手脚还那么快，害得她受表扬哩，人家挨批评。

想起来那阵儿社里的劳动奖品，虽说只是一条毛巾或一个搪瓷的小茶缸，可母亲还是兴奋，高兴说每回都有她的份。不过，也气得说："哎呀！有些人真不像话，也不想想，大家的地，要是都不好好种，打不下粮食，吃什么啊！"

讲起当年拼命干活的场景，母亲唱起了《军民大生产》，唱完又感叹，他们拼命干活，想多挣点工分、多分点粮食，盼望着吃饱饭，不再饿肚子。谁知道，打下的粮食都让社长拿去交了公粮，得到表扬光荣的戴上大红花，高兴地到北京开会领奖去了。而他们辛辛苦苦一年挣得公分最多，也分不到多少口粮，还要上顿不接下顿挨饿，害得我们家穷的连个火柴也买不起，做饭生火还得到邻居家里去引火种。

有一次，准备做饭引着火后，母亲赶着牲灵到沟里去驮水，让八九岁的大姐看火。大姐添柴时，不小心把家里唯一的一根捆柴火的麻绳填进了灶火里，慌忙往外抽绳子，不想，烧着的绳头扬起来，火星溅到了窗户上，引燃窗纸，烧了个精光。

寒冬腊月天，窗户不糊不行，可是没钱买纸，母亲没办法，就打发大姐去找在镇上工作的我二姨夫，给买了两毛多钱的纸，才把窗子糊上了。

1958 年的冬天，我们家的日子彻底撑不下去了。

窘迫离乡的艰难

腊月天，眼看要过年了，社里还不分粮，要等着上头来人看粮仓，我们社里丰收了。可我们家能吃的东西连春节也挨不到了。这可咋办？父亲和母亲愁坏了。这时，铜川煤矿来招收工人，我二姨夫出主意，让我父亲干脆去铜川下井挖煤，也好给家里省下一个大人的口粮，让我母亲和三个娃娃凑合过个年。母亲说不行，听说下煤窑在井下遇到水和火，人连跑的地方都没有，太危险了。父亲认为姨夫说得对，不然这个年就没法过，硬是狠下心来走了。

父亲走的那天，天气特别冷，母亲抱着一岁多的三姐，带着大姐和二姐，在碥畔上送行。二姐看父亲要走远了，就连声地喊爸爸，可父亲就是不应声，一直走的看不见人了，也没回头看上娘们几个一眼。母亲说当时她的心一凉难受极了，觉得父亲的心怎么这么硬，孩子叫爸爸，连个头都不回就走了，后来还问父亲为什么。父亲说，当时听见孩子的喊声，心都碎了，鼻子一酸泪流满面，硬是强忍着伤心低头哭着走了，再敢回头看上一眼，就走不了啦。

母亲常说，陕北人讲究腊月不出门，甚至都说"好狗腊月不挪窝"，不是走投无路，实在没办法，你爸爸怎么也不会在那时撂下我们走了。还说，这一走是死是活，以后还能见上个面不能，谁都不知道。父亲走了没几天，社长到县上去开会，兴高采烈抱回来一个镶在玻璃镜框里的"丰收"的奖状，村里就分粮了。母亲望着分到的一点口粮，伤心地说："早几天分这点粮，你们的副社长，我们家人也不至于腊月天、快过年了，被逼的到铜川下煤窑讨吃去了啊！"

几个月后，收到父亲从千里之外捎回的40块钱，母亲才得到一点儿安慰，看到一线希望，伤痛的心才慢慢平静下来。可第二年父亲回来探亲时，又遇到了大麻烦。尽管他回来，一天也顾不上休息，整天下地劳动，还想给家里多挣点工分，然而出人预料，到了临走时，却被人给拦住了。人家质问："你走了，你的婆姨娃娃咋办？难道让我们养活吗？"看我父亲愣住了，就说："要么你留下，要么就把婆姨娃一起都带走？"父亲和母亲明白了，他们是嫌父亲一个壮劳力走了，留下女人和三个孩子是社里的负担。这下怎么办？让他们犯了难。

他们虽然贫穷，但根在这里，祖祖辈辈习惯了在这块贫瘠的黄土地上的生活，突然要他们连根拔起，离开这里，他们茫然、不知所措，甚至惶恐。

母亲想起来到人世间经历的煎熬，想起了这片黄土地上祖祖辈辈的贫穷，就问父亲："矿上有带家属的吗？"父亲说有，母亲拿定主意说咱们走。看父亲还犹豫就坚定地说："人家去了能过，我们去了也能活！"于是，一家人就带着能带走的全部家当，一条破旧的羊毛毡和一点破烂的铺盖，背井离乡，艰难地离开了山峦沟壑纵横，看起来支离破碎、没有一点儿绿色希望，却又让人魂牵梦绕的黄土高原。

最让母亲难受的是，从此一别，路途遥远，离开生养自己的家乡，远离了亲爱的妈妈和姊妹兄弟，今生在世，也不知还能再见上个面不能？母亲说，那感觉简直就是生离死别。走的那天，父亲赶着毛驴车带着一家人灰不遢遢地动身，母亲跪在窑洞前久久不愿起来，从自家地边走过，心灰得连头也抬不起，看也不想看一眼。从村子里到绥德，几十里路上，母亲泪眼婆娑望着山卯上、沟岔里，一个个熟悉的小山村和一户户人家，不断在身后消失，伤心不已。

铜川矿区的架子车

未曾想，全家人一到矿上，就报上了户口，吃上了商品粮。第一次到粮站买粮，见到白格生生、晶莹剔透的大米和雪白的面粉，母亲喜地要命。从离开老家那一刻起，全家一直阴沉的心情，顿时开朗。后来，母亲就报名参加矿上副业队劳动，干上了临时工，也挣上了钱，高兴得不得了。

恰在这时，遇上了三年"自然灾害"。母亲说，矿上号召职工家属开荒种地进行自救，她和我父亲勤快，就房前屋后的到处开地，能种什么就种什么，苞谷、洋芋、白菜和豆角的种了不少。秋天，父亲还叫工友们来家里吃煮苞谷。母亲常骄傲高兴地说："都说那几年全国人民都挨饿，可咱们家一点也没饿着。"为了多挣钱，尽量让这个家和孩子们生活得好一点儿，母亲在矿上做临时工，除了生孩子休息了几天，一气就干了20多年。直到20世纪70年代末，知青返城，待业青年剧增，厂矿企业劳动力过剩，被精简下来，才不干了。

记得母亲被精简下来那天，还难受地哭了。其实，1979年以前，我的三个姐姐先后都已经参加工作了，她那时就用不着辛苦操劳了。可勤劳、穷怕了的母亲，还总想多干两天，再多积攒点儿，使生活更有保障，日子过得再好一点儿。直到 1982 年，我参加了工作，当上了警察，没几年又结婚生子后，她才放下心来，告别了一生的辛劳。

就这还没闲下来，一次碰到一位附近农村的妇女拉家常，得知人家有台织布机，一下勾起了她的思绪，忙跟到人家家里去看。看那古旧的样式和老家使用过的一模一样，爱不释手，当场上去就织了起来。看她织出来的一段布匀称平展，人家夸赞织得好，她骄傲地竖起三个手指说"有 30 多年没动过了"。

随后她给人家送了二斤点心，就打发父亲把织布机给借回来了。紧接着翻箱倒柜的找出家里积攒的劳保手套，一双双的拆开，又不知从哪儿弄来许多没用过的棉纱，全部抖成线，忙活着上浆、漂洗梳理整齐，喜滋滋地织起布来。看母亲坐在织布机上操作熟练、潇洒的样子，我惊讶，三四十年过去了，她怎么一点儿都没忘！母亲说："咋能忘了呢！从前在农村的女娃娃家，整天干的就是这活儿。"说着竟还高兴地唱起了《周总理纺线线》，喜滋滋地告诉我，那阵儿公家把棉花分给每一户人家，家家都纺线线织布，支援八路军。

有几次，望着织好的布，她手在上面轻轻地展来展去惆怅，感叹说："这手艺再也没人学了，看样子到她的手上就完了。"还说这回多织些，给我们每人分一点儿做个纪念，不然往后再也见不到这样的土布了。

20 世纪 90 年代初，为了老人生活方便，更好地安享晚年，我们做儿女的商量，把父母从矿上接到了铜川市区。可无论如何也没想到，母亲闲不下来，看到家里堆积越来越多的不用了的旧床单、被罩和衣物，丢掉了可惜，竟然拉出来家中那台已"下岗"了十多年的缝纫机，做起了鞋垫，想拿到街头去卖。

我们竭力反对，不愁吃、不愁穿，这么大年龄了，怎么想起来这么个主意！她说，闲得心慌，有个事做，心里踏实。再说觉得大街上热闹，走街串巷的好玩。于是，铜川街头又多了一个卖鞋垫的陕北老太太。这一卖，竟然又是好几年，一直到街上有了城管，她也实在跑不动了，才收场作罢。

这时，母亲去了一趟七八十里路外的矿区，回来后百感交集，说离开矿上这么长时间了，回去一看，觉得还是那么熟悉、那么亲切。竟然想起了许多往事，特别对从前拉过的架子车，尤为感慨。

我是在矿区长大的，亲眼目睹了矿山的建设发展，对于那种人拉的架子车，太熟悉了。20世纪70年代，无论暑天骄阳似火，还是寒冬朔风凛冽，整天矿区道路上，都有副业队家属们拉着满载沙子、水泥、砖瓦的架子车奔跑的身影。毫不夸张地说，整座矿山地面上的一切，都是像母亲一样的矿工家属，用架子车一车一车辛辛苦苦给拉出来的。

母亲在矿上副业队干了20多年临时工，盖过楼、修过路、拉过垃圾，烧过水泥、白灰和砖瓦，卸过汽车和火车，还在选煤楼上捡过煤矸石，什么活儿都干过。提起那个年月里的辛苦，母亲惆怅说，卸水泥卸得脊背都被水泥蚀烂了，疼得钻心，拉架子车拉的肩膀红肿，大腿内侧都磨烂了，累得要命，实在不行，就吃两片止痛片，硬撑着还干，怕扣工钱，一天也舍不得耽搁。许多活，放到现在，民工也不一定愿意干。还笑说，如今儿的女人就更不用说了，出门逛街还要打把伞，怕太阳晒着了，买几斤水果、蔬菜提在手里就叫喊给累死了。笑说让她们拉个架子车试一试，还不要了小命啊。

我说现在汽车满地跑，火车跑得快的都要飞起来了，机械化程度高了，干活有挖掘机、装载机、推土机，上楼坐的都是电梯，许多事都不用人做了。老人家感慨："你说社会发展的快不快，做梦也想不到，把人也变得娇气了。"

城市街头安逸幸福的老太太

时间一晃，老人家在铜川市区生活都20多年了。如今，每天清晨，她总是把老年证往怀里一揣、手机挂在脖子上，就出门上街去了。在街道上溜达，瞅见有老太太的地方就坐下来，和她们从过去到现在、从你家到我家的聊开了。直聊的太阳晒的头皮疼，才起身乐呵呵的抖抖胳膊、跺跺脚，道别回家。尤其周末，在小吃摊上吃过早点，就坐在公园里的长椅上，跟着大众自发组织起来的合唱团，从头到尾兴致勃勃唱歌，愉快打发时光。

经常末了，老太太余兴未尽，还要扯开嗓子再唱上段陕北民歌，引人围观给鼓掌就更来劲了，高兴地还扭起了秧歌。有人给拍照、发微信，也不理会，更是手舞足蹈扭得欢快。逗得众人一片喝彩，不住赞叹老太太健康长寿精神好。完了再到农贸市场转一圈，买点想吃的东西，沿着平展宽敞漂亮的街道，欣赏着街景回家了。吃罢午饭，还忙着要去打麻将。晚饭后，电视看到不想看，就喝上两口酒，念叨着"骑马坐轿、什么都不胜睡觉"的俏皮话，才上床休息。睡梦中，慈祥的脸上总是带着微笑，看起来总像在做好梦。

每天出去，母亲都有新的发现，回到家里，总免不了一番感慨。一次从街上回来，老人家进门就说："啊呀！我想数一下咱们楼前这条街上，一分钟到底有多少车经过，数了老半天，把眼睛都数花了，也没数清。"逗得大家笑得不行，她不理会，盘算了一阵惊叹："哎呀！光咱们家，你们姊妹四个，加起来就有五辆车啊！"我说："你没看，咱们小区小车多的都没地方停了。"她点点头，笑眯眯地说："是啊！看样子现在的人不是一家两家有钱，都有钱啊！"过去连个"楼上楼下电灯电话"的生活都不敢想，看看现在，几十层高的楼房到处都是，楼前楼后还有花坛草坪，人们都像住在公园里一样，电灯就不用说了，电话早都用上了，如今的手机连个线也不用，讲话还能看见人，人人都有，不得了啊！

她想，像她这样的老年人待在家里，国家每个月给发一千多块钱养老金、一百块钱高龄补贴，看病还有医保给报销，就问我："你说这好事都是谁给办的？"我随口就说："政府给办的。"她生气说："跟没说一样。我问的是，政府谁让给办的？"我说是习近平。她重复念叨一遍名字，点点头说记住了。接着又问："她是谁的儿子啊？"还埋怨自己"刚才还记得，这会儿怎么就给忘了呢"。我说是习仲勋，她重复一遍，感慨说："还是老革命的后人当领导好！总给群众办好事。"

从电视里看到，国家不但不收农业税了，农民种地还给发补贴，实行了合作医疗，看病也能报销了。农村里的老年人也给发养老补助和高龄补贴，她不解地问："国家大了、人多了，哪来的这么多钱啊？"

看她认真的样子，我就认真地给她讲："国家的家底是你们那个年代辛辛苦苦劳动积累下来的，后来的钱是改革开放30多年全国人民挣来的。"她似乎听懂了，感慨说："不容易啊！"还说："不过，一个家里的钱再多，还得掌柜的发话说怎么花，才能花啊。我看，还得感谢习近平。这人厉害、不简单、了不起啊！"我女儿笑说，奶奶什么都懂啊，她故作生气笑骂"你还以为奶奶没文化，是个糊脑狖啊"。

平日里老人家一拧开水龙头、打着燃气灶，就想起在老家冰天雪地里赶着毛驴到沟里艰难驮水、寒冬腊月荒山上砍柴的情景。常说："而今住在宽敞明亮的楼房里，睡在软乎乎的床上，想起黄河岸上的那个小山村和山坳坳中的那个土窑洞，就跟做了一场梦一样。"母亲常常望着我父亲的遗像，满眼泪水感叹"你老家伙！没福气啊"。

每遇母亲问："电视里整天发展、发展地说，还要发展得更好哩。你们说，还要怎么发展，咋个好法？"我们乐了，都说："你吃好、喝好，活他个一百岁，到时候自己看！"老人家听罢也乐了，转而又一本正经拿腔拿调说："世界是你们的，也是我们的，但是你们年轻人朝气蓬勃，就好像早晨八九点的太阳，蒸蒸日上，所以归根结底，世界是你们的！"逗得大家笑得不行，她却又唱起了"鸡娃子叫来，狗娃子咬，我那当红军的哥哥回来了……"

2017 年 7 月

牛弟

牛弟比我小两岁，一出生就遇上"文化大革命"。那时在铜川东边的徐家沟煤矿，我们两家是邻居。大人们整天"抓革命、促生产"，除了上班，下班后还要开会，开展路线斗争运动，忙着揪斗"走资派""狠抓私字一闪念"。牛弟的爸爸妈妈是矿上的"双职工"，俩人"三班倒"上班忙得不行，就把他上面的姐姐送回白水老家去了。就这也不行，天天开会学习，不论有任何事都不允许请假，否则就会被当作落后分子挨批、扣工资，整的两个大人也带不了一个幼小的孩子。没办法，一忙就把牛弟放在了我们家里。

在我们家，只要牛弟一醒来，不是我母亲抱着，就是二姐或三姐抱着他玩，从没有闪失磕碰过。我们家只有父亲一个职工，母亲没工作，生活条件远不如牛弟家，至今我还记得，牛弟饿了，我母亲给他泡他妈妈留下的饼干，馋得我直咽口水，也从没给我吃过一块。我也知道，那是牛弟的东西，从来不去动一下。印象中，那时牛弟长的眼睛乌黑乌黑又大又圆、脸蛋胖乎乎的可爱极了，我简直就把他当作我们家里的一员，我的一个小弟弟了。

在动荡的日子相对稳定下来后，叔叔阿姨不再那么忙了，牛弟也长大了一点，整天有了爸爸妈妈了，不再需要寄放在我们家，然而他已经离不开这个家了，每天除了吃饭睡觉，就在我们家玩耍，不论我到哪里去玩，总像一个小尾巴一样跟着，与我形同一对小兄弟。更奇怪的是，他经常放着自己家里好吃的白面馍馍不吃，偏要吃我们家里难吃的苞谷面馍馍。大家笑他，他却吃得香甜。那时候，家家的粮食都是凭粮本限量供应，基本都不够吃。我这个小孩子也知道粮食的缺贵，所以除了让牛弟吃我们家的东西外，根本不让别人吃，惹得大人好奇。

后来，我们上学了，虽然都各自有了自己的小伙伴，但是一放学回到家里，就迫不及待聚在一块儿玩耍。不论在外面什么地方碰到了，总是眼睛一亮，感到亲切。有一次，他和一对小兄弟俩骂仗，正好让我给碰到了，二话没说上去就打了人家，弄得人家爸爸拉这哥俩找我父亲告状，吓得我半夜不敢回家。

牛弟聪明，弹球玩得非常好，许多比他大的小孩也玩不过他。他隔三岔五地就把赢来的一大把玻璃球拿来给我看，并把其中品相较新或较完整的挑出来毫不吝惜的给我，再拿剩下的那些疤疤啦啦不好的去找人玩。什么好东西都舍得给我，我至今还珍藏有那时他送我的一枚民国时期孙中山头像的红色邮票。

又后来，我家从矿上的拐角楼搬到三号楼去了，我们不再是邻居。可我们小兄弟俩依然如故，还是整天你来我往地在一块玩。每年大年初一大早，他依旧天不亮穿着新衣服，兜里揣上一把拆散了的小鞭炮来找我出去玩。我们一人捏着一根燃着了的细火绳，相伴在外面兴高采烈的边逛边放炮，一旦听到哪里放鞭炮，就立即循声而去，在地上寻找一些没有燃着的炮，捡起来开心的燃放。我和牛弟这样幸福愉快的童年和少年时光，一直持续到20世纪70年代末，随着他爸爸妈妈调回了白水老家才不得不结束。

这次一别，就是七八年杳无音信，当时我觉得这段时间很长很长，我们相距很远很远。

20世纪80年代后期，在我脱产到西安学习期间，我们又联系上了。那天相见，我很激动，一股久别重逢之情油然而生，内心满是惊喜。一年多后，我出差去渭南，恰好此时他在那里上学，我们又相见了。没说几句话，他告诉我，他谈对象了。还把我带到他们教室外面，在楼梯上悄悄地透过门上气窗，指给我看。还问我："怎么样？"我满脑子里惊喜，牛弟长大了！高兴地直说好。

待我们再见时，他已在华阴县一家大型国有企业工作了，儿子跑跑也三岁了。那天找到他家里，他不在家，去西安工地上了。我对弟妹说自己是从铜川来的，她一听就乐了，眉开眼笑忙把我让进家里。我纳闷，我们从未谋过面，她竟然这般热情，便调侃问："你知道我是谁啊？"她笑眯眯地连声说"知道"。告诉我，牛弟经常说起我。我何尝不是这样，经常没完没了给爱人和女儿讲牛弟的许多往事。

初次见面，弟妹给我的印象很好，我感到牛弟很有福气，娶了一个好媳妇。

牛弟周末回来，听妻子说我来了，一进家门就忙扛起从白水老家捎来的一口袋上好的苹果，到宾馆去找我。那时的周末才休息一天，第二天他就到西安上班去了。第二个周末，我又去了他家，见到小侄子跑跑，仿佛看到了儿时的牛弟，觉得很亲，买了一个玩具装载机送给他，表示爱意。

这次一别，时间不长，牛弟还来铜川看过我一回，后来又十多年没见面，仅有电话联系。其间，得知他辞了厂子里的副处长去了上海，我爱人大加赞赏，来了好一通夸奖，看我良久不语，就质问我，你难道不赞赏牛弟吗？其实，她不知道那一刻我在想什么，牛弟这一壮举着实让我吃惊不小，我在思量，他这一去，今后妻子、儿子怎么办？到上海人生地不熟，又怎么闯荡？究竟前景如何？直到2011年春节的时候，牛弟带着父母和妻子突然来到了家里，我的那些担心才散去。

那天，看到牛弟开着自己的车，又听说弟妹也去上海工作了，还在上海买了房子，眼前年已古稀的叔叔阿姨身体健康，我打心眼里高兴。谈笑间，许多童年往事不停在脑海里翻现。吃饭时，牛弟突然问我："记得不记得你带我去发射自制火箭的事了？"并高兴地绘声绘色对大家讲起来。

这次两家人时隔近30年的相见，着实让大家都很高兴。我和母亲都认为，这个春节，是这些年来过得最有意义的一个年。

我暗自盘算，牛弟在上海离得远，叔叔阿姨在白水不远，我以后一定抽空多去看他们。谁知天有不测风云、人有旦夕祸福，随后我的眼疾竟然恶化到了不能单独出门的地步，从铜川到白水近在咫尺，我也去不了啦。当得知阿姨得了绝症的时候，我连电话也不知道怎么打了，觉得自己去不了，给正常人无论怎么解释，人家恐怕都想象不来、无法理解，仅是嘴上问候，不但不顶用，还让人感到虚假，不如不问。但是又觉得连问都不问一下，未免有点绝情。对于这件事，我就这样纠结，在矛盾中稀里糊涂拖拉了下来。

牛弟兴许理解我的处境，不然他怎么从不在意我不主动给他电话，还时常给我电话，电话里也从不提及他母亲。这倒使我的尴尬和不安得到一点暂时的缓解。当得知阿姨离世的噩耗时，阿姨已经去世三年了，我哭了，哭的实在复杂。

回首往事，我和牛弟来往那么多次，从没有过一次大碗喝酒大块吃肉和任何经济往来，却能历经岁月磨炼，依旧感觉亲切，真是难得可贵。

腊鼓声声，周围又弥漫起浓浓的年味了，我心已定，这个春节无论如何，都要给叔叔拜年去！

2015 年 12 月

故乡在何方

尽管每次在填写个人简历时，我都会不假思索地在籍贯一栏写上"陕西省绥德县"几个字，但内心却不踏实。因为，我从来不知道，自己的故乡究竟在哪里。

听父亲说，我们家应该是陕北神木县高家堡人。清末，还是个做生意的人家。有一次，我的曾祖父赶着驼队从口外贩运货物回来，不幸遭遇土匪，牲灵和货物被洗劫一空，觉得没法回家给集资入股的乡亲们交代，就对随行的十二三岁的儿子说："这么多东西丢了，搭上咱们全部家当，几辈子也赔不起。"叮嘱儿子记住，今后一直往南走，不要回去，遇上任何人问，都不要说你是哪里人。随后，曾祖父一气之下，含辱吞食大烟膏自尽了。这个孩子，正是我的祖父，也真的听大人的话，沿着无定河朝南走了。

我父亲也说不清，祖父是什么时候，怎么学的木匠手艺，又是跟谁学会给人看病的。十多年后，竟然在无定河下游的清涧县店则沟，给一户张姓老爷家做木工活时，传奇般的意外给人家患病的婆姨开了一个药方，治好了病。张老爷诧异，家人东到太原，西去银川，都看不好的病，竟然让一个小木匠给看好了。便问："你有这本事，怎么还下这苦，做木工活？"祖父说自己没有本钱，张老爷豪爽出资，就帮他在镇子上开了一个中药铺。于是，祖父就穿上长袍、戴上红顶缎面的瓜皮帽，坐堂当起了行医问药的"先生"。没几年还娶妻生了子，在这里扎下了根。

可惜，命运多舛，后来两个孩子相继夭折，沉重地打击了祖父。他认为自己行医看病救了那么多的人，却救不了自己的孩子，这一定是命运的安排，便灰心丧气，对生活失去了信心，抽起了大烟，没有心思经营药铺了。直到1924年有了我父亲，没几年又有了我姑姑，才慢慢打起了点精神。然而，抽大烟弄坏了身体，我父亲九岁那年，他就撒手人寰走了。没过两年，我奶奶得病也跟上走了。

可怜撂下我父亲一个十一二岁的孩子，寒冬腊月埋了母亲，无依无靠，带着三四岁的小妹妹无法生活，就背起妹妹哭着走了十几里山路，在妹妹的哭闹中送了人家。

这时的家，除了父亲一个十一二岁的孤儿和一孔窑洞、一点破烂的铺盖和几个盛放中药的空柜子，再就连什么吃的和像样的东西都没有。镇子上一个跑买卖的好心人，可怜他无依无靠，实在没法生活，就带上他给自己帮忙跑买卖去了。

有一次路过绥德定仙墕，遇到一个大户人家需要帮工，跑买卖的好心人的生意也不怎么样，养活不了他，就把他留了下来。这时恰好遇到中央红军到了陕北，大户人家也不敢再像过去那样欺压百姓，几年辛苦下来，父亲还挣了点钱，买了一点地，就在这里落了脚。再后来，全国解放了，又分到了一块土地和一孔窑洞，还娶妻生了子，先后有了四个孩子，算是在这里扎下了根。

然而，随着农业合作化的兴起，土地归了集体，灾难再次降临。到了 1958 年冬天，日子彻底过不下去了。我的父母亲怎么也弄不明白，为什么拼命干了一年，打下那么多粮食，都交了公粮，让社员忍饥挨饿受穷呢？眼看就要过年了，家里却没一点吃的了。为省下自己一口吃的，能让老婆娃娃娘们几个凑合过个年，父亲不得不在猪狗都不愿意挪窝的腊月天，远走他乡，到千里之外的铜川下井挖煤去了。就这还不算，一年后，村里人嫌父亲这个壮劳力走了，留下婆姨娃娃是村上的负担，干脆下逐客令，让父亲把婆姨娃娃也带上走。父亲不得不携家带口，背井离乡去了铜川。

在铜川北部山区，父亲工作的矿上，全家人很顺利的上了户口，吃上了商品粮。第一次在粮站买粮时，母亲望着雪白的大米，幸福极了，当年就生了个儿子，感觉好日子终于开头了。可是命运却又在这里打了个结，这个孩子三四岁时夭折了。好在过了一年多，1963 年的秋天，我出生了，笼罩在全家人心头的阴霾才渐渐散去。虽然我出生在这里，却对这里没有一点印象，因为在我三岁时，这个煤矿就下马了。我们举家随父亲工作单位的变动，搬到了铜川东边的徐家沟煤矿。

徐家沟矿，隶属于铜川矿务局，却地处蒲城县最西端的广阳地盘上，与同属于铜川矿务局的鸭口矿之间，仅隔着一个不大不小的村庄。从徐家沟矿这头，走到鸭口矿那头，感觉简直就像是在一个矿上走了一趟。在这里成长，我不但深受铜川矿区独有的文化熏陶，而且还接受了渭北高原乡土文化的感染。

提到鸭口，必然让人想起路遥的长篇巨著《平凡的世界》。其中作者用了好几个章节笔墨描写的孙少平下井的铜城大牙湾煤矿原型地，就是这里。第一次读这部小说，我就被其中的许多人物故事给深深地吸引住了，当我在书里跟着孙少平到了大牙湾煤矿，惊讶地发现，大牙湾煤矿的办公楼、区队办公室、井口、澡堂、职工宿舍楼、学校、医院，以及蜿蜒的公路和铁路等地方，相互之间的地理位置关系，竟然和现实中的鸭口矿的几乎一模一样。描述的矿工及其家属子女生活情形，栩栩如生，感到亲切，一气儿读了好几遍，至今爱不释手，读起来仍兴奋。

那里有我的童年，留下了我少年的梦，我太熟悉那里了。

我最早的记忆是从"文化大革命"的爆发开始的，虽说凌乱不全，但是感官印象却很深刻。整个矿区铺天盖地到处张贴的都是巨幅标语和大字报，大人们整天开会，今天批这个，明天斗那个，后天又带上柳条帽、拿着各式各样的"家伙"到铜川武斗去了。就连学校里的哥哥姐姐们也穿上自家做的绿军装，拿起了红缨枪，喊起了和大人们一样的口号。在我的眼里感觉真美，天天都有热闹看，上厕所用的手纸在墙上随处可得。甚至扔掉铁环、沙包和玻璃球不玩了，模仿大人们游行、开批斗会的样子，高喊着口号，当作游戏玩。好像没几年，这样的日子就不见了，反到觉得没意思了。

这里海纳百川、包容天下，不但接收了来自三秦大地各个地区的人们，还热情接纳了河南、河北、安徽、山西、山东、江苏、四川，以及北京、上海和遥远的东北等五湖四海，从部队转业、学校分配和工厂调动来的人们。他们兴高采烈的拖家带口会集矿区，把天南海北不同的文化汇聚在一起，将不同地域优秀文化展现，形成了这一块热土独有的文化特色。以至于让我足不出户，从小在这一方狭小的天地里，就领略到了众多文化风貌，饱受中华民族丰富优秀文化熏陶和滋养。

1970年秋天，我在子弟学校上了小学，直到1980年上完中学才离开那里。现在想起来，虽然在那个年代，从书本里没有学到多少知识，但是却从当时的那些老师身上学到了不少东西。也多亏了那个年代，把那么多的大城市名牌大学的人才下放到了那里。他们不仅给我们这些矿工的孩子们讲授书本里的一点知识，还给我们讲述许多书本里没有的历史文化、天文地理和趣味科学故事，描述他们曾经在象牙塔里令人向往的学习生活和外面五彩斑斓精彩的世界，开阔了我的眼界，增长了我的见识，启发了我的思想。至今三四十年过去了，我依然清晰地记得他们平日里谈吐儒雅，风度翩翩的样子。遗憾的是，他们随着"文革"的结束都走了，去了本来就属于他们应该去的地方。我再也没能见过他们。

那些年上学，每天从那个夹在两个矿区中间的村庄里穿行，让我几乎对村子里的每一户人家都耳熟能详，熟悉了农家一日三餐、畜牧耕作和婚丧嫁娶等许多生活习俗。尤其是村头那棵树洞子里能容纳两三个小孩子玩耍的空心老槐树，村中水井上古老的辘轳，麦场里高高的麦秸垛，和成群的牛羊，以及农户大门前纳鞋底的农妇，傍晚扛着铧犁归来的农夫，周围山上农田里播种下的青苗、大片成熟了的各种各样的农作物和到处弥漫着的浓郁的乡土气味，永远地刻在了我的脑子里。渭北山区农民勤劳质朴、不懈追求、顽强生活的精神，深深感染我，伴随我一生。

那个年代，在矿区生活，虽然家家户户的生活条件不怎么样，购买粮油要凭粮本限量供应，买点儿肉食品、棉花布料、白糖、碱面等生活必需品也要票证，生活日用品十分匮乏。可是矿区的文化生活却很丰富，经常有文艺宣传队来矿上演出，每周大家至少都能看上一场电影。矿上还有一帮子吹拉弹唱的人马，整天纠集在一起排练节目，演出一些样板戏之类的现代戏，经常自编自演一些秦腔、眉户、碗碗腔、豫剧等小型地方戏剧和相声快板等曲艺节目。其中一些节目内容，至今我还记忆犹新，甚至还记得一些台词。打倒"四人帮"，"文革"刚一结束那阵子，矿区沸腾了，文化生活达到了空前绝后的局面。许多老电影和传统戏剧节目解禁，俱乐部里天天放电影、唱大戏，看得人眼花缭乱。也正是这段时间，跟着大人们整台整台的看古装戏，看完后又一次次听他们乐此不疲地评说，让我学会了看戏，了解了国粹，懂得了一些戏剧常识，奠定了我的中国戏剧文化基础，不至于上苍赐予我生命，活了一辈子，连祖先一代一代传下来的"中国戏"都看不懂！

上高中时，国家恢复高考，从前那种无忧无虑玩耍的日子就此终结。后来，虽付出了一些努力，但由于我一颗少年的心，融进了过多、过于成熟的矿区文化元素，早已变得不再单纯，思绪飞得太远、太高，整日里想入非非，所以学习分了心，高考就落榜了。还没来及迷茫，就被父母赶进了招收国家干部的考场，也就是参加了现在人们所说的"国考"，结果还给考上了，被录用到监狱当了警察。又回到了20多年前，我们举家背井离乡来到铜川，当初落脚的那个煤矿附近的一所监狱工作，一干就是30多年，把一生最宝贵的年华留在了这里，并娶妻有了女儿、成了家。

回味人生，百感交集，我忽然明白了，故乡就在先人历经的路上，就在我的脚下。

2014 年 3 月

第五辑　秀美山川

四季杏树坪

在铜川北关，乘车一路北上，到了名闻遐迩的古关隘——金锁关，离开 210 国道，向西行进，驶入高山崇岭之间，你立刻会被眼前弯弯的小河，淙淙的流水，简易的小桥，一片片裸露的土地，以及不远处的农舍和袅袅青烟构成的优美的田园景色所吸引。

车窗外，一排排茂盛的杨柳闪过，车就驶上了柳林沟蜿蜒的山路。过了嶙峋一段曲折的道路，进入崔家沟，再从桃花洞前、韭菜沟淌出的溪流形成的"眼镜"湖畔穿过，跃上瓷窑子，翻过山梁，到了南坡村口，视野豁然开朗。

绵延起伏的群山，松柏苍翠，层峦叠嶂，尽收眼底。放眼望去，远处有一座奇特的馒头山横卧，十分醒目。山脚下，两条山沟的交汇处，一幢幢楼房依山而建，高大的选煤楼蔚为壮观。这里，就是杏树坪。

不用华丽的词藻描述，仅凭杏树坪这个地名，就足以使人想象的来，这儿的景色是多么的美好。

夏天，若是前往，一过金锁关，阵阵凉风扑面，即刻让人清爽许多，刚才在关中道上的酷热和无奈立马就消失了。还没到杏树坪，就能给人一个好心情。

杏树坪居住的人口不多、也不少，十几栋楼房错落有致，盛夏时节，群山环抱，山野植被茂盛，草木葳蕤，蓝天白云悠悠，格外宁静安详，远远眺望，像是一处避暑山庄。漫步其间，绿树成荫，碧草青青，定会使人感叹，这里的盛夏无酷暑！

走进杏树坪北面的核桃峪，两侧青山耸立，一条小河蜿蜒，河水清澈哗哗流淌，空气格外清新，令人神清气爽。逆流而上，忽见一弯绿水碧波荡漾，使人惊喜。伫立水边，杨柳垂岸，水鸟儿掠过水面荡起层层涟漪，出神入化。这时，千万不要被眼前的美景所迷惑、流连忘返于此。继续前行，在不远处的小河岔口，进入西面的瓮沟，即可看到又是一潭幽静的库水汪汪。只见一边是数丈断崖峭壁，一边是满布松树的山坡，蓝天被拥挤的狭长，显得越发的蓝，白云更加洁白，天空纯净的都能拧出水来。平静的水面，把蓝天、白云、青山和峭壁上的劲松一并收入，呈现景色完美，使得幽深的山谷越发神秘。身临其境，仿佛步入仙境，心旷神怡。

若是有福气，遇到盛夏雨后，在山间茂密的松树林中，还能拣到鲜嫩的野蘑菇和好吃的地软，带回家中烹制佳肴，定能一饱口福。

提起杏树坪夏天的凉爽和快意，这儿的人总会得意骄傲地说"不然，李世民当年咋会把避暑的行宫——玉华宫，修建在这里"。

秋天，天高云淡，清凉的秋风早早地来到这里，漫山遍野的灌木丛被霜色渲染的火一般红，松柏墨绿，山野浪漫，极富诗意。天边不时有南飞的大雁从山巅飞过，引人无限遐思，万千感慨。

馒头山壮美挺拔，山顶突兀的巨石，真像是盘古开辟天地时，留在那里的一个硕大的馒头，令人叫绝，立刻会产生登攀的欲望。

从馒头山下上山，蹚过小河，穿过一片茂盛的松林，山坡草地上遍布盛开的野菊，指甲盖般大小，有黄色的、白色的，还有淡蓝色的，自然恬静中不失野性的芳艳，成片地夹杂在绿草丛中，把草地侍弄的像精美的花地毯一样漂亮。沟畔上和羊肠小道两旁的灌木丛里，红色的野山楂、黄色的沙棘果和黑紫色的野葡萄，随手可得，任人品尝。山上柴胡、沙参、黄芪、党参、银翘等许多草药，随处可见。顺手挖一点，带回去煲汤药膳或是泡酒，美不胜收。

登上峰顶，你会发现，"馒头"是由无数鹅卵石，黏结而成的一整块硕大的巨石，十分坚硬。四周光秃秃的连一棵草都不长，三面断崖峭壁，只有南面是道光滑的陡坡，可以上去。

站在馒头山顶，天地开阔，万仞群山尽在脚下，天显得近了，伸手可得，可当真正伸出手来去抚摸，却让人觉得更加遥远而震撼。再望脚下的杏树坪，清秀玲珑。回身馒头山后，群山起伏如海、绿浪涛涛，气势恢宏。天之尽处，天地融为一体，蔚为壮观，不禁使人感慨，在雄伟浩瀚、豪迈奔放的大自然中，人类是多么的渺小和无奈。

冬日，晨雾天气，山路笼罩在云海中，行走其间，脚边云雾缭绕，景色有趣、罕见。当太阳高高升起、云雾散去的时候，周围满山树木枝丫上挂满的薄冰，晶莹剔透，背衬蓝天，在阳光的照耀下，玉树临风，景象迷人。

雪天，朔风凛冽，漫天雪花飞舞，望天地苍茫，白雪皑皑，冰天雪地，恰是领略毛泽东《沁园春·雪》中诗意的绝佳时机，真正是好一派北国风光，千里冰封，万里雪飘的景象。苍劲的青松迎风傲雪，形态万千、斗志盎然，默默地演绎着陶铸《松树的风格》，催人昂扬。

矿区的许多坡道，被成堆的孩子们溜冰溜得光溜溜的。过路的大人们，也不由得会被孩子们欢快的笑声所感染，情不自禁上前滑上一下，一个四脚朝天，引起欢笑一片。

当温柔的春姑娘跃过秦岭，迈着轻盈舒缓的脚步横穿八百里秦川，一路欢歌来到杏树坪时，树木枝头抽出点点新芽、泛出嫩嫩绿色，沟畔上串串迎春花争相齐放，满山遍野桃花怒放，粉艳照人，撩拨人心。每当这时，就连过路的司机也会停下车来欣赏良久，意犹未尽，还要美美地带上一大把桃花，插在车内，带回家中装扮心情。

和畅的春风里，孩子们把美好的未来制作成各式各样五颜六色漂亮的风筝，在蓝天上放飞。

朋友！你能体会得到吧，杏树坪的四季，景色分明，绚丽迷人。然而，你可能不知道，生活在这儿的许多人长年坚守在山后的高墙内，却无暇顾及欣赏美好的景色。他们有着大山般坚毅的品格和雄壮的气魄，用毕生的精力和心血，辛勤地浇灌着大墙内一棵棵残苗，执着地开启一把把锈蚀的心锁，构筑起一道道牢固的防线，高歌壮美的人生，唱响美好的未来，点亮渭北高原上的一颗璀璨的明珠，与大自然的雄浑壮美和谐辉映。

1997 年 9 月

这里有座馒头山

在铜川耀州区的最北端，到了群山环抱、松柏苍翠的杏树坪，随便在什么地方，放眼望去，一眼就能看到，她的西边有一座奇异的山峰，山顶一块巨石突兀，酷似一个硕大的馒头放在上面，十分醒目。

令人叫绝的是，从山顶向南移动视线，苍穹下，山形竟神奇的勾勒出一个挺着胸膛，大腹便便，翘起大脚，神态怡然自得仰卧的大佛形象。再将视线从"馒头"向北移动，依着山形看去，另一侧又是一位长发飘逸、下颌微翘，身材修长的少女在闭目养神。

凝神端详，点缀在山梁上的一棵小树，像是卧佛胸襟上的带扣，又似少女秀发上的丝带，妙不可言。

远远望去，雨水在"馒头"上冲刷出的几道浅壕儿，竟勾画出大佛的慈眉善目和方口阔腮，倒过去瞧，又似少女的弯弯细眉和香唇。平心静气观望片刻，就连大佛有节奏的舒缓吐纳，少女平缓的喘息声，也能听得到。

在阳光灿烂的日子里，她们眉开眼笑，展现给人们的是一副宽容、和蔼可亲的慈祥面容。但随着一年里的春夏秋冬气候变换，天气的阴晴、雨雪、云雾气象的转变，他们的神态也会变化，或神情专注，祈福降临人间；或愁眉不展，忧心天降灾祸；或不动声色，神秘兮兮……

每当夜色降临，景象更是迷人，且四季不同，或在沉沉的暮霭中从容淡没，或在万道霞光里潇洒西去，或在傍晚的云雾中突然蒸发，或在冬日的雪影中悄然隐去……，迷离扑朔，令人敬畏。

这，就是馒头山。她所处的山脉横亘于杏树坪的西边，像座巨大的墨绿色屏风，装扮得杏树坪越发清净、优美。

站在馒头山上瞭望，对面山顶，1400多年前，曾有一座皇家寺院——隋代普陀寺，与其遥相呼应。遥望远方，东北面的30里路外，又是唐代李世民的避暑行宫——玉华宫，也就是当时远赴天竺取经归来的玄奘，翻译经卷的玉华寺遗址。东面四五十里路外，正是捍卫北方进入关中平原，闻名天下的金锁雄关之所在。南面又与五六十里开外，久负盛名、香火旺盛的大香山遥遥相望，不由得使人浮想联翩。

这里，独特的地理环境和面貌，福佑馒头山下，四季分明，景色迷人。春有桃花漫山遍野盛开，装扮山野春光无限；夏有超凉气候宜人，令人神清气爽；秋有山色烂漫，累累果实，引人无尽遐思；冬有雪花漫天飞舞，将天地装扮妖娆一色，震撼人心，引人感慨万端。

我为大自然的造化所折服，被一种感觉和神奇的力量深深地吸引。

在馒头山下生活了几十年，每一天，无论茶余饭后休闲漫步，还是忙碌工作之余，甚至匆匆上下班的路上，我不由得都要望着她，默默地说上几句话。

馒头山是有灵性的，馒头山是有生命的。她天天都在望着我，了解我的过去，见证我的每时每刻，懂得我的心，知道我人生的追求和目标，能给我许多安慰、鼓励和信心。

无论春夏秋冬，雨雪风霜，什么季节，什么样的天气，每当夜幕缓缓垂下，我就莫名产生一种生离死别的感觉，想极力挡住下垂的夜幕，再多看上几眼馒头山。

仰望馒头山，我经常在想，那些习惯了都市繁华生活，过路杏树坪的人们，偶尔来到这里，看到她，能发出怎样的感慨？

也许，他们会赞美馒头山的奇特，欣赏杏树坪的风光。可我总觉得，仅凭一面之缘，没有亲眼见过馒头山的四季神韵，是难以了解和读懂馒头山的，是无法理解这里的人们与馒头山的情感的。

我无比热爱生活，热爱馒头山，以至于将自己也融进了馒头山，融进了馒头山上的一草一木……

2002 年 10 月

北山里的教场坪

在耀州人的印象里，北部山区山高沟深，植被茂盛，常有野兽出没，盛产核桃、苞谷、荞麦、洋芋等农作物，以及党参、柴胡、黄芪名目繁多的中草药，地下煤炭资源丰富。去过的人都知道，山里雨水充沛，满目群山层峦叠嶂，林木长青墨绿如海，小河纵横溪流重重，翠鸟啾啾不绝于耳。春来山花烂漫，夏日气候凉爽，秋天果实累累，冬至雪天山川银装素裹，四季景色万象，令人赏心悦目。还有红色名镇照金，佛教名刹大香山，黑鹳在河道里自由自在觅食，美丽的朱鹮在天空展翅翱翔，众多景观吸引游人如织。但却少有人知，那里有处地方，曾被古人当作重要的屯兵之地。

山里最北端、海拔 1600 多米的凤凰山南麓，沮河源头的丘陵地带，有一条北起凤凰山下核桃峪，南至庙湾镇的田家咀，时宽时窄约六七十里长的川道。川道两侧壮丽群山绵延簇拥，中间沮水蜿蜒，土地肥沃，几处农舍青烟袅袅，一条铁路南北驰骋，田园山色风光优美如画。

坐落其上的瑶曲镇北面、十余里的川道里，有个教场坪村。这里地势平坦略显东高西低，清澈沮水静静绕过，两侧山峰松柏常青、雄伟挺拔、气势不凡。相传，这个地名的来历，与唐太宗李世民有关。据说，它附近一道沟里的马厂子和北面两三里地的车凹村，曾是当年李世民军队的养马场和存放兵车的地方。

从地理位置看，在教场坪顺着川道南下三四十里，翻上崎岖险要的九里坡，就是一望无际的八百里秦川，关中平原即可一览无余。而沿着川道北上，翻过子午岭，不出百里便可到达甘肃正宁，放眼西去，通往大漠门户洞开。它的东面、二三十里地，又是名闻遐迩的古关隘——金锁关。要知道，唐初金锁关以北的陕北黄土高原和正宁的西北，还都是游牧民族栖息或经常出没动荡之地。由此可见，在此屯兵，既可遏制少数民族入侵，镇守关中平原，又可向北大举出兵，主动出击消灭来犯之敌。

再说，据此东北 20 多里处，唐初还有一座李世民的避暑行宫——玉华宫。这就使人更为相信，李世民当年极有可能将此作为护卫玉华宫，防御外族入侵的一处军事战略要地。

我工作的单位就在教场坪北面不远处的杏树坪，30 多年来，每每从此经过，看到此处独特山川地貌，总会浮想联翩，思绪不由得穿越 1300 多年，飞到李唐王朝。眼前浮现李世民头戴金盔、身披金甲，胯下战马挥舞长剑，指挥千军万马的雄姿，以及无数将士组成的威猛军阵。

乘车行走其间，常常望着两旁满山苍松翠柏和茂密丛生灌木出神，努力寻找千百年前埋伏其间的将士们的身影，极力想象和寻觅李世民当时所处的位置。车子一个刹车颠簸什么的响动，竟会使我心头一怔，耳畔响起震天杀声，感觉仿佛千军万马冲了过来。

工作闲暇，业余爱好收藏古钱币，常在周边农村走动，我发现，到手的古钱币多为宋代的，感到不解。向本地上了年纪的长者请教，都说北宋时，这道川里也曾有大量军队驻扎，老百姓家里的宋钱可能都是那个年代留下来的。联想这里独有的山川地貌，古代地理位置的紧要，20 世纪 80 年代听人说，有几次发洪水，瑶曲镇的一段河床，还被冲出大量窖藏宋钱。我想，此处在北宋年间，极有可能也曾大量屯兵，用作防御西夏入侵。

更为厉害的是，就在教场坪南、三四里处，瑶曲火车站的背后、蔡岭的断崖上，赫然呈现几处新石器时代文化堆积灰坑。曾出土红陶、灰陶和鹿角等兽骨，以及两座那个年代的房址，据文物部门考证，属龙山文化遗址。历史文化久远，令人咋舌。

岁月沧桑，斗转星移。如今，这里的人们富裕起来了，生活态度也变了，变得不再只是挖煤赚钱，变得学会了生活，珍爱自己居住的家园环境。关闭了小煤窑，办起农家乐，兴起了乡村观光游，开启网店，上网卖起了山里的土特产，走上了一条绿色生态富裕发展之路。

周边厂矿村镇的许多人买了车，也都看上了教场坪这块地方，把河滩一片空地当作练车的好地方，圆起驾车梦，从这里出发，潇洒走遍祖国名山大川。

2017 年 8 月

初夏听雨

已是夜深人静，守在电视机前，突然窗外荡进一股清新的气息，用心仔细分辨，有泥土的清香，有花草的芬芳，还有雨水的湿润。心里一怔，下雨了！

小满时节，刚刚入夏的雨夜，春天的尾巴还在。雨水带有随风潜入夜，悄然而至轻柔的春雨特点。

在阳台上，遥望夜空漆黑，四周一片寂静，看不到雨，却见周围高处的楼上，几户人家亮着的窗，清亮耀眼。从路灯照在地上反射起的亮影里，才看得出地面湿漉漉的。不由得将手伸出户外，感觉到一颗颗自天而降的雨，洋洋洒洒轻轻飘落，已不再冰凉。

朝不远处黑魆魆的山望去，脑海里满是茂盛起来的树木花草，在雨中舒展、婆娑轻舞的样子，惆怅满怀。

忽然，隐约听到一种悦耳的声音，用心去听，方才听出来，是雨水落在草木无数嫩绿的叶片上，弹出的细碎而有节奏的声响。这声音，时而渐渐地远去，远去的一点儿也听不到了，时而又回来，由远及近慢慢地变得清晰，没有一丝的杂音，奇妙的轻轻触摸我的耳膜，舒缓我的每一根细微的神经，抚慰我的心房，平抑我大脑中尚在活跃的一些细胞，竟使血管里的血流变得舒缓，头脑异常清净。

良久，微风吹来，感到一阵凉意，我才回到屋里。躺在床上，却发觉，那曼妙的雨声又跟了进来，在窗台上继续轻唱，使我很快进入梦乡。

梦中，夜空漫天飞落的雨滴，变得晶莹透亮，像是给无边无际浩瀚的宇宙，挂上了一道水晶般漂亮的珠帘，天一样大，美轮美奂。我在其间自由自在酣畅翱翔，抖动天帘，引起万千星辰轻舞……

虽是在茫茫西北，渭北高原山区，植物没有宽大肥厚的叶面，供雨滴尽情拍打，产生不了雨打芭蕉那种浪漫动听的音响效果，可这里初夏的雨夜，却能过滤掉世俗的烦扰，给心灵一个栖息之处，使人安详，远离浮躁，享受到一夜清净带来的快感。

2017 年 6 月

杏树坪的秋天

夏天来到杏树坪，无不为这里气候的凉爽宜人而惊叹。然而，殊不知这儿的秋天，风轻云淡，山色烂漫，景色深邃，更是迷人。

这里，夏日来得迟、去得早，处暑一过，天气立刻转凉，好像一下子就入了秋。白露过后，夜晚阵阵凉风吹来，竟让人感觉深秋般寒气逼人。

周末，天高云淡，风清气爽，漫步杏树坪核桃峪口，小河弯弯，流水潺潺，农庄恬静，风情悠然。村后小河边上的苞谷地里郁郁葱葱，刚收过洋芋的地里，裸露潮湿的土壤，散发出的气息清新扑鼻，沁人肺腑。

信步进入核桃峪，两侧山峰绵延、墨绿如黛，翠鸟鸣啾，感觉神清气爽，恍如仙境。忽见两侧山峰收紧，堤坝横卧，一湾清水汪汪，水面波光粼粼，阵阵清风裹带松柏的清香扑面而来，令人陶醉。

忽然，远处灌木丛中一片火红惹眼。疾步前往，抬头张望，崖顶一株苍老的野山楂树上星星点点缀满红红的果实，让人垂涎。无奈，高不可攀，只能仰慕望"梅"解渴，翘望良久作罢。

绕过山湾，四下无人，却见山脚停放两辆崭新的农用三轮。看车斗里满是流光滚圆的青皮核桃，忍不住拿起一个大大的掂量把玩，忽从路旁丛林跳出人来，吓我一跳。那人把扛着的袋子往车上一撂，双手抓住袋子底部使劲一提，再一抖，"咕噜噜"一下就倒空了口袋。随后撩起衣襟，擦了头上的汗，冲我笑着说："随便吃。"边说边卷好袋子，转身爬上山坡，又消失在了路边的丛林里。

这时，我才注意到，周围寂静的山林中，隐约有些响动。仔细辨认，方才明白，那是一些农民打核桃发出的声响。

这儿的山坡上、洼地里和沟沿边，到处都是核桃树。每年这个时候，从早到晚，村子里的很多人家，男人掮着长长的木杆子上山去打核桃，女人和老人则围坐在青皮核桃堆的像小山包似的院子里，喜气洋洋地忙着清除核桃上的青皮。只要收拾好的核桃能装一两袋子，他们便急忙扛起到矿区市场去卖掉。

此时，矿区的菜市场和家属院的道路两旁，满是买卖核桃的人。路上的行人稍一迟疑，卖核桃的农民便立刻抓起两个核桃，麻利地用夹子夹开，摊在核桃青皮染的乌黑的手掌上，热情递到面前让人品尝，弄的人不好意思，不得不买。

这段时间的矿区，行人手里提的东西，几乎都少不了一袋子核桃，随处都能听到人们脚下踩碎核桃皮，发出的"啪啪"响声，小孩子一个个吃的嘴唇都成黑的了。

谁家的核桃个大皮薄，价格便宜，是不是绵瓤，出油没出油，香不香，自然成了这段时间人们津津乐道热议的话题。

这情景场面，渲染秋意更加丰富，起码要持续半个多月才淡去，

每到中秋，百里之遥的山外，八百里秦川刚才领略到点儿秋意时，这里已是秋风猎猎，满山红叶，秋色正浓，一派深秋景象。尤其是雨后的馒头山，云蒸霞蔚，从容壮观，秋韵无限。

2016 年 10 月

242

杏树坪的桃花

在杏树坪生活了 30 多年，每到春天，看惯了这里漫山遍野自由奔放的桃花，再往他处，瞧见人为栽植的桃花，无边无际，遮天蔽日的景象，除了为那里的人们追求经济效益所下的功夫感慨外，再无感觉。

杏树坪的桃花，由于气候原因，比山外的晚开半个月左右。然而，一旦绽放，远远望去，田边地头、沟边崖畔和山坡上，一丛一丛盛开，随处可见，遍野烂漫。虽没有铺天盖地之势，称不上是花海，但绝对是花的世界，把这里的春天装扮的煞是好看。

这里的桃花，野生野长，不知长了多少年了，一株两株随意生长，既不成林，也不成片，每株长得总也不过一人多高，树干苍老，枝条新嫩，花朵粉艳妩媚芬芳，百媚丛生，艳而不俗，形态怡然自得，分外撩人，独具乡野气息。

在这里，桃花季节，无论你身在何处，随时都能享受到阵阵花香，随便沿着一条道路上山，便可花前，尽情欣赏桃花的美艳、婀娜。乍看，每一处桃花，似乎互不惊扰，留意却见争奇斗艳，各有千秋，在明媚的春光里，更是粉艳妩媚，楚楚动人，撩人春心荡漾。尤其崖畔沟边上的桃花，自由奔放，尽显野性魅力，热情招展，引领风骚，让人恨不能揽怀入抱。

有趣的是，这里虽叫个杏树坪，却不见杏树，每到春天，漫山遍野桃花绽放，看不到一朵杏花。

传说，从前这里有许多杏树，而且一棵棵长得树木高大，枝繁叶茂，成片成林生长在平缓的坡地上，每当春暖花开的时候，花团锦簇，形成花的海洋，景色蔚为壮观。可她们耐不住寂寞，不甘年年岁岁默默地花开花落，慢慢地嫉妒起了身边桃花的泰然自若和幸福微笑，讥讽桃花的随遇而安，给春风拨弄是非，说桃花的坏话。谁知，性情无常的春风，不问青红皂白的来了几个"倒春寒"，有意无意地将高高在上的杏花吹落一地，所剩无几。而生性坚强、生长在灌木丛里的桃花，竟然越发美丽，粉艳动人。仅存寥寥无几的杏花更是嫉妒，竟为桃花的过分美艳羞得纷纷落去。最终，就连杏树也一棵一棵的接二连三全被气死了。

这里的桃花自然天成，无人呵护，又"养在深闺无人识"，少人惊扰，纯净美艳，自由奔放，媚而不俗。每当见到她们，总觉得有股子山野女孩的羞涩，却又不失桃花的惊艳迷人，独具魅力。

漫步杏树坪赏桃花，神怡之际，总有伤感涌上心头，不由得暗自怜悯桃花的孤寂，为她们的孤芳自赏而感叹。然而，却见桃花不以为然，依旧岁岁如约而至，美丽绽放，笑看春风沐人间。我忽然感觉到了自己的多情。

悠然山间天地宽，

年复一年似盛开；

桃花春心不荡漾，

只为来人笑开颜。

这或许正是她们的心境。

在杏树坪的南坡上，放眼望去，天地间的一切悄然无声，唯有一丛丛粉红的桃花点缀山野，任由春风拂面，美丽绽放。

我爱你！杏树坪的桃花，还有你装扮出的春天。

2013 年 3 月 30 日

崔矿的山

崔矿的山，谈不上高峨伟岸，也没文人墨客笔下那般流光溢彩、风情万种，更无名山大川那样神奇绚丽、闻名遐迩。虽都不大，但却不俗，独具魅力。

它层峦叠嶂，绵延起伏不断，每一座都有松柏装扮，春绿盎然，夏绿勃勃，秋绿成熟，冬绿深邃，一年四季长青，充满生机和希望，挺拔林秀而不张扬，任凭时光打磨，巍然不动。

在崔矿登临山顶，实在是一件很普通的事，随便沿着矿区任何一条道往上走，都能到达一处山顶，领略一片风光，让人赏心悦目。

那年的冬天，我一到这里，远远望见山上大片的绿，即刻就被吸引。放下行囊，迫不及待去抚摸、亲吻那由一棵棵松柏渲染的绿，顷刻即被感染，融进了群山，融进了那群山的绿中。

转眼一晃，仿佛弹指一挥间，从1982年我人生在这里迈出第一步开始，30多年过去了。

这些年，恰好处在改革开放40年间，年复一年，置身渭北高原，在崔矿春赏山花烂漫，意气风发；夏观山色如黛，心旷神怡；秋见层林尽染，心潮澎湃；再看冬日雪天，满山青松迎风傲雪，天地一色，银装素裹，北国风光一派，令人振奋，催人奋进。

春去春又归，在这里经历风霜雨雪，目睹崔矿改革开放以来的巨大喜人变化，见证崔矿人的顽强拼搏、吃苦耐劳和牺牲奉献，作为其中一员，感到自己的生命充实而有意义。

遥想当年，崔矿人白手起家，因陋就简，自力更生动手烧砖，盖起房屋，垒起高墙，建起监狱大院，开荒种地，办起农场果园，搞副业解决生活难题……。一代接着一代，在艰苦条件下默默坚守，奉献人生美好年华，执着用辛勤的汗水浇灌着园内的一棵棵"残苗"，用心血和智慧耐心洗刷一个个蒙尘的心灵，惩恶扬善，教育改造形形色色的刑事犯罪分子，粉碎一个个顽危不化分子，使一批批的服刑人员在这里获得新生、回归社会，与此同时，还从阴暗潮湿的千米井下捧出乌金，积累财富，一次次扩大再生产，把 1958 年建矿之初的一个小煤窑，建成一座现代化国营煤矿。改革开放，再次发力，又将其发展成为一座年产 200 多万吨的大型国有重点煤炭企业，在肩负国家刑罚执行重任，守卫改革开放的和谐安宁的同时，还承担原煤生产任务，创造巨大经济财富，为中国特色社会主义建设添砖加瓦，为山色增辉，令人动容，感慨万千。

如今，沐浴在新时代的阳光下，崔矿人瞅准新的目标，深化改革，牢记当年几代人历练出的扎根山区、默默奉献、艰苦创业、锐意进取、顽强拼搏精神，更高站位，意气风发再次起航。

他们就像这里的松柏，历经风雨永不褪色，装扮渭北高原精神焕发；他们就像这里的一座座青山，绵延不断，巍然屹立永不动摇，默默守护着一方神圣，散发出独特魅力，构筑起渭北高原上一道亮丽的风景。

崔矿的山，我要为你歌唱！

2019 年 6 月

走过玉华宫

30 多年前，刚参加工作不久，同一宿舍，家在单位附近的焦坪矿上的振华，周末回家，见我休息没事，邀我去过一回玉华宫。

那天，春寒料峭，我们一大早起来，从单位所在的杏树坪出发，步行十多里，一路欢快，抄近道，走小路，穿越 305 省道 18 公里处，用了不到两个小时，就到了焦坪矿。

路上，在途经海拔 1600 多米高的凤凰山脚下，一段险要的崖下经过时，振华告诉我，这地方叫老虎嘴。他随意捡起一块片石，叮嘱我也捡起一块，轻轻地摞在崖下前人叠放整齐的一落石片上。

我六七岁时，随母亲回陕北老家，做过这样的事，所以见怪不怪，只管照做。记得当年问母亲这是什么意思，母亲不作答，还不让问。那次我也没问振华，以至于时至今日，也弄不清这是个什么讲究。

一过老虎嘴，远远地望见焦坪矿，我就兴奋起来。

我是在铜川东面的徐家沟矿长大的，从小就听说，北面的山里有一个焦坪矿，比我们矿还大，附近有李世民的避暑行宫——玉华宫遗址，就好奇，产生浓厚兴趣，想去看一看。

走进矿区，不认识一个人，此前也未曾来过，四下观望，却觉得什么都眼熟，总有一种似曾相识的感觉。

在振华家里，见到他的父母，一个勤劳厚道朴实的煤矿工人，一个善良、利落能干的矿工家属，我就不由得想起自己的父母，觉得亲切。

吃了振华母亲做的捞面条，他又约了几个矿上的同学，我们五六个人，沿着大路，就朝山后的玉华宫去了。

在路上，留意行人，我乐了，无论怎么看，怎么都觉得他们的举手投足和说话打扮，跟我们东区徐家沟矿上的人是一个味儿，男女老少性情开朗，热情、大方、爽快。

通过矿区时，当看到曾在 20 世纪 70 年代末，发生矿难，瞬间吞噬

100多名矿工生命的永红矿的井口时，望着黑洞洞的井口和几个扭曲变形、锈蚀严重的矿车，还是觉得凄惨、恐怖。

远远地望见挖掉了几座大山，形成的露天矿——前河矿，肆无忌惮敞开的巨大矿坑，我感慨，如果所有的煤炭，都这样容易开采出来的话，该有多好。那样，我们的父辈，就再也不用冒着生命危险，辛苦下井挖煤了。

在一高处，居高临下，望着遍布四周山坡上和沟底里，满是人家居住的大小不一、横七竖八的低矮窝棚，我的心里五味杂陈，煤炭是燃料，也是粮食，是矿工的口粮，养活着千千万万的矿工和他们的妻子儿女啊！

翻过山梁，出了矿区，视野忽然开阔，一道东西走向的平川里，田野中黄褐色的土壤裸露，两侧的山不高不险，也不俊秀，除了一些成片的松树外，山坡上都是灰色的灌木丛和枯黄的草地，满目苍凉，没有一点儿春的意思。

跳过一条小河，离开坑洼不平的大路向西，振华在路旁一棵不起眼的树前站定，自豪说："这是一棵娑罗树，是唐玄奘当年西天取经，从印度带回来的。"

我诧异，环顾四周，连个人影也没有，内心嘀咕，这是玉华宫吗？！

仔细观瞧，树有两人合抱粗，树高丈余，没有一片叶子，除了苍老，看不出任何独特。然而，想到玄奘法师跋涉万里的艰难不易，再看树下锁着的一条铁链，一种难以言状的感觉，油然而生。

看我迷茫，没有兴奋，振华说："当年玄奘去印度取经，只带回来两棵，这是一棵，另外一棵在东宫那边。"

他的一位同学介绍说，玉华宫分东西两宫，东宫在川道的东头，西宫在我们要去的西头。想当年，整座川道的山脚下，遍布雕梁画栋亭台楼阁，山上还有唐玄奘翻译经卷的庙宇——肃成院。

见我四处张望，一位又说，我们现在的地方，是李世民的演兵场。

我四下观望，视野所及，南北山峦簇拥，东西一眼望不到头，一马平川，的确像是个演兵场。

振华抚摸树身一大片开裂疤痕较为整齐的树皮，让我看像不像铠甲。

又用手在上面使劲抠几下，证实树皮的坚硬说，都说这是李世民练兵休息时，铠甲挂在上面留下来的痕迹。

这话我不信，因为类似的传说，在全国各地多了去了，估计都不会是真的。但我不反对，也不反感，反倒觉得有意义。

这样的传说，是人们对英雄人物崇拜和爱戴的结果，是民族魂的延续，有益于民族精神的传承。试想一下，在一个国家，一个民族，到了没有英雄崇拜，或者不崇尚英雄的境地，那将会是个什么样子？

沿着小河逆流而上，振华他们说，小时候在这儿周围的山上玩耍，常见一些残砖烂瓦，还能捡到铜钱。我好奇问，有瓦当吗？他们几个都说有。

我饶有兴趣地问在什么地方，他们随意指指周围山上说，以前到处都是。可不知什么时候，一夜之间被人清扫了似的，忽然就没了。

环顾空旷的川道和两边荒凉的山峦，遥想安史之乱的战火，千年长风的冷落，心生悲哀。不由得想起唐代著名诗人、诗圣杜甫，安史之乱后，路经铜川，目睹玉华宫被毁的破败萧条的情景，慨叹写下的诗篇《玉华宫》：

> 溪回松风长，苍鼠窜古瓦。
> 不知何王殿，遗构绝壁下。
> 阴房鬼火青，坏道哀湍泻。
> 万籁真笙竽，秋色正潇洒。
> 美人为黄土，况乃粉黛假。
> 当时侍金舆，故物独石马。
> 忧来藉草坐，浩歌泪盈把。
> 冉冉征途间，谁是长年者？

思绪随着诗句一番感慨后，缓过神来继续前行，两侧山峦渐渐靠拢，估计快到西宫了，却仍不见一个游人，更是觉得凄凉。

突然，看到远处沟底的崖前，赫然耸立一座雪白、高大奇异的冰塔。

惊喜近前仔细查看，塔非人造，完全由崖上的流水落下，飞溅结冰而成，高有十多米，直径少说也有个五六米，通体空洞，冰肌玉洁，蔚为壮观，震撼人心。

抬头仰望，蓝天下，明媚的春光辉映中，由崖顶飞落散开的水花，似一把把、一颗颗晶莹闪亮的玉珠，洒在圣洁的冰塔上，天然成趣，造化仙境，令人叫绝。

我被眼前神奇的景象吸引着，围着晶莹洁白的冰塔，左三圈，右三圈，仔细端详，仿佛进入仙境般陶醉，无论如何也看不够。

振华瞧我痴迷，对我说，这都到三月天了，冰塔已融化了许多，塔身瘦了，高度起码少了三四米，远没有春节前那些天壮观漂亮了。

苍穹下，望着放射奇异光芒的冰塔，我还是觉得美极了。

留意脚下，虽已是冰雪消融的初春季节，却依旧是一层厚厚的冰面，不远处的小河里，融化了的冰水淙淙流淌。顺流望去，脑海里顿生一道皑皑美丽冰川……

陶醉在奇妙的美景中，全然没有留意四周。振华提醒，我方关注，两座松柏苍翠的山峰，簇拥一道高约数丈，长约200多米的悬崖绝壁拦住去路。高大圣洁的冰塔，正好处在两座清风和绝壁的怀抱中。

此刻，听到绝壁上飞流直下，凌空飞溅在冰塔上，发出玉磬般悦耳的声响。冷风中，似远古丝路上传来的声声驼铃，又像是夜半长安街头胡姬轻舞的鼓声，忽远忽近，在山谷里幽幽回荡。

绝壁上，高处有几个石窟，似绝壁睁开的眼，且有神，却看也不看我们一眼，默不作声，孤苦地翘望着远方，在思考着什么。

岁月将崖壁表面沙岩风化的松软，随便用手一扒拉，扑簌簌落下一地细细的沙土。身临其下，望着被风雨侵蚀苍老不堪的崖壁，虽高，却不险，没有一点气势。

顺崖向北，在常年滑落下来的沙土形成的一道坡上往上爬，到了断崖半腰等高处，见崖壁上有几个供人攀岩的脚窝，可通向石窟，振华攀登，我们紧随其后，一个接一个小心翼翼地也贴着崖壁跟着往上去。

从石窟上看去，刚才高大的冰塔矮成了一座玉雕玲珑的小屋，庭院洁白，不远处的小河上，还有随意搭起的一个小桥，俨然一个奇妙的童话世界呈现脚下。

放眼来时的川道，一眼望不到头，其间小河细长，蜿蜒直入天际，莽莽苍苍。南北两侧绵延起伏的山峦，像两条伸展的巨龙，拱卫着山川。

回过神来，再看石窟，里面狭窄，高宽不过三四米，深度顶多有个六七米，四壁砂岩风蚀严重，空荡荡的什么也没有，

我不甘心，像只犬似的用鼻子细心嗅探，幻想嗅到一丝丁点儿古人的什么味，却什么也没闻到，令人沮丧。

然而，振华却兴奋，指着像床似的一个不入眼的砂土台子说："你看！这像不像一张床。"

我极力想象，在台子上做一张精致的象牙玉雕床头，铺上龙飞凤舞华美的锦缎被褥，扯起薄如蝉翼飘逸的床帐，再燃取胡人的香料，这里会是一番什么情形。

见我望着沙土台子愣神，振华的一个同学说："李世民和贵妃娘娘肯定在这上面睡过。"我哑然失笑。

眼见四周的颓败景象和崖壁的不堪面貌，我无论如何也想象不来，那些妩媚粉艳的贵妃娘娘们，如何宽衣解带，在这儿栖身入眠。

振华说，这里的悬崖断臂上，当初一定建有廊桥，整个崖壁都在雕梁画栋、飞檐翘角的建筑物里包裹着，石窟作为卧室是整座建筑的一部分。而且，夏天崖顶上的水流落在屋顶上，顺着房檐轻轻落下，就像是给整个宫殿挂上一道水帘，清凉曼妙，美极了。

从石窟下来，到了谷底，回眸悬崖断壁，依振华所说，凝思良久，脑海中浮现一座背靠整个崖壁，回廊、阁楼悬空而建，人与自然和谐成趣，气度不凡的优美建筑群。

我算是服了，打心眼里佩服李世民的慧眼，选择这么个天赐福地，修建避暑行宫。

原路返回途中，虽还是不见一点儿旧物的影子，也没碰到一个游人，心情却与来时大不一样。

望夕阳洒满山川，暖意融融，思绪飞扬，两侧山中，竟有古柏参天，

禅房幽深，青烟袅袅，佛音绕梁；山脚下，红墙绿瓦，曲折长廊，水榭歌台，细柳低垂，宫阙参差，花影婆娑浪漫，尽显盛唐玉华美景。

不由得心旷神怡，穿越时空，神驰八百里秦川，赏遍李唐王朝歌舞升平，华夏民族强盛的喜人景象。

那日一别，不想，竟然30多年过去了。玉华虽与我工作的地方近在咫尺，却再也没有涉足。

其间，听说有人投入巨资，建起了许多景观，更是不敢、不愿前往。

想必新景观的落成，定会毁掉那的空旷、苍凉、古朴，以及岁月留给人们的想象空间。如果贸然前往，我会失望痛苦、伤心，甚至将30多年前，珍藏的美好给驱散，抱憾终身。

我以为，文化古迹的破败残缺，甚至荡然无存，是岁月的杰作，是大自然的结果，是历史的必然，任何修复非但没有意义，反倒影响人们的想象，破坏一种缺憾的美。

要知道，缺憾不仅使人心存遗憾和无奈，还引人深思，发挥想象，营造完美。任何人为打造出来的美，都不如想象中的完美。

因此，人们越说如今的玉华宫建设的好，我就越不想去看。但总在心里惦念，那条小河中还有流水吗？那孤零零的娑罗树，还好吗？那荒凉的悬崖绝壁，那遥望远方的石窟，还在吗？那神奇美丽圣洁的冰塔，以及它发出的丝路叮咚声响，还有吗？

2019 年 9 月

千古流芳药王山

药王山，你好！

你虽身处华夏腹地的渭北丘陵地带，不高，不险，也不奇，却声名远播，四海闻名。因为，你是一座圣山，你是一座仙山，你是一座降魔、除病、祛邪，福佑百姓安康的宝山。

1300多年前，医术高明、崇尚医德，不为皇家高官厚禄所动，一心只想着济民，为天下芸芸众生祛除病痛折磨，活了100多岁的药王——孙思邈，曾在这里行医问药，修身养生，造福百姓。

他治病救人，不分"贵贱贫富，长幼妍媸，怨亲善友，华夷愚智"，皆一视同仁。深得人们的尊敬和爱戴。

他告诫人们养生，心态应当保持平衡，不要一味追求名利；饮食应当有所节制，不要过于暴饮暴食；气血应当注意流通，不要懒惰呆滞不动；生活应当起居有常，不要违反自然规律，甚为世人推崇。

孙思邈从不用动物入药，他说，"自古名贤治病，多用生命以济危急，虽曰贱畜贵人，至于爱命人畜一也。损彼益己，物情同患，况于人呼！夫杀生求生，去生更远。吾今此方所以不用生命为药者，良由此也。"此番话语，出自1000多年前，实在惊人，令人钦佩。

其高尚的医德思想，"人命至重，有贵千金，一方济之，德逾于此。"如今看来，也具有很强的现实意义，值得今人大力推崇。

这里是一座中医药学的宝库，有止痛疗伤、治病救人的良方，有中华医德思想的宝典，还有药王勤劳、勇敢、善良的子孙后代。

药王山上雄伟的大殿，历经千百年来的风雨洗礼，屡遭劫难，非但没有销声匿迹，反倒更加挺拔，药王的名声越发响亮，传播越发广远，更为世人所仰慕。在九州大地，人们崇拜药王的医术，赞美药王的功德，传颂药王的美名，争相修庙建祠，将药王供在自己的家乡，顶礼膜拜，保佑子孙后代。这还不够，还要将自己家乡的好地方用药王来命名，永远地留住药王。硬是在全国各地，鼓捣出了一百多个称作药王山或药王洞的地方，将药王演绎成了一位云游四海、足迹八方，包治百病的神仙，名扬五湖四海。

药王山上苍劲的古柏，见证过药王的深居简出、深思熟虑和谈笑风生，领略过药王的高超医术、平易近人和不凡气度；绝壁石畔上，鬼斧神工造化出的洗药池，陪伴药王度过采集炮制药材的艰辛；千金要方、千金翼方，两通不朽的石碑，诠释了药王为民行医、坦荡无私的博大情怀；南庵碑林里，一座座石碑上的刻字铭文，记载着历代文人雅士对药王的褒扬；北魏摩崖造像中的"摸摸爷"，通体被无数人摸的黑明光亮，印证了万民对中华医学思想的无上崇拜……

俗话说得好，一方水土养一方人。药王山汲取天地之精华和灵气，恩泽这方山水物宝天华、人杰地灵，恩育这里的人们，一代代耕读传家，英才辈出。

这里，不仅是药王孙思邈的故里，还是魏晋哲学家傅玄，唐代著名政治家、史学家令狐德棻，大名鼎鼎的书法家柳公权和宋代画家范宽的家乡。他们吸取这里山水的灵性，给后人留下了不朽的哲学思想，重要的史料《周书》，刚硬方正美观的柳体书法，被奉为传世珍宝的国画《溪山行旅图》，以及他们的勤奋好学，为人正直的一段段佳话，催人上进，奋力有为。

这是一块古老的土地，这是一块令人骄傲的土地。早在 3000 多年前，就有先民在此活动。沿着药王山脚下的漆水河、沮河逆流而上，两岸的断崖上，许多地方都有仰韶、红山文化时期人类生活过的灰堆遗址。

当岁月进入 20 世纪 30 年代，刘志丹、谢子长、习仲勋等老一辈无产阶级革命家，也看上了她西北面的一块闹革命的风水宝地，唤起这里的人们，在照金建立山地革命根据地，与国民党反动派对抗，打起了游击，点燃了西北革命的熊熊烈火，用一盏马灯照亮了西北革命的前程。

抗日战争爆发，药王山下建起了铁路，将大量的煤炭和水泥资源，源源不断运往前线，支援抗战，为民族独立做出了巨大的贡献。

20 世纪 50 年代，在新生的中华人民共和国初建阶段，百废待兴，经济困难时期，一大批从东北老工业基地赶来的人们来到了药王山下。他们携儿带女，集结五湖四海的工友，意气风发，大干快上，多快好省，建起了一座全亚洲"第一大"的现代化水泥企业——秦岭水泥厂，连续生产30多年，为社会主义建设立下汗马功劳，为我们的改革开放打下了坚实基础。

改革开放的春风吹来，20世纪80年代初，药王山下的人们，紧跟时代步伐，推行土地家庭承包联产责任制，当年就实现粮食丰产，彻底解决了吃饭问题。紧接着，办起了石渣、水泥厂，推动乡镇、个体企业迅猛发展，过上了富裕生活，走在了全区经济前列。

20世纪90年代，药王山面前，西原上的人们，以超人的勇气抛弃千百年来的传统守旧观念，舍小家，顾大家，放弃祖祖辈辈赖以生存的土地，全力支持政府开发新区建设。历经十多年的努力，在进入21世纪之际，使西原的旷野上，神奇般地崛起一座现代化新城——铜川新区，给铜川一座煤炭工业城市，搭建起了再次腾飞的平台，使古老的药王山，隔川而望，神话般地亮起一道迷人的现代化城市风景。

跨进新时代，这里的人们更是了不得。他们打起了产业经济转型牌和特色农业品牌，不但要金山银山，还要绿水青山。忍痛割爱，彻底关闭了药王山周边大大小小"来钱快"、污染严重的石灰窑、水泥厂，停止了开山放炮采石，同时大力发展果业、中药材生产，建立绿色生态农业基地产业园区。还发展养生旅游产业，打造出驰名海内外的药王山庙会、大香山佛教文化、照金红色基因传承和北部山地风琴体验等旅游观光产业品牌，将甜脆可口的红苹果和好吃的大红樱桃销往全国各地，把习大大品尝过的刀犅面，贾平凹先生吃过的一碗咸（hán）汤面，药王亲手调制出配方的葫芦头泡馍，传遍大江南北，驰名天下。还有渣子糖、鸡蛋醪糟、疙瘩饺子、窝窝面、铡铡辣子夹馍……琳琅满目的地方风味小吃，都成了接待游客的美食，引无数游人垂涎。

你看那药王湖水的层层涟漪，漆、沮两水的清澈欢快流淌，两岸春的清风合唱，山花烂漫；夏的荷花清香碧绿，杨柳荫荫；秋的山色浪漫，累累果实，景色宜人，好一派江南水乡风光。

再看那永安广场上，人们脸上荡起的灿烂笑容；北门外崛起的锦阳新城，绿树、花篮、茵茵草坪环抱中，一幢幢高楼大厦和宽阔的街道、大剧院、休闲健身娱乐广场，就能感受得到，药王后人们生活的快乐和幸福。

千百年来，药王山下的人们有个习俗，每逢春节，大年初一那一天，吃罢新年的第一顿全家团圆饭，都要亲朋好友结伴而行，男女老幼喜气洋洋到药王山上去，燃炷香，给药王爷拜个年，祈求家人岁岁平安又多福。然后就在药王大殿迎面的山脚下，古老的戏台前买个零嘴，边吃边看大戏。从初一到十五，直把个平日里寂静的药王山吵得人仰马翻，药王爷眉开眼笑，热闹够了方才作罢。

他们是在药王传奇般美好的传说中长大的。一代代口耳相传，将药王的故事演绎到了极致。什么药王跋山涉水采药所遇离奇经历，为民疗伤、治病的奇招妙术，给龙王、老虎、皇上和娘娘把脉看病、妙手回春的神话故事，耳熟能详。

这些传说故事，百听不厌，千古流芳，三天三夜讲不完，恕不能在此赘述，有兴趣的话，就自己去百度吧。

这里的人们传诵药王的故事，传承药王精湛的医术，还感悟和体会药王的人格魅力和高尚的医德思想，光大弘扬药王的大医精诚思想。

他们在药王山下，办起了孙思邈中医药学院，建起了孙思邈纪念馆、孙思邈中医院、大唐养生园、孙思邈药膳房，举行声势浩大的孙思邈国际药王节，举办有关学术、文化研讨会，挖掘中华传统医学思想和养生理念，大力弘扬传承和发扬药王的医术医德，光大中华民族文化。

每年的农历二月二，相传是龙抬头的日子，在山下的药王故里——孙塬村，他的后人和乡亲们都要按照隆重的礼制，祭奠药王，缅怀、颂扬先祖的功德，吸引海内外八方来客参加，昭告天下，世世代代铭记药王的恩德，正气做人、勤奋做事，助人为乐，济世救人，造福子孙。

药王山！你四季常青，举世瞩目，在人们的心目中，神奇而美丽，是蕴藏中华医学文化思想的一座圣山，是被人们奉为孙真人的药王孙思邈修行的一座仙山。愿你的明天更美好，佑我中华盛世太平千秋万代！

2019 年 9 月

感受崔矿

我人生迈进社会的第一步，是从崔矿开始的。这里虽然不大，却让我走了 30 多年还没走完。

我曾用许多文字赞美这里山川的俊秀和四季的宜人，讴歌监狱警察的奉献，呼唤迷途的人早日知返，倾心抒发情怀，却感觉怎么也说不好、道不尽对这里的深情厚感。

回眸走过的路，轻轻地挥挥手，悠悠往事依稀，再看今朝气象万新，感慨连连。

群山环抱　光彩夺目

崔矿，也就是崔家沟煤矿，位于黄土高原与关中平原接壤的台缘区，渭北"黑腰带"中段，铜川矿区北部的大山里。

提起她，在陕西，在整个大西北，乃至她煤炭销往的全国许多地方的人都知道，她不仅是一个大型现代化煤炭企业，还是监狱，一座在西北五省、甚至全国规模都数得上的大型监狱。

渭北山区从东到西绵延数百里，散布矿山林立、星罗棋布，似一颗颗明珠点缀高原。然而唯有崔矿这颗明珠璀璨，独具魅力，散发熠熠光彩夺目。

茫茫群山之中，远远望去，矿区四面环山，苍松翠柏郁郁葱葱，依山因势而建的家属院内一座座洁白的房屋鳞次栉比、错落有致，文化娱乐休闲广场设施齐全、平展开阔，办公区内花园楼房宁静整洁，工业广场上井口、道轨、检修车间、材料超市布局井然有序。高耸云端雄伟的选煤楼里昼夜机械轰鸣，滚滚乌金装满一节节车皮，随着火车汽笛长鸣，奔向祖国大江南北。

然而，走进崔家沟，给人感觉却又与一般矿山不同，矿区树木成荫、绿草茵茵、道路少见煤尘、规整清洁，且行人警察居多，渲染四处风清气正。晴天漫步其间，蓝天白云下，阳光、青松翠柏、山峦陪伴，悠然自得，冷不丁，大铁门、高墙电网耸立眼前，又让人心惊，感觉神秘威严。

　　崔矿人感慨骄傲，他们既是惩恶扬善改造灵魂的执法者，又是建设矿山的工程师，肩负重担使命光荣而神圣。他们这里的发展，浸透心血汗水，饱含梦想。58年前夏日的一天，王立山、刘扒海带领十几个人背着一口铁锅，扛着几把洋镐和几张铁锹，来到这片荒山野岭，披荆斩棘，搭起窝棚开始创业建矿，又经历几代人不屈不挠顽强奋战，硬是把这里建设成为全国煤炭行业和监狱企业系统的佼佼者，改造罪犯的同时，为国家生产大量原煤，创造经济效益和社会效益巨大。

　　光阴荏苒，岁月如歌，仰望青山依旧，馒头山巍峨耸立。提起艰辛的创业建设发展史，崔矿人就想起赵琳、韩英和、刘振祥、杨栋、蒲光、吴建民、吉瑞田……一个个老领导响亮的名字，传颂起他们处世为人的许多往事和带领大家战天斗地所经历的一个个日日夜夜里发生的故事。

　　那年，建矿五十周年之际，我写了一篇讴歌崔矿发展史的文字，赶上司法部中国煤炭协会兴华分会组织的"建国六十周年"征文活动，送去参评，仅凭朴实的语言、鲜活的事例，反映崔矿人的苦干和崔矿从无到有、从小到大翻天覆地的巨大变化，就打动评委，一举摘得头奖，足以见得崔矿发展的惊人和几代开拓创业建设者们精神的感人。

　　如今的崔矿人，忘不了那些呕心沥血的领头人，也忘不了每一位将毕生都默默奉献给了这里的普通的创业建设者，更忘不了那些挥洒热血的牺牲者，以及他们中涌现出的一个个闪亮的劳动模范、先进工作者和战斗集体。他们似群山挺拔，像劲松长青，所历练、心血凝结出的"扎根山区、艰苦创业、顽强拼搏、默默奉献"崔矿精神，永远刻在了崔矿人的心上。

夏日凉爽　气候宜人

　　20多年前，我就撰文《杏树坪的四季》，赞美崔矿春夏秋冬不同季节景色风光的美丽，特别对这儿的夏天，尤为盛赞。

这里地理位置海拔高，四周山野草木茂盛，夏天的气温少说也比百里开外的铜川低七八度，比西安那样的大城市就低的更多了。即使偶尔午间气温高了点，由于昼夜温差大，早晚两头还是清凉，整个夏天连个电风扇也几乎用不着，更不用说空调，安装了简直就是多余浪费。

崔矿人夏天非但不受酷暑煎熬，也没蚊虫侵扰，安逸清爽。每当这时，在外居住的家属、离退休人员和上学的学生都会纷纷赶回来避暑。前些年，省城的人受不了酷暑热浪的煎熬，也不嫌住宿条件的简单和文化生活的单调，将会议都搬来了，把这儿本来就热闹的夏天凑得更热闹了。

这时，最诱人的是后沟核桃峪里和瓮沟沟口的两座相距不远的水库。尽管到了伏天，这儿的库水还冰冷彻骨，可人们还是经不住碧波荡漾清澈的库水诱惑，相约而至跳入水中游玩，把平日里寂静的山谷给吵得喧嚣起来了。

前些年，一位有生意头脑的人瞅准商机，承包了水库，投资在水里放了鱼苗和几只小船供人垂钓游玩，把水库打造成了一座夏日休闲游乐场，吸引周边矿区的人也来了，还上了《铜川日报》。

夏天到过崔矿的人无不赞叹这里的凉快舒服，可崔矿人抱怨，这儿的夏天来得晚、去得早，时间太短，而且昼夜温差太大，天一下雨气温骤然下降，天气变化无常、缺乏热情，与他们的性情一点也不一样。

奇特景色　引人遐思

我曾为高高耸立在崔矿西边巍峨壮观的馒头山，写过《写意馒头山》《回望馒头山》《再望馒头山》等好几篇文字，可总觉不尽兴，难以释怀。

馒头山本无名，只因它奇特抢眼、引人注目，崔矿人觉得应该有个名字，才给它起了个名。

崔矿周围山形走势纵横交错，从东面山坡顺势进入矿区，远远就能望见西边像一架巨大的屏风般地横着一座碧绿苍翠的大山，山巅之上一块巨石突兀，气势不凡，十分醒目。起初好色之人称其为"奶头山"，可终因不雅，让人羞于脱口，没能叫开来。后来有人看它酷似一个馒头，便有趣地称其为馒头山，得到大家认可，觉得有趣就被叫开了。

在矿部任何角度观望，都会发现，从馒头山沿着山形向南看去，山峦呈现一尊大腹便便的睡佛仰天长卧景象，再沿山形朝北望，展现眼前的山峦轮廓又是一个长发飘飘的少女长眠形象，令人称奇，妙不可言。登上馒头山，天地开阔，四下观望，风光无限，壮美景色震撼人心。

后沟核桃峪不仅有水库好玩，里面的瓮沟也有意思。绕过瓮沟沟口水库乍眼望去，一边本来就陡立的山坡像是被划了一刀，整座山下呈现一道延伸一里多长、数丈高的断崖绝壁，可另一边却又是平缓的山坡和一条小河，丝毫看不出一点山沟的样子，实在让人匪夷所思、莫名其妙，想象不来这里与个"瓮"字有何关联。然而顺着小河走到沟底，就能看到点意思了。沟底狭小、三面绝壁数丈高，一道飞流自天而降，扬首望天像是掉进了深窟，置身其中确有瓮中之感。

其实瓮沟真正的绝妙之处还不在此，而在它西面那道断崖绝壁上。近前即可看到，其上有沟缝，进入顿觉阴森，里面相对沟缝豁然开阔许多，底部平展无水、有大会议室那么大，四面石壁长满青苔、有数丈高，抬头仰望，天似扣在上面，让人感觉压抑，身在其中发出声响瓮声瓮气回音厚重诡异，使人浮想联翩，不禁感叹，身临其境，真像身在一口硕大的水瓮里，称其为瓮沟，名副其实。

崔矿四周的山上，松柏成林四季常青，灌木丛生，中草药植物种类繁多，山间常见野猪、羊鹿子、野兔、野鸡出没。让人惊奇的是，从山里的一些断崖和巨石上可以看出，许多山脉都是由熔岩与鹅卵石熔接而成，山中细细红沙随处可见，不禁使人联想，这儿亿万年前一定是汪洋一片。矿部后面山上，竟然还孤零零的顽强生长着一棵珍贵稀罕而又美丽漂亮的观赏植物——野生鸽子树，令人惊喜，引人遐思。

矿山一隅，高高的哨楼上威武的哨兵，沉重的大铁门和长长的高墙电网，也是崔矿独有的一道神秘的风景。这里如今已被国家有关部门列为"职务犯罪警示教育基地"，常有政府机关、事业单位工作人员和公司企业干部，甚至一些村官前来参观，接受警示教育。里面整洁的像军营一样的号舍，宽敞明亮的学校教室，规范井然有序的劳动习艺厂房车间，平展开阔的文体活动广场……一应俱全，着实像一个现代文明的小社区，令人赞叹不已。然而，没人愿住在这儿，因为人们看到的一双双眼睛里都闪动着羞愧和回归自由的渴望，听到了悔悟的心声，知道这里毕竟是罪恶的惩戒之地，明白设施环境的优美是人类真善美和良知的苦心期盼、呼唤。

我还曾撰文《杏树坪的桃花》《崔矿的灯展》《在监狱里过年》《初夏听雨》《杏树坪的秋天》《又是一年桃花红》《桃花洞抒怀》《难以忘怀的礼堂》《杏树坪揽胜》《崔矿，我深爱的一片厚土》等几十篇文字赞美她的人文景致，抒发感慨，全都发在了博客中。

人间正道　光辉永存

矿部对面山上有一处古庙遗址，前往还可看到一点破砖烂瓦和腐烂的椽头散落，房屋院落根基依稀可辨，使人浮想联翩。至于它是何年何月何人修建，曾几何时香火鼎盛，又为何年何月何人所毁，不得而知，人们仅知道它叫普陀寺。就这，遗憾还因口音误传，被许多人叫成了"葡萄寺"。

我常想，这寺庙一定是什么云游四方、神秘的高僧所建。因为修建寺庙是要花钱的，而这里方圆几十里人烟稀少，不大可能筹集到什么善款，更不要说有什么大户人家出资，所以能拿出钱修庙建寺的人一定不一般。尤其是看上这么个偏僻的山野、修建寺庙的人，一定独具慧眼，是个什么"高人"。然而可惜，随着岁月悄无声息的流逝，倘若不是那几块破砖烂瓦，寺庙早都被人遗忘得一干二净了。倒是在 20 世纪 90 年代初，曾有喜欢拜鬼的两个日本人捧着张地图来寻看，结果还没近前，就指指画画一番走了。

可就在附近不远处的照金，20 世纪 30 年代初，也曾来过一群人。他们衣衫褴褛，栖身高山悬崖和山沟石块垒起的窝棚里，宣传革命，誓言要砸烂旧世界、推翻反动统治，直闹的陕甘边区一片红，红遍整个西北。

他们虽在这里停留的时间不长，没有修建庙堂为自己歌功颂德，但这里茂密的山林里、蜿蜒崎岖的小路上和淙淙小河边，却永远地留下了他们的身影和足迹。至今，吸引五湖四海无数中华儿女敬仰，前来缅怀。

就在比邻的焦坪煤矿，20世纪五六十年代，一位矿工发自肺腑、饱含真情，创作出脍炙人口、家喻户晓，至今还在亿万人中传唱的《唱支山歌给党听》的歌词。

放眼绵延群山，层峦叠翠，耳畔响起深情悠扬、高昂嘹亮的山歌，抚今忆昔，想到当年峥嵘岁月，刘志丹、谢子长和习仲勋等老一辈革命家率领红军曾在这儿战斗过，崔矿人光荣自豪。

如今的崔矿，在押服刑人员全部退出了煤炭生产劳动，在国家去产能的重大历史背景下，走上了一条煤矿托管运营、转型劳务加工的全新发展道路，深化改革步入最艰难的攻坚阶段，正处在转弯追赶超越历史发展关键时期，他们屹立潮头，信心坚定！

2016 年中秋

又是一年桃花红

阳春三月，春风和煦，杏树坪漫山遍野桃花盛开。工作之余，漫步山野小道，欣赏阳光下的桃花，更显粉艳婀娜、娇姿动人，令人陶醉。回过神来，环顾四野，不胜感慨，又是一年桃花红！

屈指一数，30多年过去了，在杏树坪已亲历30多次桃花红，唏嘘不已。回眸以往，凝神眼前的桃花，不由得感慨：

> 谁说桃花性贫贱，
> 不如寒梅身高洁；
> 乍暖还寒俏枝头，
> 笑看春风赛百花。

每当漫长的冬日过后，冰雪消融殆尽，在春姑娘悄无声息地抚慰下，桃花总是如约绽放，用自己的美艳和芳香装扮天地，昭示世间万物，春天来了。然而，待到山花烂漫，人间芳菲四月天，百花齐放，悄然间，她就褪去一身艳丽的盛装，将自己融进了大自然。在人们即将忘记她的时候，随即又把香甜可口的果实奉献。当寒冷的冬天再次来临，她抖落一身迷彩，袒露筋骨，勇敢地面对严寒的历练，韬光养晦，蓄势待发，迎接一个新的春天到来。好像从不奢望成为栋梁之才，总是年年岁岁如期而至，热情把美丽带给人间，荡起人们幸福灿烂的笑容。

年复一年，留意桃树，发现每经历一个春夏秋冬，总有一些生老病死，甚至莫名枯萎，不再摇曳春风，令人心痛。感觉每一个轮回，每一次新的春天到来，桃花再次绽放，实在不易。

漫漫人生路，花开花落，一年又一年，总少不了贪欲的引诱、世俗风气的腐蚀、病魔的侵害，以及许多意外的侵扰，也不平坦。总有一些人抵挡不了诱惑、抗拒不住侵蚀，倒在了人生路上。

每当这时，惋惜之余，我总有一种感觉，人生一世，只要奋斗了就好。到头来，无论做官还是为民，钱多还是钱少，所谓的成也罢、败也罢，勿与他人比高低，能求得一个平平安安，在春天里的阳光下，领略桃花的芳颜，欣赏到漫山遍野桃花盛开的美景，那才是幸福。

2014 年 4 月

写给铜川的感慨

铜川，你好！

我是在你的怀抱里出生、长大，后来又在这里工作 30 多年的一个不折不扣的铜川人。50 多年来，我一天也未曾离开过你，我深爱这片热土，深爱这片热土上的每一个人和山山水水、一草一木。

比起那些对铜川的建设发展做出过贡献的人来说，我不敢说亲身经历你 50 多年来的一步步发展，但凭眼见，却能说，见证了你 50 多年来日新月异的每一点喜人变化。

我是矿工的儿子，从小就知道铜川是一座因煤而建，又因煤而兴的城市，是一座地地道道的煤城。

很小的时候，在五一路上的火车站内，看到墙上一幅巨大的全国铁路运行图，耳闻一声声响彻整座城市上空的火车汽笛声，听大人们说铜川的煤被运往祖国的大江南北，我就为你的富有而骄傲，为父辈们的辛劳而感到自豪。

又后来，看到川口南部一座座水泥厂林立，还有耐火材料厂、陶瓷厂、铝厂，更是惊奇。为铜川拥有丰富矿产资源，集中天南海北、五湖四海的人们前来投身建设而兴奋、骄傲，觉得你慷慨大方，包容天下，海纳百川，无私奉献，很了不起。

上学后，闻知全国人民家喻户晓、脍炙人口的歌曲《唱支山歌给党听》的词作者，就在我们的焦坪矿；秦岭水泥厂是亚洲最大的水泥企业；王石凹煤矿是国家"一五"期间，由前苏联列宁格勒设计院援建的一座重点现代化煤矿；有许许多多像冯玉萍一样，受到过党和国家领导人接见的英雄模范人物，二号、三号、四号、五号、六号信箱……众多军工企业，无限感慨。把佩戴铜川矿务局第一中学校徽的胸脯挺得高高的，为自己是一个铜川人而光荣。

然而，当我第一次去过西安，却突然发现，铜川很小，小到一条山沟就能容得下。城市建设很简单，简单到只有两条马路一条河、一路公交俩医院。市区的商店、食堂、旅馆招待所和影剧院，小孩子们掰起十指都能数得过来。但觉铜川的工业产值名列全省第二，是除了西安以外的唯一一座省辖市，地域面积小、能量大，依旧骄傲自豪。

改革开放后，20世纪80年代初，铜川北面延安所辖的宜君县，南面渭南所辖的耀县、东面蒲城县的四个当时还被称作公社的乡镇划给了铜川，铜川迎来了历史上的第一次飞跃。

乘上改革的东风，实行农村土地联产承包责任制，铜川和全国各地一样在粮食生产上打了一个翻身仗，解决了农民的吃饭问题。随即又迅速抓住丘陵地带气候温差大、光照时间长的特点，大力推广果业生产，发展苹果特色产业。印台区率先打响了市场经济区域头一炮，形成产业，让铜川品牌苹果走出陕西，走向世界，享誉全国。

这时的铜川，虽在农业上取得不菲成绩，却在工业上走了一段弯路。北部山区个体经营的小煤窑四处开花、随处可见，凤凰山路到处都是被开采出来的煤矸石，植被破坏严重，满目疮痍；公路上冒着黑烟、满载原煤的拉煤车，日夜奔忙，煤尘污染严重，给绿树青山蒙上了一层阴影，把个漆水河弄成了真正的"漆"水河，沮河也弄得沮丧，黑不溜秋难看，令人心痛。

我在北面的山区工作，回一趟市区的家里很不方便。三四十公里的路程，每天只有屈指可数的几趟班车，而且都是石子路，路况极差，来回一趟需要半天时间，经常遇到雨雪天气还不发车。去一次西安更是艰难，在单位乘坐直达车前往，早晨五点多起床候车，六点出发，颠簸一路，中午一两点钟才到西安。即使在市区，也是水泥马路黄土盖，晴天是灰尘，雨天满街泥，出行极其困难，苦不堪言。

进入90年代，面对资源枯竭、经济结构单调、产业失调，生态环境状况日趋恶劣、经济急剧下滑的窘况，铜川人没有忘记，铜川是一座历史文化积淀厚重的城市，铜川是一座蕴藏有丰富煤炭、建材资源的城市，铜川是一座开放、包容的城市，铜川是一座开拓进取、特别能战斗的城市，铜川是一座以面积小、人口少、贡献大引以为荣的城市，是一座在社会主义建设发展历程中有着光荣历史的城市。

铜川人不甘落后，没有困惑、没有畏缩，没有停滞不前，一直在寻找出路，寻找突破，寻找一次新的飞跃。

我们的改革开放总设计师邓小平南巡讲话后，铜川迅速抓住发展机遇，展望未来，规划宏伟蓝图，决心在耀州区下高埝建设铜川新区，彻底摆脱原市区狭窄的川道对城市发展的制约，改变地理环境对思想意识观念的禁锢，放飞理想，为几代铜川人圆上一个走出山沟发展的梦想。

历经十载，进入21世纪，新区建设初具规模，昔日的旷野上崛起一座现代化新城。产业结构调整、经济转型发展，初步实现以玉华宫、照金、香山、药王山、黄堡耀州窑遗址为龙头带动，环保煤业、机械装备、食品加工、物流仓储、有色金属、果业经济为支撑，生态养生旅游产业为主体的经济发展新格局，整体经济起飞，全面驶入发展的快车道。

走进新时代，2015年新春，习近平同志来到铜川照金看望老区人民，对铜川的发展提出殷切期望。铜川人民备受鼓舞，铭记于心，深化改革，进一步加快发展步伐，撸起袖子奋起追赶超越，迅猛推进转型发展，实现经济完美靓丽转身，由一座资源枯竭的煤城，发展成为生态养生休闲旅游新城，焕发荣光，像一颗璀璨夺目的明珠，在渭北高原上熠熠生辉，令人瞩目。

你看那蓝天白云下的新区，高楼林立，绿树成荫，平整宽展的道路四通八达，樱桃园、牡丹园里鸟语花香，几座广场和公园里游人的悠然自得，一座座校园琅琅的读书声，一个个绿草茵茵、鲜花锦簇的居民小区里人们脸上荡漾的幸福笑容，真乃人间天堂。

再看那药王故里，五台山下华美的山门气宇轩昂，药王大殿中的香火旺盛，魁星楼旁的参天古柏苍劲墨绿，除了每年的春天二月二、秋天的药王孙思邈文化节人海如潮，四季游人如织。还有那柳公权墓前的猎猎长风，大香山上古刹里的袅袅青烟，照金漫山遍野迎风飘舞的红旗，西山优美如画的秀丽风景，柳林展翅翱翔的美丽朱鹮，药王湖畔神采奕奕的孙思邈铜像，沮河两岸清风习习，杨柳垂青，荷花碧绿连天，锦阳新城巍峨耸立，引来八方游客流连忘返，美不胜收。

北山里风景优美的玉华宫，虽没了当年的琼台楼阁，但见证了李唐王朝歌舞升平、皇家寺院鼎盛场面的日月山川依旧。夏日草木从容、气候凉爽，是人们避暑纳凉的好去处；冬日白雪皑皑，还有冰雕艺术展，玉树琼花，凌风傲雪，又是人们滑雪，尽享大自然造化情趣的一个好地方。人们在这里休闲漫步，静可怀古，求得一时安然；动可赏遍春夏秋冬美景，心旷神怡。

景色迷人的云梦山中，气候宜人的宜君梁上，还有那恬静的福地湖、国家级森林公园，鬼谷子讲经论道神秘的高山峡谷，古老的北魏长城，孟姜女的传说，令人神往。

回过头来，再看北市区。20世纪70年代，闻名全国的"铁市长"带领全市人民为驯服洪水，在漆水河上修筑的一条几十里长的河堤，两岸的道路被打通，种上了树木，从姜女祠到川口的河道的多个橡胶坝里绿水荡漾，一改昔日尴尬难堪窘态，使脏乱的煤城焕发青春，神采奕奕，面貌一新。

铜川人不仅吃苦、能干、奉献，还睿智、聪明、果敢。他们在父辈们拼搏、耗尽体力，为国家做贡献，资源几近枯竭后，不犹豫，不停步，百折不挠寻求发展出路。变废为宝，利用耀州窑闻名于世、悠久的耀瓷文化历史积淀，打造陈炉、黄堡两座古镇，使古老的耀瓷焕发时代光芒；将为中华人民共和国做出过巨大贡献、辉煌过半个多世纪的王石凹煤矿所包含的沉甸甸的煤炭工业文化资源挖掘出来，建起了一座煤炭工业文化遗址公园；在路遥创作《平凡的世界》，曾经体验煤矿工人生活的鸭口煤矿，建起了大亚湾酒店和路遥纪念馆。同时，还利用废弃的王家河煤矿的闲置资源，弄出来个王家河产业园区、物流集散中心；依托东部农业资源优势，把名不见经传的小镇——红土镇，培育成为一座辐射周边区域的生态农业产业中心；把遍布铜川的一座座矸石山推到，用黄土覆盖进行了绿化，还矿区一个山川秀美的新气象；在孟家园上的孟姜女故里打造秦人文化，使古老的乡村散发魅力，令人刮目相看。

漫步南北市区，望着街道上的车水马龙，以及两旁数不清的商铺、酒店饭馆和超市，进进出出川流不息的人潮，我感慨，换了人间。

眼见如今的铜川，有贯穿祖国南北的一条 210 国道和两条高速公路穿城而过，不远的将来，还要有一条东西走向的高速公路和一条由南至北、纵跨华夏南北的高铁通过，耀州、宜君分别有一个通用机场建成，新区航空航天基地落成指日可待，铜川与祖国东西南北城市的距离缩短了，发展空间无限放大。我心花怒放，真不敢再往下想，铜川还会怎么变化，我们的生活将会好成个什么样。

我不禁感慨，铜川，你亲历和见证了中华人民共和国七十年沧桑巨变，你是一座在中华人民共和国艰难发展时期做出过巨大贡献光荣的城市，你也是践行中华人民共和国四十年改革开放奋力发展伟大成就的城市，你更是焕发勃勃生机朝前奔跑、共圆中华梦的一座年轻的生态文明新城。

铜川，你辛苦了！

2019 年 1 月

第六辑　人生随笔

我的 2012

转眼，不知不觉中，2012 年溜走了。回眸犹望，往事历历，桩桩件件记忆犹新，送走的是春花秋月，收获的是快乐生活。尤其是当思绪变成铅印的文字时，让我感觉充实而有意义。

与往年相比，从没有过这样的热情投入写作。敲键的快感，思索的灵动，宣泄的冲击，无不在搅动着我一颗已不再年少的心。思绪的飞扬，热血的沸腾，生命的奔突，给予能量，从而使我感受到生命的不息，活着的意义。

近年来，《当代监狱报》以其信息量大、版面轻快活泼，赢得众多读者的青睐和好评，我更是喜欢，就积极投稿，十余篇新闻稿件、五篇散文和一篇小小说先后被刊用。一年下来，稿件不断见诸报端，竟然成为我这一年工作和生活的一大亮点，收获颇丰，沾沾自喜。我之所以不辍笔耕，缘于感觉赶上了好时代，心情舒展，得意泛舟荡漾文海，乐此不疲。年初收到《当代监狱报》颁发的散文"回顾与念想"获奖证书，甚为给力。春天，司法部新华煤炭分会又寄来两本录有我获一等奖作品的《建党九十周年暨建国六十周年征文活动作品集》，倍受鼓舞。在写作新闻稿件过程中，文中所述事物竟引许多感叹，怀旧情绪油然而生，文思泉涌，便有了我一篇篇散文的问世。

伏案静思，朋友和读者的关注支持，是我笔头不致生涩的润滑剂，也是我笔耕不辍的动力。然而最要感谢的还是《当代监狱报》，一篇篇文章的刊用，就是一次次的肯定和鼓励。也正是这个平台，使我情怀得以释放，激情得以宣泄，生活信心倍增，生命火花四溅，人生充实而更有意义。深深地感到，只有不停地敲键，不停地用脑，生活才有劲，生命才不会枯萎。

"今岁今宵尽，明年明日催。寒随一夜去，春逐五更来。"新年伊始，腊鼓催春，新的气息扑面而来，生命的历程又将是一个新的起点。让我们张开双臂，迎接新春的到来吧！

2013 年 1 月 5 日

因为充实而幸福

办公室里，一位同事不经意间感叹"今年冬天不冷"，打断了我的思路。推开键盘，朝窗外望去，虽是暖阳高照，树上的叶子却还是全都不见了。不由得感慨，春夏秋冬，似水流年，又是一年过去了。

回顾这一年，忙忙碌碌，爱我所爱，无怨无悔，一切仿佛就像是昨天……

从事文字工作已有八年了，在别人看来枯燥无味的文字，在我的眼里却生机勃勃。一个个周正的方块字，散发出智慧的光芒；一段段话儿跃然屏上，展现时代脉动；一篇篇文章呈现眼前，向社会传递能量，实现了我努力的价值，展示了我生命的意义，让我感到充实。

每一天，每一刻，除了吃饭、睡觉，我几乎都好像是置身在文字的海洋里，咬文嚼字，品味语言的魅力。在键盘"啪啪"悦耳的响动声中，感受生活。

也许，由于30多年来认真仔细、勤奋努力的惯性作用，让我在工作中，把关审核文件，一丝不苟，追求尽善尽美；起草文件，更是讲究，哪怕是寥寥数语的一个通知，也会潜下心来，反复琢磨，做到极致。其间，还经常为身边的人和事所动，不失时机，一气呵成，写一些新闻通讯稿件。不知不觉，一年下来，竟然有40多篇稿子在不同媒体上发表，不亦乐乎。

也许，由于年龄的缘故，忙碌工作之余，总想起过去，总有许多往事涌上心头，令人感慨。于是，许多周末和无数夜晚，独自在办公室，放飞记忆，整理思绪，尽情品味人生精彩片段。便有了"崔矿的灯展""想起老康""遭遇尴尬""透明的红萝卜""我的指导员""一次狼狈的经历"等十多篇散文问世。还先后被省局、集团公司和单位评为优秀通讯员，在《当代监狱报》征文大赛中散文获奖，得到一次外出学习机会，好消息一个接一个，不亦乐乎。再加上同事和文友的不断鼓励，成为我孜孜不倦、笔耕不辍的动力。

然而，由于眼疾严重到了常人难以想象的程度，尽管心劲十足，但所造成的许多困难还是无法克服。好在有领导的支持，周围不乏乐于助人的同事，使我的写作赖以持续下去。不然，就没有这么多的文字问世，也就没有内容来充实生活，更感受不到幸福的滋味了。

2013 年 12 月

阿姨的心狠

女儿小学一上完，为能受到更好的教育，**我就把她从地处山区的工作单位子弟学校转到铜川市区上中学去了**。每次周末见面，她总是高兴地有许多话儿叽叽喳喳说不完。

高中毕业那年，有一天她忽然问我："**爸爸！你从体育桥头经过，注意到没有？那儿有一个看起来眼神不大对劲，明显智力有些问题，卖爆米花的大哥哥。**"

看女儿一脸的凝重，我奇怪说："他在那里都好多年了。"

女儿讲，她刚来市区上学时，就见这个大哥哥整天跟着妈妈在那里卖爆米花。看他们挺不容易，常买他家的爆米花。

我说："你咋和我一样的心肠！每从那里路过，旁边其他人家的爆米花，我连看都不看一眼，只买他家的，而且还常多买一点儿。"

女儿笑道："我说你回来怎么老爱给奶奶和我买爆米花呐！"随即又止住笑说，她发现那个阿姨的心挺狠。那个大哥哥拾爆米花过秤、装袋子时，两手动作不协调，颤颤巍巍抖得不行，让人看着好像随时都要把爆米花撒落到地上似的。阿姨不但不帮一下，还在一旁大声呵斥，大哥哥吓得一脸惊慌，不知所措，阿姨急了，还动手打呢。气得她几次赌气都不想再买他们家的爆米花了。可每当看到阿姨满脸渴望买他们家爆米花的堆笑，再看她身边大哥哥卖起爆米花来艰难吃力、可怜的样子，心又软了。

我说也看到过这场景，女儿就问我："你说阿姨的心狠不狠？她三下五除二就能利落搞定的事，偏不搭手，就知道站在一旁瞪着眼睛怒吼，还动手打大哥哥。"

我对女儿讲，阿姨这样做，绝对不单纯是嫌儿子做不好，她是在为儿子的将来焦躁。试想，儿子现在还有妈妈的照顾，将来妈妈不在了，儿子连个简单的爆米花都卖不了，指望什么生活？靠谁养活啊？

女儿沉默了一阵说，她想起来了，阿姨呵斥大哥哥时，目光中流露失望的同时，还有一种迫切的希望。有几次，她见大哥哥一个人在摊位上卖爆米花，还奇怪，怎么不见阿姨。后来发现，阿姨就在不远处站着，悄悄地望着这边，观察大哥哥卖爆米花。当时还当是她对顾客不放心，觉得可笑。原来是阿姨在有意锻炼大哥哥啊。

我们感慨，阿姨一定认为卖爆米花是儿子唯一能学会的本事，是儿子今后的生活依靠，是她给儿子找到的一条最好的生活出路。

女儿高兴说，阿姨可以放心了，大哥哥终于学会卖爆米花了。这几个月都是他一个人独立在卖爆米花，彻底不见阿姨的影子了。

时间一晃七八年过去了，女儿大学毕业都工作了，那个孩子也长成大人了，一直还在体育桥头卖着爆米花。每次看到他，我就想起听话懂事的女儿，想起那次与女儿的谈话，想起那位阿姨，一位表面看起来心狠的母亲，就想起普天下父母一生的辛劳，想起他们对儿女们实实在在苦心无私的真爱。

2016 年夏日

孤独的快乐

在许多人看来，我一定孤独。因为他们以为我的视力差劲，行动不方便，哪儿也去不了，与人交往少了。其实不然，我很忙，忙得总觉得时间不够用，忙得充实、不亦乐乎。尤其是周末，一起床就心慌，想早早吃了饭去办公室，忙活我的事。

平日里一上班，我就抱着电脑键盘进入状态，任凭办公室里人声喧嚷，只管沉浸在自己的世界里，激扬文字。常常直到下班有人提醒打断思路，方才停止手指舞动，收拢思绪拾起键盘回家。总是感到有写不完的东西想写，总是觉得写的文字还有更加准确、更好的词语可用，总想再多看一遍文稿，尽心使敲打出的文字组成的语言尽量完美。

近些年来，无论春夏秋冬，每逢周末，我都感觉心情舒畅，格外快乐。每到周五下午，随着办公楼内的人一个个地离去，心情渐渐舒展开来。周末两天更是开心，早饭后，愉快拿起用了20多年的紫砂茶壶，就往办公室里赶。

这时的办公楼里空空荡荡，异常寂静。我一到办公室就打开热水器，敞开门窗，涮拖把擦地板，抹去桌上浮尘，整理一周来凌乱的心情，然后关上门启动电脑，再泡上一壶碧螺春，坐定下来。那一刻，心如止水，再闻茶壶里飘起的幽幽茶香，望着显示屏荧光静静闪烁，心情格外舒朗。

若有新闻线索素材可写，便直接进入状态，寻思提炼主题，谋篇新颖布局，琢磨打好腹稿，立刻敲起键盘干起来。虽是宣传文稿，但内心丝毫不敢松懈，写作依然挖空心思措辞造句、烧脑，追求最好。

若是完成份内工作，或没加班活可干，那感觉简直就成仙了。燃起一根香烟，品茗一口春茶，敞开情怀，任由袅袅青烟萦绕，绿的清香沁透五脏六腑。此时，记忆的闸门缓缓开启，许多往事涌现眼前，不由得沉浸其中，喜怒哀乐涌上心头，心生惆怅感慨，情不自禁敲起键盘，随着一串串文字呈现显示屏上，身不由己坠入文字的海洋里，畅游开来。

寒来暑往，春去春又来，在办公室里别人以为的孤独中，我歌我述我泣，心潮此起彼伏澎湃，化作屏幕上一段段文字，酣畅淋漓宣泄情感，抒发心底的畅快，讴歌真善美，弘扬人间正道，竟让我释放一腔情怀、忘却烦恼，感觉自由自在，乐此不疲。也让我发现，孤独是迷人的，一个人只有在安静独处的时候，才有机会直面和审视自己的心灵。

塞翁失马，焉知祸福。眼疾给我造成的影响，终止了我与社会的许多交往，逼迫我远离世俗的热闹，却赐给了我难得的孤独，考验我的勇气，令我的灵魂背对凡俗的诸多诱惑，进入一种境况，静静地去思考曾经的经历和耳闻目睹，并与上苍和世间万物真诚对话，悟出道理，更加珍爱生命、热爱生活，更加努力去追寻人生所追求。

功夫不负有心人。我努力，孜孜以求，用心去体会，享用孤独赐予的时间和丰富想象力；我收获，感受到了孤独带来的快乐。近些年笔耕不辍，在报刊杂志网络媒体发表不少文字，收获奖项颇丰，竟还斩获有全国部门行业和省局系统征文活动的四五个头奖，使我不得不开颜，享受到了一个人的精彩。

"上天给了我浩瀚的书海和一双看不见的眼睛，即便如此，我依然暗暗设想，天堂应该是图书馆的模样"，阿根廷诗人、诺贝尔文学奖获得者波尔赫斯的诗句，不仅让我看到了他面对困难时的勇气和从容豁达，还让我看到了黑夜里盛开的美丽幸福的花朵，再一次给了我力量和勇气，让我更加热爱生活，在孤独中坚定信心，一如既往朝前走，去不断实现我生命的价值和意义，享受上苍赐予我的那份非凡的快乐。

2017 年 7 月

秋天里

连日秋霖不断，堵得人除了上班，哪儿也去不了，生活一下子变得简单了许多。

独处陋室，时空仿佛被浓缩，像团云雾在脑海里舒缓飘动，随着唰啦啦的雨声轻柔变换，竟然使曾经的秋天一幕幕从眼前飘过……

1963 年，在一个秋雨绵绵，伸手不见五指的夜晚，渭北高原上的矿区，一户勤劳朴实的矿工租住农民的一间简陋的石板房的土炕上，我来到了这个世界。

听母亲说，见到呱呱坠地的婴儿是个男孩，父亲却因此前刚刚痛失一个幼小的儿子，以为命中养活不了男孩，怕这个孩子也活不成，怎么也高兴不起来。为使我能活下去，他们暂时隐瞒我的性别，并再三叮嘱三个姐姐，不管谁问，就说妈妈生了个小妹妹。一直到我满月，众人才知道，我是一个男孩。母亲说，我是在他们一天一天地担惊受怕和期盼中长大的。

1970 年，秋高气爽、风和日丽的季节里的一天，我背起母亲用一尺花布缝制的小书包，懵懵懂懂踏进了矿区子弟学校的大门。

十载寒窗，历经十秋，在辛勤园丁地培育下，我读完了小学和中学，快乐的长大了。那时的每一位老师，都给我留下了深刻印象，令我终生难忘。

1982 年，我通过考试，被录用为国家干部。第二年中秋刚过，头顶闪亮的国徽，身着崭新的上白下蓝警服，领口缀着鲜红的领章，意气风发，从省公安劳改干部学校干训班毕业，豪情满怀，踏上了劳改工作岗位，投身监管改造罪犯这一特殊而光荣的事业，开始一生不懈努力和追求。

改革开放初期，新思想、新文化浪潮逼人，催人奋进。为了把工作做得更好，1986 年秋天，我怀揣梦想，重返校园深造，在学海里泛舟。

两年后，同样是在秋天里，我捧着鲜红的毕业证书和党证，信心十足，重返工作岗位。

此时的渭北高原，山色烂漫，景色迷人，秋意正浓。我选择了一个秋风和畅、阳光明媚、吉祥如意的日子，娶回一位心仪许久、漂亮的警察为妻。第二年，金秋十月，果实累累的季节，我收获了爱情的种子，得到一个可爱的女儿，感到生活更加充实、多彩多姿。

我喜欢秋天，尤其是深秋，山色浪漫，秋水缠绵，天高云淡，望断南飞雁，引人无限遐思。

我感慨，一身警服，使我走上监狱工作岗位，也让我爱上了这一行。

毛泽东与天斗其乐融融、与地斗其乐融融、与人斗其乐融融，大无畏的英雄气概，激荡我的灵魂，感染我的思想。使我居身特殊战线，与一群特殊的人斗，亦感其乐融融。

光阴荏苒，岁月如水。参加工作九年后，一个初秋晴朗的夜晚，在古城西安西郊一处家属院居民楼里，我凭一身正气冲入鬼门，仗着人民警察的胆魄，用智慧与魔鬼周旋，最终战胜穷凶极恶携带两个炸药包负隅顽抗的逃犯，闯过鬼门关，与死神擦肩而过。

这一夜，惊心动魄，我经历了一次生死洗礼，灵魂得以升华，从此不再畏惧死亡，更加珍惜生命、热爱生活，深情自己所从事的事业，明白了生活中善待和取舍的意味深长，更加坚强、成熟。

在后来，又是一个秋天，突然遭遇莫名不测。我信奉"君子坦荡荡、小人长戚戚""不做亏心事、不怕鬼敲门""身正不怕影子斜"的道理，镇静自若，坦然面对，挺身而过。

事后，从旁人的目光里，我看到许多猜疑，甚至诡异和不信任的眼神，觉得十分好笑。遗憾，我却心如止水，清澈而平静，一如既往笑对人生，让一些人很是失望。有人不罢甘休，还想扒开我的肌肤瞧个究竟。我也真想豁开胸膛，让这些人看个仔细，瞧个明白，一个无比热爱生活、忠诚事业，死都不怕的人，心底是如何的坦荡。

我也有无奈的时候。仍然是在秋天里，我被查出患上一种罕见的眼疾，医生说是不治之症，神仙也无方。我没有恐惧，也没有徘徊，有的只是"战略上藐视、战术上重视"的心态。

求医问药，熬制中药，当我发现真的没用时，我没有恐慌，也没有焦虑，更没有沮丧和颓废，索性选择了放弃，不再让这些事耽误我的时间。彻底不去想它，选择了面对现实，选择了乐观豁达，尽力所能做好眼前的一切。

时至今日，病情虽已严重到别人认为十分恐怖的地步，我心依旧，认为对于眼疾，既然不能左右，拿它没办法，那就随它去吧！我要全力以赴做好自己能够左右、能够做好的每一件事，任无奈像秋风一样从身上掠过，一如既往，坚定不移朝前走。

秋天里，不仅有梦想和收获，还有风雨的吹打，一次次经历让我终生难忘。秋天里，得到许多启发和热爱生活的能量，使我顽强、成熟，意志和信念更加坚定。

2014 年 9 月

回望馒头山

多年来，生活在馒头山下，不知是被它鬼斧神工般神奇的自然造化所吸引，还是被它蕴藏深邃、丰富的内涵所感染，它一直深深地影响着我。

在馒头山下，我迈出踏入社会的第一步。那时，面对高墙、电网和铁门满目茫然，却没有丝毫畏缩，满怀热情一头扑了上去，开始了人生旅途艰难的行程。起初，全然没有留意那与众不同的馒头山。偶尔一次同学聚会中有人指点后，才留意端详，就一下子被深深地吸引住了。

从那时起，无论茶余饭后闲暇之余，还是忙碌工作当中和匆匆的上下班路上，我总要自觉不自觉地望一望馒头山，久而久之，竟萌生一种说不清的感觉。后来，去省城学习两年多，不论春夏秋冬、酷暑寒天，紧张学习之余，也总想起馒头山。学习结束，回到杏树坪，再见馒头山，凝目良久，久别重逢之感油然而生，倍感亲切。

此后，我们竟然相随度过了十多个春秋。无论是遇到苦闷、感伤和惆怅，还是快慰、喜悦和欢乐的时候，我总要望一望馒头山，得到宽慰、鼓舞和振作。

在一次成功制止罪犯预谋暴力脱逃，经历正义与邪恶较量，感受胜利喜悦之时，馒头山提醒我戒骄戒躁。又在一次成功处置逃犯携带炸药包拒捕，经历智慧与狡诈交锋，生死考验，感受到使命的光荣的时候，馒头山夸我不辱使命、告诉我要一如既往、继续努力。

人们怎能忘记，40多年前，杏树坪第一代开拓创业者们，带领十几名劳教人员，徒步走进荒山野岭中的崔家沟，挥舞起第一镢时，馒头山就见证了这一刻——崔矿的诞生。当第一块沉寂地下万年之久的乌金被捧出时，馒头山就已展望到了崔矿的未来。

崔矿人也没有辜负馒头山的期望，在最初的创业阶段，就闯出了享誉三秦大地的"跃进煤"，发展副业生产，很快又创立了名闻关中平原的

"崔矿苹果"，迅速把当初一个原始的小煤窑发展成为年产三四十万吨原煤的国有煤炭企业。改革开放后，煤炭产量一跃上了百万吨，一幢幢高楼雨后春笋般拔地而起，震惊馒头山。20世纪90年代初，面临考验之际，崔矿人审时度势，把"扎根山区、艰苦奋斗、顽强拼搏、默默奉献"16个大字，深深地镌刻在馒头山上，稳步发展。其间，全矿齐动员，上山挖沟开道，引来纯净清澈甘冽的马栏水，解决了建矿以来的吃水困难，彻底改变了崔矿的旧面貌。历经几代人的努力，直到今日，崔矿已发展成为全省监狱系统的"航空母舰"，煤炭行业、屹立在渭北高原上的一颗璀璨夺目的明珠。

岁月如梭，馒头山依然耸立在群山之巅，目睹了脚下所发生的巨大变化。我总算明白了，明白了馒头山引人之处，它见证了崔矿从无到有的发展历史，它目睹了脚下的沧桑巨变，熟悉崔矿的每一个人，它是一座不朽的丰碑。

用心端详馒头山，我仿佛看到刘扒海、王立山、赵琳、吴建民、任谦、黄公让、吉瑞田、李孝发……，一张张深情慈祥的面容，看到了许许多多不知名姓却熟悉的身影，他们依然关注着脚下这块热土，殷切期待崔矿的再次腾飞，新一代崔矿人再创辉煌。

1999 年 8 月

蛇缘

蛇年春节，行走街头，到处喜气洋洋，目光所至，"蛇"字或图案随处可见，脑海里不由得浮现许多有关蛇的往事，挥之不去。

记忆中，"农夫和蛇"是我小时候听到的第一个寓言故事，因此从一开始蛇就给我留下了一个冷酷无情凶残的印象，十分可怕。

上学后，知道了引蛇出洞、打草惊蛇、虎头蛇尾、杯弓蛇影，还有强龙难摁地头蛇、打蛇要打七寸等常用成语和俗语，正如人们常说"长虫的沟子——没深浅"，要说蛇有多坏就有多坏、名声糟糕极了，我很反感。

刚上小学时，和三姐在河道里玩耍，合力搬起一块大石头，眼前惊现一条铁青色、擀面杖粗细的蛇，盘踞其下，吓得惊慌失措，转身撒腿就跑，过了好长时间，还心有余悸。暑假一天中午，一时性起，独自上山去捉"蛐子"，在茂密的灌木丛中寻声忽然看到一只"蛐子"震动的双翼正在"欢唱"，高兴极了，小心翼翼，平心静气正要下手捕捉时，突然发现旁边有一条蛇，眼里冒出凶光，高昂着头，吐着"烈焰"冲我示威，把我吓得半死，丢掉手里的笼子，一口气跑回了家。

随着阅历的增长，我了解到，蛇是一种颇为灵异的动物，从古到今，人们对其怀有一种既恐惧又崇敬、神秘而复杂的情感。我国流传千年的四大民间传说之一的《白蛇传》，就是一个有力的旁证，其中蛇妖与人生死相恋的故事，惊心动魄，曲折离奇，悲喜交加，感人至深。

上中学时，曾在安康工作过的二姐给我讲了一个故事，从前，大巴山里有一个农民，家里很穷，但他善良，每次上山打柴遇到蛇，从不惊扰，总是停下手里的活，静静地站在一旁，望着蛇离去。一天，妻子生产，忽然接生婆惊慌失措出来说，生了一条蛇。情急之下，他抓起猎枪朝天就是一枪，那条蛇一下子就变成了一个可爱的小女孩。从此，这家人被乡邻神化，受人敬畏，干什么事、成什么事，女儿越长越漂亮，家里日子过得殷实幸福，后代也成了富甲一方的大户。尤其是后来，再看了台湾电视连续剧《新白娘子传奇》，感觉甚好，竟然对蛇少了怯意，多了一些温存。

在电视里，看到许多国外影视剧中，阿拉伯人眼里蛇的神圣，吉卜赛人手中蛇的诡异，让我感到十分有趣，专程前往西安动物园蛇馆，仔细观赏了一回蛇。看蛇关在笼子里的样子，竟然怜悯，感觉可怜。

一次下班路上，遇见有几条筷子粗细的小蛇，从路边石缝里钻出来游走，我便驻足观看，感觉可爱，好奇他们在干什么？还想，他们的妈妈哪里去了？

巧的是，那年金秋十月，我家添了一个可爱的"蛇宝宝"。从此，我们一家人快乐幸福，其乐融融。

2013 年 2 月

热情拥抱新的一年

掀起一页日历，看到剩下没几页，不禁感慨，又是一年将要过去了。捧起翻看，一年来许多经历，竟然清晰浮现眼前。

这一年，矢志不渝，硬是给单位整出了 90 余篇新闻宣传稿在媒体发表，还利用周末业余时间写了《因为充实而幸福》《又是一年桃花红》等十多篇散文，尝试创作了一部中篇小说《心照》。尤为值得骄傲的是，我有一篇散文摘得《当代监狱报》新闻大奖赛一等奖，还被评为全省监狱企业优秀通讯员。欣喜之余，一气呵成，创作发表一篇反映身边真人真事的散文《大山里最美的监狱警察》，送往省厅参加征文活动获得优秀奖。可谓硕果累累，收获不小。

然而，这些成就的背后，也有许多艰辛和不易。这一年，受煤炭产业连年持续疲软的影响，单位经济下滑严重，收入锐减，人心惶惶，自己也因此忧心忡忡，写起稿子来一度焦虑不安，不能完全进入状态；这时又偏遇单位上下领导人事变动，让人更加焦虑，担心新来领导对宣传工作的态度，以至于工作起来常常走神；至于自己日趋严重的眼疾，对写作所造成的不便和巨大困难，以及干文字这一行那种伤筋动骨的煎熬，更不用说，许许多多经历让我感觉艰难。

不是我还不够成熟，也不是我过分敏感和脆弱，而是这一年，对于我一个头上没有乌纱帽、手里没有权杖，还要独当一面，想把工作干得出色点，年过半百的二级视障人士来说，实在是坚硬，不容易啊！

就连一个办公室里的同事，整天见我一上班就抱起电脑键盘不动地方，也都窃窃私语"简直是在透支健康和生命"。甚至还说"不值得"之类。然而，殊不知文字里有我的梦想与追求，能展现我人生的意义与价值，给了我许多生活的勇气与信心，也给我带来了无限的快乐与幸福。

梳理思绪，我之所以执着抱着键盘孜孜不倦敲击出许多文字，勤奋源自与生俱有的品德、热情，缘于天生对文字的爱好，灵感出于对生活的无比热爱，动力来自领导和同志们的支持。尤其是省局《当代监狱报》和集团公司网站编辑同志们的器重，以及单位在经济极其困难的状况下还给的宣传奖金，更是给力。全然让我忘却了一切烦恼，将浮躁抛在了脑后，使劲敲击着电脑键盘，坚挺地走了过来。

一年四季，寒暑交替，岁月如梭，令人惆怅。虽说将要过去的一年是坚硬的，但却最终传递给我的是充实、信心满满。

新的一年，风清气正，万象更新，充满勃勃生机。我情不自禁热情张开臂膀，奋力向前……

2014 年岁末

手机

捧着大屏智能手机，眼见社会发展进入互联网＋、大数据时代，即将迎来智能化生活的到来，感慨之余，想起过去用过的那些个手机。

20世纪90年代中期，手机价钱昂贵，资费又高，很少有人用得起。为了方便联系，人们流行用传呼机，这玩意有半个烟盒大小，显示呼叫电话号码儿，满街上许多人的腰间都挂一个，弄得四处"嘀嘀"铃声乱响，大家管它叫BP机。

在崔矿，尽管山区没信号，手机用不成，有个BP机勉强还能用。可偏偏有爱扎势的人嫌不够扎势，就三四千块钱买部手机，挂在腰间皮带上显摆。就这，还怕人看不见，动不动就在人面前拎出来，按几下键盘，放耳边听一听，"喂喂"地喊几声，再自言自语"哎呀，又没信号了"什么的埋怨几句，故作随意大大咧咧一把将手机装进腰间的皮套子里，不失时机引人注目，炫耀一下。

没多久，城里用手机的人渐渐地多了，移动公司也在远离市区的崔矿建起了简易基站，连上了信号，鼓噪宣传推介开了手机。

改革开放后，社会发展突飞猛进、日新月异，外面的世界精彩纷呈，但在崔矿出行交通极为不便不说，就连打个电话也很不方便，让人感觉几乎与世隔绝，太需要有个手机了。于是，我赶上单位第一拨买手机的一群人办了卡，乘车到铜川市区去买了部手机。

我至今还记得那部黑色的飞利浦手机，液晶显示屏只有手指般宽窄，花掉了我两个多月的工资，可我也一点不心疼，非常喜欢。

然而矿上信号差，许多时候手机不好用，打个电话还要屋里屋外地四处找个信号强的地方通话。我的飞利浦虽带一根三四寸长的外置天线，算是信号接收能力强的，可通话效果也不行。再说带根天线，拿着也不方便。没几天去铜川，我又在那家柜台看上了一款淡绿色的爱立信翻盖手机，不惜将飞利浦打九折给退了，补了差价换了个爱立信。结果，没用了几个月还给丢了。

那时的手机，都是液晶白底黑字显示屏，只有打电话、收发短信和俄罗斯方块之类几个小游戏的简单功能，只是收发短信功能让人新鲜，十分喜欢。可菜单还是英文的，信号差，通话资费还贵，再加上电话还是少，用处不大，买的人心理成分多半都是扎势的。

我心疼丢掉的两千多块钱，不想再扎这个势了，忍痛割爱，近半年时间再没想过手机。然而世事难料，仅仅才过了半年多时间，身边用手机的人就多了起来，自己感到了越来越多的不方便，于是便心动，看广告买了部"手机中的战斗机"国产的波导手机。可国产的质量无论如何也比不上当时铺天盖地横行市场的摩托罗拉、诺基亚、爱立信等任何一款洋品牌。恰在此时，外出执行追逃任务，联系实在不方便，索性就一不做二不休，在外用八百块钱买了部八九成新的二手诺基亚。后来因种种原因，什么摩托罗拉、松下等牌子的手机，换了不下四五部。此间，移动和联通两家公司，一个山上，一个山下，也在矿上相距几百米的地方，搭起了高大的铁塔，建起了基站，改善了通话效果。

头次见七彩屏机子，眼前一亮，觉得漂亮，就把正在用的黑白屏的给淘汰了。又过了不到半年时间，看到个真正的彩屏机子，更是感觉漂亮喜欢，没多想，就让手中的七彩屏给下课了。

当跨进21世纪的门槛，步入新时代，和大多数人一样，手机已成为我生活的一部分。

正当我不住感叹科技发展迅猛，手机更新换代之快如日中天，我的眼疾却每况愈下，用起手机竟逐渐变得困难起来。尤其是近年，眼疾发展到了严重的地步，眼睁睁地看着手机越发展越漂亮，功能越多，可我的眼睛却越不好使，用起手机越发困难。当手机一跃进入智能化时代，我傻眼了，盯着手机宽大的屏幕，却怎么也看不清上面的字，用不了啦。

看到幼小的孩子在玩耍智能手机，我的内心没有羡慕，也没有悲哀，有的只是暂时的遗憾。回想手机迅猛发展的历程，始终期待，坚信时间不会太久，总有可以给我能使用的智能手机出现的那一天。

今年春节刚过，女儿发现一款适合我用的智能手机，还是国产流行名牌，像是哥伦布发现了新大陆，惊喜迫不及待立刻告诉我。我虽高兴，却也淡定，因为这本来就是在我预料之中的事，可还是按捺不住心中喜悦，一夜辗转难眠。

那日，我之所以难以入眠，不仅是为今后能享受到智能化社会生活所带来的快乐而兴奋，还为科技发展的惊人、创新的神奇魅力浮想联翩，被社会体贴入微关爱少数人群的爱心所打动。

2014 年 4 月

走廊里哭泣的女孩

事情过去半年多了，几乎每天稍有闲暇，那个女孩在走廊里哭泣的情景，还总是在我的脑海里不停浮现。

女儿今年大学才毕业，还没有领到毕业证就匆匆离开学校，踏上了艰辛的求职之路。虽然看不到女儿在烈日炎炎下，都市川流不息的车流和人海中奔波的样子，可我的心却时刻和女儿在一起，能感觉到女儿求职的艰难坎坷。每当夜晚女儿电话铃声响起，我的心情骤然收缩起来，然而，当听到女儿"爸爸"一声甜蜜的叫声，心情立刻舒展许多。尤其听到女儿绘声绘色描述求职中的经历和见闻，甚至添加几分夸张，让人感到轻松、愉快、自信的口吻时，心情也随之轻松开来，得到许多安慰。

我总觉得，女儿毕竟还是个才准备步入社会的孩子，而且是个只身一人的女孩子，心理多有惆怅，就不断鼓励她面对困难，勇敢地朝前走。女儿很争气，没几天就被一家还不错的公司录用了，我很高兴，在她第一天上班和第一次领到工资时，特意写了点文字发在了博客上，再三叮嘱再接再厉，做一个优秀的员工。果然聪明伶俐的女儿凭着自己的出色表现，提前转正了。感慨之余，欣然在同事面前夸女儿优秀。也许人家不以为然，可我就这么认为。

由于才步入职场，刚刚涉足社会，女儿对许多事情感到新奇，特别珍惜和热爱自己的工作，无论多么辛苦，从不言退，每天下班后都要在电话中与我分享辛勤工作的快乐。

我们有一天在电话中正聊得起劲，女儿忽然情绪低转，给我讲了一件事。昨天一家培训公司促销员来要见老总联系业务，可她事先没有预约，按照规定不予接待。我作为接待文员，无论她怎么讲，也只有拒之门外。第二天，她带着给老总买的一个包装精美的什么礼品又来了。而且还给我带了一束漂亮的鲜花，可是无论如何我也不能接受，因为我没办法让她见到老总。不管我怎样解释，她都不走，话都说到哀求的地步了。说实话，我看她好像也是今年才毕业的大学生，可能刚被录用，人也长得娇小好看，好话都说尽了，我还是没办法让她见我们老总。

我连忙插话说："那你可以帮忙和你们培训部联系一下呀？"

女儿说，我非常理解和同情她，当然与我们培训部联系了。培训部经理接待她说，我们有自己的培训体系，不需要她们帮助。无奈，我只能又客气地再把她请了出去。可她还是不走，一手拿着包装精美的礼品盒，一手抱着鲜花，站在门口恳求我让她见一下老总。我实在没办法，给她耐心再三解释，甚至还说如果我让你去见老总，那我就要被炒鱿鱼了。她还是不走……

电话那头的女儿不吱声了，我感觉女儿在流泪，心里隐隐作痛。

过了片刻，女儿哽咽着说，那个女孩后来哭了。我简直都要崩溃了。看着她蹲在走廊里哭，我心里也很难受。她和我年龄差不多，估计是才找到工作，遭遇这么大挫折，所受伤害可想而知，我太理解她了，可惜我实在是没办法帮她。我下班时，还留意走廊、一楼大厅和周围街道，找了下她，还想再安慰她几句。遗憾，没有找到。

我感叹说："你看大家为了生活多么难啊。"

女儿说："那个女孩还说，这是她得到这份工作，做的第一项业务……"女儿说着哭出声来。

我的心里也很难受，无法安慰那个女孩，就感慨对女儿说："你才走上社会，今后的路漫长，肯定会遇到许多困难和挫折。但不论怎样，都要勇敢，有信心和勇气面对。必须不断努力学习、提升自己。"

女儿"嗯"地应了声。感觉女儿的情绪仍然低沉，我便转了话题。可不论说什么，那个女孩蹲在走廊哭泣的情形总在眼前浮现。挂断电话后，依然如故。上床躺下也挥之不去，让人揪心，一夜难眠。第二天，依然如此。

这段时间，因此而造成的痛苦、悲哀、愤懑、忧伤和无奈轮番侵扰，使我感到压抑，心情糟糕。

我没有理由对这个女孩评头论足，因为她毕竟是一个怀揣梦想跨入大学殿堂，又满怀希望一路欢笑，才步入社会的女孩子。也不能对她的父母说三道四，因为他们含辛茹苦，甚至可能比我付出的更多，把孩子已经养育成人，尽到了义务。我唯有像对这个女孩和自己女儿一样，说许多许多安慰的话儿……

2011 年 10 月 18 日

崔矿有这样一群大妈

在崔矿，有这样一群大妈，表面上看起来，与外边的大妈别无二致，都是七八十岁的年龄，每到阳光明媚、风和日丽的好天气，纷纷从家里出来，三五成群，或在家属院里悠闲散步，或去矿区的菜市场上挑挑拣拣的转一圈儿，或在朝阳能坐的地方，甚至站在路边就乐呵呵地聊开了。

其实，她们与外面的大妈不一样。她们有着不同寻常的经历，每个人的背后都有许多感人故事。

她们是我们中华人民共和国第一代监狱警察的遗孀。她们在新中国刚刚成立、最为艰难的时期，正值自己人生风华正茂的当口，就牵着儿女的小手，跟随那阵子还年轻，意气风发，革命意志坚定的老伴，从黄土高原到秦巴汉水，从关中平原到渭北荒山野岭，一道投身艰险而神圣的特殊事业，转战三秦大地。

她们住在临时搭建起来的简易房和土窑洞里，在常人难以想象极度困难的生活条件下，为丈夫养育儿女、料理家务，甚至还办起了副食品加工厂和缝纫组，参加劳动，支持丈夫在大山和荒野里，披荆斩棘、开荒种地、建矿办场，监管教育改造罪犯，开展劳动生产。

这期间，儿女们在她们含辛茹苦的拉扯下长大了，而她们又将儿女一个个的全都奉献给了社会，奉献给了老伴一生所坚守的事业。待到山花烂漫，迎来改革开放的好年景，她们才结束了动荡的生活，落脚崔家沟煤矿，过上了安稳的日子。

她们将人生芳华，将毕生都奉献给了陕西监狱，奉献给了中华人民共和国监狱事业的发展建设，把自己的一切都献给了党，献给了国家。

她们亲历和见证了中华人民共和国监狱的创建、发展和不断完善，目睹了中华人民共和国的巨大变化，满面春风走进了新时代。

她们珍惜和热爱今天的美好生活，一看到幸福的和花儿一样的年轻人，总是抑制不住内心的喜悦，流露满脸的羡慕神情。

她们热情好客，与人打起招呼来那口音，有陕北的、关中的、陕南的，还有山西、河南、山东、河北的，尽管南腔北调哪的都有，但听起来都一样的亲切温暖，让人感觉充满阳光。

遇到大妈，我总喜欢问一问她们儿女的情况，有意引得大妈高兴，瞧一瞧她们的脸上荡起的幸福灿烂笑容。

每当这时，我不由得想起她们的老伴，脑海里浮现出一张张熟悉的面孔。

他们中有中华人民共和国成立前参加工作的老革命，也有20世纪50年代脱下军装投身当年还称作劳改工作的劳改家，60年代大中专学校毕业的老牌大学生，还有七八十年代部队转业来的老干部。想起他们，我不禁惆怅感慨……

我听说过他们的许多往事和经历，30多年前，还有幸与他们中的许多人在一起工作过，领教过他们的忠诚、朴实和刚硬的工作生活作风，从他们的身上学到了不少东西。这些年来他们中的许多人虽然都走了，可我却总想起他们，想起他们的为人处世，想起他们的艰苦朴素，想起他们的认真负责，想起他们对所崇尚事业的那股子坚忍不拔的追求和奉献精神……

有人说，崔矿的大妈们长寿。我的内心不由得涌起阵阵感伤。从心底里感叹，不是大叔们不长寿，而是他们在年富力强的时候，为了事业过于辛苦，过分地透支了健康和生命。

想必他们在九泉之下，看到跟随自己熬了大半辈子的老伴儿，如今赶上了好日子，天天这般生活幸福自在的样儿，一定高兴，感到欣慰。

大妈们老了，跳不了广场舞，但她们喜欢观看，每天下午都要聚集在广场上看个高兴。耐不住性子的大妈，情不自禁，还加入了太极队伍。更多的大妈自信说，她们的散步也是锻炼。

我问大妈，怎么整天都这么高兴啊？大妈都笑了，乐呵呵的对我说，儿女们都要退休了，孙子们也一个个都上班了，每月国家还给发养老金，高龄补贴什么的，无忧无虑，天天只想着什么好吃、吃什么，你说，不高兴还愁什么？！

2018 年 4 月 27 日

岳父书训

　　十多年前，我在市区买了新房，向擅长书画的岳父讨要几幅作品装点新居，老人家欣然答应。正式入住那天，还没上门索取，平日里不多出门的老人给精心装裱好，亲自送来了。

　　老人送的三幅字画，一幅是用笔走势如浪花飞舞、滔滔翻滚、浩浩荡荡的大江流水，又似自在飘逸潇洒舒卷的行云，行草的明代杨慎《临江仙·滚滚长江东逝水》的诗词横幅长卷；一幅是装在长方形镜框里，书法看似隶书、又有徽宗瘦金体风格，字体儒雅端庄、凝重大方、周正漂亮的"行圆家和睦、走方事竟成"十个拳头般大小的字，再就是一幅尺寸不大、裱在正方形镜框内的国画《傲菊》。

　　那天乔迁宴罢，送走老人和其他客人，我迫不及待取出字画仔细端详，细心品味。忽然发觉，这不正是老人一生荣辱不惊，淡泊名利，处世为人恪守的信条嘛！再加出自老人之手，感觉亲切，更是心领神会，爱不释手。当即就瞅好地方，将三幅字画分别挂在三处醒目显眼的位置。顿觉，新居平添一股高雅文气不俗之风。

　　特别是"行圆家和睦、走方事竟成"十个字，铁笔银钩，规整漂亮，柔中有刚，干净利落，力透纸背美观大方，所言道理一看便晓，人生行走天地间，处世为人有法度，方是方来圆是圆，牢记规矩万事兴。

　　正如鬼谷子所言，做人要"如阴如阳，如圆如方"，即做人要有心机，就要懂得方圆之道，能够"亦方亦圆"。何为"方"何为"圆"？一般来说，自然形成的都是圆的，人为修饰的都是方的。因此，方为动，圆为静，方是原则，圆是机变，方是以不变应万变，圆是以万变应不变，外表要圆，大智若愚，内心要方，清静明志；对己要方，严以律己，对人要圆，宽以待人，有圆无方则不立，有方无圆则滞泥。所以，做人时能亦方亦圆，方中有圆，圆内容方，就能够在交际中应付自如，没事不惹事，来事不怕事。

不想这字画，一挂就是十多年未动地方。尤其感觉"行圆家和睦、走方事竟成"挂在墙上，大方而有气度，既能时刻提醒家人为人处世遵循，又可示人展现家风。

十多年来，不知不觉竟把这话当作家训，经常诵读，翻来覆去探究其深刻内涵和丰富外延，感悟其中道理，时刻提醒自己遵循。常与妻子和女儿一起解读，加深理解，互相勉励，任凭什么时候，做什么事，不但要守规矩，坚持处世为人的原则，还要讲方法，区别性质灵活对待，万不可不辨青红皂白，一律对待。

如今，老人已驾鹤西去，再看字画，字字句句饱含深情，寄予希望浓厚，更觉珍贵。

2018 年 8 月

从照金到梁家河

去过照金，走过梁家河，只要稍加思索比较，我们就很容易发现它们有着共同之处，那就是共产党人始终不渝坚守的崇高理想和信念，以及坚忍不拔的追求精神。

我在照金附近工作30多年，耳熟能详许多刘志丹、谢子长、习仲勋等老一辈革命家，在这里创建根据地、开展游击斗争、土地革命、艰苦奋斗的感人故事。常常望着层峦叠翠、绵延起伏不断的山峦遐思万千，凝神高山密林和蜿蜒曲折的羊肠小道，仿佛看到了他们的身影，看到了他们带领红军战士神出鬼没穿梭其间浴血奋战的情形……

梁家河所处的黄土高原上，有我的故乡。对于那里的山山卯卯、沟沟梁梁和风土人情，以及曾经的荒凉贫瘠，我是熟悉的，每每想起倍感温馨而又惆怅。

我总觉得照金和梁家河是一样的亲切，它们息息相关，有着密切联系。梁家河当年带领乡亲们改变恶劣环境和贫穷落后面貌的领导者，与照金老一辈革命家心心相印，他们所从事的光辉伟业、身上具有的革命精神和为人民谋福祉的初衷是一脉相承。

来到照金，杨柳坪上刘志丹和习仲勋紧紧地握在一起的大手，陈家坡、北梁上空回荡的誓言，薛家寨崖壁上累累的弹痕，陕甘边中华苏维埃政府斗地主、分田地群情激昂的场面，以及红军兵工厂、医院、被服厂……，一切历历在目。你会真切地感受到什么是艰苦卓绝，什么是意志坚定，什么是信仰，什么是百折不挠，什么是残酷的斗争。秋天，看满山红叶烂漫、绚丽耀眼，你就会明白，他们为什么不惜生命的代价而奋斗。在这里，你能看到共产主义信仰的魅力，看到老一辈无产阶级革命家无私远大的情怀，看到他们无畏艰难、不怕牺牲、勇往直前的奋斗精神，看到艰苦朴素自力更生的光荣革命传统和作风。

到了梁家河，尽管展现在眼前的是一座欣欣向荣的陕北农村优美喜人景象，但是望着沟岔里的一孔孔窑洞，村里的第一口水井、缝纫社、代销店和加工农具的铁匠铺，不由得令人遐想，脑海里浮现出一幅幅画面，山沟里蜿蜒曲折的小路上，远远地走来一位背着满满一箱子书的一个15岁的北京小知青；淤坝地里的这位知青带领衣衫褴褛的社员们挥汗如雨，在夯土、搬石头；深夜里，闪烁着光亮的土窑洞里的煤油灯下，他还在看书；窑院里，一群婆姨娃娃们惊喜地围着沼气点着的火焰赞叹不已……。仿佛看到了随着北京知青的到来，山村里一天天发生的喜人变化，看到了习近平怎样由一个学生向大队支部书记的进步，看到了红色基因的传承，看到了这个有着大学问的地方所承载的吃苦耐劳、自强不息、追求美好的民族精神，看到了人民领袖不忘初心、踏实有力、一路走来的光辉足迹。

老一辈革命家在照金，凭的是坚定的信念，执着的追求，无私的奉献，以及为人民谋解放，惊天地、泣鬼神，大无畏的革命精神；新一代革命者在梁家河，靠的是传承发扬，吃苦耐劳，砥砺奋进，为乡亲们过上好日子，不懈努力的奋斗精神。

从照金到梁家河，仔细浏览每一处旧址，细心体会每一件文物，虽然年代不同，物件也完全不一样，可有一点给人的感觉是一样的，那就是一代代共产党人所坚守的信仰和全心全意为人民服务的宗旨，以及为之奋斗的革命精神始终不变。

视其来路，思之远方。相比于梁家河的历史，照金豪迈、粗犷、奔放、不修边幅，漫山遍野刀光剑影、炮声隆隆，充满杀戮、腥风血雨，属于革命理想主义的战场；相比于照金，梁家河更像一个充斥着远大抱负和希望，考验和锻炼革命后来者大有作为的广阔天地。

随着时光的流逝，当年在照金流血牺牲的人都去了，可他们的根却永远的留下来了，并且正如他们所期待的那样开花结果，使得这里的人们都过上了安逸幸福的生活。梁家河也一样，带领乡亲们脚踏实地苦干、改变落后面貌的领路人走了，可他放心不下乡亲们，又回来了。看到乡亲们不但能吃饱肚子，还有白格生生的大米和肉吃，昔日和乡亲们一道洒下汗水的穷山沟里的山变绿了，天变得更蓝了，水变得更清了，他高兴地同乡亲们一样开心得笑了。

如今，无论是在照金还是梁家河，春天，都是阳光妩媚，百花摇曳，生机勃勃，美景可观；秋天再来，同样都是红叶远山，果实累累，碧空如洗，呈现一派喜人收获景象。一年四季，山在笑水在唱，游人如织，人们的心里充满阳光，脸上幸福荡漾。这可真是：

革命自有后来人，
继往开来永向前；
人民团结奔小康，
华夏遍开幸福花。

领袖描绘复兴梦，
扬帆起航新时代；
两个百年在明天，
万民齐诵更美好。

2018 年 7 月

享受写作的快乐

也许是年龄大了，总觉得时间过得像飞一样快，紧追忙赶，眼瞅着一年又结束了。

盘点 2016 年，回眸一年春花秋月，文字里度过，孜孜以求，不但收获快乐，还冲淡许多烦恼，使我忘却疲惫。

年初，尚还沉浸在前一年两篇作品分获厅局奖项，受到单位年终总结表彰的喜悦快活中，忽又接到电话通知，散文《远去的火车站》被铜川作协《华原风》刊发，自认为文字能被专业文学期刊发表，也算是一种水平的肯定，甚为高兴。那几日，做什么都愉快，写起东西觉得似乎真的上升了个水平似的更加得心应手。又见单位托管运营在艰难中坚定起步，转型发展劳务加工生产迅速全面铺开，不再在煤炭行业经济萎靡的泥淖里苦苦挣扎，不由得欣喜，这一年定是一个不寻常的年份。于是，随着以往写作惯性用力敲起键盘，开始了这一年的努力追求。

屈指一数，在单位从事文字工作已是第 12 个年头，尤其是负责企业文化宣传工作四年多来，虽说是从无厌倦，收获颇丰，但写得多了，难免有些"痞"了，就连自己也觉得不得不重新思考，对于一个企业而言，新闻该如何去写，写些什么？思索之余，翻出近几年为单位写的二三百篇宣传文稿过目，忽得要领，新闻绝不是事件简单的记录，也不是讲故事，而是在发现，在萃取、提炼文化，在展现思想，在传递正能量，启迪和鼓舞人心。于是乎，这一年自己写的文字有了一个提升，发表的面自然也拓展开来，不但被省局《当代监狱报》、集团公司网站采用的篇数多了，还有不少被推荐发表在了省部级行业主管部门的报刊和网站，甚至全国有影响的媒体上了。每天，几乎都能看到自己写的文字在各种媒体上显现，美不可言。这种状况，若在多年前那可是不敢想象的。

领导见状欣喜，鼓励把媒体发表的宣传文稿"转发到单位微信群里，让大家都看看"。没想到，领导的一句话，使得这一年的宣传工作有了特色，多了一个亮点。

见我整日抱着键盘在为崔矿颂歌，有人感慨"你对崔矿真有感情"。我也感慨，在崔矿工作生活30多年，把一生最美好的年华都留在了这里，确实感情深重。回想起在我步入社会之初，她就接纳了我，我又为她倾注心血，相互陪伴走过的每一天，都令人难忘；再望眼前日新月异变化，总是心潮澎湃、抑制不住内心激动，就不停敲击键盘。不想，这一年又为单位整出80多篇宣传文稿发表。

年内，《华原风》还发表了我洋洋洒洒四五千字的散文《我的二姐》，《中国监狱企业》又审定《崔矿给人的感慨》，索要一些漂亮精美照片安排在明年图文并茂刊发，七八篇散文被报刊采用，忽然感觉自己的文字有了质的飞跃，尤其是散文大有长进，日臻成熟，甚为欣喜。这又让我想起这些年来的不停耕耘，想起单位同事的热心帮助和领导的大力支持，想起了采用我稿件的媒体，尤其是《当代监狱报》编辑老师的关心和栽培，不胜感激。

不停写作，充实我的生活，给我带来无限快乐，反过来持续的快乐，又给我的写作不断添加动力，充实着我的每一天，使我忘却烦恼，总能发现、有写不完的东西想写，总觉生活美好，生命的力量滚滚向前。

新年的钟声已经敲响，又是一股新的气息扑面，催人奋力追赶。

2017 年元旦

飞雪迎春到

年前，山里一场漫天飞舞的大雪，使得山野银装素裹，天地一色，分外妖娆，令人爽心悦目。我感觉春天已从南国启程，不由得感慨，岁月轮回飞快。

回眸过去一年，年初单位人事调整，规模之大前所未有，创建矿以来纪录，弄得许多人焦虑、浮躁不安，连个年也过不踏实。而我年龄大了，不用去想这些，且将此事当作闲事高高挂起，充耳不闻。捧起印有我名字的省局表彰《当代监狱报》征文获奖作者和优秀通讯员的两份文件，以及省煤炭协会颁发的一本论文获得二等奖的荣誉证书，高兴了好些时日。

这一年，单位先是艰难迈过生产接续紧张难堪，后又遇到井下气体异常艰险，三盘区收官难题，举步维艰。每前行一步，无不沉重，无不扣动我的心弦；每闯过一关，令人振奋，让我激动。我捕捉它前行中留下的每一个深深的脚印，奋力敲击键盘，记录它奋进中取得的成绩和不易，激扬文字，讴歌这一年崔矿人顽强的斗志和精神风貌，为单位组织撰写和编发新闻通讯稿件达110余篇，在司法部兴华协会《信息》、省局《当代监狱报》，以及中国廉政建设网、中国煤炭新闻网、省煤监局、集团公司网站等媒体发表。做到每周都有单位新闻在干职工微信群内推出，广为传播，树形象，聚人心，鼓干劲。把单位企业文化宣传工作搞得是风生水起，高潮此起彼伏接连不断。

然而，视力障碍阻挡我前行的步伐，给我本来就不平坦的人生道路增添麻烦。它还无时无刻不在我的面前张牙舞爪、面目狰狞咆哮，不断叫嚷"别写了，赶快回家去吧"，嘲讽我"就你这样子，什么也别做了，静静地等待老去，或许还能保存你目前仅有的一点儿光明"。

由于30多年来监狱工作的锤炼，还有领导的关心支持，同事的理解和帮助，众多崔矿人给予的温暖感动，以及他们和许多编辑老师、文友们的喝彩，不断给我信心和动力，使我内心充满阳光，从不惧怕病魔，把它的威胁和嘲弄当回事，依然爱我所爱，笔耕不辍。

忙碌工作之余，还整理思绪，回味人生，创作散文20多篇，在中央党校理论研究室《党政周刊》《西部法制报》《当代监狱报》《新耀州》《铜川文艺评论》等报刊，以及司法部预防犯罪研究所的《幸福的黄丝带》、陕西省散文学会"散文之声"、耀州区作家协会"铜川文苑"等新媒体发表，促进我的文笔有了很大提高，一次次收获喜悦，生活充实、丰富，生命更有意义。

为了学习，我还建起了一个有80多人参与的"文学馒头山"微信群，与一帮子崔矿或曾在崔矿工作过的文友们展示个人作品，共赏名人佳作，互动交流，体验新媒体和文字给予的快乐生活。

尤为倍感鼓舞的是，我的散文《崔矿的山》《从照金到梁家河》被多家媒体转发，还制作成朗读作品，在司法部预防犯罪研究所和陕西监狱的公众号分别推出，吸引众多网友围观欣赏。还有我那年那月那日，不负组织重托和战友的信任，出色完成追捕任务的一件往事，竟在尘封26年后，被铜川市耀州区编制办发现并收入地方志，载入史册。

新的一年开始，一切充满新意，竟使我想到了春天的萌动和播种，夏日的昌盛，秋天的再一次收获，内心充满喜悦，感觉不到冬日的漫长。

挥挥手，我轻轻地告别2018，不带走一片晶莹漂亮美丽的雪花，踏上新的征程，义无反顾继续前行。

2018 年 12 月底

初春一夜雪无声

入冬，就盼望你的到来，盼望看到你浑然天成、简单明了、去繁就简、超凡脱俗的美景，盼望你给忙活一年的大地带来喜悦。

然而，直到大年三十，也未等到你。我虽焦急，心生遗憾和埋怨，但却说不出口。因为我打心眼里喜欢你，深深的爱你。

春节，从正月初一到初五，人们迎来送往，走东串西，忙碌着往年一样的忙碌，吃喝着往年一样的吃喝，快乐着往年一样的快乐，不断重复着与往年一样的祝福，但却总忘不了你，惦记着你。盼望着你的到来，再给喜庆的节日增加一种风情，给人们的心里再增添一份喜悦。

我强烈地感觉到，这个冬天没了你，生活少了一种韵味，春节少了一些色彩，就连年味也淡了。

然而，你却不期而至。正月初五夜晚，在人们的梦乡里悄悄地来，又悄悄地去，悄然间，给大地万物披上了洁白的盛装。

正月初六清晨，当我从梦中醒来，拉开窗帘，即刻被窗外的美丽给震住了，目光所及，全都是你的洁白。望着被你一夜之间装扮起的童话世界，喜出望外，不由得惊呼"下雪了"，伸出手去轻轻地、轻轻地抚摸你的冷艳和柔美。

你的到来从不惊天动地，却总令人喜悦、兴奋，心旷神怡。

你的到来洋洋洒洒、悄无声息，却总是铺天盖地，气势恢宏，让人震撼，在你洁白的世界里忘记一切，尽情放纵。

你的到来虽然冰冷，给人许多不便，却能让人看到大自然的绝美，心生快意，赏心悦目，喜不胜收。

你总在朔风中，迈着轻盈的舞步潇洒走来，用雪白的花朵演绎播种的希望和收获的喜悦；用世界上最圣洁的一种颜色描绘大自然的雄浑、辽阔和壮美；用最简单的构图诠释人类和世界的本真，昭示真理，呼唤人们思维应有的本来状态，简单，简单，再简单！

你有万种风情，却从不搔首弄姿，你朴实无华、落落大方，却装点世界洁白无瑕，高贵典雅浪漫，你受人宠爱，却从不张扬喧嚷，依然独善其行，我行我素，不落俗套。

我爱你，飘飘洒洒营造北国无限风光浪漫的雪。我以为，不仅是这个冬天不能没有你，年年岁岁，岁岁年年的冬天也不能没有你。我们的生活离不开你，我们的年不能少了你。

有了你，这个世界才完美，有了你，春天才多了欢歌，人们才有了希望，大地才有了丰收的景象，滚滚的黄河长江才有了奔流不息的涛声，人类才有了走向世界的大海。

2019 年正月初八

谁持彩练当空舞

回眸刚刚过去的 2019，辽阔神州，从东海之滨、江南水乡，到中原腹地、雪域高原、塞外边疆，《我和我的祖国》歌声嘹亮，响彻中华大地。长城内外，九州方圆，花团锦簇，莺歌燕舞，到处喜庆新中国七十华诞。国庆节的天安门广场，成为全球瞩目的焦点，更被全世界刮目相看。

这一年，新春之际，喜闻省政法委和西部法制报社"我在陕西政法战线四十年"征文评奖揭晓，我两篇散文《一身警服看变化》《政治教员》获奖，《崔矿的山》被收入全国司法干警优秀作品集，颇受鼓舞。

回首警营，沉浸走过的历程，成长的往事历历在目，让我不由得激动，敲击键盘写下散文《那些个满天星辰的夜晚》《坚守的荣光》，接着又写下《劳改家》《授业良师》《我的十五个指导员》和《我的警校老师》等，深切缅怀前辈和曾经的战友。其中，《铜川 你好》在陕西省作协"文学陕军"平台被推出，引来数万网友围观，多家媒体转载，并与另一作品被收入贾平凹题写书名的铜川文苑优秀作品集——《风景线》。同时，我被陕西省散文学会吸纳为会员。

秋天，寄出去的文稿有了回报。国庆节前，散文《木匠》荣获省作家协会"我和我的祖国"征文优秀奖。随后，我的《大姐》在《山东散文》发表，《那些个满天星辰的夜晚》相继被《桃花坞》《白湖》刊发，长篇散文《老家在陕北》，登上纯文学期刊《青海湖》第十一期的陕西散文专栏，《咱们的"四大名旦"》发在了《当代监狱报》的国庆专刊上，《劳改家》在《长安警苑》发表，还有十多篇散文见诸《文化艺术报》《西部法制报》《新耀州》等报纸。司法部预防犯罪研究所的《幸福的黄丝带》，拟定明年第一期刊发我的长篇纪实散文《排矸道往事》。

冬日，散文《母亲的饺子》荣获《作家摇篮》期刊年度三等奖。散文《咱们的"四大名旦"》获《当代监狱报》"汉韵杯"新闻大奖赛综合类三等奖，并被评为年度优秀通讯员。

这一年，守正创新出精品。我推开键盘，打开一本新日历，墨香扑鼻，回看桌上摆放精致的"最美监狱警察"水晶奖杯，感慨万千，有努力和追求，也有人生和梦想，文化浸润心田，永远砥砺前行。

这一年，培根铸魂写华章。我舞动十指，思想的火花跃然稿纸，奇妙出彩，每一天都在快乐中度过，辛苦去了，烦恼走了，生活阳光无限。

2020，新的一年腊鼓声催，我浑身力量满满，不忘初心，为时代答卷，为法治抒怀，路又在脚下。

2020 年元月

木匠

一

那时，新中国成立近20年了，我们一家人离开陕北农村，"农转非"到铜川矿区也有十年了，温饱问题虽已基本解决，可生活条件还是简陋。

家里所有人的衣服，都装在两个不大的炸药箱里。屋子里除了两张矿上发的床板，一个支床板多余出来的长条凳和几个由三块木板钉成的小板凳，再没什么家具。

即将上小学一年级的那个秋天，我突然发现，平日不爱串门的父亲串起门来，觉得奇怪。没几天，从他几次回来与母亲的话语间我听出来，父亲是在打听找一个好木匠，准备给家里做一个柜子。我心里高兴坏了，觉得这下柜子做好了，摆在屋子中央，这个家就变得体面好看多了。

随后一段时间，父亲和母亲商量起了柜子的式样。我虽没有话语权，但还是听得仔细，心里喜滋滋地乐上了眉梢。

那个时候，除了为数不多的干部或双职家庭，矿区大多数人家和我们家差不多，靠父亲一个人下井挖煤挣的辛苦钱，要养活一家六七口甚至七八口人，经济十分紧张，还没钱去想更体面一点的生活，家家都没有一件像样点儿的家具。这个时候，我们家能做一个柜子，算是走在了许多人家的前面，那是相当不错的了。

柜子还没做，家里就忙开了。父亲整天忙着屋里屋外，床底下门背后的翻看备的木料够不够用，需要买多少黏合木板的木胶和钉子，几副什么样的门扇合页、抽斗拉手，做起了开工的计划。母亲忙着盘算，木匠来家里做活的几天里，好吃好喝的都要做些什么饭菜，准备些什么食材，副食本上供应的那么点儿肉够不够用，还向邻里打听，买什么样的烟酒和茶叶款待匠人最好，愉快地尽己可能准备着一切供匠人吃喝的东西。

木匠来的前一天，父亲就在屋里腾出了块空地，将准备好的木料全部搬了出来，方便匠人做活挑选。晚上，又去木匠才做完活的人家，把大小锯子和刨子等大件的工具先拿过来。瞧我盯着那些工具好奇，就叮嘱说："你记好了，匠人来了，千万别动他的东西！"

　　我看那些板斧、刨子、起钉锤什么的，都是些大木头疙瘩和铁家伙，心想，别说动一下，就是摔两下也摔不坏，就疑惑地问父亲："为啥？"

　　父亲说："这可是匠人吃饭的家伙。"

　　我不明白父亲的意思，反说："这又不是饭碗？！"

　　父亲笑着说："是饭碗！它不仅是匠人一个人的饭碗，还是他们一家子人的饭碗啊。"看我听不懂，又指着板斧和刨子上的利刃说："这地方特别锋利，挨上就是一道口子，千万不敢动。"

　　父亲后面的话我觉得有道理，可前面的话，直到我长大后才明白是什么意思。

　　第二天一大早，木匠来了，父亲连忙递上香烟给点上，母亲忙着给他们沏茶倒水。木匠客气地笑笑，嘴里叼着香烟就翻看起了准备好的木料。

　　这时，母亲退到了一边，父亲不看木匠手里翻动的木料，只盯着人家的脸不停地说什么"料不好，麻烦你费工了"之类的话。我听着觉得很别扭，心里想，花钱请木匠来不就是干这些活的嘛，何必这么客气。

　　木匠什么也不说，将看上的料选好，分别堆起来，然后取出墨斗，从里面拉出一根细绳，在长短薄厚不一的木料上钩住，拉直了绷紧，再弹一下，划出一道道黑线。

　　我原以为直线都是用直尺画出来的，没想到用细绳子也能画出直线来，觉得新鲜、好玩。

二

　　随后一连几天，满屋子里都是吱啦吱啦的拉锯声，木灰扬得到处都是。白天家里木匠做活，晚上父亲和母亲搞得收拾一下，我们全家凑合着

310

睡一觉，第二天还要早早地起来，给木匠腾地方干活。

小孩子好奇心强，就连拉锯这样的活也觉得好玩。尽管一次又一次地被父亲赶出去，我还是不时溜进屋里看他们拉锯。木匠每次看到我溜进来，就冲着我笑一笑。弄得我不好意思，转身就跑了出去。当然，过不了一会儿又回来了。

木匠休息喝水时，见我蹲下身看着他那个搁在墙角的墨斗好奇，便问我："你知道这个叫什么吗？"

看我摇头，他就指着一边立着的锯子和刨子说："跟它们一样，也有名字，叫墨斗。"随即拿起来指着墨绳一头系着的小钩说："这个叫班妻。"见我惊奇，又拍了拍钉在长凳上、用来固定需要刨的木料的一个带齿的铁片说："这个叫班母。"

他当时虽没给我说为什么要那样叫，我也听得稀里糊涂，可再后来，当我学到《赵州桥》的课文时，听老师讲了鲁班的发明，得知班母和班妻中还有故事，脑海里即刻形象地映现出那个墨斗的样子，对知识的兴趣陡然剧增。

当那些弯弯曲曲的烂木头、笨头笨脑的木墩子，在木匠的手里变成一块块白净的木板和方正的木橙子时，家里弥漫起了浓重的木箱味儿，我觉得好闻极了。

随后几天，木匠的耳朵上夹上了根铅笔头，不时取下来在木料上画来画去，一天到晚不停地在噌噌地推刨子。一会儿用的是长刨子，一会儿又换成了短刨子，推出的刨花堆到处都是，却不见柜子的影儿，我就急了，天天问父亲，柜子什么时候能做好。他总说快了，快了。

晚上收拾刨花时，母亲高兴说："这下，今年一年都不缺引火的柴火了。"

父亲却皱眉说："刨花越多，浪费越大啊！"他望着地上的一大堆刨花，可惜地说："多少木料，推出这么多刨花啊。"

母亲明白父亲的意思，愣了一阵又继续收拾起了乱七八糟的屋子。

听他们后面的拉话儿，我恍然大悟，怪不得父亲过分的客气。木匠厉害！好木匠精打细算，体谅主家，按料取材，能把每一根木料用到它能用的地方上去，干活省料。差木匠，或者性情不好、脾气怪的木匠，做活图省事，挑挑拣拣不喜欢用废工的料，或者嫌用锯和刨子一点一点干麻烦，喜欢大刀阔斧的砍木料，浪费木料。经常整的主家原来准备好的料，突然不够用了，急得到处找木料。但听父亲说，这次我们家请的匠人还可以，我悬起来的一颗心，才放了下来。

母亲丝毫不敢大意，给木匠做饭，除了早饭，一周顿顿不重样，天天有肉吃。而且只让父亲陪着木匠吃，把我们轰得远远的。馋得我呀，直咽口水。

怪只怪那个时候，大家都穷，一是没钱买肉吃，二是肉食品等东西按人口供应，买不来那么多供大家都吃。母亲看着我们姐弟三个心疼说，等柜子做好啦，就给你们做一顿好饭，美美地吃上一回。

忽然一天下午，我从外边玩回来惊喜地发现，屋子中央的脚地上立起了一个柜子。父亲说，明天再给柜子装上三个抽斗和两扇门，就彻底完工啦。

我高兴地围着柜子转来转去，瞅准了一个靠边的没装抽斗的框子对大家说："这个抽斗是我的。"

第二天，我们家的第一个柜子做好了。随后又被漆成了大红色，摆在屋子中央靠墙的地方，看起来红亮红亮的漂亮，顿觉蓬荜生辉，家里气派了许多。

这个有三个抽斗、双扇门的柜子，一直到 20 世纪 90 年代初，都是我们家里的主要家当。直至前些年，父亲和母亲离开矿区搬家，处理矿区的房子时，觉得它的样式实在是老旧，才被我们依依不舍地给遗弃了。但它却同制作它的木匠，永远地留在了我的记忆里。

我清晰地记得，那个木匠姓王，大个子，长相为人厚道，说起话来瓮声瓮气实在，是我们矿区附近的广阳镇人。

三

社会发展很快，没过几年，整个矿区兴起了做家具。我们家也赶热闹，请来一个姓宋的河南木匠，带着一个小徒弟，用了半个多月时间，做了一对时兴的箱柜，也就是两个箱子配上两个带有抽斗与箱子一样宽窄的小柜子。油漆时，还顺便把以前的大柜子重新给油了一遍，都漆成了枣红色，彻底改观了家里的面貌。父亲高兴地抡起斧头，使劲砸烂了两个腾出来没用了的炸药箱，把它们给当柴烧了。

1973年，当我们家从只有一间卧室和一个厨房的拐角楼，搬进了有两间卧室和一个厨房的三号楼时，父亲左看右看，觉得房子空荡荡的需要做一个大衣柜。母亲说，柜门上还要装一面大镜子。

第二年，请来木匠，就做了一个带有镜子的大衣柜。还油漆成当时流行的透明的淡红色，时尚又漂亮。母亲很喜欢，一有空，就喜滋滋地拿起块干净的抹布通体擦一擦。我也高兴，进屋就不由得要站在大衣柜前照一照镜子，觉得自己还挺帅的。

如今，四五十年过去了，家搬了好几次，可无论搬到哪里，母亲都叮咛，千万别把她的家具丢掉。以至于今天，这个大衣柜和前面做的一对箱柜，还摆在母亲的卧室里。

这些年，常看她在里面翻找一阵，却又不见取出什么东西，我还说她没事多休息，别乱翻腾。后来，见她合上柜门和箱盖，恍恍惚惚坐定若有所思的样子，好像是找到了要找的什么东西，我忽然感觉，90岁高龄的母亲是在寻找她的记忆，寻找我们这个家过去的艰难不易和幸福。

四

大衣柜的新鲜劲还没完，母亲又唠叨起来，她觉得家里还少一张吃饭的大方桌和四个方凳，于是便开始筹备木料。然而，等料备齐了，却因为活少，请不来木匠。

董叔知道了对父亲说，就这么个事，我给你们做。

董叔在矿上的主井开绞车，不是木匠，是我们家在拐角楼时的老邻居，他人长的精明干练，走起路来像风一样快，性格开朗，为人做事爱憎分明、果断麻利。是20世纪60年代初的高小毕业生，写得一手漂亮的钢笔字，不但绞车开得好，而且什么都会做，还做得漂亮，是矿上有名的一个"能人"。

说干就干，董叔让把准备好的料都搬出来，看了后就将自己的那套木工家具拿来，利用倒班休息时间在我们家干了起来。

此前，听都没听说过董叔会做木工活，看他拉锯推刨、刀劈斧砍、凿眼合铆做起活来娴熟老练，耳朵上也夹着根铅笔头的样子，跟个老木匠师傅一样，我们大家很吃惊。父亲乐得合不拢嘴，不住夸赞，哎呀！住了多少年的邻居都不晓得，你还有这手艺。

等到大饭桌和四个方凳做好，董叔还露了一手。他问母亲，想漆个什么颜色？母亲指着大衣柜说，就这颜色。又是一番批灰打磨、调色上油漆，一周后，我们家里就摆上了一张漂亮的吃饭桌。全家人围在一起吃饭其乐融融，给人感觉生活真的又上了一个档次。

如今，40多年过去了，这张饭桌的油漆虽已斑驳，可我一直舍不得丢掉，把它从矿上搬到了市区的家里，一直保存着。

至此，历经十多年来的几次添置，我们家里的一套家具才算是勉强给配齐了。此后十多年，再也没有添置过家具。

五

20世纪80年代中期，听说我谈好了对象，父亲和母亲，还有二姐又忙活着准备起了木料，盘算着给我结婚时做一套"三十六条腿"的家具。

由于不在矿上工作，这一回家里请木匠做家具的事，全凭父亲、母亲和二姐忙活张罗，没费我一点儿神。

等我回到家里，全部家具都做好了。望着亮丽的鸭蛋青色的写字台、书柜、大衣柜、半截柜、高低柜和梳妆台等一整套时髦的家具，我知道父母和二姐他们忙坏了，便内疚地问，这么多，做了多长时间啊？

二姐高兴地说，这个你别管，只管告诉我们，结婚的日子定在了什么时候，就行了。父亲在一旁伸出两个指头晃了晃，什么也没说，乐呵呵地抽起了他的烟斗。母亲满意地说这回请的是浙江的木匠，南方人，心灵手巧，做出的活细、样式新，儿媳妇保准能看上。

看他们心满意足，我也刻意仔细拉开这个柜子的柜门，拉开那个柜子的抽斗，抚摸着光洁的桌面不住夸赞做得好，油漆的颜色也漂亮。

我百感交集，父母20多年才攒够了那么几件家具，轮到我，一结婚就给做了一整套，内心五味杂陈。

然而，社会发展太快，过了才两三年，家具的式样就流行开了组合式，没容我反应过来，又流行上了四开门甚至六开门的大衣柜、长条几状的电视柜，令我羡慕不已，怦然心动。看到一家家人屋子里摆放着的新做的家具，平展光滑大尺度的板面和长长的流线型漂亮的线条，我拿定主意，也做一套。

六

这时请的木匠，已非昔比，做活使用的工具除了过去那些，还多了一个多功能的台式电刨子。这玩意厉害，不但能刨，还带电锯和电钻，开关一开，刨、锯、凿全都能干，省去不少人工，大大地提高了功效。就连黏合使用的胶也换成了乳胶，一桶一桶地买现成的，再也不用整天在院子里用砖块支起一个搪瓷碗，麻烦主家一天到晚用慢火不停地熬木胶了。而且也不用给木匠管饭，板材基本上用的都是现成的胶合板，六七件家具十几天就做好了。最后，经过精心打磨，再用新型的聚乙烯油漆材料刷几遍，漂亮极了。

可在这过程，父亲恰好在我这里带孩子，动工前我还担心，放着那套好好的家具不想要了，又要做新的，老人会怎么想？

没想到，我的担心是多余的。父亲看我张罗着准备木料、请木匠做家具，心情特别好。木匠开始做活后，虽不用管饭，可他也不嫌，一边照看孙女，一边还抽空烧开水，用暖水瓶给木匠送去，顺手整理一下乱七八糟的下脚料，将不能再用的木材收拾在一起，拿回家里码放在阳台上。

我理解父亲，他一定是看着儿子成家立业，有能耐给自己添置家当了，心里高兴。

然而，新家具做好后，高兴完了，我又犯了难。瞅着家里原来那些半新不旧的家具，想到父亲、母亲和二姐的付出，我实在不忍心丢掉。最终，还是留下了一个大衣柜、一个书柜，至今用着。

　　时间一晃，又 20 多年过去了。这期间，父亲和二姐相继离开了人世。进入 21 世纪，我虽还在铜川北部一个矿上工作，但为母亲在市区买了房子，也给自己在西安买了房子。然而，从给母亲装修房子起，就再也没专门请过木匠。室内的所有家具，都是在装修过程中一次性给做的，或是买现成的。木匠一词已被融进了装修队或公司，成为装修环节的一部分，悄无声息地走进了历史。

　　可我却无论如何忘不掉他们，忘不掉那些给我们家做过家具的木匠。我觉得他们走街串巷，吃百家饭，起早贪黑给人做活，非常辛苦；他们掌握一技之长，心灵手巧，凭手艺吃饭，受人尊敬；他们跨江过海，走遍五湖四海，用勤劳的双手装点千家万户的美好生活和希望，一个个都是了不起的工匠。

　　我现在拥有三套房子，三套家具，还有冰箱、电视、洗衣机等三套家电和一辆代步用的轿车，感到了生活的幸福和快乐，可丝毫也不觉得自己富有。

　　因为，新中国历经 70 年的建设发展，人们的生活水平发生了天翻地覆的变化，而今，这样的生活条件已是普遍，给人说，一点也不稀罕。

　　想必给我们家做过家具的那些木匠，如果健在，也一定生活的和我们一样幸福，说不定他们的儿孙还开起了家具店或装修公司，当起了老板，生活得比我们还好。

2019 年 9 月

漆水悠悠

周日，从家里回单位上班，乘车出北关一路北上，到了马莲滩，在桥上望见宽敞的河道里，不大的漆水静静流淌，思绪一下子飞回35年前的那个冬日。

一

那日是12月13日，到单位去报到，也是在这条路上乘车北上，虽值隆冬，却暖阳高照，天气暖和。

那年，我刚满19岁，通过全省统一考试，也就和现在的公务员考试差不多，被招为国家干部，分配到了陕西省崔家沟监狱。其实，当时我报考的是位于铜川市区老庙沟口的建行，可由于建行只录用两人，我考了个第三还是第四，现在记不清了，反正没被建行录取，却稀里糊涂被崔家沟监狱给录用了。

说起来，就是那个建行，也不是我要报考的。当时，我离家正在矿务局一中上学，准备参加高考。五月份的一天，刚吃过晚饭，两个矿上的同学，从七八十里路外赶来，寻到宿舍，见面就拿出个准考证告诉我，父母给报名让我后天去参加个什么招干考试。看我愣神，俩人就大概说了下情况，见我还反应不过来，又劝说，反正名都报了，就去吧。

我一边含糊硬撑，一边翻看准考证，见上面贴的竟是我上小学时，戴着红领巾照的一张照片，不由得给乐了。照片上除了新盖上去的钢印，还留有以前盖过印章的红色印痕。

当时距离高考时间不足两个月，班主任和各课老师卯足劲不停给我们加油，同学们全力以赴一个个都在聚精会神备战冲刺，我实在不好意思去找老师请假，好像临阵脱逃似的说我要去参加个什么招干考试。于是就装病请假，隔天背着老师和同学悄悄地去市五中参加了考试。

由于准备参加高考，我对这样的考试不在意，考场上拿到试卷也觉得试题不难，轻轻松松就考完了。回到学校便将这事给忘掉了，一心一意投入学习准备高考。

后来我才知道，这次不经意间参加的考试，具有划时代意义。它是我国改革开放干部人事制度上进行的一次大胆尝试，是陕西省在文革后首次面向全社会公开进行的一次大规模"国家干部"招录考试，开了干部录用工作的历史先河。

未料想，七月份高考，八月份出榜，只因几分之差，我落榜了。同时得知招干考试因两三分之差，排名靠后，也落选了。顿时，我傻眼了，不知何去何从。

就在这时，崔家沟监狱来人到家里通知，我被他们录用了。我纳闷，没听说父母给我报名，我更没报过这么个单位啊！来人解释，全省劳改系统的招干计划被省上给耽搁，错过了今年招干考试的报名时间，就决定从参加招干考试的考生中，按分数的高低顺延录取。我一听给乐了，说这样公平合理，不然，我的分数比考上税务和其他银行的要高出好几十分，却未被录取，也太不公平了。来人大度，不与我计较，笑说，这不，我们来了，公平了吧！

那时的崔家沟，还不叫监狱，对外称作崔家沟煤矿，人们一般习惯叫它崔矿或劳改矿，隶属于省公安厅。现在的崔家沟监狱名称，还是全国的监狱、劳改队归口司法行政系统管辖，1994年我国颁布《监狱法》取代以前的劳动改造条例后才有的。

当时，我们听都没听说过铜川还有崔矿这么个单位，就四处打听这单位究竟在哪里，父亲揣测，会不会就是那个跃进矿？还让我去市里，专门到在公安局工作的舅舅家里问了下情况。

果不其然，这个崔矿正是父亲说的那个跃进矿，一个位于铜川北部山区的劳改煤矿。

原来，由于建于1958年大跃进年代，当初的崔矿就被叫作跃进矿，后来还改名叫过新川煤炭建材石油联合厂，又后来煤炭生产规模扩大成了主业，才被确定对外叫作陕西省崔家沟煤矿，内部用陕西省第五劳动改造管教支队名称，为了保密，通信用 35 号信箱代称。因此，当时给弄得神神兮兮的，就是在铜川，许多老百姓都不知道有这么个单位，知道的也搞不清它具体在什么地方。

母亲对我说："七一矿，你该知道吧。"

这我当然知道，从记事起就常听大人和姐姐们说起这个矿。听他们讲，我父亲当年一到铜川矿务局，就在这个矿上工作，我还是在那里出生的。

二

母亲讲，我们全家是在父亲到七一矿的第二年，也就是 1959 年从老家到的那里。七一矿和跃进矿紧挨着，那时他们还到跃进矿去看过电影，常见跃进矿一些"劳改犯"到七一矿周围转悠，在农民收过庄稼的地里捡拾东西吃。后来，七一矿有个工程师犯错误，被判劳教送到跃进矿去了，他在设计巷道时有意截断了七一矿的煤田，把七一矿弄得无煤可采，被迫于 1966 年下马了。我们家也就在这时，跟随父亲离开了那里，搬到了徐家沟矿。

常听母亲说，在我出生前，我们家还有个男孩在七一矿出生，不过在两三岁时就给夭折了，让她伤心了好长时间。一直到我的出生，才使她的悲伤得到一些缓解。然而时间不长，新的恐惧却又向她袭来。

我刚满月就得病，被救护车拉到七八十里路外的铜川矿务局医院，母亲以为我也活不了啦，吓得如同筛糠。出院后仍害怕，时刻都在担心我的安危，操心我的小命留住留不住。我睡着了，她总要用手放在我的鼻孔前试探，看我是否有气，是不是还活着。整日胡思乱想，认为我前面的男孩的夭折，以及我的体弱多病与七一矿周围的水土和恶劣气候有关，与这里的风水和他们的命运有关。天天盼望着能离开这里，离开这个可怕的地方。可是他们无力改变现状，无法离开这里，只能惶惶不可终日，默默忍受，在恐惧中祈求上苍保佑我的平安。

好在没几年，就在我三岁时，七一矿下马了。他们欢天喜地逃离了那里。

如今，我又要回到那里，到与七一矿仅有一道山梁之隔的崔矿去，母亲虽没说什么，但我从她不易被人察觉的神态里还是感觉到，老人家平静了十五六年的愁绪又被掀起来了。

我既不甘心高考落榜，不想轻易把自己的一生放在那里，不愿放弃大学梦，不忍心让母亲在为我担心受怕，但又无奈现实，没有勇气选择自己的人生，无法摆脱崔矿给人的公安干警身份，能穿一身警服神气，还有崔矿那天来人许诺的一报到就到省城公安劳改干校学习一年并给发中专文凭的诱惑。加上二姐对我说"你就敢保证明年一定能考上大学吗？"。

就这样，命运催促我，在12月初去了当时的郊区政府，领了盖有"铜川市郊区人民政府人事局"红色大印的"干部录用通知书"，把自己的未来，到现在可以说是一生都交给了那里，交给了渭北高原最北端的凤凰山里，交给了后来感觉神圣而荣光的事业。

三

报到那天，我心里空荡荡的高兴不起来。在北关崔矿转运站，匆匆坐上单位专门来接我们的大轿子车，瞧见满满一车未来的同事，绝大多数脸上的表情都木木讷讷的没有喜色，心情更是复杂。

车一启动，像是怕忘记回家的路似的，我不停盯着窗外官桥，努力记住路边的每一处地方，辨认车子行驶的方向，总在反复寻思，命运将自己抛向的地方在哪里，是个什么样儿。

车到马莲滩，在当时那座低矮的桥上，望见河道里清亮的河水从一片片裸露冰冷的大块岩石上轻轻地滑过，我的心里一亮，这不是铜川的母亲河嘛！

其实车子一出转运站，就在沿着漆水逆流而行，只不过自己心思太乱，又坐在车上靠山一侧，看不到，也没留意。

望着河道两边整齐垒起的河堤，顿时，我想起了"铁市长"——张铁民，想起他当年率领铜川人民万众一心治理漆水的热火朝天场面，想起父辈们那阵子激情燃烧的岁月，不由得心潮澎湃。

车过金锁西折，越往北走沟道越窄，过了烈桥进入柳林沟里，两侧山峦竟将公路和小河挤到了一起。漆水贴着公路南流，公路沿着河岸北上，不一会儿两边大山即将车子拥上了蜿蜒曲折的山路，一转弯，漆水就移出了视野，待车再盘转过来时，看到的漆水已成涓涓溪流。寻踪望去，溪流也在不远处的山涧里，被密布的松林和丛生的灌木给遮挡住了。

经过一阵爬行，车到山上时，夜幕正在垂下，蓦然回首，暮色苍茫，远处刚刚驶过的那道沟，连同两侧绵延起伏茫茫群山近在脚下。车窗外，四面黑压压的松柏依稀，沟底漆黑，竟有一团冬雾缭绕，似藏龙卧蛟，神秘莫测。

后来公路改道，在嵝岘梁上仍然能看到这番景象，可那与从柳林沟上来，瞧见的感觉就差远了。

不容多想，车子一跃翻过山梁，驶过嵝岘继续前行，大约又走了半个多小时，天黑透了才到地方，到了我人生迈向社会的起点，到了谱写我青春芳华的地方。

从此寒来暑往，春去春又回，在这条路上，由源头顺流而下，再由下游逆流而上，漆水伴我一走就是 30 多年。

四

漆水不大，从南到北两岸没有大片的湿地风光，也没有丰盛茂密的水草点缀，更不见成片重生的芦苇和悠闲的垂钓者们的装扮，甚至看起来还丑陋，几十公里长的河床，尽是乱七八糟裸露单调难看的大片砂岩和石块。然而，留意观察，我却很快发现，清澈的漆水在岩层上轻轻淌过，显得格外清亮、滑爽、柔美。当它从砂岩上跳落时，一跃而下，平静而果断，又显得顽强勇敢。千百年来，它这样不息流淌，更让我感觉到它的沧桑、生命恒久的美。

每次走过，我都一路仔细端详，欣赏它的美，领略两岸春天里农人扶犁吆喝牲畜播种的美景，夏日里孩童在河道水潭里嬉戏的清凉爽快，秋天两旁山野的红叶烂漫，冬日的苍茫凝重。

尤其是春风里山野中满目盛开的桃花，雪天里山川的圣洁，腰间梁上四季萦绕膝下的晨雾和开春时冰挂树木的玉树临风，金锁石林的鬼斧神工及太阳花……，总也看不够。

漆水这一路，不仅风光宜人，而且人文历史厚重。

每次从外面回来，在北关汽车站乘车，我都情不自禁凝目遥望不远处的金山崖上的姜女祠，感叹脚下的路漫长，洒下过孟姜女太多伤心的泪。

每回走到名闻遐迩的金锁关下，古往今来，许多名人雅士路遇此处的身影，还有北宋年间杨六郎镇守此关，70多年前一批批热血有志青年风尘仆仆奔赴红色圣地延安，途经这里的一幅幅感人场景，不断浮现眼前。

每到金锁关三岔路口一段残破的古城墙下，车子虽已转上西面的道路，可我的思绪总要不由得沿着北去的210国道跑上一阵。因为那条古老的道路直达陕北黄土高原和辽阔的蒙古大草原，以及甘肃以北、宁夏的大漠戈壁，承载历史遥远，能给人丰富想象。

每当过了何家坊，道旁连续几座形如堆土、不高的山峰，总是吸引我的眼球，使我陷入一阵沉思。因为传说，这几座山是当年孟姜女背着丈夫的骨尸归来时，在此歇息，从鞋子里磕出来的几撮土演化而成。

车沿漆水过了烈桥，就一头钻进了林木茂盛的柳林沟。沟中两侧山峦陡立，松柏长青，灌木丛生，公路旁粗壮的杨柳一直延伸至沟底。最终，眼见漆水消失在了群山环抱的深谷幽涧。每当这时，我都为漆水形成的简单和神奇而感叹，浮想联翩。

30多年来，从这条路上走过，漆水为伴，不仅为我解脱许许多多的苦闷和烦恼，还滋润我的心田，不断丰富我的思想，活跃我的生活，让我感受大自然的无穷魅力和历史文化的沉重，振奋精神，认真去对待肩负的特殊使命，日趋成熟、顽强。

我目睹了沿途三号信箱的一步步衰落，金锁关摩崖石刻的灭迹、雄关风采的消失，马莲滩党校的变迁，柳湾粮库的日趋沉寂和方泉啤酒厂的鼎盛和没落，还有周边山里的一个个小煤窑的兴衰……

当然也见证了金锁关下古老小镇的崭新崛起，沿路210国道和305省道的日趋繁忙，以及她给一个个农庄带来的翻天覆地新变化。还有一座座高架桥的横空出世，玉华宫旅游景点和沿线一家家饭馆、农家乐的逐渐繁荣昌盛……

时光荏苒，漆水流长，让我感慨使我忧，给我启迪陪我长。30多年前，当我头一次看到崾岘梁上早已成为一片荒野了的七一矿，柳林沟里那座被废弃了多年的苍凉的选煤楼，我曾伤感，岁月无情！

而今，我老了，眼见漆水轻歌曼舞，两岸山色碧绿翠鸟鸣秋不绝于耳，蓝天白云悠然飘过，一路川流不息五颜六色漂亮的小轿车在飞驰，联想漆水下游，老市区十里长堤上休闲漫步的人们，公园里嘹亮的歌声，黄堡耀瓷文化名镇的新兴崛起，药王故里翻天覆地的变化和人声鼎沸，感到身边的一切越发变得年轻了。

我爱漆水。我要歌唱，歌唱新时代，歌唱铜川人民生活的富足、快乐和阳光美好，歌唱铜川这座焕发青春的新型休闲养生旅游城市。

2017年12月

后记

从小喜欢语文，特别是上中学遇到的两位语文老师，知识面广，讲起课来专注投入，涉猎广泛，生动风趣，吸引我更加喜欢语文，爱上作文课。

20世纪80年代，文化活跃。我中学毕业，参加工作，同全国亿万文学青年一样，深深为文学所吸引，热爱小说、诗歌、散文，购买和借来大量的文学期刊如饥似渴阅读。以至今日，30多年过去了，对许多文学作品和期刊的印象，依旧深刻。

那时，萌生写作欲望，幻想有朝一日，能在报刊经常发表诗歌、散文等，也写一部小说。可当动起笔来，就感觉到吃力和自己的浅薄，总觉得有东西想写，却无从下笔，写不出来。于是就学习，向老师学，没有条件，就向书本学，报名参加北京的当代文学研究所的函授班学习。还动手刻制蜡板，办起了油印的文学小报——叶舟，吸引单位里的文学爱好者交流，共同学习。虽然由于我脱产去西安学习，时间不长，这叶小舟就搁浅了，可它毕竟承载过我的文学梦，对我以后的写作影响很大。

省城学习归来，工作忙碌，加上变得世俗，使我对文学远没了从前的热情。然而，每当翻阅报纸，望着满纸的铅花，尤其是副刊上的文字，心里还是痒痒。终有一天，动笔写了一篇短文投给报社。不想，几天后，竟在报上看到，非常高兴。由此，便尝试着零零散散的开始了写作。

可我的写作是不能从那个时候算起的。因为，此后尽管爱好，写点儿东西，也有发表，甚至获奖，但也是两天打鱼、三天晒网，一年半载来了灵感才写一篇，且有论文在内。真正的写作，是近年才开始的，充其量超不过十年。

也许是由于年龄大了，这些年，经常想起许多往事，而且，写得多了，笔也顺了，一想起曾经的经历就激动，强烈地想写出来。

我以为大脑中的记忆片段，无论喜怒哀乐，都是生活的积淀，人生浓缩的精华，写出来挺有意思。于是，便在童年里寻找，从经历中去发现，追记往事，通过对事物的思考，捕捉真善美，感悟人生，用饱含真情的文字抒发情怀，写就一篇篇有温度的文字。

在我感觉，每当思想灵动，产生写作欲望，就迫不及待地想写出来，而且融情于此，将全部身心投入进去，任凭思绪在文字中飞扬，畅快倾诉满腹情怀，非常奇妙。写作对我来说，是一件十分快乐的事。

这种快乐，在集子里至少有五六篇文字中有袒露，让人读到感觉重复。可我不想删改，因为这是我的真实感受，是激情所致，真情流露。

不停地写作，使我在语言文字等方面存在着的不足，日趋凸现，越发得感到力不从心。于是，便大量的阅读，向名家学习，向文友学习，努力弥补短板。

我喜欢周作人、沈从文、汪曾祺、贾平凹、陈忠实、刘亮程等先生的作品，就找来大量阅读，细心品味其文的风采和魅力。为他们作品的巧妙构思、博大情怀和深邃思想所折服，深深为他们作品浓郁的生活气息和轻松自如、潇洒大气的语言风格和文笔所感染。

我是一个业余作者，对文学的理解不深，更谈不上有什么造诣，总认为一位大师说得好，文学就是人学，文学作品就是给人阅读的，用不着华丽辞藻的装饰，能描述准确，让人看得懂就行。所以，秉承这一理念，在我的文字里，没有花里胡哨词语的堆砌，没有刻意搜肠刮肚的造句，有的都是朴实生活的真情流露和感情抒发。

对我而言，写作是干好本职工作以外的唯一业余爱好，不需要当作任务来完成。这就使我的写作没了压力，感觉轻松。而且，文字在我失意和痛苦的时候，抚慰我的心灵；文字在我烦恼的时候，转移我的注意力，使我忘却烦恼；文字在我得意的时候，放纵我的快感，加之，大多能被发表，能让人读到，给我带来持续的快慰，又给我动力，促使我不停地写作，不断地发表，与更多的人交流，充分享受语言文字的无尽乐趣，越发喜欢文字。

然而，近年来，所患眼疾每况愈下，严重到了让人觉得恐怖的程度。使我出行艰难，哪也去不了，只能写点东西聊以慰己。这时，写作已在我生活中占据重要地位，不再单纯是爱好和业余生活，它已成我生活乃至生命的一部分。可以说，这部集子里收录的散文随笔，字字句句心血凝结，尽显我人生的态度和思想。

我相信，一棵草能吸收大地之营养，日月之光辉，天地阴阳之气；一壶茶里有山水；一滴水能折射出太阳的光辉，小角度大时代，小文章，抒发大情怀；再大的风景都是由一草一木、一山一水构成的。我更欣赏莫言所语：与其在别人的光辉中仰望，不如点亮自己的心灯。于是便有信心，将自己作品结集出版。我愿它的出世，有益于读者，有益于社会。

然而，由于自身文化学识水平，以及单位地处偏僻山区职业封闭的局限，对我写作眼界的影响，致使整部集子，在语言和文学意义上，难免存在许多遗憾。尤其是因为职业的影响，集子里收录的一些抒情散文，带有浓重的行业情感和明显的职业色彩，未免让人读后，或许感觉少了文学性。在此，有必要给大家说明的是，一个人的写作导向，是离不开他的身份和环境影响的。我是不愿为了所谓的文学性，背离生活真实感受的。至于对待语言和真正的文学的态度，我是虔诚的，永远在学习。

既然爱上了文字，出了这么一部集子，有众多朋友们的厚望，接下来，我会一如既往努力，用心体会生活，感悟人生，用爱去写作，讴歌真善美，在有生之年，创作出更好的作品，争取再出一两部集子，回报关爱我的亲人和不断鼓励我写作的朋友，回报我们这个伟大的时代。

胡旭

2020 年 4 月 22 日